蓝关沙

（上）

民初西北 蓝关堡世家恩怨
滚滚黄沙 乱世里人间情仇

赵雨希 著

内蒙古出版集团
远方出版社

图书在版编目(CIP)数据

蓝关砂 / 赵雨希著.–呼和浩特：远方出版社.
2016.9
ISBN 978-7-5555-0754-3

Ⅰ. ①蓝… Ⅱ. ①赵… Ⅲ. ①长篇小说–中国–当代
Ⅳ. ①I247.5

中国版本图书馆 CIP 数据核字(2016)第 221076 号

蓝关砂

著　　者	赵雨希
责任编辑	云高娃
封面设计	孙小强
出版发行	内蒙古出版集团　远方出版社
社　　址	呼和浩特市乌兰察布东路 666 号　邮编 010010
电　　话	(0471)2236471 总编室　2236460 发行部
经　　销	新华书店
印　　刷	南京理工大学资产经营有限公司
开　　本	710×1000　1/16
字　　数	550 千
印　　张	35
版　　次	2016 年 9 月第 1 版
印　　次	2016 年 9 月第 1 次印刷
标准书号	ISBN 978-7-5555-0754-3
定　　价	65.00 元(上下册)

如发现印装质量问题，请与出版社联系调换

作者近影

目　录

寄语：　范小青
1/　第一章　碎蓝田
5/　第二章　顾　氏
9/　第三章　六必居酱菜
13/　第四章　逄老板
18/　第五章　补　玉
22/　第六章　姑奶奶
27/　第七章　自梳女
32/　第八章　下车之威
36/　第九章　海屋筹(上)
40/　第十章　海屋筹(下)
44/　第十一章　黑袍人
49/　第十二章　若只如初见
53/　第十三章　东门之池
58/　第十四章　不是人间凡种花
62/　第十五章　怪　病
67/　第十六章　前清格格
71/　第十七章　金镶玉棋
75/　第十八章　双金鱼
79/　第十九章　青砖渍
83/　第二十章　埙　篪

88/ 第二十一章 长房妾室
93/ 第二十二章 计中计
98/ 第二十三章 食 策
103/ 第二十四章 金杯猎枪
108/ 第二十五章 夜游症
113/ 第二十六章 出塞嫁
118/ 第二十七章 江南幻梦
123/ 第二十八章 黄沙崖
127/ 第二十九章 再见倾人心
132/ 第三十章 腐草为萤
136/ 第三十一章 藏 娇
140/ 第三十二章 眉户戏
145/ 第三十三章 腰鼓节
149/ 第三十四章 故 戏
153/ 第三十五章 无镜白洋房
158/ 第三十六章 柴家族谱
162/ 第三十七章 耳 风
167/ 第三十八章 木 霉
172/ 第三十九章 风沙暴
177/ 第四十章 纳妾书
181/ 第四十一章 李旦逃难
186/ 第四十二章 佛骨檀心
191/ 第四十三章 依米花香水
195/ 第四十四章 天 花
200/ 第四十五章 计芬小姐
205/ 第四十六章 匿 心
209/ 第四十七章 井底引银瓶
213/ 第四十八章 第一刺客
218/ 第四十九章 红与灰
223/ 第五十章 旧怀表

228/ 第五十一章 霍小玉
233/ 第五十二章 惊 辰
238/ 第五十三章 酱菜贺礼
242/ 第五十四章 阿修罗
247/ 第五十五章 沉疴如山倒
252/ 第五十六章 乾达婆
256/ 第五十七章 龙 女
260/ 第五十八章 蜜蜡念珠
265/ 第五十九章 洞天吊脚楼
270/ 第六十章 花 牌
275/ 第六十一章 靡 靡
280/ 第六十二章 真即是假
284/ 第六十三章 清廷状元
288/ 第六十四章 收 权
292/ 第六十五章 复国之盟
297/ 第六十六章 晚来天欲雪
302/ 第六十七章 木雕小兔
306/ 第六十八章 新姑爷
311/ 第六十九章 紫玉搔头
316/ 第七十章 蓄 火
320/ 第七十一章 马贼之女
325/ 第七十二章 小 梅
329/ 第七十三章 鸦片瘾
334/ 第七十四章 逼 位
338/ 第七十五章 相见时难别亦难
343/ 第七十六章 女 匪
348/ 第七十七章 沉酣一梦终须醒
353/ 第七十八章 喜 煞
358/ 第七十九章 魂梦两端
362/ 第八十章 卷沙回

366/ 第八十一章 异　梦
371/ 第八十二章 执笔人
375/ 第八十三章 四姨太
379/ 第八十四章 活死人
383/ 第八十五章 西洋白纱
388/ 第八十六章 一朝败落埋雪霜
393/ 第八十七章 水牢囚
398/ 第八十八章 与妻书
403/ 第八十九章 少奶奶
408/ 第九十章 红烧肘子
412/ 第九十一章 算尽卿心
416/ 第九十二章 对簿公堂
421/ 第九十三章 玉烟杆
426/ 第九十四章 马蹄重重下山土
430/ 第九十五章 袭　城
435/ 第九十六章 茫茫前事
440/ 第九十七章 冤冤相报
444/ 第九十八章 噬　骨
449/ 第九十九章 枪火漫天屠不尽
453/ 第一百章 卿本陌路人
458/ 第一百零一章 镬　烹(上)
462/ 第一百零二章 镬　烹(下)
466/ 第一百零三章 江南小筑
471/ 第一百零四章 休　夫
475/ 第一百零五章 死而复生
479/ 第一百零六章 两难全
484/ 第一百零七章 人　彘
489/ 第一百零八章 狡兔死,走狗烹
493/ 第一百零九章 断　舌
497/ 第一百一十章 灯下黑

502/ 第一百一十一章 苏克察福晋
507/ 第一百一十二章 水满则溢，月盈则亏
512/ 第一百一十三章 幻即是真
517/ 第一百一十四章 批命奴婢
522/ 第一百一十五章 农夫与蛇
527/ 第一百一十六章 湄姑娘
532/ 第一百一十七章 涸 井
537/ 第一百一十八章 桃花源
542/ 第一百一十九章 白兔茕茕，东走西顾
547/ 第一百二十章 草际寒蛩空沙洲

赵雨希是一位90后有才气的青年女作家。这部《蓝关砂》小说，是她继一部以徽墨为背景的长篇传奇小说《大清徽肆》出版之后，又一部反映清末民初陕西地区，玉器、天麻、雕刻三大世家，柴、逄、申屠三家间的恩怨情仇的传奇故事。

《蓝关砂》这部小说，可以说展示了一幅乱世苍凉却又催人泪下的西北画卷。民不聊生、颠沛流离、权谋心计、恩怨情仇、半生错过、茫茫前途、漫天风沙和苍茫辽阔的黄土高坡，构成了这部小说的基调。故事里没有真正的好人或坏人，没有所谓的完美的人，每个人都有闪光点和缺陷，人物更加立体真实，读来有如身临其境之感。开放式的结局，故事中伏笔设计巧妙，情节环环紧扣、曲折动人，非常耐人寻味。是一部值得人们阅读和思考的小说。

我们相信随着阅历的增长，赵雨希会写出更多更好的作品来，我们期望着文坛新星辈出！

范小青

2015.12.17

注:范小青，著名作家，江苏省作家协会主席。中国作协全委会委员，江苏省政协常委、教育文化委员会副主任。

第一章　碎蓝田

天地间有这样一个地方，只有茫茫的风沙和黄土而建的窑洞堡子，这里是《诗经》中“陶复陶穴，未有家室”所言之地，汹涌的黄沙下，也不知隐藏着几多风暴，也不知掩埋了多少恩怨，看似如此沉厚，风一吹过，却太轻易地扬尘消散得无影无踪。这座巨大的圆拱窑城堡名叫蓝关堡，地处陕西蓝田关北麓，由明暗庄和四合院庄交错组成，窑壁山墙连着黄沙，距省城仍有不近的路程，要说清净和避世，任清廷、天王还是大总统争霸，这里都不曾触及半分烽火，但再离纷扰遥远，只要有人的存在，就永远避不开恩恩怨怨。这不是关于某个谁的故事，这故事中的缘薄命薄，又岂止一个。而谁也不必惊讶，别人的故事里，可怜抑或可怕，都不过是这黄土中的一个小丘山头。

这一年是民国十一年，蓝关堡中早早地热闹了起来，所有的人都在为逄老太君即将到来的七十大寿做准备。逄老太君母姓严，名曰红瑰，可是蓝关堡中举足轻重的人物。她是以雕刻手艺闻名蓝关的逄家媳妇，连蓝关堡中的另一大家族——祖上为前清郡主、世袭族长的申屠氏见到她都毕恭毕敬，以及以开凿蓝田玉暴富的柴家，都对这老太君礼让三分，她的高寿自然是要办得风风光光。大半年来，蓝关堡中的各家各户都在绞尽脑汁为其贺寿，所有人都忙忙碌碌，丝毫不敢怠慢。

“哎呀！”玉器店井然有序的后场被一个凿玉工人的惊叫打破，随着惊叫声打破的，还有他手上的那块刚刚凿出的上等极品蓝田玉。工厂里的所有人都停止了动作，目瞪口呆地凝视着地上的碎玉。这凿玉工人被眼前的情形吓得手足无措，呆呆地站在原地。一个剪掉长辫子却身穿旧时青色长袍马褂的俊俏少年蹙着眉快步从小憩的屋内向他走来，他白皙椭圆的脸上稚气未脱，瞧这光景不过二十，面上还带着一丝红润，极其憎恶和不耐烦地一边大吼着一边走到那工人面前，趾高气昂地骂道：“臧九安！你是不是找死？这块蓝田玉是逢老板订的，是指定给老太君的贺礼，你居然把它打烂了，叫我们柴家怎么交差？”这叫做臧九安的凿玉工人被他一骂，浑身颤抖地扑通一声跪了下来，顿时泪流满面地抓住他：“表……表少爷，对……对不住，对不住……”

这高个子的少年原是柴家二老爷所生的，排名“有”字辈，加上单字“扬”，一贯地目中无人，又爱偷懒又不务正业，为人倨傲又风流倜傥。刚刚从小屋出来的时候，有人还看见有个颇有姿色的婢女也随后而出。所以大当家只把他发配到玉器店的后场监管，从不让他插手生意上的事。柴有扬甩开手，骂道：“对不住有个屁用！你来了还没两个月，整天不是做错事就是忘这忘那，我看你还是别在这里干了，赶紧给我卷铺盖滚人！”臧九安一听慌张地大哭了起来，用衣袖抹着混合着眼泪的鼻涕上气不接下气求情道：“不要啊，表少爷！表少爷，你再给我一次机会，最后一次……我不能没了这份工的，你不要解雇我啊，我一定用心做！我会想办法补救的！”

“哼，看你那傻头傻脑的，你怎么补救？我要是信你，我岂不是跟你一样傻了？来人，给他结了这个月的工筹。”柴有扬转身就要走，臧九安哭喊着拉住他：“表少爷，我……我真的不能没了这份工，我是个外乡人，被人骗光了钱，连回家的路费都不够。而且我家里已经没有人了，我不做这份工，就没办法活下去了。”柴有扬不屑地冷笑道：“这个年代有几户像样的人家？你以为一个个生来都可以像我一样当少爷么，我可不是开善堂的，懒得理你。”他扬起脚踢开臧九安，刚刚准备离开，迎面走来一个皮肤黝黑的光着膀子年近三十的汉子，他满脸是汗，看起来是刚刚凿完玉累得不行：“发生什么事了？我老远就听见这里的哭叫声了。”

“大表哥，你堂堂大少爷还来采玉干什么，赶紧回去歇着吧。大当家把后场的事交给我，我会看管好的。”柴有扬愣了一愣，悄悄地翻了个白眼打量着满身汗味的汉子，心想少爷没有少爷的样子，整天和工人混在一起，真是叫人瞧不起。那汉子似乎看出了他的想法，拾起膀子，擦了擦轮廓分明的脸：“我柴有良既然是大少爷，玉器店的事自然事无巨细都要亲力亲为，至于后场……”他看了一眼臧九安，继续道：“你别弄出这么大的动静不就不会把我引来了？听说你要解雇人家？”

柴有扬忙道：“这头蠢驴，他打烂了逄老板订的蓝田玉，这可是大罪，不解雇怎么行？”柴有良听他这么一说也微微吃惊，有些同情地望向臧九安，眼神中似乎在说帮不到他了。臧九安抓住救星似的又爬去拉住柴有良：“大……大少爷，我被人骗光了钱流落到这里，家里的人也死光了，我不能没了这份工的，大少爷行行好，大少爷行行好……”柴有良瞧他骨瘦如柴，看起来只比自己小个三两岁，满脸的恐慌和诚恳，甚是老实，也不忍心道：“算了算了，人家身世这么可怜，就让他留下吧，我担保他就是了。”柴有扬翻了翻眼：“大表哥，你让他留下，可怜的就是我们柴家了。这件事可大可小，他打破的是逄老板指定给逄老太君贺寿的蓝田玉，这逄老板是什么人，他要是怪罪下来，我们柴家可吃不了兜着走。你要是不服我，还是去请示大当家的吧，大当家的可不会让这蠢货留下来。”

一听见大当家的，柴有良立刻不说话了，柴有扬见状更是咄咄逼人：“大表哥，算了吧，为区区一个凿玉工人得罪大当家的，你实在太想不开了。”柴有良似乎被他激到，涨红了脸粗声道：“好，我这就去找大当家的！”说罢大步走出了后场，柴有扬望着他的背影耸了耸肩，喃喃自语道：“自作主张，我看你还能管多久，惹恼大当家的才最好。”他环视一下周围的工人，把双手背在身后说：“你们，继续干活！”

柴有良最是听不得别人用“大当家的”来压自己，本来倒也没这么个决心，现在却拼死了也要让臧九安留下，他一路脱着工服一路快步穿过寨墙，迎着火辣的太阳向柴家土窑走去。正对大门的窑洞两侧皆是五孔小穴，分别是给家中各人所住，倚近西侧有一排下沉式窑洞，便是给下人们居住的，而正中的三孔主窑，则是给柴家的大当家独居。他径直往其中的一个窑洞走去，还没走到门口，门帘被里面的人掀了开来，正转身走出一个身着水蓝色琵琶襟上袄，配着米白套裙的女子。她一头乌黑的长发盘梳在脑后，只用两根同色的珠钗简简单单地固定住，那女子转过头看见柴有良，奇道："你怎么来了？"

"我有事找大当家的。"柴有良抹了抹额头上的汗，没有停下脚步的意思继续往前走。那女子赶忙走下台阶拦住他："头风症又发了，而且又返噩梦，才刚刚推拿完休息下，你有什么要紧事待会儿再说。"她一双明眸格外流转，镶在那张毫无岁月痕迹的鹅蛋脸上甚为动人，根本瞧不出还比柴有良大个两岁。这女子名叫邹宛萍，原是柴有良的童养媳，十年前便与柴有良结了亲，两夫妻倒也一直相敬如宾。虽然一跃成了柴家的大少奶奶，却从没有半分骄纵，照旧服侍着柴有良，玉器店的事也经常亲力亲为去帮手，勤勤恳恳如这黄土般实在。

第二章 顾 氏

“不行，这事我一定要现在就说，迟了就来不及了。”柴有良皱了皱眉，有些不耐烦地推开邹宛萍的手，犟如牛般非要闯进去，邹宛萍腕上带力，又将其拉住：“你怎么这么固执，都说了已经休息下了，你是不是想进去找骂？听我一句，千万别去打扰。”就在两人拉扯之际，窑洞里忽然传出声音：“什么事？”那声音有些疲惫的病态，却柔中带刚，伴着帘后的身影走到门口，施施然掀起门帘，帘下站着一个高挑瘦削的女子，这单薄的身子裹在藕荷紫斜襟长旗袍里显得略有空荡，发髻也如邹宛萍那样盘在脑后，两侧却插戴着不少金翠银玉，可气色不佳的面容在这些珠玉和这身颜色的衣服下却有些显老。邹宛萍惊讶道：“婆婆，你怎么起来了？”

不过她也确实不再年轻，若不是有着与黄土丝毫不匹配的美貌容颜相衬，恐怕也早与黄沙中那些二十七八的普通妇人相差无几了。可她绝不是普通妇人，柴有良看见她立刻开口道：“大当家的，后场有个叫臧九安的工人不小心摔破了玉璧，有扬想解雇他，我看他无依无靠而且为人老实，想担保他留下。”她若有若无地哼了一哼，似笑非笑道：“你可别告诉我，那个工人打破的是逄老板指定的蓝田玉。”要不是柴有良这么称呼，谁能想象得到这个女子竟然就是偌大柴家的大当家。她是两年前刚刚过世的柴家的一家之主——柴老爷柴国瞿六年前的续弦，据闻她原本是维扬商贾的千金，名叫顾阿清，嫁与柴国瞿之后为柴夫人，自从其过了身，蓝关堡里的人便又叫回了她的本姓，尤其自她成了柴当家，所有人都习惯尊称其为顾婆清。

柴有良被她轻轻一句堵住了，顿时哑口无言，顾婆清扫了他一眼，放下帘布从里面走了出来：“逄老板指定贺寿的蓝田玉可是极品，这样的东西都能被打破，我要是有扬，我也会解雇他，这次我赞成有扬的做法，没什么可商量的。”柴有良咬了咬牙，紧蹙眉头忍着怒气道：“大当家的也怕逄老板么？”邹宛萍闻言赶紧惊惶地拉拉他，示意他别再说了。顾婆清果然双眸透出一股阴冷的气息投向他，顿了顿铿锵道：“妾就是妾，一点规矩都不懂，知不知道为什么到现在为止我连二当家都不给你当？你冲过来找我的所谓急事，就是为了这个凿玉工人，你会不会想想值不值得，会不会想想是谁激你过来惹恼我，那个人又为什么这么做，你又为什么偏偏要往这里面跳？逄老板不是善主，我不会为了无关紧要的人招不必要的麻烦和口舌，得罪不需要的人，你倒好，什么不好惹就偏要惹什么，到最后得利的是你，还是那个凿玉工人？”

“我向来都不会像大当家的想那么多，我只是觉得不该解雇臧九安，玉璧碎了还能重新凿一块，大当家的既然这么神通广大，对付逄老板也是轻而易举。”他对邹宛萍的暗示不闻不问，被顾婆清这么一骂，更是怒上心头，站在烈日下毫不退让道。顾婆清冷笑一声：“就凭你还叫我一声大当家的，解雇一个工人的权力我还是有的。你最好想清楚，这件事背后的敌人不是逄老板，而是二叔。”她忽然感到太阳穴又一阵刺痛，便不再与他多说，转身走回了窑洞里，柴有良怔怔地愣在原地，一时半刻回味不过她话中的意思。

“你是不是疯了，这么冲动地跟婆婆顶撞干什么？”邹宛萍拉过他压低声音急道，“你啊，向来都对婆婆不满，婆婆要往东你偏要往西。其实婆婆也不容易，一个女人操持着这么大个柴家，二老爷也一直虎视眈眈，而且我觉得婆婆说的也没错，逄老板是什么样的人啊，为了个工人让柴家和逄家水火不容有什么好处？何况婆婆也说明了，那个臧九安是决计不能留下了，你要是同情他，不如我们夫妻俩凑点盘缠给他回家吧。”

柴有良被顾婆清说的浑身不自在，什么话都说不出来，披上手边的马褂扭头跑回自己的窑洞中，取了些碎钱便前去后场找臧九安了。去到玉器店的时候柴有扬早就偷懒提前走了，臧九安正独自一人坐在工具旁发呆，似乎心中预感得到闯的大祸会给自己带来怎样的麻烦。他们说的都没错，这是逄老板订的蓝田玉，逄老板在蓝关堡的名声可谓响当当，多少人听到闻风丧胆，柴家真是没有必要为了他这个无名小卒跟逢老板结怨。柴有良停住了脚步望了他片刻，有些愧疚地走了过去。臧九安被他的脚步声打乱思绪，一见他来了，立刻站起身惊诧地颤抖着声音道："大少爷……"柴有良见他满眼期待，反而不知怎么开口了，臧九安尴尬地笑了笑："我知道了……大少爷，我知道我是要被解雇的，犯了这么大的错，我的确不该给柴家添麻烦……"

"别这么说，"柴有良见他强颜欢笑心中一阵酸楚，揽住他坐在了一旁："其实要不是我贸然去找大当家的惹恼了她，说不定你也不是非走不可。"臧九安反而抿嘴笑着安慰他，可忍不住眼圈红红，道："大少爷，你已经尽力了，我知道你是个好人。你为了我区区一个工人得罪了大当家的，这已不是成不成的事了，你对九安的恩情，不管走到哪里，九安会永远都记着。"柴有良见他朴实可怜，顿觉同情不已，拿出了自己的一些私房钱塞给他，叫他当作回家的路费。臧九安惊讶地霍然站起身把钱推回去："大少爷……这些钱我不能要，你已经帮了九安太多了，我再也还不清了。何况……何况我不准备回家乡，我家里早就没人了，回去也徒然伤心。"

"那你离开蓝关堡，准备去哪里？"臧九安茫然地摇了摇头。柴有良索性道："那好吧，说说你的身世，你从哪里来，又怎么被人骗光了钱，家里的人怎么都没了？说不定我还能帮上些忙。"臧九安脸上本就不自然的笑容更是僵硬住了，泪水夺眶而出，他赶忙用凿玉凿的伤痕累累的手抹了抹，哽咽道："我原本是山西临汾人，我家里在清廷时还是做贡菜的大户人家。我也曾跟着六必居的老师傅学过酱菜，可惜有一次被同行所骗，家中的贡菜全被做了手脚发霉发烂，全家被清廷降罪。我卖光了所做的酱菜倾家荡产想疏通，可一个老乡又骗光了我所有的钱，结果全家被发配到西北，途中清廷倒台，全家人都死于战乱之中。我也为了寻找家人的尸骨而只身前往西北，一路流落到了蓝关堡。"

"看来，"柴有良绞着手中那只装着碎钱的口袋，"我不但真的没有什么可以帮得上的地方，还勾起了你不愉快的回忆。"臧九安吸吸鼻子道："大少爷千万别这么说，你倒提醒了我，我就要离开这里了，不如我做些拿手的酱菜分给大少爷你和工友们，勉强当作留念。”说着便跑回屋子里拿出一个奶白色的小罐子递给他：“大少爷，这是我最珍藏的酱菜，现在全部送给你，你尝尝看好不好吃？”柴有良心中一阵暖意，接过筷子夹了两根黑黢黢的小菜放入嘴中，顿感到从未有过的美味从舌尖萦绕上牙周，一股清香随着那鲜甜的酱味冲上来，生长在这片黄土中的他何曾吃过酱菜，柴有良谢过他，小心翼翼地收好这罐令他赞不绝口的酱菜，心里想着这么可口的小菜，一定要好生收着，带回去留给邹宛萍尝尝。

臧九安看他这般小心，猜到是留给别人吃的，这个朴实的外乡人，忽然想起也该在临行前给大当家的留瓶秘制的酱菜，当作赠别也好，当作赔罪也成。而大当家的自从骂走了柴有良之后，刚刚被邹宛萍推拿的略微缓解的头痛又再度复发，她回到屋内便在炕上倚了一整个下午。正迷迷糊糊要睡着之际，顾婆清却听见从窑洞门口传来一阵细微的脚步声，继而蹑手蹑脚地走了进来，那人显然不想吵醒她，可她头痛得压根睡不着。闭着眼睛光听那脚步声，她也听得出来是谁，仍旧安心地微闭着双眼，一只手撑着头颈：“回来啦？”

第三章 六必居酱菜

那人被她吓了一跳，没想到她还醒着："当家，你怎么没睡？"一个年轻的女声混合着微微的沙哑，别有一番宛转地撞入顾婆清的耳中，她仍旧没有睁眼的意思，换了个姿势躺着："怎么睡得着，头痛得厉害，白费了宛萍一番推拿手艺。"那年轻的女子走到炕边伸手替她按摩着肩："我听说，大少爷又来找当家的吵架了。怪不得头痛不见好，大少爷真是不分轻重。"顾婆清侧了侧身，将眼睛眯开一条缝轻轻地用手拍了拍搭在自己肩头的那只细长的手，示意她不需按摩了，那女子会意，从她身后转了过来，沏了杯茶端给顾婆清。

顾婆清接过茶抿了一口就放在一旁，抬起眼睛看了看她，递茶过来的那女子正亭亭地站在自己的面前。这女子身材匀称，小瓜子脸颊面容清秀，一点都不像是本地人，模样甚是娇俏，比顾婆清看起来小了五六岁，可偏偏也在脑后盘着已婚妇人的发髻，与她那张脸孔很不符合。比起这发髻，更不协调的是她的那件又像旗袍又像袍子的裙褂，从立领口至裙摆，以宝石蓝和玫红相间为底，上面绣着各色鲜艳的古怪图腾，与发髻上那些五彩丝线梭织的发饰和苗银步摇相配得很，只是光看她的模样，根本分不出她到底是什么人。顾婆清咳了两声，缓缓道："尔妮从来不喜欢凑热闹，连你都知道了，看来闹得真不小啊。"她扶起顾婆清，道："当家打趣我呢，尔妮也只是道听途说，这些个少爷都各自心肠，还真不能小看呢。"

原来这姑娘却是顾婆清最贴身的婢女卓尔妮，但与其说是婢女，倒不如称为姐妹。据说顾婆清是她的救命恩人，在这蓝关堡中两人唯一信得过的人只有对方，但到底怎么救了卓尔妮的性命却无人得知，不过人尽皆知的是卓尔妮脑后的发髻，在这个时代，有这样的发髻除了表示已婚，还有一种便是自梳女的象征，卓尔妮毫无疑问是后者。她为什么自梳，究竟是什么来历，更没人知道，也没人敢向顾婆清询问。

“对了，神台上的杨柳枝都快枯萎了，怎么也没人换换水？这可是供着老爷牌位和柴家祖先的神台啊。”顾婆清指了指道，卓尔妮不由啧了下嘴，不悦道：“还不是小梅，这丫头这段日子也不知道怎么了，成天魂不守舍的，今天还跑到后场嘻嘻哈哈呢。”顾婆清一听，忙问道：“她在后场？那正好，我想问问今天这件事发生的全过程，也好想办法应付逄老板。”卓尔妮道：“当家，你还头痛着呢，我去帮你叫她回来。”顾婆清露出一个温暖嫣然的笑容，看得出这笑容是发自内心的：“你？你去市集大半天，回来到现在又有很久了，你看看外面的天色，你还有别的事要做呢。我没事，我自己去行了。”卓尔妮抬眼看了一眼外边的天，也会心一笑，替她拿了件皮粉色的印花斗篷披上，又仔细地扎好防风沙的帽子：“路上小心。”

蓝关堡的风沙的确很大，虽然说从顾婆清的窑洞到玉器店的后场并不远，可这一路上要是没有这件斗篷遮住口鼻，还真会拖慢不少她的步伐。这一段路顾婆清闭着眼睛走也能走到，但不知今天是怎么了，接连几阵巨大的黄沙风暴吹偏了方向，好不容易跋涉到的时候玉器店却已经收工了。不过令顾婆清奇怪的是，今天收工后这些工人们却都聚集在附近的凉茶铺里，几乎一个都没缺席，好像有什么聚会般。她凝视了片刻，便发现有个瘦瘦高高的工人正在给所有人分发着什么，可离得太远以致她看不清那工人手中的罐子里装着是什么，但看得出其他人都吃得津津有味。顾婆清往前走了两步，忽然一股浓郁又熟悉的鲜味飘入鼻腔，这味道……

她只觉浑身上下被灌了铅，再也走不动，这味道宛如醍醐灌顶，令她霎时忘了时间空间，久久回味的时候竟是被那之前在凉茶铺里分发酱菜的工人唤她之声惊醒，这才回过神来。放眼看去凉茶铺里的其他工人全都走光了，铺子里空空如也即将打烊，也不知自己究竟站了多久。这人身上沾满了那酱菜的气息，摆了摆手道：“夫人？夫人，你没事吧？”顾婆清打量了他一番，目光落在他手中拿着的瓷瓶上，他顺着她的眼神低头看了看，挠头笑道：“这个是我做的酱菜，我做错了事被解雇了，明天就要走了，走之前想给工友们分些我做的拿手酱菜……”顾婆清微微吃惊道：“你是臧九安?”

“夫人怎么知道我的?”他被顾婆清突如其来的问话弄得一头雾水，不好意思地尴尬笑了笑。顾婆清这才收回之前失态的神情，摆回了平日里的姿态，冷言道：“胆敢打破逢老板的玉璧，你也可是蓝关堡上的第一人，还有谁不认得?”可是她并不知，这个傻憨憨的老实人，根本连自己是谁都不知道。臧九安看见她严肃的面容也觉得心中一颤，不由得有些害怕，嗫道：“我……我知道我闯了很大的祸，我已经收拾好了行囊明天就走，我也绝不会怪大当家的撵我走，只是怕没机会好好谢谢大当家的收留我在玉器店的这些日子……夫人，能不能麻烦你把这罐酱菜交给大当家的?我没什么好送的，只有这罐酱菜是我亲手做的，聊表一点心意。”

顾婆清闻言又是一怔，再波澜不惊的脸上也掩不住神情微动，她娴熟地伸手拈了一根乌黑如螺的酱菜凝视了半晌，似是感触良多：“你是维扬人?”臧九安见她冰冻的表情融化了些，也松了口气：“不是的夫人，我是临汾人，不过我曾和六必居的师父去维扬取经，学习怎么把酱菜做得更好。”顾婆清若有若无地吸了一口气，却仿如是一声叹息，转动着指间的那根酱菜：“色如碧玉形似簪，清香喷艳一齿间，此味非比寻常物，疑是仙品下尘寰。这甘露子倒是选得极好，黛绿适中，黄蒸赤美，腌渍得也恰到好处，仅闻这气息都感觉得到用来装酱菜的瓮是用陈酒浸过，还有一丝草藿的芬芳，果然是个酱园高手。”

这回轮到臧九安呆住了：“夫人怎么知道这么多?我听工友们说蓝关这带从来都没人吃过酱菜的，夫人不但认识原料，还能将制作流程说得分毫不差……啊，听夫人说的前两句诗我在维扬听过，夫人是维扬人?”顾婆清突然沉下来呵斥道：“多事!”，他被她的喝止声吓坏了，脸色苍白不知说什么，顾婆清见状缓了缓语气，轻声道：“好了好了，这罐酱菜我替你送给大当家的，你放心好了。”顾婆清裹了裹长袍披风，转身便走，留下臧九安一人望着她的背影发愣，细细回味过来，这妇人美中含贵，亦柔亦刚，可双目的凌厉让人不敢直视，一时冰冷如蓝关的凉夜，一时又似黄土中的沙漠玫瑰，她到底是什么人?

“当家，你怎么才回来？”她撩起门帘走入第三个窑洞的时候，卓尔妮已在替她铺着床，炕上还摆了一碗白粥，外面的天色早已经黑了。顾婆清有些反常地一言不发坐到炕上，卓尔妮担心道：“你没事吧？”顾婆清拆下帽子和斗篷放在一边，掸了掸发鬓沾上的黄沙，那张精致的脸庞在明明灭灭的油灯下显得格外苍白，她拔下耳后的鸾花金钗，面无表情地递给卓尔妮：“把这个拿给有良，叫他今夜三更之前赶去玉器店，让臧九安留下，继续在后场做工。”虽然只是淡淡的一句，却令卓尔妮震惊不已：“什么？连夜留下臧九安？当家，到底出了什么事了，你怎么会突然改变了主意？”顾婆清不答她，撑起手扶住微微作痛的额头，卓尔妮看见了她身后的那只白色瓷瓶，奇道：“这是什么？你见到臧九安了？”

她正要伸手去拿那瓷瓶，顾婆清突地睁开了刀子般锐利的双眸瞪了瞪她，低沉着声音道：“你今天的话太多了，一句接着一句地问，我每件事都要告诉你么？叫你做什么就做什么，没有道理的事我不会做，不管他打破的是逢老板的玉璧也好天王老子的龙椅也好，理由向来都在我这边，要走要留都是我决定，你和其他人只管做事就行。”卓尔妮似乎没想到她会这样严厉地对自己说话，顿时愕然愣住了。顾婆清也察觉到自己说得太重了，吐了口气道：“好了，你去办事吧，我一个人静静。”卓尔妮始终放心不下，走出门口又悄悄望了她一眼，只见她抬起脚斜靠在炕上，抱起那只白瓷瓶出神，没有半分休息的意思。卓尔妮换了件苗绣的长斗篷，遮住她浑身上下叮当作响的银饰，只身快步走入黑夜之中的黄沙深处。

第四章　逢老板

最感到诧异的自然不是卓尔妮，当柴有良听到卓尔妮的诉说，不由蹙紧了眉头，在油灯下仔细地凝视那支金钗，似乎怎么都不相信顾婆清会突然改了念头。这支金钗是当年顾婆清和柴国瞿成亲的时候，柴国瞿送给她的聘礼之一，据说是清朝皇宫里的御用司制用了足金打造，本是末帝送给淑妃文绣的礼物，可因为时局动荡，加上刀妃革命，文绣与末帝的感情破裂，末帝将这伤心之物丢入熔金炉销毁，却被贪财的小太监偷出宫变卖了，兜转到柴国瞿的手上，这支金钗后来也象征着顾婆清大当家的身份和地位。

在一旁的邹宛萍忍不住道："尔妮，婆婆怎么会突然转变了？是不是有什么问题？"卓尔妮道："大少奶奶，不瞒你说，这次的事当家对我也是只字未提。"

柴有良把金钗紧紧攥在手心，忽地站起身交还给卓尔妮："好，既然二娘肯让九安留下，那我这就去截人。"他套起一件外套转身就要出去，想了想又对卓尔妮道："我不管二娘究竟在打什么算盘，总之当时是我担保九安留下来的，以后九安的事就是我的事，你回去原话告诉二娘。"

卓尔妮见他没有要出门的意思，心中有数立刻告退出去，邹宛萍这才上前道："你怎么还不去？要是晚了留不住臧九安，那婆婆可要不高兴了。"他闷哼了一声，耸耸肩："人我是一定要留的，这个二娘真是深不可测，你觉得无所谓的事她偏偏来真的，你觉得没有商量的时候她偏偏又有回转的余地。宛萍，你每日替她推拿按摩，有没有发现什么？"

"你又来了，"邹宛萍的眼角还没卸干净妆容，这会儿便随着轻微的鱼尾纹皱了起来，"我真不知道你到底对婆婆有什么偏见，整天要搜集罪证似的，你在怀疑什么呀？她好歹也是柴家的人，你能不能别老这么冲动，好心有时候也会办坏事的。”说着猛咳了两声，柴有良忙把桌上刚熬好的那碗药端给她：“你身子不好，千万小心身子，别这么激动，好了好了，我说给你听。其实从爹娶了她当续弦，这些年，我一直觉得什么地方不对劲，你说她是维扬大户人家的千金吧，贵气足够，但似乎又缺了些什么，我总觉得……二娘有什么秘密瞒着蓝关堡，可能，可能也瞒着我死去的爹。我都在悄悄地搜集证据，但苦于没有结果，我不想让一个身份来历不明的女人掌控柴家命脉，不想让家业落入外人手中，你明不明白？”

“你……”邹宛萍不由被药呛到了，“你越说越离谱，什么叫身份来历不明？公公在世的时候不就说了，她是维扬顾氏千金顾阿清么，身家清白毫无疑点，你别钻牛角尖了。”柴有良有些不高兴，别过头去：“就知道你妇道人家懂什么，我爹是什么样的人我会不知道？要是真正的大家千金，怎么会甘心嫁给我爹跑到这偏僻贫瘠的黄土里当续弦夫人？算了算了，不跟你说这些事了，我去找臧九安了，你喝了药好好躺下先休息吧。”

第二天比凿玉工人打破逢老板的玉璧更震惊的消息几乎是轰动了整个蓝关堡的商铺，这个工人竟然继续回到了柴家的玉器店工作，再不问事的柴有扬也被气得火冒三丈，觉得这根本是故意下自己的面子，索性不来玉器店，只是怒气冲冲地闯回了自家窑洞来个罢工。一路骂骂咧咧进屋的柴有扬没想到柴国军竟然在家里，立刻收住了：“爹？你不是去省城办货么，怎么才这几天就回来了？”

柴国军乃是柴国瞿的同父异母的弟弟，两人的关系向来就不怎么好，柴国军更因为自己是庶出，继承不了祖业而耿耿于怀。本来柴国瞿是在京城里做清廷的大官，无人跟自己争夺蓝关堡的家产，可偏偏清廷倒台，柴国瞿又回来了，搞得他两手空空反而为他人做了嫁衣裳。可惜已经年逾半百，柴国瞿也在两年前去世了，本以为大当家的位置能顺其自然地回到自己手中，哪知柴国瞿新娶的这个媳妇，竟然如此神通广大，魔高一丈地坐上大当家的位置。

“你嘴里嘀嘀咕咕什么呢？”炕上那个穿着雾灰色长马褂的臃肿男人蓄着一排络腮胡，双目也有些灰蒙蒙的，浑身华衣缎锦，却搭配得不是很和谐，令人觉得是个暴富的土佬。他正喝着两口烈酒，一见柴有扬进来便问道，柴有扬道：“爹，你不知道，伯娘太过分了，那天有个凿玉工人打碎了逢老板指定的玉璧，我说解雇他，大表哥非要跟我对着干。我想这事理儿是在我这边，本想借着伯娘好好整一下大表哥，谁知道伯娘一反常态，居然为了打压我的气焰，把那个很可能招惹逢老板的工人继续留下来了！我看着那人就碍眼，总之，工厂有他没我！”

柴国军喝完烈酒的脸涨红了起来，他站起身走到柴有扬身边，伸出手指狠狠地点了点他的脑门：“有他没你？我看你是没脑子！堂堂少爷跟一个身份卑微的工人较劲，你有这工夫，还不如顺着你伯娘的意思，按兵不动，看看她到底想干什么。”他舒了口气，接着道：“不过，大嫂此举是不合常理，她不会为了这么个小人物得罪逢老板的……你别以为她是想打压你才留下那个人，她根本不想跟你斗花样，我看她，哼哼，估计别有所图。如此袒护一个工人，她是想培养自己的势力坐稳这位置才是真。”

柴国军一对粗厚的倒眉皱了皱，心中不满起疑，转过头对柴有扬道：“你啊，好好地给我待在店铺里，起码还能留意到他们的动静，你一走，那皆大欢喜的可是正房那些人了。爹这辈子不指望当大当家的了，就靠你了，你一定要努力，为我们庶出的争光啊。来，这些钱给你打点，好好干。”

“当家，二老爷回来了。”卓尔妮走进屋内的时候，顾婆清正从梁下灵位台的长梯上提着不便行动的旗袍裙慢慢地下来，她手中拿着一根断掉的香，看样子刚刚给柴国瞿上过香，这件事她每天如是，从来都亲力亲为从不间断。顾婆清头也不回，站回地面又拜了拜：“哦，又拿私房钱给有扬了吧？”卓尔妮撇撇嘴，托了一下脑后的发髻：“表少爷还不是拿去花天酒地了么。当家，我还是忍不住说一句，你把臧九安留下来，恐怕得罪的人不少啊，这二老爷也是个麻烦的人。”

顾婆清转过身来，今天的脸色似乎好了不少，面带笑容拉着她到寝室，将白瓷瓶中的酱菜夹了一筷给她尝：“尔妮，留臧九安，于公，他这个人憨厚老实，我有恩于他，他会感激我，借一个老实人的眼可以看见太多我们看不见的事实。这蓝关堡中三大家族，如果做不到知己知彼，我或者柴家，早晚都守不住。于私，他做的酱菜的确很合我的口味。”

“酱菜？”卓尔妮大惑不解，正欲继续问下去，一个身穿粉红小衫扎着两个麻花辫的大眼睛女孩跑了进来：“大当家的，逄老板来了，说要见你！”卓尔妮又惊又诧，忙挥手示意那小丫头出去，顾婆清冷笑一声：“意料之中。尔妮，你先出去接待，我换件衣服就出来。”

“这么大热的天儿，逄老板怎么有兴致来访？”逄老板已在前厅候着，正俯身仔细看着桌上那只舶来品摆钟出神，顾婆清的声音便从后面传来，他抬起头眯起眼睛一看，顾婆清竟在短短的时间内换了个神貌，一身纯正的靛青华服，襟口镶着几粒同样色泽和大小的珍珠，发髻重新盘了个弧度，配上挑目的珊瑚，显得光彩照人，那张脸孔也年轻了不少，美韵中透着高傲，一双眸子黑白分明，俨然的精明在眼中柔化成了顾盼生辉。

顾婆清侧过身往主位上一坐，也目不转睛地微微含笑看着逄老板。这逄老板在众人的口中皆是个不好得罪的人物，要不是真人现身，却怎么都想不到雷厉风行的逄老板不过三十岁出头的模样，体格中量，个头却是很高，一张轮廓分明的长椭圆形脸容因常年风吹日晒，加上黄沙的肆虐，变得有些黝黑。他披着件紫红的褂子遮住光着的膀子，腰间别着一把手枪，一副典型的黄土汉子的模样。可是他却不似柴有良般朴实，一对细长的小眼睛中流转着睿智的光芒，嘴角的笑容也让人不自在，仿如芒刺在背。

这个逄老板就是雕刻世家的长子嫡孙逄临齐，逄家一共出了两个人物，一是老太君严红瑰，还有一个就是这个年轻有为的逄老板。蓝关堡中无人不知无人不晓他的手段，没有人听到他的名字不闻风丧胆。

“柴当家，这可要拜你所赐。”逄老板仍然笑嘻嘻的，话中的力道却不弱，似在开玩笑，又似是兴师问罪：“柴当家不会不知道，你们玉器店的凿玉工人打破了我订的那块蓝田玉吧？那玉可是我准备亲自雕刻送给奶奶的贺礼，如今这块玉没了，柴当家也没对那个工人做任何惩罚，如此胸有成竹，不知道柴当家有什么打算，能让这份贺礼起死回生？”

第五章　补　玉

顾婆清若无其事地捧起桌上的茶轻轻抿了一口，听到他说这句时抬起那双锋如冰刃的眸子，扬起一抹笑容道：“起死回生的本事天底下谁也没有，就当逄老板看得起我，也不代表我会高明得过逄老板。那个外乡人，倒也是个身世可怜的人，蓝关堡的玉采之不尽，所谓旧的不去新的不来，谁知道是不是老天在替逄老太君挑拣一块更好的玉呢？”逄临齐叉起一只手在腰间，撑起身上的马褂，意味深长地笑着走到顾婆清面前：“我向来不信天，只信事在人为。既然这样，就请柴当家顺从天意，将那破碎的蓝田玉变成更好的玉，我希望奶奶的贺礼完美无瑕。”

说罢本欲掉头就走，逄临齐转了转眼珠，黝黑的脸孔凑到顾婆清的耳畔轻声道：“听说这几日柴当家旧患复发，不知道柴当家是不是太操劳导致身子不好，就连记性也变差了。当年大当家的位置是谁帮你清除障碍，才能比柴国军捷足先登，才能这几年坐得稳稳当当，这个人，柴当家应该记着感激，而不是翅膀初硬就开始另有盘算。”顾婆清笑盈盈地站起身送他走到窑洞门口，却不再送了：“我想逄老板一定太多心了吧，谁会想着在逄老板的面前投机取巧？我还要回玉器店看看，就不送逄老板了。”

逄临齐露出古怪的一个微笑便走了，卓尔妮这才赶不及地跑过来急道：“当家，十日，离逄老太君的寿辰只有十日了，再难在这十日内找到如此上品的蓝田玉啊。要不还是把臧九安处置了，消了逄老板的一口气吧。”顾婆清凝视着逄临齐微微佝偻的背影消失在黄沙中，眯起眼睛，扶了扶头上的金钗：“逄老板不过说希望贺礼完美无瑕，并没有说这贺礼是要鬼斧神工，还是巧夺天工。”卓尔妮沉吟片刻恍然呼道：“补玉？”顾婆清侧过头看了看她：“臧九安留下来，可以帮我看清族内的各方势力，更好的话就可以不再受逄临齐的钳制。你去市集采办给逄老太君的贺礼吧，我一会儿亲自去店铺里看看他们谁能补玉。”

卓尔妮心中暗暗佩服，跟在顾婆清身边这些年，什么大风大浪没见过，她总是能化险为夷，再难的事她还是有解决的办法，这么想来便放心多了，收拾好银包，披上斗篷便去市集继续为逄老太君挑选贺礼了。

顾婆清到玉器店的时候正是正午时分，太阳烈炎地肆虐地晒着这片空旷的黄土，工人们都光着膀子，穿着短裤，汗流浃背卖力地凿玉、托运玉石，柴有良却没有歇一口气，仍陪着这些工人们在烈日底下工作，灰色的长袍后面也早已浸湿一大块。顾婆清悄无声息地步进来，以至于忙碌的人们根本没有看见她，倒是在擦汗的柴有良第一个发现了她：“二娘，你怎么来厂里了？”

“我不是跟你说过，在厂里叫我大当家的么？”顾婆清除下斗篷上的帽子，掸了掸鬓边，厉声道。柴有良忙改口道：“是，大当家的。”被他这么一喊，众工人纷纷停下手中的活儿回过头齐声喊道“大当家的”，顾婆清微微向他们点了点头，索性缓步视察起厂里，边走边对身后的柴有良道：“还要多亏宛萍替我又是推拿按摩又是抓药，我这两天才好些，既然好些我就来厂里看看，可别再出什么错漏了。”说着转过头凝视着他道：“你知道么，逄老板适才来找过我，为的什么事你心中有数，蓝田玉打碎了就必然要有个补救的办法……”

她话还没说完，抬眼却看见用木板车托运着一块刚刚凿好的新玉的臧九安弓着腰从后场过来，他也看见了顾婆清，顿时开心地霍然直起身笑着向她挥挥手：“夫人！夫人，那天谢谢你帮我把酱菜送给大当家，大当家真的继续留我在这里做工了！”柴有良惊诧地斥道：“叫什么？这是大当家的。”只见臧九安赫然愣在了原地，吓得一时间手足无措，口中念念有词：“大……大当家的……”顾婆清忍不住笑了，走到他的面前拍拍肩：“别这么紧张，你要是想报答我，不如改天再做几味酱菜送来。”她顿了顿，抚摸了那块新玉半晌摇了摇头：“果然再难凿除之前那般好的玉……有良，叫齐铺子里的人集中起来，我有事要说。”

不一会儿所有的人都被召集到玉器店里的大厅去了，顾婆清坐在高堂上看了一圈底下黑压压的人群，不由皱了皱眉："有扬去哪儿了？"柴有良道："他说他被太阳晒得头晕，去了偏厅的厢房休息。"顾婆清冷笑一声："也就只敢跟你耍这套花枪，偏厅厢房？别告诉我是由南向北的第二间，我虽然不常来，都知道那间屋子有个小后门，穿过后门能直接回窑洞偷懒歇息。"柴有良不由瞠目结舌，半句话都答不上来，这个女人简直太神通广大了。顾婆清道："好了，不管他了。大家都知道之前逄老板订的那块上品蓝田玉已经碎了，再难在十日之内找到这样的好玉，所以，我想看看有谁能补好这块蓝田玉，化腐朽为神奇。谁要是做到，我就破格升其为二当家。"

"二当家？"此言一出顿时引得所有人躁动不已，就连刚刚到来拎着食盒想给柴有良送午餐的邹宛萍也不由浑身一凛，这个消息顿时传遍了整个柴家，柴国军也因此得知柴有扬偷懒错过了这一幕，又是气又是恨，要跟他一起想办法补好那块玉，成为二当家再慢慢跟顾婆清斗法。

邹宛萍一反常态地留在工厂直到顾婆清回去，她赶忙悄悄把柴有良拉过来："到底有没有办法补那块玉？婆婆说话向来一言九鼎，这样你就可以如愿以偿当这么多年都没当上的二当家了。"柴有良笑道："如果这么好办到，二娘绝不会到铺子里来说的。我看是逄老板在给她压力，恐怕她自己都束手无策。"邹宛萍道："啊，我想起来相邻的省城有个匠人擅长修补这些，有一回我的埙坏了也是他补的，他很喜欢吹埙，我还教过他呢，也算有些交情，我帮你找他过来修补。"

"哎哎，你打住。"邹宛萍说罢就忙要跑走，柴有良一把拉住她的手臂，险些扯翻了她手中的食盒，"我知道你一心想帮我，不过……这次我不想争。"邹宛萍愕然地睁大了水灵的双目，不可思议极了，他却悄悄地指了指正在干活的臧九安："我补好了玉成了二当家，是管店铺里的事，不当二当家我还是大少爷，照样管店铺里的事，照样说一不二，有什么区别？倒是九安，如果他能将功补过，二娘就要名正言顺地将他留下来，这样的机会，我打算让给九安。"邹宛萍闻言渐渐垂下眼睫，叹了口气："你啊，总是为他人着想，我知道你有正义感，看不过这些事。既然你都开口了，我这个做妻子的还能说什么，我会支持你所有的决定。”柴有良擦了擦鼻头的油光，咧开嘴笑道：“我就知道你会支持我，好了，快回家吧，你还有一副药没吃呢。”

他送走了邹宛萍，从门口反身回来，却赫然看见臧九安红着眼吸着鼻子站在身后，早已泣不成声：“大少爷……你待我真好……你和大当家的都是好人，我真的不知道该怎么报答你们……你们放心，我一定不负所望，一定会把蓝田玉修补好，不让柴家受逄老板的气。”柴有良挠了挠平头笑道：“好了，感激的话就别说了，快点想办法补玉吧。收了工跟我去市集转转，说不定能想到什么好办法呢。”

同样在市集上漫无目的兜兜转转的还有采办贺礼的卓尔妮，柴家送的礼物既不能太普通，又不能喧宾夺主，真是个为难事。她挎着缀着银饰的小包走在路上四处放眼看去，一阵风沙吹来吹乱了她额前的绿松石额佩，卓尔妮抬起一只手整理了一下，放下手的时候眼前却看见了前面转弯口正站着一男一女两个人，其中面对自己的正是逄老板逄临齐。她揉了揉眼睛，仔细看去，背对着的那个女子比逄临齐要矮一个头，绾着个漂亮的凤舞髻，头上还点缀着一排细碎的紫玉钗，甚是好看。她穿着一身惹眼婀娜的玫瑰红裙褂，又似旗袍又似洋装，显得很是洋气。在这颜色的衬托下，那露出的手腕宛如白玉柔腻。

第六章　姑奶奶

“逄老板，真是太巧了，我也是来给老太君挑贺礼的呢。”未见其人，便闻其声，卓尔妮便知道这人正是申屠家的姑奶奶申屠湘了。她是如今的族长申屠洪的亲妹妹，比他小十来岁，素来最得他的欢心，在申屠家里也是要风得风要雨得雨。早听说这个姑奶奶生得是花容月貌，颇有风姿，又是蓝关堡中的大户人家，可偏偏标梅已过也无人问津，她的河东狮吼在整个蓝关堡中早就不是什么秘密了。

卓尔妮本想掉头就走，却听见申屠湘媚然的声音：“逄老板，你看，我这里也有块上好的羊脂玉，我家里的美玉更多，你要是喜欢，不如去我家挑块玉送给老太君吧。”逄临齐却道：“姑奶奶有心了，打破蓝田玉的事是柴家做的，柴家终归要有始有终，姑奶奶的好心会让有心人觉得越俎代庖，就让柴当家自己处理吧。”

卓尔妮心中咯噔一声，这个逄老板看来是要给当家一个下马威。她不由担心起顾婆清能否顺利将这件事收场，也无心再听下去，心事重重地绕开他们走了。

申屠湘却没有要走的意思，紧跟着逄临齐东扯西拉，似乎开心极了。她转过脸来，果真是个标致的美人，妖娆婀娜，巴掌大的瓜子小脸仿若画中，眼波流转顾盼，手中还摇着一柄团扇，走起路来一摇三晃，美则美矣，可是却透露着一股子的精明气息。这精明不似顾婆清藏得深，绵里藏针，却是浮浮飘飘，一眼就看得透。“逄老板，你看我给老太君挑的这个足金打造的蟠桃，雍容华贵，好不好看？”逄临齐被纠缠的受不了，尴尬道：“呃，姑奶奶，多谢你对奶奶有心了，贺礼到当日再送来才更好，我要是提早看了反而没意思了。对了姑奶奶，我还有点别的事，先回店铺了。”

虽然他已经极为宛转，但任谁都听得出这话里的不耐烦，根本是找借口躲着申屠湘，申屠湘何曾听不出，但也只得强颜欢笑目送他匆匆忙忙地走了，这时脸上的笑容也一点一点慢慢收了起来，怒气氤氲上娇俏的脸庞，侧头对身后的下人发脾气："你们，还愣着干什么，这个金蟠桃不要了，给我退回去！花了这么多钱，还不讨好，你们一个个都蠢得要命，这贺礼不好也不知道说一声！回家回家，热死啦！"

申屠湘坐着拉车一路气鼓鼓地回到了西南角上的那个大窑洞，手中的绢帕心烦意乱地挥着扇风，可一点都没觉得凉爽，那樱桃小口也没歇息片刻，从街头骂到了巷尾，自然骂的不是逢临齐，却是那些无辜的下人。

她下了拉车，也不再装模作样走婀娜淑女的步姿，大步流星地跨进门去，全然不顾形象："这该死的天气，偏要跟我作对！果然不顺起来什么事都不顺……"她还没骂完，从屋内后堂走出来一个四十来岁的臃肿男人，背着手踱到她面前，堆起满脸横肉的笑容道："怎么啦怎么啦，谁惹我的宝贝妹妹了？"申屠湘转头一看，顿时跺脚撒起娇来："哥！"

这男人身材又矮又胖，本来倒也五官端正，可却被发福的脸型向两侧拉长，显得赘肉满脸，将眼耳口鼻都挤了起来，脸上还泛着油光，又有些痞味似是这带的马贼，又有些铜臭气息像是暴发的富户。可这男人两者皆不是，偏偏是在这蓝关堡中身份最高的申屠族长申屠洪。申屠氏世代都是非富则贵，他们的祖辈曾是前清的郡主，族内的男儿皆是长子嫡孙世袭继承族长之位，这个申屠洪也不例外。他的模样看起来时而凶恶时而憨傻，唯有对着家里亲近的人才露出最真实的笑容。

申屠湘嘟着嘴倚在他身上狠狠地掐了他的肥胖胳膊一下，痛得申屠洪直叫唤，她却道："哥啊，刚才我在路上遇见逢老板了，他见了我就像见瘟神似的总想跑，我又不是丑似无盐，又不是洪水猛兽，他为什么要躲着我啊？"申屠洪一听不乐意了："又是逢临齐，我说阿湘，这个逢临齐到底有什么好，你就这么看中他？我给你介绍了多少门亲事你都看不上眼，偏偏对他另眼相看，你你你……哎呀！"申屠洪无奈地叹了口气，她却噘着嘴道："我想喜欢谁就喜欢谁，哥你管不到，又不是要你嫁。"他撇撇嘴甩开申屠湘的手："你也用不着这么上赶着吧？何况，"他板起脸来，"我根本不同意你嫁给逄临齐。"

"这个人不识好歹，总是跟我们申屠家作对，我们继承清廷的旧章法，他偏偏要推行什么新法什么民主，还想取缔我们的世袭制，这个人狼子野心，实在不可靠。"看着申屠洪的脸上抽搐了两下露出凶狠的目光，申屠湘却丝毫不忌惮，背过身不理他，申屠洪拿她没办法，柔声道："退一万步说，我可不希望我的宝贝妹妹嫁过去当小妾。"申屠湘闻言赫然大惊失色："什么意思？"他耸耸肩道："我告诉你，你可别不高兴，据闻逄临齐早在半年前订下了亲，只因对方有孝在身婚期才拖了下来，好像几个月后就要正式成亲了。阿湘，我劝你别胡思乱想了，我给你找个省城的大户嫁过去当原配夫人不好么？"申屠湘只觉这消息如晴天霹雳，再没了之前嚣张跋扈的态度，花容惨白地瘫软跌坐回了椅子上。

"当家，已经过去三日了，关于补玉的事还是没有丝毫的进展，你就不担心么？"自从那天在市集上无意间听见逄临齐对申屠湘所说的话，卓尔妮的心里一直是七上八下，可顾婆清仍旧每日如常，也不再去玉器店视察，似乎这事已经风平浪静。

卓尔妮看着日子一天天过去干着急，终于忍不住问道。顾婆清就着桌上的油灯，翻着手边的账本，接过她递来的米粥喝了两口，也不抬头看她："尔妮，我把这本看完就休息了，你帮我整理下床铺。"卓尔妮急道："当家。"她终于抬起眼停下手中的事："你急什么，有的事如果是天注定，干着急也没用，如果不是，那么事在人为也早有了周详的布局。二当家的位置谁都想坐，可偏偏这几天宛萍替我推拿的时候丝毫没提到她丈夫，这说明是有良自己放弃了这个机会，有良放弃这个机会的唯一可能，就是让给臧九安。"

她在卓尔妮不解的眼神中站起身来边拆卸着发簪妆容边轻轻道："有良多想当二当家，谁都知道，有良多喜欢锄强扶弱也众所周知。这次他为了臧九安跟我闹僵，还不趁着这机会给臧九安台阶下，好拿来堵我的嘴么？只不过他不知道，在我眼里，是谁修补好玉并不重要，重要的是给逄老板一个出其不意。”卓尔妮似乎听明白了，也明显地松了口气，顾婆清散下发髻披了一头黑乌乌的长发在肩头，转过脸对她莞尔一笑：“那你还不去盯着臧九安？”

经顾婆清一点拨，卓尔妮恍然道：“当家，你可真是高，借大少爷的手稳稳地留住臧九安而让逄老板没办法挑你的刺，又能巧妙地化解逄老板的刁难，还能经过这次二当家之位的挑选引表少爷和二老爷露出真面目，看看他们使什么手段，真是太高了！可是……你怎么确定臧九安就一定有办法补好蓝田玉？如果弄巧成拙，逄老板反而会借题发挥。”顾婆清笑道：“你也会说都三天了，玉器店一点动静都没有，那就表明臧九安胸有成竹了，不然以他这老实巴交的性格能不急得像无头苍蝇么？我唯一好奇的是，他能怎么把这块玉补好。尔妮，这就要靠你做我的眼睛了。”

“尔妮明白。”卓尔妮放下心头大石，觉得这几年来真是没有跟错人，顾婆清机敏透彻，从她身上也学到不少东西。卓尔妮替她铺好了床褥便换上灰色的斗篷悄悄往玉器店的附近去了。

这晚臧九安也是辗转反侧难以入眠，他好不容易等到整个大通铺里的工友们在身边都熟睡了，这才摸黑爬起身来蹑手蹑脚地潜入后场，将那几块支离破碎的上等蓝田玉用红缎子盖住，一块块搬上板车，又用了几块早已准备好的劣玉冒充放在原处，弓起身子推着板车悄悄行出玉器店。

第三天了，他在心里对自己默默道，三天前去找师父，师父叫自己今夜子时把碎玉运上山给他，为什么师父要拖到这个时候？

他此刻心中所念的师父，可不是曾经对顾婆清等人提过的六必居酱菜老师傅，而是当年臧家家破人亡的时候他身无分文流落在蓝关，遇到的一位世外高人。这人总把自己裹得严严实实，一条又厚又长从不更换的斗篷结实地遮住这个头，除了一对眼睛，臧九安跟他相处了好一段时间都看不出这人的任何体貌特征，更别提这个怪人的姓名了。

卓尔妮在暗处等了不久，果真看见臧九安鬼鬼祟祟地趁着夜色托运着蓝田碎玉，这个胆小又朴实的外乡人，似乎从来没撒过谎，从来没做过这些事，一步三回头，紧张得满头是汗。卓尔妮本想继续跟上，哪知黑暗中突然伸出一只手猛地拉住了她。

第七章　自梳女

“当家?”卓尔妮被着实吓了一跳，转过头看见顾婆清藏在斗篷帽下的脸庞这才松了口气，“当家，你……你怎么不让我追了？哎呀，臧九安不见了!”顾婆清裹了裹斗篷，踱步道：“好了，别继续跟他了，我要你跟踪他只是想证实我的想法，现在目的都已经达到了。臧九安既然背后有人能补好蓝田玉，又能借此看看臧九安究竟可不可靠，再跟下去就会打草惊蛇，因为我们不知道他背后的人有多大的能耐，我不想臧九安因此失去对我的信任和感激。”

她说着望了卓尔妮一眼，似是自言自语地道：“我利用的人太多了，可我不想利用他，又不得不利用……尔妮，你也要记住，不要轻易与别人交心，你永远不知道对方交出来的那颗心是真是假，是一半还是一整个。”

卓尔妮闻言不由愣了一愣，眼中划过一丝失落，下意识地抬起手失魂落魄地抚摸了一下脑后自梳而起的那发髻，什么都没有说。看似只是寻常的一个动作却也被顾婆清看在了眼里：“你知道，我从来都不过问也不打听你为什么自梳，但我希望你记住，当日既然决定自梳起，就该放下，不要再想着过去的事情，人要想忘掉过往一下不可磨灭的回忆，唯一的办法就是永不停步地向前走，让自己没有喘息的机会回头看一看。”她突然发觉自己一时间控制不住，仿佛感同身受说了太多，便立刻打住了。卓尔妮倒没发觉什么，只是点点头：“我明白的了，我自梳进了冰玉堂就想过没有回头路，我现在只一心一意跟着当家。”

她想了想，又道：“对了当家，明天晚上你没事吧？能不能暂时搁下手边的活儿，陪小少爷一晚？明天是小少爷的生日，我昨儿哄他睡觉的时候听见他在说梦话，说希望阿娘陪自己吃饭过生日，我明天照常接小少爷下学堂，你就在家里做好菜饭等他回来一块儿过生日吧。”

顾婆清忍不住脸上欣喜的神色：“真的？我这个做娘的怎么会忘掉孩子的生日？我是怕有浦不愿意我陪他，你也知道，这些年我和有浦都生疏得很。”卓尔妮道：“我每天接送小少爷上下课，他虽然不说，但我也看得出他很羡慕那些有娘的同学，可是当家毕竟是当家，不能像普通女人无所事事，我想小少爷长大就会懂的。”

顾婆清心中一阵酸楚，随着卓尔妮飘然曳着长斗篷在风沙中回到了窑洞，她悄悄推开柴有浦的寝屋，坐在床沿边凝视着这个才五六岁大的小男孩那张熟睡的脸，不知不觉滑落两行清泪，心中暗暗决定，一定要借着明天生日，做一桌子好菜，缓解母子之间的芥蒂。

第二天一早顾婆清就穿着长斗篷迎着风沙去市集买菜了，也不见她头风发作，倒显得精神格外好，逄临齐自那天警告过她之后一直暗中盯住柴家的一举一动，对于顾婆清出题补玉的事也了如指掌，突然见她心情变好，不由好奇起来她是不是当真有了解决的办法。他坐在雕刻店里凝神雕琢着手里的木头根雕，可总觉得心绪不宁，竟突然失手，小刀忽地划伤了手，刻人的手可是极其宝贵的，可偏偏这里的创伤药已经用完，他只得把店铺里的事暂时交给工头，自己回家拿些创伤药。骑着驴踏进逄家窑洞，跃身下来穿过前院，刚刚进到后庭，便看见逄老太君正和一个穿着白色洋裙的年轻女子对着个樟木大匣子玩得不亦乐乎。

“奶奶！”逄临齐叫了一声，露出温柔的笑容迎着那一身华服的老太太。这老太太雍容华贵，两鬓斑白，额前绕着一条雕刻着凤凰的蓝田美玉额帕，胸前挂着一串晶莹翠色的硕大佛珠，粒粒圆润色泽极佳，是上品中的上品，手上还杵着根镶满了金玉的老紫檀拐杖，满身珠光宝气中映着张富态亲切的脸庞。这便是逄家的老太君严红瑰了，她笑盈盈地起身蹒跚而来：“齐儿，快来看看这西洋镜，真是有趣得紧呢。”见她起身，严红瑰身边的那个洋装姑娘也赶忙搀着她向逄临齐走来，笑容极其甜美纯净：“大哥，你今天回来的真早，快来跟我们一起玩！”

“这是什么西洋玩意儿，都是骗人的把戏，我看里面不过装了一些图片罢了。”逢临齐笑出声来凑到那大匣子前仔细看了看，这箱子旁有几个小洞，凑眼上去便能看见里面变幻的西洋画。身边的姑娘嘟了嘟嘴：“什么呀，我倒觉得很神奇，奶奶也说稀奇呢。”

逢临齐笑着移开眼，将目光落在她的身上，这姑娘一张净洁无瑕的脸透露着微微的稚气，约摸才二十出头的模样，生的灵动俏生，黑发烫成一卷一卷的挑扎起一绺配上珊瑚粉的蝴蝶结夹在头顶，留下几绺卷长发分别放在两肩，垂在鸡心领的衣衫上。她穿着一袭如雪丝云片般透薄的白色连衣裙，裙长只及膝盖，露出一对象牙色的美腿踏在桃花粉色的漆皮高跟鞋里。

在这年代，虽然清帝不再当家做主，男人们也已都剪了辫子，就连当年清廷里的老太监都出来开小酒楼做生意，但是身为女子，尤其是在这偏僻落后土地上的女子，敢穿成这般却是少之又少。或许是逢家人的特有共性，偏偏她不怕人诟病，也没有人敢诟病她，因为她是逢老太君最疼爱的孙女，是威风凛凛的逢老板唯一的妹妹——逢肖娘。

“好啦，你喜欢就好。”逢临齐溺爱地望了她一眼，也上前搀扶严红瑰的另一只手：“奶奶，还有几天就是你的七十大寿了，你有没有什么特别想要想办的，我替你提前做足。”严红瑰呵呵地笑着拍了拍兄妹俩的手：“我呀，什么都不求，要我说一切从简都好，可你们说什么七十大寿非要弄这么大的排场，我只希望我们逢家人一家整整齐齐，有你们绕膝在旁我已经很安慰了。”她说着说着，脸上忽然划过一丝失落：“唉……可惜恭儿他……你和肖娘都陪在我身边，可是恭儿却不知什么时候能回来……”

“是呀大哥，二哥去省城念书一去就是好几年，最近连家书都少了，他什么时候回来啊？”逢肖娘也心焦道。逢临齐眼中微微含了含笑，却立刻收住：“我想也快了，好像明年就能结业，明年奶奶的寿辰他一定能回来。”严红瑰为了掩饰心中的失望，赶忙转了话题：“对了齐儿，柴家打破蓝田玉的那件事，你准备怎么处置？”他没想到严红瑰突然这么问，其实他的心里也没有底，只道："放心吧奶奶，我自有想法，总之我会送给奶奶最好的贺礼。"

严红瑰明知自己不是问这个，他分明有意避开不谈便也不再说了，倒是逢肖娘绕着耳畔的卷发若有所思地说："大哥……我知道生意上的事我不该过问，可是……可是你能不能别连累太多人？我想柴当家也不是有意的……"严红瑰突然沉下脸喝道："肖娘，怎么跟你大哥说话！"

她抿了抿嘴忙收声，又想起什么道："大哥，那我们谈谈寿辰的事儿。奶奶的寿辰，你准不准备请大娘参加？"逢临齐本来温和的脸庞听到这句话突然猛地抽搐了几下，面颊上的眼袋也显得格外铁青，严红瑰见他顿时变了脸一语不发，拄着拐杖走到他面前，边拨弄着手中的佛珠边道："要请。"他不由得鼻子出气，回过头板着脸："奶奶！"严红瑰也严肃了起来："这个人一定要请。我的七十大寿，蓝关堡所有人都要出席，特别是柴家和申屠家都必须到齐，她无论以什么身份，都应该现身的。"逢临齐不悦地脱下马褂信手一甩："既然这是奶奶的寿辰，奶奶要请什么人，我都会去请来，不过我可不想跟这个人狭路相逢，她在的那桌，肖娘帮我照应。"说罢便没好气地走了。

快到傍晚的时候，卓尔妮照常去镇上接柴有浦放学，陪在顾婆清身边的几年，卓尔妮知道她无惧生死不怕天地，只是紧张这么个独子。柴有浦是柴国瞿的亲生儿子，当年柴国瞿迎娶比他小三十岁的顾婆清为续弦，又老来得子，对这个儿子简直是宠爱有加，柴有浦又极其聪明，但这聪明才智向来都在书本上，人人都说柴家的家业有柴有良继承，再出个状元郎真是光耀门楣。可柴国瞿终于没有熬到这一天，突然一夜之间重病，每况愈下而终。

卓尔妮赶到学堂的时候学生们都已经走得差不多了，她却竟然没有看见柴有浦的身影，顿时着急闯入学堂四处寻找，又问了老先生，可老先生也说看见他已经走了。

正当卓尔妮惊慌失措的时候，突然听见学堂隔壁的空场上传来一声枪声，随后便听见柴有浦高兴地拍手欢呼声。她赶忙循着声音找过去，这才发现原来柴有浦正闹着要和柴有良学枪，刚才那一枪正是柴有良把着他的手开的，那个五六岁的小童开心地蹦蹦跳跳："大哥好厉害，以后大哥经常教我练枪吧，我长大以后也要像大哥一样。"柴有良疼溺地摸着他的头笑道："傻小子，像大哥有什么好的，大哥就是个大老粗，你要好好读书才是。"柴有浦努努嘴道："先生说，纸上谈兵没用，我还要学枪，以后保家卫国。"

第八章　下车之威

“小少爷，你可让我好找啊！”卓尔妮舒了口气走过去牵他。柴有良看见她来了，站起身道：“你来得正好，快带有浦回去吧，顺便帮我跟二娘说一声我今晚不回去了，我要下山去省城买些东西。”卓尔妮点点头：“是的，大少爷。”说完便领着柴有浦转身走了，她替他披上小斗篷，叮嘱道：“下次可不能这样吓我了，今天是你的生日，跟我回家看看有什么惊喜吧。”柴有浦搂住她在脸上亲了一口：“还是尔妮姐姐对我最好，大哥对我也好，你们都记着我今天过生日呢。啊，刚才在学堂里先生教书教了一个词叫‘卓尔不群’，跟你的名字一样呢，喂，我以后就叫你卓尔姐姐。”卓尔妮把他抱起放在肩上，任他摆弄着自己肩头叮当作响的银饰，笑道：“古灵精怪，你高兴就好。我还要告诉你一件更高兴的事儿，当家今天做好了饭菜，等你一起回去庆生呢。”

“真的？阿娘有空陪我过生日？”柴有浦激动得差点从她肩上跳下来，卓尔妮赶忙托住他：“是啊是啊，当家还说，以后每年你的生辰都要陪你过呢。”事实上顾婆清也的确这么想，望着眼前一桌子精致的饭菜，穿着柴有浦喜欢的艳色裙褂的顾婆清托着腮痴痴地想了很多很多好像是上个世纪的旧事。她叹了口气，向来祸福在天，也不知道自己究竟能不能每年都陪儿子过生日，她也曾想放下心中的往事既往不咎，可是记住并不是为了自己，所以无法说舍弃就舍弃。

正冥想着这些，就着晚霞等柴有浦回家，一个扎着麻花长辫齐刘海的婢女上气不接下气地跑了进来：“当……当家，申屠……申屠族长请柴家管事的人去一趟。”

顾婆清微微皱了皱眉：“小梅，你叫大少爷去吧。”那婢女擦了擦刘海鬓边的汗，这张面孔倒也颇具风姿，一对大大的眼睛溜溜直转，看着她的眼有时会让顾婆清有一种错觉。“当家，大少爷他下山去省城办货了，今天晚上是铁定回不来了。”顾婆清这才想起来确有其事，沉着脸站起身来踱步半晌，道：“那么……叫二老爷去吧，二老爷是玉器铺的主事人之一，也是柴家管事人，他去再合适不过了。”小梅又摇了摇头：“二老爷说他从昨儿开始就发热了，现在正病得厉害。”顾婆清的脸色渐渐变了，口中喃喃道：“昨儿明明还好好的，说病就病，每次推脱都是这个借口也不知道换一换……这么说，又是我去？”

顾婆清回头望了一眼满桌的饭菜，本下定决心留下来陪儿子过生日，天大的事也不会去，刚刚转过头准备对小梅说不去，却迎上小梅的目光。那目光很是奇怪，看似温柔纯净，却有一种强力拉扯住她，让顾婆清不由自主地想起记忆中几乎要模糊的故人。她一咬牙，抄起门后的斗篷披上身，迎着漫天黄沙在黑夜和白天的交界时分步向申屠家的土窑。

进门的时候天色已然黑透了，她脱下外套走了进去，却万万没想到除了阴沉着脸坐在主位上的申屠洪，他的右侧手边竟然还坐着悠然喝茶的逄临齐，他虽然面上无任何表情，却不怒而威。

“呵，没想到这么晚了逄老板也在。”顾婆清瞄了他一眼，顺势打量了一圈申屠家的客厅。果然是豪富之家，处处都流露着大气和贵气，清一色的上等黄杨木桌椅按照旧时的礼制摆放，申屠洪的左边还放着一个可以移动的雕玉酒架，上面摆着几个透明的水晶杯，里面盛着咖色微红的洋酒。酒架的后面有个金光闪闪的留声机，里面静静地躺着圆形的黑胶唱片。她心中不免想到，哼，这个留守派，又臭又硬的脾气，誓死坚守旧封建的作风，却原来是个崇洋媚外的假洋鬼子。逄临齐看也不看她一眼，自顾自地把茶杯放下：“族长，人都到齐了。”

申屠洪不自在地抽了抽脸颊，暗夜之中的光影扫到面上落下一段阴森的阴影，他霍地从袖底抽出一本斑驳的蓝色旧账簿仍在桌上：“柴当家，我们申屠家和柴老爷的这笔账想必你还记得吧？当年柴老爷在京城做大官，投了不少资产和我们一起做大天麻的买卖，后来柴老爷衣锦还乡，重新修葺蓝关堡，有一部分是动用了我们申屠氏的天麻资产。”顾婆清似乎预料到了什么，撑着微笑打断他：“这事儿我记得，老爷还说过每月都将玉器店的一部分所得补缺给族长填这笔钱。”申屠洪哼道：“柴当家记得就好，省得我费口舌了。不过柴当家既然记得，怎么自从柴老爷过世之后，这笔账是越来越不明不白？我都睁一只眼闭一只眼，不过这次你们玉器店亏损不小，直接影响到我，我就不能坐视不理了。”

她瞥了一眼逄临齐，也不去翻开那账簿了，既然有人都挖好了陷阱，自己一脚踏上，也只能等掉下去再想办法爬上来。他仍旧一言不发地坐在旁侧饮着茶，顾婆清镇静道：“族长也知道这几个月大家伙儿都在忙逄老太君的生辰，也知道逄老板指定的蓝田玉出了差错，我一个女人当家，实在顾不过来这么许多，不如等逄老太君寿辰一过，我立刻把账上的问题都补齐。”

申屠洪有些恼怒：“这事儿以前跟柴老爷合作半分纰漏都没出过，我希望柴当家能担得起当家的责任，我不管你用什么办法，申屠家因此而受的损失要补上。我看在柴老爷的面上最多再宽限你些时日，逄老太君的寿辰后立刻补好。”

逄临齐却在此刻站起身来，裹了裹上衣道：“族长，我这杯晚茶喝得也差不多了，就先回去了。啊，对了，今天好像是柴当家的小少爷生辰，族长不如也让她早些回去吧。柴当家，这个当家之位可不是这么好坐的，照我说你不如多花些时间陪陪小少爷。”顾婆清强忍着心头的怒火，跟他一起告别了申屠洪，各自出了窑洞。

逄临齐根本不看她，径自大步走到她的前面，快步走入黑夜中的茫茫黄沙。顾婆清裹紧斗篷，风吹鼓她黑发上贴紧的风沙帽，也紧紧地追上前，提高声音喝道：“逄老板走得这么快，是做了什么亏心事不是？”他闻言果然停下了脚步，回过头冲她玩味地一笑：“柴当家这是从何说起？我逄某人从没怕过什么，还会怕柴当家的一句话？”顾婆清气喘吁吁地追到面前拉下脸，可这张清丽的脸容无论是什么表情，以什么年龄显示，都是艳绝无双，甚是迷人，那对微怒的眸子仿若一潭深渊：“给申屠族长的账我一向是这么做的，从来没有过这样的事。逄老板，你若是因为蓝田玉的事想对我小惩大诫我也无话可说，可你不该拿我当磨心，借我的手打击申屠二太太。”

突然起了一阵狂风，掀起漫天的黄沙飞舞在二人之间。逄临齐凝视着她的双眼半晌，齿间冰冷地磕出两个字：“离谱。”顾婆清不依不饶地向前走了一步，说：“在账簿中做手脚，唯一的结果就是申屠族长要我立刻补款，我一时间根本拿不出这些钱，只有从金库中提，而申屠族长不知道，你却知道，那个金库是二太太跟我一起存的。你既算是警戒我，又一箭双雕打击二太太，逄老板从中拿的好处，恐怕比申屠族长还多吧。”

逄临齐似是被她说中了，便也不再说话，顾婆清却更往前迈了一步：“逄老板也不想想，要不是我给你盯梢，你以为你盯梢得住么？既然我是存心给你看，你该知道，那都是我做给你看的。”逄临齐咧嘴古怪一笑：“柴当家果然是柴当家，真是不可小觑。不过柴当家不记得了么，你一向这么不容小觑，我又怎么会觉得跟住你是件简单的事？你柴当家想到的事，我逄某人也不是脓包，要不是这样，我怎么能确保奶奶的寿辰上那块蓝田玉万无一失，怎么能看到你柴当家有什么通天本领？”

这番话一出，却轮到顾婆清浑身一凛，她强忍住微微变色的面容，齿间如凛风般滑过一句：“逄老板若然对我这么不放心，我们之间的芥蒂如不能消除，相斗不止，鹬蚌相争下去，恐怕要想继续合力找老爷的宝藏也是不容易了。逄老板是个聪明人，我想是我说的太多了。”她说罢曳起长篷迎着夜风跋涉进茫茫黄沙之中。

第九章　海屋筹（上）

“当家，你怎么这么晚回来?”顾婆清蹑手蹑脚地掀起窑洞门帘，吱呀地推开门楣，屋内已然黑黢黢一片，唯有厅堂侧面的小桌上立着一盏将尽的油灯，卓尔妮衣衫未换，撑着头一点一点地半梦半醒在等着她。一听见半点动静立刻醒来，见顾婆清满脸倦容，斗篷上沾满了黄沙，忙迎上前边替她脱下斗篷边问道。顾婆清揉了揉深深的眼袋叹了口气：“有浦呢?”卓尔妮捽着斗篷的手忽然停下了，眼中划过失望和抱怨：“早睡了。小少爷知道今天跟你一起吃饭庆生别提多高兴了，哪知道放学回来就不见你的踪影，我陪着他坐在一桌子菜前从白天等你等到黑夜，满怀欣喜却等不到你，小少爷失望透顶，什么都没吃就上床睡觉了。本来以为能借机缓和你们之间的关系，谁知道反而加深了怨怼和不满，更让小少爷生疏当家了。”

顾婆清疲惫不堪地坐了下来，眼中眶着一汪晶莹：“有浦怨我也没有错，可能是我们母子缘薄，难得亲近。不过尔妮，你要是也怨我就不该了。”她吸了吸鼻子，眼里的泪花顿时不见了，目中露出一股刚毅：“逄临齐对我下手了，他在我给申屠族长的账簿里做了手脚，申屠洪要我赔偿这笔钱。而且，他一直跟踪我们的行动，并不像我想象的那么简单，与这个人合作，真是如若伴虎。如今我当家的位置已经坐稳了，就看看能不能借臧九安翻一把身，不要再受逄临齐的牵制了。”卓尔妮听闻了整件事之后不由担心道：“可是当家，你事事都打好了算盘，尔妮却觉得你不该押宝在那个臧九安的身上。如果他补不好那块玉，如果他不肯助你一臂之力，那到时候逄老板反击起来我们毫无还击的余地。”

“这你就不要担心了，我做事从来不会不给自己留退路，也绝不会做没把握的事，我料到了逄临齐会有此招，只是对我下手不外乎是迟早的问题。我这位置坐得越稳，他的心越不会稳。而且一碰到两件事，他就必定要占下风，所以老爷的宝藏和申屠二太太，就是我的两张最大的牌。”顾婆清的嘴角不由勾起一抹微笑，那张精致如画的风韵面容上多添了一笔阴凉，直让人觉得深不可测，“尔妮，后天就是逄老太君的寿辰了，我们就坐山观虎斗，到时候你就明白我的余地是什么了。”

要说顾婆清不担心倒也不是真的，自从那夜跟踪着臧九安见他把蓝田玉运走之后，他依然每天照常出现在工厂里干活，似乎从来没有发生过那夜的事。至于被他偷梁换柱的那些碎玉，自然没有人能把它们拼凑起来。如果，如果真的像卓尔妮所说的那样，顾婆清这一招棋走偏，就算尚有后招，却会与逄临齐剑拔弩张，唇亡齿寒。可是顾婆清从第一眼看见臧九安，就有一种特别的感觉萦绕心头，这种感觉来自某种记忆，而这种记忆偏执得令一贯理智的她开始不理智，她还是相信臧九安的，可仅仅因为某种私人原因相信，确实太不冷静了。

日子却还要继续过，作为大当家的顾婆清自不能乱了方寸，只等着臧九安能不负所望地带回完整的蓝田玉。已然到了两日后，整个蓝关堡都沉静在热热闹闹的气氛中，顾婆清刻意给玉器店的工人歇了一天假，却始终等不来臧九安。从清早起柴家都梳洗换装，不一会儿便要由大当家顾婆清和长房的人领着众人前去逄家贺寿。卓尔妮好不容易替柴有浦换好了衣衫，越想越坐立不安地走入顾婆清的窑洞，却看见她神态自若地坐在镜前绾着长发，她一身云缎紫罗容光焕发，似是要出门。“当家，你怎么衣服都换好了？不等臧九安了么?”顾婆清拿了斗篷披上，道：“等不来的就永远等不来，不是光耗着就能解决问题。逄老太君的寿宴就要开始了，他们要是再等不来我们，那可就不好办了。”

顾婆清亲手替她整理了一下发辫，拨开沾在额前的碎发，说：“尔妮，你也快换身衣服，我们即刻就走。”外面鞭炮声连天，伴随着一阵阵黄土汉子打击陀螺的皮鞭声，远远地从逄家就传来了振奋人心的腰鼓声。柴有浦早就嚷嚷着快点走，却不知他的母亲心中也如这腰鼓般忐忑不安。顾婆清率着一行人出了窑洞，正要翻身跃上骡子，突然骡子腿部被一块飞来小石击中，抬蹄狂鸣，顿时把顾婆清整个人摔到地上。卓尔妮见状赶忙去扶，抬眼时却瞥见躲在窑洞砖墙后的臧九安："当家，我陪你回去换身衣服。"说着向顾婆清使了个眼色，顾婆清忍住面上的喜色，转头对柴有良道："有良，你是长子嫡孙，你先带大家过去，我随后就到。"

虽然已是急不可耐，可不能在臧九安的面前露出半分知情的神色。待众人都散了，臧九安果然慌慌张张地闯入窑洞，却看见换好衣服的顾婆清已坐在院落中等着自己。"那石子是你扔的，是吧？"她看都不看他，兀自摇着手中的扇子道。卓尔妮帮腔道："你这个臧九安到底存的什么心，是不是想摔死当家？还擅闯柴家，你到底想怎样？"臧九安顿时急了，双眼忽地又红了起来："不是的不是的……大当家是我的恩人，我怎么会害大当家……大当家，大当家，那块……那块蓝田玉……补好了！我想赶在大当家去逄家之前交给你，这样就不会被逄老板刁难了。"说着颤抖着双手从背后拖出那夜运玉的板车，顾婆清半信半疑地掀开缎布，只见一大块晶莹剔透的蓝田美玉赫然出现在眼前。这块蓝田玉宛如天生，根本看不出半分瑕疵，浑然仙气，隐隐地透露着一股子冰冷，绝对是块极品的美玉。

顾婆清做梦都想不到世间竟然有人有如此高超的手艺，将那摔得支离破碎的蓝田玉复合成更加玉肌冰骨的完美玉质。卓尔妮倒吸一口凉气，她在蓝关堡这么多年，从来没有见过比这块更美的玉了，没想到臧九安不但按时完璧归赵，还给她们这么大的惊喜。臧九安见两人盯着蓝田玉不说话，急忙催道："大当家，快点去逄家吧，不然就来不及啦！"顾婆清回过神来："尔妮，找几个人护送这块玉，我们立刻走！"

赶去逄家也正是不偏不倚，身穿橘红马褂的逄临齐正面带笑容接待着柴家的人，更笑着对柴有良道："咦，怎么不见柴当家？奶奶的寿宴她不会这么不赏面吧？啊，难道柴当家是因为那块打碎的蓝田玉而不敢出席，那柴当家也太当我小气了，玉碎了就是碎了，我怎么能指望凡人做到神仙的事儿呢，我早就给奶奶另行准备好了贺礼，不如大少爷快回去请柴当家来吧。"逄临齐区区几言便令柴有良面上青筋暴露，一只手悄悄地在背后攥紧了拳头，邹宛萍在身边暗暗地拉住他。就在此时，逄临齐身后通传的仆人不合时宜地喊道："柴门大当家到！"顾婆清带着卓尔妮施施然地走了进来，径直走到逄临齐面前笑道：“逄老板未免太小看我的胆量了，我来得晚些，不过是想给逄老板一个惊喜，就请逄老板不要吓坏了才好。”

逄临齐不屑地扬起嘴角：“希望柴当家给我的是惊喜不是惊吓。”顾婆清挥手示意卓尔妮抬上那块盖着红缎子的蓝田玉，逄临齐走近扬手掀开，那块千古美玉赫然显现在阳光下熠熠生辉，逄临齐不由变了变色，不敢相信自己的眼睛。四周的宾客也被这美玉吸引地围了过来，纷纷赞叹不已。顾婆清侧了侧身挡住蓝田玉对逄临齐笑道：“逄老板对这块极品蓝田玉还满意吧？好人有时候自会有神仙相助，因为神仙也不希望小人得逞。”

不可能，怎么会有人补好那块摔得支离破碎的蓝田玉，而且补得如此浑然天成……逄临齐只觉脑中嗡嗡作响，如若真的有这般手艺的人，必定是自己的宿敌，自己的雕刻手艺在蓝关堡名声响当当，而如今竟有个能与自己不分伯仲的人，不由令他心中咯噔一下。他正凝视着那块蓝田玉惊叹不已，门外又传来下人的传报声：“申屠族长全家到！”所有人闻声纷纷向窑洞门口看去，只见申屠洪臃肿的身材塞在一件棠色的清朝马褂里，与他剃的平头格格不入，他左侧站着打扮得花枝招展的姑奶奶申屠湘，她一看见逄临齐更是喜笑颜开：“逄老板！”右侧则是一个身着宝石绿旗袍纤瘦的中年女子，她挽着申屠洪的手臂，浑身上下珠光宝气，贵气逼人，年近五旬的面容却看不出半分衰老，满满的正室气派。不错，这就是申屠洪的原配夫人扈凤仙。

第十章 海屋筹（下）

可是众人注意的往往不是这位原配夫人，大半的目光都落在了申屠洪和扈凤仙的身后——他们身后，可是蓝关堡并列第一美人的两个美人，一个年纪轻轻，不过二十五六，一身金光熠熠的改良洋装长裙，中长的直发披散在肩头，头侧戴着酒红色的网纱礼帽，模样甚是俊俏动人；另一个比她年长不少，仅比扈凤仙略小四五岁，气质如兰，容貌恬淡若玉，着湖水蓝修身旗袍，绾着微烫卷的短发，披着纯白色的法兰西蕾丝披肩，胸前点缀一枚碧玺胸针。申屠洪是出了名的艳福不浅，这蓝关堡的两个美人皆是申屠洪的妾室，年轻的那位是三太太逯小小，年长的便是二太太郇春玉。

逢临齐却看也不看那两位夫人，又若有若无地避着申屠湘，仅仅堆满了笑容迎着申屠洪和扈凤仙往里走，二太太整了整披肩，故意借机拖在三太太的身后，三太太虽然明艳却少了份沉稳的气质，更是大大咧咧地压过去径直往前走。二太太假装低头整理衣衫，路过逢临齐的身边却忽地抬起眼来，眼中尽是欣喜和满心话语，轻轻叫了一声："齐儿……"这一声本来极其细微，可逢临齐和顾婆清都听见了，逢临齐恶狠狠地拉下脸来瞪了她一眼，半句话都没说怒上眉头转身拂袖而去。二太太踏着高跟鞋伸手去拉他，一不留神险些崴了脚，顾婆清眼疾手快一把扶住她："二太太，你快点进去吧，现在不是时候。"

郇春玉的脸上划过一丝失望，轻轻拍了拍顾婆清的手："谢谢你，柴当家，我是有些失态了。"说罢又回复了之前的仪态万方，端庄地走去申屠洪左边坐了下来，时辰已然差不多，所有宾客也都按班如归地落座了。此时逢老太君穿着一袭大红缎袄拄着镶金带玉挂着明黄色流苏的木杖在逢肖娘的搀扶下笑呵呵地走了出来，坐在了正中的高椅上。她身边的逢肖娘也精心打扮了一番，时髦的洋红连衣裙配上她今天的桃花妆容格外粉嫩甜美。

逢肖娘走到台前主持大局道：“宾客献礼！”首先上来的便是逢临齐，他大大方方地托着顾婆清才送来的蓝田美玉献上，逢肖娘则送上了一部越洋而来的影相机，逢家的人纷纷祝贺过之后便轮到申屠家和柴家献礼。顾婆清留神到当申屠洪携着三位各具风姿的夫人向严红瑰敬献金如意的时候，严红瑰虽然仍旧一副乐呵呵的神情，目光却极其古怪地瞥了二太太邬春玉一眼。

轮到顾婆清率领全家向严红瑰献礼了，她刚刚着卓尔妮随自己捧着贺礼走到严红瑰面前，还没来得及开口，窑洞外的小厮上气不接下气地冲进来贺喜道：“大喜，大喜！老太君，老板，二少爷回来了！”众人还没时间反应过来，门外便响起一个清朗的声音：“恭儿祝奶奶福如东海长流水，寿比南山不老松。”严红瑰又是激动又是不可置信，眼中蓦地含满了泪花颤巍巍地站了起来，一个清癯瘦弱的身影闪过门边逆着光走入堂内，逢肖娘惊喜地呼叫着奔跑过去紧紧抱住那人：“二哥！”

她这么一冲撞，把那人身后的阳光撞到了面前，令这逢家二少爷的模样看得分明真切。他身材没有逢临齐那般魁梧，又瘦又高，穿着一身旧时的青色书生长袍，鼻梁上架着个方形的玻璃眼镜，清俊的面孔上多了分文弱，少了分冲劲。可别看这酸书生未脱稚气，去省城念书的这一趟，令他的脑袋里装满了新学思想，既精通拗口八股，又擅长西方学问，逢肖娘的那些个西洋玩意儿都是他买来的。二少爷与逢临齐同是“临”字辈，单字一个“恭”，倒是个谦谦君子，他的年龄与逢肖娘相仿，只长其一两岁，因而三兄妹中他们两人玩得最投契。

“恭儿，恭儿……”严红瑰激动得浑身上下颤抖不已，顾婆清留意到她的眼神里在极其努力地隐藏那种爱溺之情。倒也是，在整个蓝关堡的人眼中，严红瑰向来最疼爱的孙子便是能一手撑起家业的逢临齐，而对于逢临恭她却从不怎么问，也不让他插手家业，似乎与此刻眼中的疼惜很不相称。逢临恭微微推开逢肖娘，疾步走上前跪在严红瑰膝前：“奶奶，恭儿回来迟了，这是恭儿送给奶奶的贺礼。”说着取出一幅海屋添筹的画卷递上前。严红瑰笑道：“傻孩子，你回来就是奶奶最好的贺礼。”逢临恭道：“对了奶奶，我还带回了一个人。”说着便起身向门外呼道：“快点进来吧。”在众人投向门口的疑虑目光中，翩然走进一个绝代仙姿的姝人，整个堂内的色彩都抵不过这一袭白衣曳地的女子。

这女子似乎和逢临恭同年，纯黑的长发披在腰间，脸色竟无几分血色，简单的发饰衬得格外有仙气，哪怕在申屠二太太和三太太两位蓝关堡美人的面前竟也丝毫不逊色，美貌更是胜过二人不少，一时间吸引了所有的人，卓尔妮也盯着她看了半晌屏气叹道：“世间竟有这样的美人……”那年轻姑娘移动莲步走到严红瑰面前施施作揖：“史妧之祝老太君人间寿域拓三千，北斗南箕两比肩。”严红瑰赶忙叫她起身，不解地看向逢临恭：“这位姑娘……莫非是我未来的孙媳妇？”逢临恭顿时红了红脸，解释道：“奶奶，史妧之是我的同窗同学，一道在省城念书，我们志趣相投，我们只不过认了义兄妹罢了。妧之无父无母是个孤儿，我想着既然是我义妹，就接回蓝关堡生活，也多个人陪奶奶，好不好？”

这来历不明的史妧之美若天仙，口角微含浅笑，轻轻一抿嘴露出两侧若隐若现的梨涡，模样清丽倒也讨严红瑰欢心，何况自己的孙子开口了，哪有不答应之理，说不定两人处着处着还能生出感情，到时候都免却再挑孙媳妇的麻烦。严红瑰笑呵呵地搀起那美人：“好啊，既然恭儿也这么说，那你就跟我们逢家有缘，我就让你住下来，以后你也要叫我奶奶。”她莞尔轻扬嘴角，柔柔叫了一声：“是，奶奶。”见这般皆大欢喜，逢临恭高兴地拉过史妧之亲切地坐在严红瑰身边，向她一一介绍大哥逢临齐和三妹逢肖娘，所有人都没想到逢临恭突如其来返回蓝关堡，可唯独逢临齐的表情丝毫不出意外，顾婆清轻声对身后站着的卓尔妮道：“你看，什么都在逢老板的计算之内。”一语既出，却不见她应答，顾婆清转过头，赫然看见卓尔妮的面容惨白，眼中含着泪花凝视着其乐融融的逢家一家人：“尔妮？”

被她这么一惊，卓尔妮赶忙回过神来，可眼眶中的泪水却一时半刻收不回，猛地沿着脸庞静悄悄地滑落下来：“当家……我只是看着逢家团聚很感动……”顾婆清沉吟片刻，却没继续问下去：“好了，我们一会儿要去厅堂吃寿宴，赶快把泪水擦干净。”可实际上逢家只有逢临恭一个人为留住史妧之而开心。在众人起身向餐厅行进用餐的时候，从史妧之一进门的时候就紧握着拳头的逄肖娘再也忍不住，趁着人多混乱之际跑回了屋里，一腔怒火终于得以宣泄。

“岂有此理!”她轰地关上房门，两团烈火在眼中燃烧，扬手掀翻了桌面上的台布大发雷霆，将上面摆放的青瓷花瓶和玉器物件纷纷砸碎一地，“二哥好不容易回来，身边竟然还带了这么个狐狸精！什么义妹，要跟我平起平坐么，我呸!”逄肖娘仍嫌砸得不够，将满房间的贵重宝贝尽数砸烂，累得气喘吁吁，漂亮的卷发也沾在微冒汗渍的脖颈间。终于再没有任何东西可以发脾气了，逄肖娘喘着气凝视着满地疮痍，眼中的火苗倏地退了下去，一瞬间冷如千里冰封。

外面宾客满席，逄临齐正以逄家大少爷的身份招呼着各位，严红瑰左右两侧分别坐着逄临恭和史妧之，听着他们说这几年在省城念书的有趣事儿，却根本没顾得上注意逄肖娘早已不见了。席间二太太邬春玉一直偷偷瞄着与严红瑰亲切攀谈的逄临恭，心中暗暗打鼓，找了个机会对申屠洪说去外面透透气。而申屠洪心中打着别的算盘，无心理会邬春玉，一双眼睛溜溜地盯着那九天仙女下凡似的史妧之。三太太逯小小是出了名的第三只手，而且只偷食物，看见人来人往正是好时机早已坐不住，趁机也拉扯着他撒娇：“老爷，我也要透透气。”申屠洪不耐烦地挥挥手示意她走。邬春玉起身小心翼翼地在人群中遮蔽起自己，移到了逄临齐的身边：“齐儿，我有事跟你说。”

第十一章　黑袍人

逢临齐猝不及防，却依旧不肯理会她，怒目横对转身便走。邬春玉赶忙欲要追上前，哪知路过一个拐角，被另一只手拉扯进角隅。她先是惊了惊，缓过神发现拽自己过来的那人原是熟人。那人难辨容貌，披着一身黑色的斗篷，风沙帽压低遮住了面容，身材却不算高大，邬春玉整了整披肩："你也来了？能参加逢老太君的寿宴，看来你的身份不一般啊。"

这神秘人嘶哑着男人的嗓音低沉道："二太太，我们之间的友谊向来都以你不过问我的真实身份为保障。我来，是提醒你，逢临恭回来了，威胁的可是你宝贝儿子的地位。"邬春玉谨慎地四周望了望，低声道："是啊，老太君看起来对齐儿很好，其实是让齐儿打下江山，最后让逢临恭做无忧皇帝。我本想提醒齐儿，可他根本不愿意见到我，更别提听我说半句话了。"

"那倒是，"神秘人侧了侧身，"若换作是我，我也会觉得你这个娘不安分守己在逢家守寡，偏生要红杏出墙做申屠洪的二太太，你说逢临齐能给你好脸色么？不过我知道，你有你的原因。不如这样，你有什么办法打击史妧之——也就是打击逢临恭，你告诉我，一向都是由我帮你忙的。"邬春玉沉吟半晌，凑近神秘人面前道："办法不是没有，不过殃及了史姑娘……不过为了齐儿，那也没办法了。"

二人会面本是极其隐蔽，却怎么都没料到这角隅后面的屋子竟是厨房，逯小小早已潜入厨房偷吃着五花八门的美食大快朵颐，将二人的话悉数听了去。逯小小心中发虚，赶忙偷了一包糕点从厨房溜了出去，却迎面撞上无所事事转悠的柴有扬："咦，原来是申屠三太太，你怎么在这里？"柴有扬的声音惊动了角落里的两人，他们赶紧散了开去，丝毫未被人察觉发现。

柴有扬见此刻周遭无人，面对如此明艳的女子不由色心顿起，油腔滑调地走近她跟前道：“三太太品尝的这些糕点不过尔尔，我家有更美味的，不如去尝尝新鲜的口味儿吧。”说着伸出手拈了一块她怀中的糕点，又顺势摸了一下逯小小幼滑白嫩的手，逯小小气得跺脚喝道：“喂，你干什么？”这喝声虽没引来外面熙熙攘攘的人群，却引来了暗中离席来找柴有扬的柴国军。

柴国军闻声往这边看来，只见自己不争气的儿子在调戏逯小小，怒气冲冲地闯过去，边给逯小小赔不是边拖走了柴有扬：“你小子吃了熊心豹子胆了？那女人是你能碰的？她可是申屠族长的三太太，就算你真喜欢，也等着坐上大当家之位跟申屠洪平起平坐再抢女人，整天成事不足败事有余！”

柴有扬没见过他发这么大的脾气，有些不满道：“爹，犯不着这么生气吧，那个三太太大大咧咧毫无心机，她不会跟申屠洪胡说的，而且我怎么会喜欢这种残花败柳呢，今天新来的那个史姑娘倒是……”柴国军喝道：“你还说！就知道想这些事，我来找你是要跟你计划大事，若是成了，你坐上大当家的位置，多少女人都由得你挑。”

柴有扬这才被吸引住，赶忙凑耳过去听，柴国军压低声音道：“我知道根本不可能有人可以修补好那碎的蓝田玉，也不想任何人抢了你的风头，便偷梁换柱换了玉器店摆放的蓝田玉，但姓顾的那个女人果然不简单，竟然真的能将一块顽劣碎玉补成天生的蓝田美玉，这一招没能让她在逢老板面前失策。我们扳不倒她，就必须要另行他法。现在，四下无人，正是最好的时机。”

“啊，我明白了，去逢家雕刻店下手，毁了那修补好的蓝田美玉，再留下伯娘的东西，让所有人都以为是伯娘刻意破坏逢老太君的寿辰。”柴有扬恍然道。柴国军点点头，油光满面的脸上露出一丝冷笑：“逢老板最孝敬老太君，我看她这次怎么向逢老板交代。只要她倒台，柴有良绝对不是我的对手，你只管安心做大当家的吧。”

二人商量好周详的对策，先回到宴会桌前装模作样露面半晌，不一会儿又一前一后地隐秘退出位列，看似神不知鬼不觉，坐在柴家头位饮酒笑谈的顾婆清却悄然瞥了二人的背影一眼。这一瞥不仅留意到柴国军父子的去向，更惊讶地发现卓尔妮又在一旁无缘无故地落泪，她一会儿凝视着对面桌上的逄临恭，一会儿幽然叹息，魂不守舍情难自已。

顾婆清故作醉酒，让卓尔妮搀扶着自己出去，直到找了个偏僻的地方她这才恢复了严肃地神情，开门见山道："尔妮，我不是想让你跟我坦白过去的事，只不过我觉得应该提醒你，你今天的神态太敏感了，若是有心之人看到，会生出太多的事端。"卓尔妮眼眶微红，已说不出话来，头上的银器簪饰随着她的抽泣抖动碰触出悦耳的声音，她仍旧一句话都没有说。

顾婆清叹了口气："玉颜千载，依然无主。怪人间厚福，天公尽付，痴儿呆女。尔妮，你要记住，你已经是自梳女，入了冰玉堂就要守冰玉堂的规矩，自梳起发辫就不得反悔。自梳女若是再动情，可是要被浸猪笼的，我虽然是大当家，却也保你不住。过去了的往事就让它过去吧，刻骨铭心，苦的只有自己一个人。"

这话分明是对卓尔妮说，又似是感同身受地叹息，卓尔妮揉了揉通红的双眼哽咽道："是，当家。当家提醒得没错，尔妮自梳起就准备一心一意侍奉当家，陪在当家身边一生一世，其他的都不再想了。"顾婆清的脸色柔和下来，道："陷于情而疏于智，我想向来敏锐的你也一定没注意到二叔和有扬的异样吧。有扬不可能不争二当家之位，但补玉期间却没有任何动静，因为他根本不可能补好那块玉。二叔索性来个我得不到的别人也休想得到，如果我没猜错，早就换了劣玉，可殊不知那所谓的蓝田玉也早被臧九安换掉了。这次没用碎玉扳倒我，他们不会善罢甘休。"

卓尔妮听着浑身一凛："那可怎么办呀，当家，你知不知道他们去哪里了?"顾婆清抿了抿嘴，道："我不过算计人心多了些，可也不是神机妙算，铺不了这么大的盘局，也都是走一步看一步了。尔妮，你帮我给九安传个口信，说我不见了东西，可能是这一路奔波在逄家路上丢的，叫他替我在玉器店到雕刻店的这段路上好好找找。”

“当家!”卓尔妮不由皱了皱眉头，不是很满意她的做法，一对大眼睛直转：“二老爷他们这么对你，你还要放他们一马？不如正好借机反客为主，倒让他们被逄老板抓住治罪。”顾婆清挑了一下柳叶眉，目光扫了她一眼，启开朱唇道：“饶不了别人就是饶不了自己，何况二叔这个人，还不值得我为了他饶不过自己，警戒一下就行了。臧九安在玉器店和雕刻店的路上徘徊兜圈，一定把二叔他们气得七窍生烟，防范他们做手脚最简单的方法，就是让他们看到做不到，门都进不去。若是让逄老板知道我们内讧，那反而不好对付了。”

“奶奶，这么长时间没见肖娘，我去找找她。”在主席位上的逄临齐忽然起身整理了一下马褂，却无意间瞥见顾婆清的座位空空如也，他心中微微咯噔，仍装作若无其事从窑洞后门出去。本已改变了主意的逄临齐却在转角处迎面与突然间冒出来的逄肖娘撞了个满怀：“肖娘，这么长时间你跑哪儿去了？”只见逄肖娘已然换了一套衣衫，上半身穿着舶来的蕾丝立领短袖小衫，配了一条孔雀蓝的层叠直身半裙，她似乎也被吓到了，赶忙平复了下心情：“大……大哥，我在敬酒的时候酒泼到身上弄湿衣服，我回去换衣服的。”逄临齐点点头：“那快回去陪奶奶吧。”说着转身要走，忽然想起了什么，“肖娘，你从那边过来，有没有遇见柴当家？”

“柴当家？没有啊。”逄肖娘奇怪地看了他一眼，见四周无人，赶忙拉住逄临齐的手腕小声道：“大哥，现在正好没人，我有些事怎么想也想不明白，正打算找机会问问你呢。你说这个柴当家，她之前不过是柴老爷的续弦夫人，柴老爷死了，按理说应该是柴有良接管店铺生意做大当家的子承父业，再不济也有柴国军，他们毕竟都姓柴，为什么玉器店的家业最终会给一个外姓女人掌管？”逄临齐微微变了变色：“这是人家柴家的事，我又不是柴家的人，怎么知道他们在想什么。”

“不是啊大哥，我还记得当年柴门为了谁坐大当家之位闹得不可开交，当时到最后就是顾婆清和二老爷争了，那时候两个人势均力敌，二老爷名正言顺，拥戴者又多，她顾婆清一个女人家已然没有胜算了，后来竟然在一夜之间反败为胜，坐稳了大当家的位置，实在是事出突然。我觉得……她的背后是不是有什么人扶持?”逢肖娘这个看起来从不问算计争斗的单纯女子，她竟然分析得头头是道。逢临齐却突然提声道：“别再问了！肖娘，这些事不是你该管的，你还是跟二弟捣鼓捣鼓西洋玩意儿比较好。”

第十二章　若只如初见

他何曾对这个疼爱的妹妹如此严肃厉声，逄肖娘不由惊了一惊，便不敢再问下去了。严红瑰的这七十大寿看起来热热闹闹欢聚一堂，却各有各自的心肠，但总算没有出什么幺蛾子，能够安然度过逄临齐就已经很满意了。终于到了晚宴散场的时候，逄肖娘扶着笑容满面的严红瑰先回屋休息了，所有的事都留给逄临齐操办。他刚刚送走顾婆清以及柴家众人，申屠洪率着全家走来向他道别，邬春玉一改常态不再找着机会跟他说话，目光高傲地望着别处。倒是申屠湘仍旧止不住兴奋，找着各种话题拉着逄临齐说个不停，他不得不笑道：“姑奶奶，你快点跟上申屠族长他们回去吧，天色这么晚了，你若是落单，一个女儿家很危险的。”

申屠湘闻言更是喜上眉梢，精致的脸庞上泛起一抹红晕，显得格外靓丽：“逄老板这是关心我呀……”可是话还没说完，她突然被身后追上来的一人扯了开来，申屠湘恼怒地回头一看，竟发现是磨蹭在后的逯小小。逯小小对她说：“湘妹，逄老板关心你，你也该体贴人家啊，逄老板还有别的事要做呢，别妨碍人家了，我陪你走。”申屠湘欲要发作，臂膀间却感觉到一阵酸痛，逯小小轻轻拧了下她，对她做了个眼色。申屠湘讪讪告别，被逯小小拉到茫茫黄沙中才甩开手不悦道：“三小嫂，你干什么啊？”

逯小小这才道：“你那么中意逄老板，难道他有麻烦也不帮么？”原来她之前在厨房里听见邬春玉和神秘人会面所言也不过是断章取义，听得一知半解，误以为有人想对付逄临齐。她便把所听见的事都告诉了申屠湘——这个脾气虽暴却是全家人里对自己最好的小姑。申屠湘愕然不已：“你有没有看见是什么人说的，或者，你听不听得出来那人的声音？”逯小小撇了撇嘴，把玩着脑上的网纱礼帽思考了半晌，茫然地摇了摇头。申屠湘失望地叹了口气，逯小小空长着一副漂亮皮囊，却缺了几分心窍，每日的注意力都在自己的第三只手上，除了偷吃，再无他念。

“逢老板一向雷厉风行不怒而威，要说得罪的人确实不少，想害他的人也不少，可这些人最多也只是想想而已，并不敢真的对他下手，就连哥和柴当家也不轻易跟逢老板闹翻。再说就算要下手，也不会这么突然啊。”申屠湘念念有词地在席卷着黄沙的风中踱来踱去，任风沙扑上脸庞，“啊！我知道了，是今天来的那个史姑娘！第一眼看见她就觉得妖里妖气来历不明，她住在逢家就是要接近好对逢老板下手的，这个女人一副狐狸精样，宴席中我哥都被她迷得七荤八素的，一定是她！”

她顿了顿，生怕逯小小口无遮拦，赶忙从怀中掏出喜饼塞给她：“三小嫂，这件事天知地知你知我知，不能再告诉别人了啊。你知道湘妹对你多好了，每次都给你留好吃的。看来是我出马的时候了，明天起我要暗中跟着这个史妧之，看看她到底是何方妖孽，替逢老板收拾她。”一看见那么大块喜饼，逯小小一把抢了过来激动得眼中直冒光，一个劲地点头发誓不说。申屠湘心道，这个三小嫂，恐怕真是以前过怕了穷日子，自从哥在人贩子手上买了她回来并收了房，她穿金戴银却不稀罕，偏偏把什么食物都当作宝，倒也可笑又可怜。

第二日一早换上猎装的史妧之便扛着长枪与逢临恭说说笑笑地从逢家窑洞正门走了出来，看起来似乎一道去狩猎练枪，这一切都被躲在暗里的申屠湘看在眼里。这史妧之果然是个绝代佳人，第一次出现在厅内昏暗的光线里令众人恍然若仙，今朝在炎烈的阳光底下由这身猎装显得英姿飒爽，申屠湘的嫉妒心忽地燃起，若是让这样美艳的年轻女子长住在逢家，岂不是要让逢老板意乱情迷？她忙加快了步伐紧紧跟着他们，才走了没几步，刚刚步入市集，逢肖娘竟从后面气喘吁吁地追来，申屠湘警惕地避开身子，幸好逢肖娘无心，根本没有看见她：“二哥！二哥！你们去狩猎，我也要去！”

“你也去？”逢临恭那双躲在玻璃圆眼镜后面的大眼中划过一丝失望，上下打量了她一阵，“你瞧瞧你，穿着这条鹅黄色的及地洋裙，还戴着这么大的礼帽，身上全是叮叮当当的饰物，怎么去练枪？这么不方便，万一被弄伤了怎么办，你可是我最疼爱的妹妹，我不希望你受伤，不如下次吧。”逢肖娘满眼醋意地横了史婠之一眼，从来都是两个兄长宠着自己，她可不希望有任何什么女人抢走疼爱自己的兄长，便绝不善罢甘休让步半分：“那好，家里没有猎装，我想挑买一件下次穿，不如史姑娘陪我去买吧。”

史婠之见气氛尴尬，善解人意地解围笑道：“也好，我刚来逢家还有很多东西要跟三小姐学习呢。临恭，我陪三小姐去买，改日再练枪吧，你先回去吧。”逢临恭顿时没了精神，无精打采地望着她们的背影，怏怏转过身往回走。申屠湘正要跟上史婠之，却被一辆黄包车挡住了视线，待车过后人海之中哪里还有史婠之和逢肖娘的身影，她气得跺了跺脚，将欲无功而返，回过头竟然看见刚刚走过去的逢临恭惊诧地站在路中央凝视着前方，她侧头看去，逢临恭的正对面，站着同样愕然的手挎着菜篮买菜，刚刚支走小梅去别处办货的卓尔妮。

就这般各自错愕地面对面站在长街相望，相顾无言半晌，仿佛时光在一瞬间倒退回了六年前，只不过二人都不再如当年青涩。一阵狂风夹带着厚重的黄沙在两人的面前扬起，被风沙迷了眼，这才恍然今夕何夕。逢临恭首先打破这漫长的沉寂，不自在地微微笑了笑，扶了扶眼镜走到卓尔妮跟前：“故人重逢，我还欠你一句问候，这几年过得好不好？”卓尔妮眨了下不知被风沙扎痛还是泪水染红的眼，并不敢直视他：“逢二少爷似乎不该对一个下人这么关切。尔妮跟在当家身边一向很好，劳烦逢二少爷费心了。”她赶忙抬起手挎紧菜篮掉头想躲开，手上的银钏发出一阵动听的声音，这声音是如此熟悉，冲撞进逢临恭的耳廓，他不由叫住卓尔妮：“尔妮，对不起。尔妮，是我负了你。当时我年少气盛，不懂得珍惜你，一心想去外面的世界闯一闯，跟你分开是我最后悔的事，而且我没想到，你会因为我的负心绝望到自梳。”

一言已出，不但怔住了卓尔妮，也震住了躲在墙后偷听的申屠湘。真是怎么都想不到啊，原来这个孤僻古怪的顾婆清心腹，居然和逢老板的亲弟弟有这样一段往事，就连自梳也是为了他。申屠湘几乎都忘记了今天到底跟踪的是谁，若不是“逄老板”三个字跳入脑中，她恐怕早已忘得一干二净了。只见卓尔妮吸了吸鼻子，猛地转过头强忍着眼中的泪花，满是怨恨地望了他一眼：“逄二少爷，过去的事我已经不记得了，你能不能不要再提？你以为你说这些表现你的深情，可我不管是深情还是薄幸，对一个遗忘过去的人再说起过去，只会令我想起不想想起的事！尔妮分的很清楚，你是逄二少爷，我卓尔妮是当家身边的婢女，你我毫无瓜葛，请你不要表现你那不必要的多余的关心，二少爷！”

逄临恭看着她分明情深的眼神却决绝的表情愣住了。卓尔妮深呼吸一口气，道：“逄二少爷，尔妮已经入了冰玉堂是自梳女，儿女私情的事无论孰对孰错尔妮都不想再管，也没有这个身份去问。逄二少爷若是想心里好受些，就好好地对史姑娘，别人看不出来，我却能看出来你对史姑娘有情，而且有别于兄妹之情。尔妮知道你是谦谦君子，不想贸然表露心迹让史姑娘乱了方寸。当年我喜欢的就是逄二少爷的幽默和儒雅，不妨你也这般打动史姑娘。尔妮真心祝福你们能够修成正果。”

好了好了，原来逄临恭喜欢那个狐狸精，以逄老板的性格，绝对不会跟自己的弟弟抢女人。申屠湘听着心里暗暗偷笑不已，没有人成为她的威胁，这会儿心里才放下一块大石。等她反应过来继续看热闹时，却发现卓尔妮早已不见了，只剩得逄临恭一个人怅然若失地站在原地。

第十三章　东门之池

卓尔妮自从见了逄临恭之后就一直魂不守舍，一路上买菜也丢三落四，小梅问起要不要帮忙，她只说有点累想回去休息。提早回来的她顺着那条闭着眼都能走的老路走进了窑洞，刚刚走到顾婆清的窑洞门前，便听见里面传来一阵骂声。

这间房是摆放柴家列祖列宗牌位的祠堂屋子，怎么会有这样的骂声，她凝神一听，竟然是顾婆清的声音："柴国瞿，本以为你死便死了，我却为了这大当家的位置跟族内的人无休无止地斗下去，也不知什么时候才是个尽头。我知道你想让我死，死了也不放过我，找了这么多难关让我熬不下去，让我下去陪着你你才安心，不过我不会死，我会好好地活，连本带利地活，权力、儿子、财宝，全部都是我的，死不瞑目的，只有你一个人。"

卓尔妮的印象中，在跟她的这几年内从来没见过她发这么大的脾气，不知发生了什么事，便轻轻地扣了扣门扉。里面的动静这才小了点，顾婆清平静了半晌，对门外道："进来。"卓尔妮推门进去，只见她裹着棠色的长披肩在旗袍上，正背对着自己，抬头望着穹顶前面的灵位怒气冲冲。

"当家，你没事吧？"卓尔妮问，顾婆清脸色极其铁青，起伏着的胸口气还没消，那双凤眼狠狠地翻了一眼柴国瞿的灵牌："没事。咦，你怎么这么早就回来了？尔妮，你的脸色怎么这么难看，是不是不舒服啊？"卓尔妮抿嘴牵强地笑了笑摇摇头："当家，我有件事想问问你，新来的那个史姑娘，你觉得如何？"

"史姑娘？"顾婆清微微蹙了蹙眉，"今儿我还在街头的卖镜人摊子那边见过她，她和逄小姐在一起。她走在逄小姐前面的时候，我突然看见逄小姐的眼里冒出一股阴冷的凶光却又转瞬即逝，也不知是我的错觉，还是逄小姐看见了我和逄老板在路边。不过，兴许是我最近太敏感了，逄小姐是整个蓝关堡最无心计的人，纯净得就像维扬的蓝天，或许做妹妹的不喜欢别人抢走兄长的宠爱，有点小任性吧。”她说着说着自觉偏了话题，又绕了回来，“至于史姑娘，哼，别看她如此清丽，我却不以为然，这般的神似天仙，容貌许是天生，可性格都那么不浊于世，空谷幽兰，要么就真的是仙子，要么就是装出来的。就连逄老板，也觉得史妧之来路不正，所以今天才特意约我会面。”

卓尔妮闻言心中不由猛地一沉：“史姑娘，不会吧？逄老板这么说是什么意思？”顾婆清察觉到她的异样，抬头望了她一眼：“在这蓝关堡中谋算人心和争斗竞逐的事早已屡见不鲜，最多做到独善其身，若是想替别人分忧解难，被利用的反而是自己。祸福有命，生死在天，既然一个跟自己早无瓜葛的人，这条路该怎么走，就看他自己的运气吧。至于逄老板找我……”

顾婆清的话还没说完，外面便传来了一阵阵嘈杂的拉扯叫骂声，满头大汗的柴有良光着膀子不顾邹宛萍的阻拦冲了进来：“二娘，玉器店的事你究竟还理不理了？有扬不做事散漫跋扈也就罢了，不务正业我也没说过他，可是他现在公然在店铺里勾搭女工，风流债数都数不清，这样下去我们柴家的声誉都要被他败光了！”

“你知不知道你最大的优点是什么，耿直爽快，直来直去。可是这也是你致命的缺点，为人过于冲动，往往不顾后果。”顾婆清冷眼扫了他一眼，似乎听到柴有扬的事根本无动于衷，“有扬从孩子般大到现在，他是怎么成长我都看在眼里，我还不知道他是哪块坯子么？你作为大少爷，管着工厂大大小小的事，不该把精力耗费在跟他较劲上。他想怎样就怎样，柴家的声誉向来也不是看你们这些少爷，柴家还有我这个当家。”柴有良顿时火冒三丈，气呼呼地吼道：“二娘你这么说就是不讲道理了，你根本不是真心实意要做柴当家，你根本是想把柴家把控在手上一点点蚕食败了整个柴家！你想柴家散了么，只剩你一个人留在这里找阿爹的宝藏，你别以为我不知道！”

“有良，你说什么呢！”一旁的邹宛萍听见他这么说，顿时错愕地想拉住他。顾婆清仍旧冷眼相看：“说，你让他说！我倒要看看我们的大少爷到底有多少话收着掖着忍着？”柴有良却被她的气势镇住，再无话可说。顾婆清踱步走到他的面前：“我为了什么，无论真假在你眼中都是一样，我只想问，难道你没有所为之人所为之事，没有一个想圆的心愿么？”柴有良转过头，虽然不解却不假思索道：“有，我唯一的心愿就是宛萍的身体能好起来，做不做当家，有没有子女，分不分到财宝，我都无所谓。”

“无所谓？没有银子你拿什么给宛萍看病抓药，做不了当家怎么为你的女人撑起一片天，没有子女如何传宗接代？你也很期待跟你心爱的女人有属于自己的其乐融融的家庭，老来膝前无子，又有谁来照顾你年迈体弱的妻子？”顾婆清一连反问，竟把柴有良给问住了，他哑然无言站在原地，她冷笑道，“人生在世，有谁不想无忧无虑，有谁又是生来就会算计斗争？都是为了他们的所取所求，为了他们很简单的一个心愿。走了第一步就要走第二步，步步不能回头，人人都是这般，又何必追究所为是何？”

“怎么了？没话说了？没话说了就出去吧，宛萍你留下。”顾婆清也说累了，挥了挥手示意那气得满面通红的柴有良出去。在一旁看见夫婿和婆婆如此激烈争吵的邹宛萍听见她叫自己，也不由微微颤了颤。

顾婆清坐回炕上，扶了扶额头：“宛萍，你不用为有良担心，我认识他也不是一两日了，他性格冲动要惹恼我早就惹恼了，玉器店的事我不交给他还能交给那个偏房的有扬么？你来我身边坐下，替我推拿片刻头，我又觉得有些头痛了。”听她这么说，一直拘谨着的邹宛萍才微微松了口气，走到她身边轻柔地按摩起来：“婆婆宽宏大量，倒是有良说得太不像话了。”顾婆清叫卓尔妮替自己拆卸下发簪，散落一头乌黑的发，递给邹宛萍一瓶舶来的按摩精油笑道：“你也用不着怪他，要怪只能怪我们生来就是女人，只能怪女人的命。”

她伸手捋起耳后的长发放在同一侧的肩头站起身来："如果柴当家不是由女人做，恐怕也不会生出那么多事端，也不会千夫所指这个外姓的女人。就好比大周的皇帝抢了夫家的江山，至今为止也是功过是非难以评定。其实这个当皇帝的女人，又比几个男人皇帝做得差？百姓衣食足，国泰民安，无论她的本心如何，她都让百姓过上了好日子。就好比前清的孝庄太后，有几人清楚太后下嫁的内幕，有几人知道太后摄政究竟是恋栈权位还是迫不得已？可她毕竟操持了大半江山，也操持得井井有条，后人有谁会念着她的好？这些，难道不是因为，她们仅仅是女人么？"

顾婆清终于停了下来，疲惫地叹了口气："宛萍，你回去吧，我倦了，想一个人歇歇。尔妮，你也该接有浦回家吃午饭了，都出去吧。"邹宛萍退到炕前道："婆婆，你要注意休息，那宛萍先走了。"

邹宛萍刚刚走出顾婆清的窑洞，迎面一阵炫目的烈阳刺向眼中，邹宛萍只觉莫名地眩晕，周身有些发汗无力，便找了个阴凉的角隅坐了下来。正坐在门前休息，她忽然看见一个工人模样的瘦瞿男人抱着一坛瓷罐嘴角含笑若有所思地往这边走来。这边不是婆婆的住所么，怎么有工人不请自来？她便站起身来以大少奶奶的身份盘查："喂，这位小哥，你若是来找大当家的，也该通过大少爷通传一下。"

那人听见她叫自己，这才回过神停下了脚步，朝那声音的方向看去。只见阳光下亭立着一个柔美的女子，她一身水蓝的旗袍在炫目的阳光下竟在边缘发出淡淡微光，衬得她那张面孔如若出水芙蓉，却欠缺了几分血色，盘在脑后的发髻抽出一绺簪着蓝玉配饰的散发绕在耳后，显得别致又端雅。

邹宛萍见他不认识自己，只是痴痴地看着自己，便走到他面前道："你叫什么名字，找大当家的有什么事？我是大少奶奶，我替你通传吧。"那人听见她自我介绍，不由惊了一惊："大……大少奶奶？是，是，小的是玉器店的臧九安，上回大当家的说我的酱菜做得好吃，最近已经快吃完了，小的来给大当家的送一坛新的酱菜。"

“你就是臧九安？”邹宛萍微微感到吃惊，原来眼前这个又黑又瘦的男人就是前段日子把整个蓝关堡因为一块破碎的蓝田玉闹得鸡犬不宁的外乡人。她细细地打量着他，浑身上下都透露着朴质和胆小，让人又好笑又好气：“你别那么紧张，也别一口一个‘小的’，你不知道，我这个大少奶奶原来的出身也不好。现在是什么年代了，大家都说人人平等。哎，你刚刚说的酱菜是什么，就在这坛子里么？”臧九安憨憨地笑道：“是啊，大少奶奶。”

邹宛萍好奇地打开瓮罐，只见里面装满了黑黝黝奇形怪状的小菜，虽然不熟识，却闻出了一股熟悉的清香气息：“啊，上回有良带回家给我尝的就是这玩意儿啊，我还赞不绝口呢，原来是出自你手啊，你可真不简单。”

第十四章　不是人间凡种花

邹宛萍大感好奇地凝视了一阵，又道："不如你下次再来给婆婆吧，婆婆正在午觉，你别去吵他了。"臧九安点点头，便跟着她折转而返，两人一路上说说笑笑，邹宛萍更是对他的酱菜特别感兴趣，不知不觉走到了玉器店附近。臧九安停下脚步道："大少奶奶，你若是这么喜欢，下次我专门给你做一坛特别的酱菜送来。"邹宛萍的笑容不由让他有些恍惚："好啊，那就有劳臧先生了。"他不好意思地挠了挠头："大少奶奶千万别这么叫我，我……你还是叫我九安就成了。"

邹宛萍见他憨厚老实，不由提点了一句："有句话我还想提醒你，在这蓝关堡中，为人处世不能太掉以轻心，一定要处处小心，有的人会小题大做，有的人会趁势借利，你要分得清才能走得稳，才能在这里长久地待下去。"臧九安茫然地望了望她，又摆摆手道："不会的，大少奶奶，我觉得这里的人都特别好，对我也特别照顾。大当家的，大少爷，还有大少奶奶你，我遇见的都是贵人，都是好人！"

邹宛萍本欲接着说，却看见周围人来人往，而且一时半刻也与他说不通，便告辞先走了。她刚刚侧身而走，却看见在路边摊旁鬼鬼祟祟的申屠湘，看她小心翼翼地躲这躲那，时而快步追上，时而背身假装路人，似乎是在跟踪什么人。邹宛萍走上前拍了拍她的肩想打个招呼，谁料到申屠湘猛地跳起身回过头拽住她的手，脱口而出："啊，你个史妧之，看我还不捉到你！"说完这句话才发现原来抓错了人，两人都纷纷愕然住了，邹宛萍道："姑奶奶，你没事吧？史姑娘，我听说史姑娘下午是去拜访婆婆的，你有事找她们么？"申屠湘皱紧眉头松开她的手："哎呀没事没事，我回天麻店，大少奶奶你自便！"

“史姑娘专程来拜访我，倒让我有些意外，史姑娘不像是个无的放矢的人，刚刚来到蓝关堡，第一个见的却是我，我倒有兴趣听听这个中缘由。”此时的顾婆清已然午休醒来，微微斜着旗袍底下的两只玉腿靠在炕上抿着手中杯里的新茶，一双眸子含笑扫视着坐在侧边的史妧之。这次的见面较之第一次打量得更加清晰，史妧之是个不折不扣的美人已毋庸置疑，今天的她在一身中西合璧的修身刺绣洋裙中更凸显其气质幽然，两颊也有了些红晕之色。

她从手包里取出一双小鞋子笑着让卓尔妮递上去：“其实也没有什么重要的事儿，蓝关堡中三大家族的当家，妧之按理都该去拜会，至于先后，那便是出于私心了。那日奶奶大寿，妧之在寿宴上看见柴当家和小少爷就觉得很亲切，小少爷也可爱天真，妧之为小少爷缝了双鞋子送来，顺便拜会柴当家。”

顾婆清接过那对小小的虎头鞋端详半晌，笑赞道：“原来史姑娘的手艺这么好，我还以为史姑娘是出尘脱俗不食人间烟火的仙子呢。史姑娘把这走路的家伙都送出去了，怎么走以后该走的路?”史妧之浅笑嫣然，不紧不慢道：“那有什么要紧的，既然都送给柴当家了，哪怕以后没走路的家伙，有柴当家开天辟地，这条路用不用得着脚来走，又有什么关系呢?”

“想不到史姑娘还有这份心胸。”一旁几乎很少开口的卓尔妮终于忍不住道，顾婆清看了她一眼，又道：“史姑娘这双鞋做得倒是极其精致，我想有浦一定很喜欢，就谢过史姑娘了。至于路该怎么走，不外乎选择的岔路对不对。”史妧之心中明了她的意思，松了口气，又拿出一小包西点放在了茶几上：“柴当家，这些小西点是带给小少爷尝尝鲜的，不如也叫小少爷出来吧，有小孩子总归热闹些，走这条路也不觉得太冷清了。”令顾婆清没有想到的是，柴有浦居然跟史妧之特别投契，一面夸着西点好吃，一面吵闹着要经常去逄家找史妧之玩，顾婆清向来溺爱这个独子，何况心中已有打算，便由得他。她带着柴有浦去逄家玩，没想到却碰见了在后院里雕刻着木雕的逄临齐。

“咦，柴当家怎么来寒舍了？”认真雕琢的他直到顾婆清走到身边这才察觉到，回过脸看见了她，不由有些奇怪，仍舍不得放下手中的刻刀和木根，站了起身：“啊对了，柴小少爷最近和妩之玩得不错啊，看来柴当家是把那日我在市集约你相见谈的话都忘了。”顾婆清走到石桌前坐了下来，也拿起桌上的一根木雕把玩着：“逄老板说笑了，逄老板的话我是记得真真的，不过有什么办法呢，我就有浦这么一个儿子，爱其所爱，恶其所恶，恐怕找不到其他理由。”逄临齐看着她手中的根雕，古怪地勾起嘴角道：“小孩子就如同一块石头，可以雕刻成璞玉，也可以雕刻成朽木，这要看操刀的人有几分心思有几分能耐了。对了，不说这些，我还有句话想问柴当家，奶奶寿辰那日你归还回来的蓝田玉究竟是何人所补？竟有如此的手工，哼，我逄临齐真想见识一下。”

“我们柴家一向有这样的规矩，谁做错的事就由谁补救，这块玉自然是那个打破玉璞的工人臧九安补的了。”顾婆清面不改色凝视着他的眼道。逄临齐不由笑出了声：“在我印象中柴当家向来是个说得出做得到的人，柴当家曾说过谁能补好玉谁就当二当家，不过臧九安至今还是普通工人，也不知是柴当家记不得当初说过的话，还是这个人根本就不是补玉的人？”顾婆清却道：“补玉的人若是旁人自然顺理成章当二当家，可偏偏是臧九安。臧九安是做错了事，功过相抵，如今我把他继续留在蓝关堡已经是对他最大的奖赏了。逄老板无须这么操心我们柴家的事儿吧？”

没想到跟逄临齐说了一番话，柴有浦却玩累了，已经让卓尔妮先抱着回家了。当顾婆清好不容易巧言避开逄临齐的句句追问告辞而回，卓尔妮早已神色慌张地站在天色渐暗的窑洞门口东张西望等着顾婆清回来：“当家，当家你可回来了！小少爷他发烧了！”顾婆清脸色大变：“什么？那你还愣着干什么啊，你还不去给他把脉下药？整个柴家就你是最精通医术的了，蓝关堡的大夫都没你行，你还不去治？”卓尔妮焦急地扑通一声跪了下来，裙摆扬起地上的黄沙，不由哭了起来：“尔妮对不起当家，尔妮医术不精，给小少爷用了很多方法也吃了药，烧就是怎么也退不下来……”

“你擅长药理都束手无策？”顾婆清只觉一阵眩晕，后退了一步，喃喃道，“那可怎么办，怎么办……不行，我要进去陪着有浦！”她连斗篷都来不及卸下飞奔起冲进屋里，只见那小童正躺在床上直冒冷汗，面色通红早已昏迷许久，身子也开始轻微地抽搐起来，顾婆清慌张地将他抱在怀里：“快，快去找人来帮忙！谁能救我儿子，我这大当家的位置也让给他，什么都给他！”她已然失去理智，哭喊着跑到门前的空地颤抖着跪了下来：“老天爷，你不要折磨我儿子，我知道我罪孽深重，你要报应就报应在我身上，有浦还只是个孩子……不，不是老天爷，是柴国瞿！”

顾婆清自言自语疯了一般地又爬起身冲去了祠堂，指着柴国瞿的灵牌厉声道：“柴国瞿，你想逼死我，可是我顾婆清不是这么容易被逼死的。我不好受，也要你不好受，你不过是个孬种，活着的时候尚且拿我没辙，死了还想跟我作对？你休想！你给我听好了，我顾婆清一路走来风风雨雨从不畏惧，你有胆量冲着我来，我浦儿福大命大你奈何不了，你我走着瞧！”她扬起手一掌劈落那灵牌，外面同时响起一声巨响的旱天雷，顾婆清怒睁的双眸凝视着灵牌落地，早已眶满了泪水，却坚决一滴未落。

第十五章 怪 病

“婆婆，婆婆，你快去看看有浦吧!”这时邹宛萍急得一头汗，踮着小裹脚冲了进来，却愕然地看见顾婆清劈下柴国瞿的灵牌，怒目圆睁，眼中尽是痛恨。卓尔妮赶忙拦住她：“大少奶奶，你去帮忙看着小少爷吧，别打扰当家。”邹宛萍急道：“现在柴家上下全部束手无策，有浦烧得厉害，现在有良守着他呢。我是想问婆婆，要不要去申屠族长那里买些天麻?”

顾婆清闻言走了过来，正犹豫不决，忽然小梅颠簸着两条小辫子也跑了进来：“当家，大少奶奶，有个叫臧九安的工人执意要进来，他说他有办法救小少爷。”顾婆清一听见他的名字，顿时如得了救星：“九安是自己人，快叫他进来，快!”

一行人都挤在了柴有浦的屋子内，却也没见臧九安用什么办法，只是照常喂了他吃退烧药，又用冰凉的毛巾盖住他的额头，没多久柴有浦的脸色竟已不似之前般通红，身子也不再抽搐，约摸过了一盏茶的时间迷迷糊糊地苏醒了过来。顾婆清又是欣慰又是安心，这才松了口气，整个人顿时没了力气回软瘫坐在椅子上。

阴影下，一个叼着老烟枪的男人偏过了头，把面容模糊在了黑暗中，哼道：“是么，这个臧九安究竟什么来头，一块碎成那样的玉都能补得完美无瑕，这次整个蓝关堡的大夫都没办法，他偏偏有办法。我就不信这个傻里傻气的蠢人有这么大的能耐，臧九安的背后一定另有高人。不过这个高人……哼，看来，顾婆清以后要如虎添翼，得到了最好的拍档。”

“你要知道，九安是我最好的拍档，天赐的助手。”夜深了，卓尔妮拿着大衣蹑手蹑脚地走进来替守在床边已然撑着头闭眼睡着的顾婆清披上，哪知一点点动静竟也让她睁开了眼，握住卓尔妮的手如是说道。卓尔妮不解道：“尔妮不明白，那臧九安分明什么都没做，小少爷在他手中竟然莫名其妙就好了，当家怎么想的?”

顾婆清冷哼一声，起身将大衣卸下给熟睡的柴有浦又盖了一层，示意卓尔妮随自己出来：“臧九安是个老实人，有些事他想不到，但却能做到，只能说明他的身后另有高人，那个高人恐怕就是补玉的人，而且对于我们是友非敌，因为这个人每次所作所为都是替我们解围。”卓尔妮蹙了蹙眉，侧了侧头，头上的银步摇发出一阵清脆的声音：“解围？当家也觉得这次小少爷病得莫名其妙？尔妮也怀疑此人。”

“此人?”顾婆清忍俊不禁笑出声，温柔地摇了摇头，“你心中早有偏见，又怎么能够看得透，你所怀疑的‘此人’不对。”卓尔妮一听急了：“怎么不对？我本以为史妧之是个天仙子，哪知道是条美人蛇，倒也不知道她心里盘算什么，只知道她的城府可不浅。而且小少爷最后碰的人是她，也是她给小少爷吃什么西点的，根本就是那个史妧之作祟。”

顾婆清道：“你瞧瞧，多少偏见都在你的潜移默化里了？不错，史姑娘可不是个普通人，你也懂得说她心思缜密，她既然有这份心胸，也懂得送鞋子给我，人家都把这人情送到我面前了，做了这么多会自毁城墙么？人家也知道有浦是我的命，有这份心思，就决计不会伤害我的命，只不过这要我命的，是那容不下我当大当家的人。”

“逢老板?”卓尔妮转了转眼珠，试探问道。顾婆清果然又摇了摇头：“当年若不是逢临齐扶持，我根本不可能坐上大当家之位，他只不过跟我都想互相利用，他一心想找到老爷的财宝，怎么可能在这个时候想拉我下马？剩下那个有能耐的，只有申屠洪。他到底什么意图我还不知道，不过经此一闹，他会发现他更大的威胁是臧九安身后的高人。尔妮，我要交代九安一些事，你先回去睡吧。”卓尔妮把自己的斗篷拆了下来递给她：“那好吧，更深露重，小心夜凉。”

顾婆清不久便找到了坐在沙丘上望着月亮发呆的臧九安，挨着他坐了下来抬起头看着月亮：“九安，谢谢你救了我的儿子。”他咧嘴笑道：“大当家的，千万别这么说，应该是我多谢大当家的，如果不是你肯让我留下来，如果不是你信得过我，那别的也都不会发生了，九安现在也不知流落到了何方，大当家的才是九安的恩人。”

“哼，当真是种什么因得什么果，什么恩人，若摊上这个词，倒是要期待着报恩了。九安，你当我报恩也好，提醒挚友也好，有个道理叫作木秀于林风必摧之，有的时候越是能干的人，越容易招人眼线，有的不过是使个绊子，有的还会丢了性命。我若是你——懂得补玉的那个你，就不会再出手相救。你别看这天空只有一个亮堂的月亮，那旁边黑黢黢的一片，里面可多得是星星哪，那些星星，可都是眼睛，盯着那个月亮，看它何年何月暗淡，或者，想着法子让它尽快暗淡，才能露出自己的光芒。”

顾婆清说罢，臧九安似懂非懂地凝视着这片星空，突然前方风沙里淡出一个微微佝偻的人影，阴阳怪气地朝这边走来：“柴当家，看来我是来得不巧了。”

她眯起眼站了起身，那人的模样随着靠近渐渐清晰，逄临齐古怪地笑着望了顾婆清和臧九安一眼：“我听说小少爷病了，带了些良方来给小少爷，不过看来是来迟一步，柴当家既然有闲心跟一个下人谈天说地，想必小少爷安然无恙了。”他故意加重了“下人”这两个字的音量，可臧九安却傻乎乎地浑然不觉，仍冲着他傻笑。顾婆清侧过脸道：“九安，你先回去吧，我跟逄老板有些话说。”

看着臧九安转身走了，顾婆清移步到他面前道：“怎么，现在下人走了，逄老板还有什么想说而没说的都说出来吧，不然岂不是不吐不快？”逄临齐笑道：“难得柴当家这么懂我的心思，替我找好了开场白，那我就单刀直入了。一个年轻寡妇，和一个俊朗的年轻工人，夜里坐在一起看星星，不知道如果柴当家站在我这个角度看，会不会觉得这两个人必有私情？”

“呵，逄老板真是越说越打趣得紧了。”顾婆清不住笑出声。逄临齐抽搐了下鼻翼，道：“我可不是没有提醒你，族规是什么，你是清清楚楚的。你若是违反族规，别说丢了大当家的位子，就连小命也丢了，我可救不了你。我虽然不知道你跟这个臧九安有什么渊源瓜葛，但你先是跟我作对保住打破蓝田玉的他，又是跟他私下会面甚多，今天还跟他不知避忌倾谈，我看你是早把蓝关堡的规矩忘得干干净净了。你想自寻死路我拦不住你，不过你可还有个儿子。”

“逄老板今儿是怎么了，嘴上这么没把门儿的，知道的是说逄老板体恤我这个做当家的，不知道的，还以为逄老板这么心急为的是什么呢。”顾婆清的脸色倏忽拉了下来，一反常态道，“我不说不代表我不知道，逄老板自家门前的雪还没扫干净，就急着给我扫雪劈道，这份情我懂我也领下了，现在就请逄老板处理自己的事吧。申屠姑奶奶什么性格众所周知，她对你如何也早已不是秘密，你说你这下一步棋要是走不好，那申屠家还不得闹得翻天覆地么。这子是留是舍，逄老板要尽快做决定，快刀斩乱麻啊。”逄临齐的脸不由阴沉下来，似笑非笑地抽搐了几下。

这一夜估计没几个人能睡得着，就连早早回去休息的卓尔妮也躺在床上辗转反侧。虽说小少爷的事跟史妩之没关系，但自从史妩之来投诚，就表明了她不像表面那般不谙世事，连当家也不知道她打的什么算盘，卓尔妮不由替逄临恭担心起来。

翻转到五更，她霍地坐了起来，不行，逄二少爷为人单纯，又热心爽朗，这个史姑娘来历不明疑点重重，我不能让逄二少爷去冒这个险。这当下当家还没起来，我现在去逄家门前等着二少爷，等他一出来就提醒他。卓尔妮咬了咬嘴唇下定决心，掀开被子披上外套便摸黑出去了。

可是徘徊在逄家堡门前的卓尔妮等来的不是逄临恭，却是怒气冲冲甩着衣袖大步闯出来往雕刻店跑的逄临齐。她赶忙闪避到一棵大树的后面偷偷看去，只见严红瑰拄着拐杖蹒跚着步伐也跟着追了出来：“齐儿，你若是还当有我这个奶奶，你就给我站住！”逄临齐猛地蹙紧了眉头，脚步不由停了下来。

严红瑰气喘吁吁地捻着手中的佛珠追到他的面前，面上生怒："这件亲事，二月拖到六月，六月拖到八月，你究竟想怎么样？人家毕竟是前清格格！"逢临齐忍不住也怒道："奶奶，她不过是个前清的格格，你为什么非要叫我娶她不可？为什么二弟可以娶自己喜爱的女人，我就不行，非要盲婚哑嫁？"

第十六章　前清格格

“呵，为什么？我还想知道你不是一向不喜欢恭儿的西学思想么，这件事上怎么倒达成一致了？”严红瑰仍旧不让步，似乎她那张笑眯眯的脸上头一回出现这样的表情，“你要知道，你是逢家的长子嫡孙，是逢家的大老板和顶梁柱，别说你连中意的女人都没有，就是有，那也得看看能不能配得上我们逢家。你迎娶了这个格格，对于我们逢家在蓝关堡的地位是百利而无一害啊。你瞧那申屠洪的得意样，祖辈上不过一个区区的郡主，你再瞧那顾婆清，柴老爷子不过是前清的官员，你要是娶了格格，那地位可比他们高多了。”逢临齐哑然失笑：“奶奶果然想得周到，看来我若是这次拒婚，也免不了下次，就遂了奶奶的意思吧。不过，自从那个女人改嫁，我就不信女人和真情，这个格格嫁过来，仪式什么的一切从简，最多给个姨太太的位分，否则没得商量。”

“你……人家毕竟是格格，怎么能嫁给你当偏房妾室？”严红瑰不悦道，逢临齐更是甩下脸色发上了牛脾气：“奶奶，要么就娶进门当姨太太，要么，就让她立刻打道回府，不用嫁来蓝关堡了。”严红瑰素知他的脾性，便也只得退一步：“也罢也罢，总之下个月，哪怕天塌下来，这个格格也要进我们逢家大门。”然而此刻逢家大门口站着静静地聆听他们对话的，却是一脸失落的逢肖娘。她洋气的脸蛋上没了平日里的光彩照人，多了一抹落寞。两个哥哥，一个带回了不知将来会不会成为嫂子的天仙妃子，一个又要迎娶前清后宫的贵族格格，却是她逢肖娘日后在逢家哪还有地位，两个哥哥还有谁会惦记着她多半分？

“逢老板纳妾早就不是新鲜事了，不过我想听些新鲜的。”顾婆清靠在炕上剥着瓜子，由玉骨扇柄般白纤的手指轻轻放入朱红的口中，随着一阵阵细微的咔擦咀嚼声，口中飘出一阵香味，眼角带笑地望着身边的卓尔妮道。卓尔妮抽手替她换了盛满瓜子壳的盘子，道："除了那天在门口的争执，逄家似乎再没有动静了。只是逄小姐这段日子每天都跟着逄老板去雕刻店，时时刻刻粘着他，似乎是舍不得这个大哥。逄老板为了陪她，雕刻店很多事都忙不过来，倒是让……让逄二少爷帮手去了。"

"嗯？"顾婆清闻言停下了抓瓜子的手，抬起那双又大又黑的眸子，盯着卓尔妮看，似乎能看穿人心，"呵，这倒真是新鲜事。逄临恭那个文弱书生只会纸上谈兵，还能代理雕刻店？逄小姐小孩子心性倒能理解，不过老太君为什么要当着她的面跟逄老板争执？看来就是想让逄小姐听见啊。我不客气地说一句，就算让逄临恭顶替了逄老板的位置，他也坐不稳，你跟他有过渊源，应该知道他秉性如何，是不是这份料，庖丁解牛只会惹来不必要的麻烦，尔妮你说呢？"卓尔妮若有所思地点了点头："当家守着这位置，尔妮看了这些年也觉得辛苦，二少爷不适合这些纷扰。当家，你有办法么？"顾婆清笑着起身掸了掸身上的瓜子壳："备衣，去雕刻店找逄老板。"

"有段日子不见柴当家出来走动了，今儿怎么来雕刻店了？有什么事指派下人告诉我一声就行了。"顾婆清曳着长长的白色暗花缎子斗篷走到逄临齐的案儿前，他正翘着腿斜靠在红木椅上雕刻着手里的桃核。如此细小的桃核，竟然在他手里妙手生花，给雕出一艘江南的乌篷船，船上更载了翩然风骨的几人，只是这几人的面容还未雕刻出来，却已凛然仙气。顾婆清不理会他的冷待，自己寻了个高位坐下，从卓尔妮的手中拿来一个红色的纸单递上去："别的事假手于人也就罢了，有些事还是自己做安心点。我是来送下个月腰鼓节的节目单的，像这种大事，可不好疏忽了。"她似有意似无意地在"下个月"三个字上重了重音量，逄临齐果然闻声顿下了手。

"是么，我还真的差点把这事儿给忘了。"他笑着拿起红单看了看，抬起眼又凝视着她道，"其实一年一度的腰鼓节说大也大，说小也小，不过柴当家都当家这么久了，这种事还能拿主意的，以后不用拿来给我看了。"顾婆清施施然起身收起红单，边折边笑言："难得逄老板信得过我。我也知道逄老板下个月事忙，本不该打扰的，想着顺道来给逄老板贺喜，恭喜逢老板娶得如花美眷。花虽美，终有一日花残粉褪，逢老板别为了一时的风华正茂，忽视了自己的整个花圃，指不定哪天溜进一个花匠，他只要施点肥，您的整个花圃那可就都毁于一旦了呀。”逢临齐雕手中的核雕已然刻完，他把玩着核雕笑道：“柴当家说得不错，不过这黄沙里哪有什么花圃啊，有也只不过孤零零一朵沙漠玫瑰，生命力顽强得很，一点下脚料就想弄死，那是决计不可能的。柴当家的意思我听明白了，腰鼓节的单子也看了，当家请回吧，我稍后还要陪肖娘出街散步。”

卓尔妮陪着她从雕刻店出来，顾婆清叹了口气道：“家里一只大老虎还没收得稳，这外边儿又来这么一出，蓝关堡的人哪，多一个，就多一份是非。”卓尔妮陪着她并肩而行：“当家是觉得逢老板若是娶了那格格，当家一个人会孤立？”顾婆清停下了脚步：“起码，我还有你，还有有浦，还有一些我想做而未完成的事，我不会让自己那么被动的，而且逢老板刚才也说了，他心中有数。你去接有浦下课吧，我自己散步回家就好了。”

她信步背着阳光往前慢行，忽然听见一间小石楼后面传来吱呀吱呀的机器声音，伴随飘来一股清香的气息。顾婆清的脑中顿时被这股气息充盈，所有的思虑尽数抛却九霄云外，着了魔般走过去，便看见臧九安光着膀子汗流浃背在烈日底下认真地调配做着酱菜。臧九安也看见了她，笑呵呵地抹了抹额头上的汗：“大当家的，你来啦？这是做给大少奶奶吃的，大少奶奶上次说喜欢，我答应替她做的，大当家的，你要么？”

她走到案前，捻起一根细长鲜香的酱菜，眼前不由莹润满泪水，口中喃喃哼着曲不成曲的调子：“清欢百味粗茶饭，阴晴冷暖布衣衫，风风雨雨行路难，黄历光阴一年年，东篱寒暑见山川，偷得浮生半日闲，凡夫俗子亦陶然。”顾婆清唱罢，将那酱菜放入口中细细品尝，刹那间泪流满面。臧九安当即慌了神：“大……大当家的，你怎么啦？是不是不好吃？”顾婆清抿嘴勾起唇边的泪珠吞了下去：“不是，很美味，只是我的心里是苦的。”臧九安也不知如何安慰，便道：“大当家的，你刚才的歌儿，唱得真好听。”她已然咀嚼掉口中的酱菜，一开口便散出阵阵清幽：“这首歌要配上江南丝竹才好听呢，只可惜，蓝关堡听不到了，也不会有那把琴，也没有那样的良辰美景，唱出来也是涩的。你继续忙你的吧，我走了。”

臧九安没想明白，痴痴地望着她的背影还没缓过来，突然身后一个大坛子后传出哐当一声，他转过身一看，只见逯小小从坛子后面爬起身来，嘴角还挂着一根酱菜：“咦，申屠三太太，你怎么在这儿？”他顿时摸不着头脑了，逯小小掸了掸她的那身粉橘的新洋装，扶了扶鬓边的布艺花朵：“没什么，我路过，路过。”臧九安指了指她的嘴边，道：“三太太，你嘴边……有东西。”她伸手一抹，便摸下了那根酱菜，躲在坛子后面偷吃的事再也掩不住了，逯小小索性大声叫道：“怎么啦，我吃点你的酱菜是给你面子，你，做一坛送来我家。”说罢便摇着脑袋趾高气昂地走了，殊不知她边走着，心里边打鼓，那个柴当家从来都是外柔内刚，从没见过她掉眼泪，为什么对着酱菜掉眼泪？难道跟我一样，爱吃酱菜吃不着么？

“湘妹，我回来了！”逯小小蹦蹦跳跳地走入申屠窑洞，一脚踹开了申屠湘的房门开心地叫道，房门吱呀地闪到旁边，她却发现申屠湘根本不在屋内，取而代之坐在桌前候着自己的竟是申屠洪。一见她进来，申屠洪放下手中的杯子，满脸堆笑地一把将她拉坐在自己的大腿上抱住：“小心肝，我就知道你每天一回家准找阿湘，只好在这里等你了。”逯小小亲了亲他，问道：“湘妹呢，我有事跟她说。”申屠洪啧道：“哎呀，她去庙里烧香了，你知道的，求姻缘嘛。你有什么事跟我说呗。”她绕了绕耳畔的卷发道：“你懂什么呀，你又不懂吃喝玩乐，我想告诉湘妹一件趣事，我看见比我更馋的人了。”申屠洪哈哈笑道：“那你说说，是谁啊？”逯小小一本正经道：“柴当家呗，她吃不着酱菜还哭呢。”

第十七章　金镶玉棋

“嗯？你说什么？”申屠的脸色突然阴沉下来，嘴角的笑容也僵住了。逯小小浑然不觉地玩着头发丝儿：“我说，我刚才看见柴当家吃臧九安做的酱菜，还哭了呢，你说她是不是比我还嘴馋啊？”申屠洪心中自言自语道，这是演的哪出啊，自从顾婆清嫁来蓝关堡，他就知道这个女人不是善类，如此城府深沉的人怎么会贸然在别人面前哭？莫非这其中有什么前因后果是自己不知道的？是了，二太太跟顾婆清私交好多年，倒不如问问她。他替逯小小掩上了门，沉吟一阵走去了邬春玉的屋子，站在门前抬起玉扳指敲了敲门，里面柔然飘出一声：“进来吧。”

他推门进去，只见邬春玉正背对着门，抬着玉手对镜卷着齐肩的短发，一身轻如薄烟的青色长旗袍曳地，显得身材修长且凹凸有致：“咦，老爷怎么来了？不是在陪三妹么？”申屠洪笑着走到她身后替她沾上些发胶，疼爱地梳了梳：“她呀，又跑外面偷吃东西了，我可得罚她。”邬春玉笑道：“三妹向来这样，老爷生什么气呀？这回又吃什么新鲜玩意儿了？”申屠洪道：“什么什么……酱菜，就是玉器店的臧九安做的酱菜。哎，你别说，小小说这酱菜可好吃了，连柴当家都去吃呢，而且边吃边掉眼泪。”他一心等着看邬春玉下面怎么回答，谁知邬春玉如无事般，镜子里的面容也没有一丝波澜，浅笑道：“是么，这么好吃？可惜我没三妹的福分到处吃，也就馋馋我罢了。”只此一句，却再没说别的话语了。

庙宇内烟雾缭绕，熙来人往，大殿正中的金身佛像下跪着虔诚祈福的申屠湘。她的那件亮紫色缎子长袄与在整个宝殿中的金光灿灿相得益彰，显得更加耀目。她闭着双目垂着长长的睫毛，双手合十口中念念有词，也记不清楚从何年何月开始，或许是自从她与逄临齐的第一次相见开始，直至现今的这些年，申屠湘只懂得许一个相同的愿望。无惧闲言碎语，无惧标梅已过，她执着地相信这个愿望有一天会实现。拜完佛像，申屠湘习惯性地起身走到侧殿去算姻缘，她刚刚掀起布帘走进佛堂，严红瑰便带着逄肖娘一起走进大殿。

严红瑰一眼便看见了蒲团上被遗落的一张轻如薄雾的紫罗兰丝巾，那丝巾色泽大胆，用料名贵，与申屠湘最爱的紫玉钗甚是相衬。她故作不知，捡起丝巾放在了神龛前，又领着逄肖娘拜了拜，拄着拐杖笑道："肖娘，你大哥就要成亲了，总算了却了奶奶的心头一桩大事啊。"她这句话似乎正对着侧面佛堂的布帘，声音并不低，在里面刚刚抽了签递给大师算命的申屠湘不出意外地听见了，猛地浑身一凛，手中的竹签也应声落地。

逄肖娘浑然不觉，接着问道："奶奶，那个前清格格你见过么？她是漂亮还是丑，是胖还是瘦？"严红瑰哈哈笑道："我没见过。不过这个格格，是敖佳氏里出了名的美人，当年如果不是赶上清廷垮台，她必然是进后宫当娘娘的。我给齐儿找的媳妇不会错。"

不可能……不可能，他怎么会跟一个素未谋面的女人成亲？帘后的申屠湘已然乱了心绪，只觉一阵眩晕，赶忙扶住了墙，眼眶顿时滚烫，硬咬着牙不让泪水掉下来。还是个格格，不，现在已经是民国了，格格有什么尊贵的？是了，只要一天没成亲，我都是有机会的，再怎么说我和逄老板才是门当户对，才是青梅竹马认识多年的。她仍在胡思乱想，忽然又听见逄肖娘道："可是奶奶，大哥之前跟你谈的条件，是不是不太好啊？"严红瑰笑道："有什么不好？他说了让这个格格当姨太太，我也没办法。你大哥啊，心里有数得很，说不定哪天还能娶个公主回来当正室夫人呢。总之敖佳氏嫁来也是侧房，正房的位置，还空着哩。"这句话一出，严红瑰悄然瞥了一眼佛堂前的布帘，只见帘后的婀娜身影倏忽放松了下来。

"当家，夜深了，早点休息吧。"更露已重，整个蓝关堡都早已陷入了寂静，就连外面聒噪的虫子也睡了，四下安静得连顾婆清桌上燃着的油灯细微的嘶嘶声都听得见。卓尔妮掀开蓝白色的扎染印花布帘走了进来，顾婆清放下手中的账簿，靠了靠椅子后背："本来是挺困的，可是玉器店还有这么多账要看，有良为人冲动粗枝大叶，细节上必须替他把关。可是看着看着困劲儿又没了，睡不着了。尔妮，你回去陪着有浦睡吧，他若是半夜醒来看不见你会哭闹的，我这个亲娘哄都不管用。”卓尔妮哑然，只道：“那你呢？”她锁起了账簿，起身走到窑洞门前望了望外面的月夜：“我出去绕一圈，困意来了，就回来休息。”

她披上衣衫走了出去，夜里竟还有些微凉，脚下的黄沙土也散尽了白日里的炎热，变得异常坚硬冰冷，令顾婆清莫名地想起江南的花岗石。今晚是个上弦月，顾婆清抬起头凝视着月亮，迎着晚风，忽然觉得时光一下子穿过了明月，穿过了天地，穿过了尘封的记忆。“嫦娥应悔偷灵药，碧海青天夜夜心。”她若如叹息般地从齿间滑出一句诗，这诗句还没有在风中立住脚跟，竟被一阵清扬的乐音引了开去。

顾婆清凝神一听，这悠扬飘渺的曲子空空荡荡地徘徊在空中，似是从月宫里传来，这声音似起似伏，时清灵时哀婉，不是凡间的乐器奏出的，顾婆清从来没有听过这样的声音。她好奇地踮起脚尖跟着回旋的曲子兜转地寻了几圈，在黑夜的尽头，黄沙的尽头，看见了一个瘦瞿身骨的男人佝偻着身子搭着一只腿在土丘上，双手拿着一片翠叶，轻轻放在唇边吹着。

顾婆清顿住了，试探着走上前道：“逄老板？”那男人听见她的声音，从阴暗的光线中转过了脸来，借助着蒙蒙的月光，勾勒出逄临齐轮廓分明的硬朗脸庞。他放下叶子站起身来：“这么巧啊，柴当家，我睡不着出来转转，你也睡不着么？”顾婆清走到他身边的土丘坐了下来，微微笑了笑：“家家有本难念的经，连月亮都睡不着，露出个眼睛看着人间。这样的夜除了世上那些圆满的幸运儿，还有几个人睡得着呢？”逄临齐揉搓着叶子道：“是啊，只要不是天大的事情，天亮以后都有办法解决，只有夜里会多心一点。”她却勾起手指了指月亮道：“要说评说事情的大小，那恐怕永远都争论不清了。一个人要是踩在云端上，芝麻大的事情也是天大的事情，要是落在了地底下，天大的事也不过一粒黄沙那般大了。这就是嫦娥为什么要放弃一切，也要飞上月亮的原因了吧。”

“哼，所以说女人心，海底针，无论仙凡都是这么不同凡响。”逄临齐笑着折起叶子信手扔到崖底，“蓝关堡又要热闹了，这个前清格格也不知是神是魔，我根本不认识她，也不知道她一个格格，为什么要嫁来偏僻的蓝关堡？”顾婆清道:“有的人来是宿命，有的人去是算计，但有时来去根本是殊途同归,宿命和算计也本是同根而生，所以人很难分得清，或许有时根本不需要分清，因为自己也在这旋涡之中，自己也做着相同的事。”逄临齐咧嘴笑道：“哎呀柴当家啊柴当家，所以说，什么人都信不过，只有信自己。除了自己，也只有你这样的女人——旗鼓相当的对手才最信得过，因为这个对手也太了解自己。柴当家，可比那个前清格格要了解我太多了。”

顾婆清笑道：“我看是我们说得太多了。逄老板，你在这稍等我片刻，我给你一样东西。”半炷香的时间她就回来了，手中却多拎了一盒七彩云母镶嵌的精致糕点盒：“逄老板，这是我送给你的新婚礼物，下回可别叫我送了。”逄临齐打开食盒，里面尽是馍馍之类的糕点，他哈哈大笑：“柴当家，真有你的，几块馍馍就想当贺礼？至少，也该弄些精致的糕点。”顾婆清仍旧抿嘴浅笑不作声，目光看了看他，又扫了扫食盒的底部。

逄临齐若有所悟，捧起四四方方的食盒小心翼翼地把边边角角都摸了一圈，手指终于在摸到底部的时候停住了。他反过食盒，手掌顶住底部，缓缓地抽出了最下面的一个暗层，随着他拉出来，暗层里一枚金镶玉的玉棋也赫然闪亮而出。

逄临齐眯起眼，用两根手指夹住那枚玉棋，仔仔细细地看了一番，那枚玉棋是用通透的上好羊脂玉做成，围了一圈纯金镶边，上面用足金雕刻了一个“卒”字。他沉默半晌，突然扑哧笑了：“柴当家送人玉棋，怎么只送一枚不送一整盒？卒，卒也分不同的层次，好比我手上的这枚卒，它就是金镶玉琢的，怎么都高贵过那木质的、大理石质的，那你说哪一种更让人喜欢拿来送人呢？柴当家不必太担心了，上次我是一时冲动，不会再因为那个女人连累无辜了，我们还要里应外合扳倒申屠洪的旧封建专制，还要一起找柴老爷子的宝藏。”他说的“那个女人”，自然是指二太太邬春玉了，逄临齐继续道:“柴当家一番好意送我贺礼,我也回赠一样,跟我来。”

第十八章 双金鱼

他带着不明所以的顾婆清逆着风跋涉到了一口井边，要知道在这茫茫黄沙中开一口井实在不易，风沙之大，干旱之多，很容易让一口井干涸，放眼望去蓝关堡几乎没有水源。逄临齐看出她的疑惑，笑着脱掉了外套，光着膀子伸手进井口，使劲拉着深不见底的井绳，终于从井底拉上来一只木桶，让顾婆清惊讶的是这木桶里竟盛满了清澈见底的水，而水中央还有着灵动的大小两只金鱼："柴当家，这可是我偷偷养的，每次心情不好，我都会来这里跟它们说话，它们很通人性的，这金鱼就送给你了。"

顾婆清又是惊喜又是失措，"你……你喜欢的东西送给我？"她不自在地笑了笑，"逄老板，君子不夺人所好，何况我又不是小孩子，金鱼也哄不了我。"逄临齐却笑道："你不是君子，你是淑女。说了送你就送你，我逄临齐说出去的话就是泼出去的水，哪还能收回？你不是小孩子，可你家里还有个小孩子呢，拿去给小少爷玩也好。"顾婆清也不再拒绝，用玻璃罐装好两条金鱼带了回去，柴有浦早已进入甜美的梦想，她吻了吻柴有浦的额头，将金鱼放在了他的床头柜上。

次日清晨，蓝关堡的人早已纷纷起来了，各司其职忙忙碌碌，顾婆清也坐在桌边整理着红色目录单上的节目。卓尔妮送柴有浦去学堂也回来了，但同时她还带回了另一样东西——一张申屠二太太的请帖："当家，二太太交代了，说让你尽快去一趟。今日申屠族长去省城办事了，家中无人。"顾婆清看了看请帖，道："是啊，我也很久没机会和二太太见面了。那即刻便走吧。"她和邬春玉的见面总归是有些见不得光，也犯不着如此大张旗鼓，便和卓尔妮走小巷过去，卓尔妮更是没进申屠氏的窑洞，只在外边候着。

窑洞门口早已有人在等着顾婆清了，这不是别人，正是每次替她们见面穿针引线的逯小小。逯小小拿着法兰西手帕抹擦着香汗，热情地带顾婆清进去："柴当家你可来了，二姐姐啊可惦记你了，我也惦记你。"顾婆清笑眯眯地从包里掏出一盒新鲜的芝麻酥递给她："你是惦记我的食物吧。"这早就成为她们之间的习惯，逯小小看见芝麻酥，兴奋地眼睛直冒光，抢过来便吃，塞得腮帮鼓鼓地说："你进屋吧，我在外面替你和二姐姐守着。"

顾婆清正要推门进去，忽然想起了什么："对了，二太太最近如何？"逯小小含糊声音道："好，好，好得很。不过就是，隔几天就有一个……一个男人来找她，挺熟的。"顾婆清闻言不由变色："男人？"看逯小小的模样也问不出个所以然，顾婆清的心中不由忐忑了起来，便装作什么都没发生走进邬春玉的房间里。

邬春玉早已梳妆打扮好，更坐在圆桌前泡着功夫茶等着她："柴当家，你来啦。"顾婆清施施然坐了下来："一段日子没见，二太太的气色比之前更好了。不知二太太今天叫我来，是闲话品茗，还是有什么要事？"邬春玉斟了两杯小茶，递了一杯给她："二者兼有。我们也很久不便见面了，一来想聊聊天儿，二来想问问犬子的近况，三来……想听柴当家说说，跟这个臧九安之间的渊源。"

"都说这说话啊有个循序渐进的过程，往往这放在最后面的问话，才是最想问的。二太太难得也落了一回俗套，我也不得不找个适当的顺序好回答二太太了。"顾婆清先是愣了一愣，又悠然笑着抿了一口茶，"我跟臧九安，就是大当家的和凿玉工人的渊源。窃以为谣言止于智者，可惜蓝关堡的智者真是太少了。"邬春玉咯咯笑了："你这是在生我的气呢？不是我怀疑你，是小小，前几天她跑到臧九安的酱菜坛那儿偷吃酱菜，恰好就看见了你跟他古里古怪，说你吃着酱菜还流眼泪呢。我便想起你千方百计护着臧九安打破玉璧的事儿让他留下，好奇才问问，何况，我要是不问清楚，别的不知道的人更有机会抹黑你。"

“原来二太太所说是这件事呀，我不过是想起了一个故人。”顾婆清稍稍愣了愣，脸上的波澜一闪而过，“二太太，人生在世，谁没有些忘不掉的事呢？我怀念一个故人，仅此而已。”哪知她说完这句话，沉默不言的却是邬春玉了，邬春玉似乎心不在焉，根本没有在意到顾婆清下面说的话。顾婆清道：“二太太？”邬春玉猛地回过神，不自然地笑了笑：“是啊，人生在世，谁没有一些过去，没有一些不足对外人说，自己却忘不掉的事呢……我明白你。”顾婆清道：“你明白就好，我知道你是关心我，不过你也该关心关心自己的事儿啊，你都要当婆婆了，怎么不开心呢？”邬春玉愕然道：“婆婆？什么意思？齐儿他……”

“逄老板下个月就要纳妾了，你不知道么？”顾婆清的话令邬春玉完美圆润的脸庞顿时变了变色，也不知该欣喜还是该失落，她赶忙拉住顾婆清的手：“我没听说啊，要真有这事儿，湘儿不早就闹翻天了么？哎，怎么是纳妾，是哪家的姑娘啊，人品如何？”顾婆清笑道：“兴许是怕姑奶奶的脾气会坏事吧，要知道这纳的可是前清格格敖佳氏，是旗籍内出了名的美人，怎么说都是皇亲国戚，我想逄家或许不希望出差错，等到时候自然会通知。”邬春玉微笑的嘴角忽然僵硬住了，脸色倏地变白：“什么，皇亲国戚，还是个格格？不行，绝对不行，那可是前清的皇亲国戚，现在是什么朝代，万一追究起来那可是连累的大罪，我不能让齐儿冒这个险。”

“二太太你去哪？”说话间邬春玉霍地站起身便往外跑，顾婆清担心地追了出去，却被门口刚刚吃完芝麻酥的逯小小拦住了。逯小小玉白的脸上和齿间沾满了黑乎乎的芝麻，严肃道：“你不能追了！我刚才看见大姐往这边过来，你马上从后门走，快走啊！”顾婆清担心道：“可是二太太……”逯小小边推搡着她边道：“放心吧二姐姐不会有事的，你再不走被大姐发现，二姐姐那可就麻烦了。”但是谁都没想到邬春玉听到逄临齐的婚事，竟然一反常态，踏着细长的高跟鞋，一深一浅地在黄土中奔向了逄家窑洞。开门的管家看见了她也左右为难，不知该不该让她进来，邬春玉却急躁地兀自冲了进去，谁也拦不住，一边喊道：“齐儿，齐儿你快出来啊！你不能娶那格格啊，别的事也就罢了，这件事你听娘一回！”

“你在这里干什么！”只听楼上一声厉喝，邬春玉抬起眼看见站在栏杆边铁青着脸缓步而下的逄临齐。逄临齐的双眸如同利刃，一眼望不到头的冰冷，却在看见她的时候燃起了澎湃的怒火，他强压着盛怒走到她面前：“管家，奶奶说过这个女人踏出我们逄家的大门，这辈子都休想回来，还不把这个女人轰出去？”

邬春玉一把拉住他的手忍不住泪流满面：“齐儿，你恨我我明白，但有些话我不得不说，我说完就走。你不能娶前清格格，不能跟皇亲国戚攀上关系啊，现在已不是清朝皇帝当家做主的时候了，都讲民主和新思想，大总统和新政府打的什么算盘，谁保得准第二天会发生什么事？总之不能这么冒险，万一触碰到底线，你不仅仅无法借格格的身份发达，还会连累你命丧黄泉。”逄临齐抽搐了一下嘴角，哼了一声甩开她的手：“你教训我？你凭什么教训我？这都是我逄家的事，自从你不守妇道不知羞耻从我逄家改嫁出去，你还有什么资格过问逄家的事？”

邬春玉刚要开口，突然只觉小腹一阵剧痛，自己已被一串又重又大的佛珠狠狠击中，忍不住失声叫了一声，逄临齐也看见那串佛珠从自己身后凌空而降，手法既快又准，惊讶地下意识回过头看去，只见逄肖娘搀扶着气得面色通红的严红瑰杵在佛堂前。

严红瑰气得浑身直哆嗦，颤巍巍地走到邬春玉面前扬手又是一巴掌：“贱人，你还有脸来我们逄家，在佛堂就听见你在外面大哭大闹，成何体统，真是晦气！”邬春玉哽咽住泪水道：“婆婆，你不能让齐儿娶前清格格，不能让他拿性命去搏啊。”严红瑰持起拐杖便狠狠地抽打她，逄肖娘拦也拦不住：“我呸，你别叫我婆婆，我这老婆子可要折寿，申屠二太太！你克死我儿子，如今还想来气死我么？你给我滚！”

第十九章　青砖渍

“别打了奶奶！”逄肖娘实在看不下去，又夺不过严红瑰的木杖，只得张开两手护在邬春玉的身后，“奶奶，你为了不值得动怒的人动怒，伤得可是你的身子啊。何况佛家有云，诸行无常，一切皆苦，诸法无我，一切寂灭。奶奶，你不能因为一时的冲动而坏了你的修行，这样的人，让她出去便罢了，不必执着是是非非了。”严红瑰看了看她：“好，我听肖娘的劝。”便又冲管家喝道：“来人，送申屠二太太出去！”邬春玉失魂落魄地被赶出逄家，心中还是为逄临齐的事惴惴不安，这个前清格格，虽然连面都没见着，却让她心里百般不妥，也不知究竟为何。这个老太太，向来是极其精明，不可能自己想到的事她没想到，她让逄临齐娶前清格格，到底什么用意？

想不透，真的想不透，二太太既然这么着关心逄老板，为什么当年放着好端端的正房夫人不做，偏要改嫁给申屠洪那老色鬼当小妾？顾婆清撑着手肘，目光虽然落在桌上的红单子上，心里却想的又是另一回事。她正想得出神，忽然听见耳畔传来一阵阵轻飘飘的女声：“婆婆，婆婆？”那声音将她拉回了现实，顾婆清猛地抬起头，看见邹宛萍已然站在面前，邹宛萍见她有了反应，却似乎想不起来自己为什么会在这里，便道：“婆婆，是你叫我过来的。”

顾婆清恍然：“哦，是了，我这里的单子便是下个月腰鼓节的节目单，每年的腰鼓节都是你操办的，今年依旧如故，你替我办好它。”说着拎起红单递给邹宛萍，邹宛萍呛了两口咳嗽接了过来：“婆婆放心吧，宛萍知道怎么做。只是宛萍还有些事想说……”她望了一眼顾婆清的眼睛，赶忙低下头降低了声音，“我每天都去玉器店给有良送午饭，有些事也看在眼里，实在不吐不快。”

“不吐不快？你不说出来不舒服，可有没有想过我听到了舒不舒服？”顾婆清调整了一个姿势，挑了挑细长的柳叶眉道，“又是二老爷和表少爷的事？别说有良和你，就是那些长老们，玉器店的工人们，也整天跟我说个不停，我听得耳朵都生茧了。”邹宛萍自顾自地啜泣起来，说：“婆婆，我不是想挑拨离间，也不是想让你烦，只是二老爷和有扬真的太胡作非为了，他们……”她还没说完便被顾婆清打断了：“得得得，他们胡作非为是他们的事，能守住家业是我们的事，你说说他们有什么实权，能影响我们柴家一砖一瓦么？这样已经落人口实了，他们怎么说一个是老爷的亲弟弟，一个也是姓柴的，我们能睁一只眼闭一只眼就这样，总之我自有主张，你不用替你丈夫唠唠叨叨。”

“可是……”邹宛萍吸了吸鼻子又想继续说，隔屋突然传来“哐当”一声，随即传来了卓尔妮的惊叫：“小少爷，小少爷你不能这样，这是当家送给你的啊。”顾婆清赶忙爬起身来冲了过去，只见柴有浦的房间地上已然全被清水浸湿，一个玻璃罐被砸在地上支离破碎，而罐中的两条小金鱼也滑落在地面上，互相在浅水里相濡以沫，卓尔妮正蹲在一边把它们小心翼翼地捡起来重新用水救活。柴有浦却站在床上耍脾气，顾婆清顿时怒了：“有浦，你这是干什么？你发脾气，也犯不着摔了这个，这小金鱼也是有生命的，你给我下来！”

“我不下！就因为是你送给我的，我才要扔掉！我不喜欢你做我娘，你走开！”柴有浦嘟起小嘴倔强地在床上蹦跳，顾婆清心中一阵刺痛，忍无可忍冲上前捉住他扬手便打，在一旁看见的卓尔妮急了，上前便要维护，顾婆清挥手一推，无意间将卓尔妮手中刚刚拾起的碎玻璃打落，卓尔妮的手上登时血流汩汩，一下子溅到了旁边的墙上。顾婆清愣住了，赶忙去看她的伤势，柴有浦却趁机哭闹着溜了出去。“都怪我都怪我，儿子也不向着我，我还弄伤了你，尔妮你等我，我回去拿金创药。”卓尔妮突然一把拉住她：“当家，等等！你快看哪！”

顾婆清的目光顺着她滴着血的指尖望去，只见卓尔妮所指的是身边那堵墙上溅上血迹的一块砖：“当家，你瞧这块砖，好像跟其他的不太一样。”卓尔妮舀起一瓢水又向上泼去，这青砖被水一冲，竟不同于别的砖，水渍直滴，一分一毫也沾不上。再瞧它表面坑坑洼洼，伸出手指一比对，竟发现那凹凸之处居然与手掌张开的弧度相仿。顾婆清喃喃道：“是啊，有浦是老爷最喜欢的儿子，把财宝藏在他的房里合情合理啊。尔妮，关上门别让任何人进来，你陪我仔细找找。”

这块砖似乎顽固不化，任她们用火烧，用刀挖，怎么都打不开，敲来敲去里面又似乎有着若隐若现的空洞声，但那空洞声又似乎是从另一边传来。从白天忙活到外面的天色都黑了，顾婆清却仍旧没有半分收获：“这不对，或许我们被误导了，老爷要想收起一样东西，绝不会这么轻易让人找到的。”卓尔妮仍趴在地上四处敲打，各个角落都不放弃，希望能找到顾婆清最想得到的东西：“当家，老爷去世之前还有没有什么特殊的言行举止，有没有什么异常之处？我们光这样找，的确很可能根本大方向就找错了，总要有点线索吧。”

顾婆清忽的站起身，只觉弓着腰久了起来眼前一阵发黑，赶忙坐了下来：“线索……老爷去世的特别突然，他什么都没有说啊，他连有浦都没见着……更不可能在我屋里，我的屋子也都翻新过了，到底在哪儿呢？老爷没有异常，没有多说少做什么……红烧肘子？老爷说想吃红烧肘子？不对，不对，老爷摸了摸鼻梁……老爷跟人家谈生意才会摸鼻梁啊，还是不对……”

“哎呀，当家！当家，你没事吧？”只见顾婆清绞尽脑汁在回忆着种种迹象，突然间体力不支晕了过去，卓尔妮大惊失色地起身扶住她先躺下，赶忙替她把脉施针。待顾婆清醒来的时候，身边唯一陪着自己守着自己的依旧是卓尔妮。卓尔妮刚刚给她煎好了药，见她终于苏醒，便坐到床沿边扶她起来：“当家，你可吓死尔妮了。尔妮替你请了脉，这段日子当家的身体可不好啊，我觉得玉器店的事就别管了吧，还有腰鼓节，这不是有大少奶奶么？好好在家调养调养身子，当家你要是倒下了，柴家还有谁能顶得住外边的魑魅魍魉？”顾婆清接过药皱紧眉头啜了一口：“真是一年不如一年了，也不知是太操心，还是老天在惩罚我。不去也好，我倒想看看，我病了，把家业丢下来了，家里的那些小蚂蚱，是不是一心想跳到秋后。”

“爹，爹，我明天不去玉器店了啊，我约了省城的朋友们喝酒呢。”柴有扬兴冲冲地嚷嚷着跑回屋内对柴国军道：“你猜怎么着，伯娘病了！她说不管玉器店的事儿了，以后也不会来视察了。大表哥从来都拿我没辙，我还在玉器店耗着干什么，我跟朋友们准备合伙做大生意，才不受她那娘们儿的罪呢。”

柴国军哼道：“你个兔崽子，喝高了是吧？真是我不在身边就不行，你做什么大生意啊？什么大生意比得上接手家族的生意，比得上让你当大当家的？大嫂现在垮下来了，那真是我们的大好时机啊，柴有良向来粗鲁无用，我们就找他下刀，让大嫂自己废了他这个太子。”柴有扬一听觉得甚有道理，赶忙凑上耳朵听他比划，顿时笑呵呵道：“是是是，爹说得是，好办法，好极了！”

“出去！你给我出去！”臧九安端着刚刚凿出的新玉捧入工厂的窑洞内，还没来得及抬脚走进去，只听见柴有良在屋内大发雷霆，一个茶杯从里面飞出来，不偏不倚落在自己的脚边粉碎，“你没资格跟我指手画脚，有扬我告诉你，玉器店的事事无巨细都是我在打理，你做你的公子哥儿，目中无人也好，风流倜傥也好，我不会管你，二娘也不会说你。不过生意上的事你从来不懂，有本事你做好给我看啊。别说大表哥骂你，你参与玉器店的议会，呵，比想做二当家还有野心啊，绝对不行！”只听柴有扬也恼怒道：“大表哥，你姓柴我也姓柴，凭什么你就能议会我不能议会？到底是谁野心大？你霸着玉器店的权不放，你以为伯娘就会让你当二当家了么？哦不对，大当家，你不就是想做大当家么，有伯娘在，你休想！”

第二十章 埙篪

臧九安闻见火药味剧浓，赶忙进去笑着解围：“大少爷，表少爷，这是新凿的蓝田玉，你们看看成色。”哪知柴有扬却借故阴阳怪气道：“哟，大表哥，你快瞧瞧啊，你不是玉器店的管事人么，这要是再像上回给富商陈老板那样出了差错，或者是上上回那个军阀大人的事，更别提给逄老太君玉器出错的大事……大表哥，不是次次都有伯娘帮你善后的，自己做不来，也不要累及了他人。”

柴有良顿时被激怒，扬手掀掉了桌上的笔墨纸砚大怒：“好，我做不来，我累及了二娘，那好，我不做了，你来!”说罢拾掇起东西怒气冲冲地闯出大门，臧九安急了，赶忙追上：“大少爷，大少爷你不能走啊，你要是不管铺子的事，那谁管啊?”柴有良扬手甩开他说：“哼，谁能干谁来啊，总之我是不管了!”臧九安拦不住他，却无意间瞥见了站在后面的柴有扬，嘴角若有若无地勾起一抹浅浅的笑容。

接下来的几天柴有良还真的意气用事，一日也不到玉器店来了，店铺里的大权倒都被柴有扬揽了过去。虽说邹宛萍心中着急，每天借着替顾婆清推拿按摩的时候说这些事，可顾婆清却摆出一副“儿孙自有儿孙福”的模样，竟也撒手不问，说是该是她享享清福的时候了。可这清福还当真没享几日，便传出玉器店做生意亏本的消息。

柴有扬一下子慌了神，赶忙跑回家向柴国军求救：“爹，这可怎么办才好?我才赶走大表哥，自己做生意，哪知道又被人讹了，搞得血本无归，这下伯娘可要旧账新账一起算了!”可柴国军却神态自若地坐在炕前细细品着杯中那来自江南的雨前龙井：“这茶味道真不错，儿子，这人和事就像喝茶，别看它瞧上去不起眼，初尝的时候普普通通还有些苦涩，这得用开水泡，用紫砂酝酿，慢慢儿地，才有味道哩。你急什么急，亏本的是玉器店，又不是你。大嫂是个聪明人，这次要受罚的可是柴有良，你却是功臣。这个责任不用推，自然就落在他头上了。”

慌乱失措的柴有扬却忘记了曾交代臧九安将自己的账簿送回来，而父子两的这番话早已尽数被在门外的臧九安听了去。他颤抖着手中的账簿，额头上不断地冒汗。不行，大少爷是我的恩人，也是我的好朋友，我不能让他受人诬陷。臧九安打定了主意，连账簿一同带走，飞奔去找柴有良说明一切。可柴有良冲动妄为，以为他又是来劝自己回玉器店主持大局，连面都不肯相见，臧九安失落地走了。

倏忽间空中突然传来一阵阵混厚又柔软的曲调，臧九安侧耳听了片刻，惊喜道：“是埙！真好听，娘去世以后我再也没听过这么好听的埙声了。”他循着埙声走去，却在一大片空地上看见了刚刚排练完腰鼓节节目，坐在沙丘上休息的邹宛萍。她一身洋红色长袄，长发梳成别致的髻，几丝乌发披散肩后，勾勒出曼妙的身姿。她凝神地吹着手中的埙，目光中尽是忧心。

“大少奶奶。”他不由被夕阳下吹埙的邹宛萍吸引住了，轻声走过去唤了一声，她起伏的手指顿时停住了：“咦，是你啊，你怎么来了？”臧九安听到她的声音，这才恍惚从梦境中醒了过来：“啊，对了，大少奶奶，碰见你就好了。我刚才想去见大少爷跟他禀告要事，可是他不肯见我。大少奶奶，这本便是表少爷的账簿，我还听见二老爷和表少爷谈话，说是故意要把亏本的事推给大少爷，让大当家的责罚大少爷，这样表少爷还能邀功呢。”

邹宛萍的眼中登时光亮了起来：“你说什么？我就知道他们一心觊觎有良的位置，可真想不到还能出这么损的招儿。不能再等了，你跟我一起去找婆婆，把账簿也带去，不能让他们恶人先告状。”邹宛萍情急之下拉住了臧九安的手，踏着黄沙向窑洞跑去，臧九安的心里突然莫名其妙地感到了一阵窒息般地狂跳。

这件事捅到了顾婆清跟前，她却意外地冷静，只叫臧九安先回去，又让卓尔妮亲自去请柴有良过来。他一进门，顾婆清突然喝道："跪下！"这一声冷不丁地将众人都吓了一跳，见柴有良仍亭立着腰板没反应过来，顾婆清起身从炕上走下，拿起门后的木棍狠狠地对着他的膝盖后打了一下，柴有良应声跪了下来，不服气道："二娘，你这是什么意思？"邹宛萍忙要去搀他，顾婆清又喝道："不许扶！有良，玉器店发生了什么事，你倒是给我一五一十说来。"柴有良哼道："有扬不是说他自己能干么，好啊，全给他管，出错了吧，这样浮躁的小子就该给他一点教训。"

顾婆清柳眉横对："混账！我看该教训的是你吧，我才刚刚不在玉器店就出事。你身为柴家大少爷，玉器店的事都是你全权负责，你受不得别人的一言一语，动辄就要临阵脱逃，有什么责任感？要不是你让出这么大个空位给有扬，他能霸到这么多当家做主的决定么？教训，你是拿柴家的家业给谁教训呢？是不是想给我教训？"

"婆婆，别怪他了，有良知道错了。"邹宛萍见他一时缓不过神，忙打圆场道。顾婆清青着脸坐回炕上："哼，知道错了？他知道错在哪儿么？有良，要不是九安无意间听到二叔和有扬打的算盘，我看你这次是翻不了身了！浮躁浮躁，最浮躁最妄动的就是你，你中了人家的计了！"柴有良惊诧地抬起双眼，张了张口似乎想问什么，邹宛萍暗地里向他使了眼色示意别说了。

顾婆清道："吃一堑长一智，你也三十岁的人了，别整天再像个孩子似的冲动。我们柴家现在是内忧外患，里面有只大老虎，外面又有老狐狸，现在逢临齐都要娶前清格格来稳固他的地位了，我们柴家却还在自相残杀，长房也无所出，一个指望的人都没有……"她顺口而出，却突然打住，悄然瞥了一眼神色失落的邹宛萍，"好了好了，你们两个都回去吧，有良，你好好想想你大少爷的责任。"

直到他们两人出去，卓尔妮递上一杯新茶给顾婆清："当家，你刚才说话……我看见大少奶奶不开心了。"顾婆清接过饮了一口："我知道，刚才是我不小心说错了话，不过也确实如此，六年前宛萍和有良曾经有过一个孩子，那小女儿生得可灵巧了，活脱脱地就是宛萍的美貌模子刻出来的。只可惜一岁还不到的时候突感流症夭折了，也不知是不是怀那孩子落下的根儿，还是宛萍后来伤心过度，总之宛萍的身子却再也怀不上了，而且体质也一年比一年差，什么神医都看不好。”顾婆清叹了口气：“尔妮，去接有浦吧，我要去玉器店走一趟，顺便看看我们这厢闹得热火朝天，逢老板那厢有什么动静。”

卓尔妮倒对这次玉器店的事不算紧张，一来是对顾婆清一向有信心，二来她也得知逄临齐曾送顾婆清两只金鱼，而上次打翻的时候还令顾婆清如此着紧，便知道他们已在统一战线，柴家的事也就是逄临齐的事儿了。可当她安安心心地接回柴有浦，穿过窑洞去厨房里做了碗甜汤准备给顾婆清送去，却在路过天井时瞥见了祠堂的大门竟然敞开着，里面阴森森一片，与外面的炎热气息简直冰火两重天。

卓尔妮不由打了个哆嗦，悄悄地走过去胆战心惊地看了看，只见祠堂的黑暗中赫然站着一袭白褂披散黑发的女人站在柴国瞿的灵牌下，灵牌前燃着如磷光般幽幽的清香，一闪一闪的火苗格外可怖。若不是听见她的声音，卓尔妮或许早就被吓得魂飞魄散了。“逄老板要纳妾，心情不好借题发挥，这可是让我明白我们柴家现在的地位有多孤立，柴家的地位，又由哪个有出息的子孙来维护？靠我一个女人？柴家，能算计的都被自已算计得误了自己的性命，现在恐怕轮到外头的人，来误了柴家的命脉吧。”

“当家。”卓尔妮不由微微蹙了蹙眉。顾婆清听到她的声音，侧过头道：“嗯，你来啦？”卓尔妮将手中的甜汤放在一旁，银钏发出叮咚的声音，在鸦雀无声的祠堂里竟刺耳不已，还有轻微的回音：“当家，恕尔妮多嘴一句，当家不就是希望看到今天的场面么？不就是希望柴家散了么？为什么还会不开心，还会替柴家的人着想？”

这句话当真给顾婆清当头一棒，她愕然地睁大了双眼，回过头青筋暴露诧然失声道：“你说什么？混账！你这是什么意思，什么叫我就想着柴家散？你给我说……说清楚！”

顾婆清强撑着剧烈的心跳，一下子气旋头晕，顿时喘不上来。卓尔妮见状，赶忙扑通一声跪在了她面前：“当家，我……尔妮是一心一意对当家，尔妮……只求无论怎样，当家都要相信尔妮。”顾婆清盯着她那对大眼睛，似乎想把她看透：“我们主仆六年，我信得过你，你说。”卓尔妮却仍旧浑身颤抖，轻声嗫道：“我……老爷死的那天，我看见当家……我看见是当家……下的手。”

第二十一章　长房妾室

顾婆清的脸刷地惨白，那双眸子盯着卓尔妮瞪得极大，眼中虽然充斥着盛怒，可却无法掩饰眼中更强烈的恐惧。她一句话都说不出来，仿佛耳边的风一瞬间止息，时空登时戛然而止，与这散发着阴气的祠堂般，死一般的寂静。卓尔妮跪在地上不敢抬头，却听不见一丝声音，心中也微微发怵："当……当家，你相信我，尔妮没有恶意，尔妮只是闹不明白，想帮当家。"

顾婆清在阴影中瘫坐下来，吐出口气道："你，你什么都看见了，为什么当时不揭发我？不错，老爷是我害死的，你怎么不把我交出去？为什么这些年，你也从来不问我？"卓尔妮爬到她的脚边哭道："当家，尔妮的命是你救的，尔妮说过不管怎么样我都站在你这边，你杀人放火也好，尔妮不会过问更不会抖出去，因为尔妮知道你是什么样的人，你是个好人。你做这些事，一定有你的苦衷，你的道理。我也不会问你为什么，尔妮只知道，你做什么，我就帮着你做什么。"

"是么？你把心窝子都掏出来给我，不怕烫着我么？"顾婆清冷眼道。卓尔妮却坚定道："这世上能烫着当家的也只有烙铁，如果当家觉得尔妮的心是块烙铁，尔妮就拆了肋骨再把它塞回去，总之一分一毫伤着当家的事我都不会做。"顾婆清的表情显然冰融了些，但仍旧什么都没说。卓尔妮继续道："当家，当年尔妮只身一人来到蓝关堡，还陷于马贼之手，如果不是当家那时候舍命相救，尔妮早就成了蓝关堡地底下的一粒沙子了。刚才听当家担心柴家的地位，有句话尔妮想说，柴家连唯一的筹码也没有，除非……长房有继。可大少奶奶的身子太弱，当家有没有想过为大少爷再添一位妾室？"

“你这话，倒说到我心窝子里了。”顾婆清松下了警惕，一如往日地抬起手让她扶着自己坐下：“既然你说了，过去的事情咱谁也不再提，谁都当作没发生，咱谁也别问为什么。尔妮，说说正事吧，有良和宛萍向来情深，我怕贸然为有良选妾，会惹起轩然大波，这件事你意下如何？”卓尔妮也松了口气，吸了吸鼻子收回眼泪：“当家，我总觉得大少爷和大少奶奶虽然相敬如宾，可是却总缺了些什么感觉，或许大少爷只是履行当年的诺言才娶大少奶奶，对她只有恩，没有情。如果能找到一个大少爷真正喜爱的人，也许就顺理成章了。”

顾婆清忽地泫然苦笑道：“感情的事，你不懂，但我却觉得有良对宛萍的心不一般，只是有良不懂得表达，不善言辞，殊不知他们的感情有多么浓厚。人家说宁拆一座庙，不毁一桩亲，我也心疼宛萍，只可惜……只可惜有良为人冲动妄为，耿直老实，而且柴家长房不能无后。选妾的事是势在必行，只是这人选……”

“哎，当家，不如去省城找找哪家的千金小姐？这样地位也跟大少爷配得上啊。”顾婆清皱着眉摇了摇头，沉吟半晌，抬起指尖敲了敲桌子，若有所思：“我倒是想起了一个人，容貌、家世皆不差，只是……呵，要是选这个人，尔妮一定开心了。”卓尔妮睁大了眼睛诧异道：“什么？跟尔妮有什么瓜葛？”

顾婆清嘴角含笑，释然起身对着柴国瞿的灵位意味深长地凝视了许久：“老爷，阿清无能，为了柴家做不了什么事，只能为老爷你，再挑一位好儿媳妇。老爷，你地下有知就放心吧，这姑娘花容月貌堪比天仙妃子，不是什么陌生人，正是我们蓝关堡的人，是逄老太君认的新孙女，史妧之。”

“什么？”站在她身后的卓尔妮脱口惊道。顾婆清整了整发髻，满面笑容地转过身来：“这样不好么？史妧之再怎么着也是逄家的人，逄家的女人嫁进我们柴家做小妾，明里是结亲，暗里是打压。而且我也不希望你为了这样心计颇深的女人成日担心逄临恭的安危，彻底调离，调到我们的眼皮子底下，她还能翻了天？”本该卓尔妮高兴，可她却高兴不起来，直摇着头摇响了碎银步摇："大少爷的子嗣就是长房的人，当家不该为了尔妮而不管大少爷娶来的人是什么样的人，史姑娘来历不明，这样的血脉也太不纯正了。"

顾婆清拉过她的手拍了拍："我就是考虑周详了，才选上她。你想啊，史妧之出现的时候就是跟逄临恭一起，有事没事总是缠着他腻着他，两个人形影不离，逄临恭除了谈谈情，还能做什么？他原来的远大抱负，巨大的家业，他哪样还有心思去沾手？本来也不可疑，但史妧之自动来向我投诚，她图个什么啊？至今为止都没有人知道她的来路和身份，史妧之本身就是个谜，但不管她是谁，有什么鬼心眼儿，却有一点跟我一样，就是对逄家不满。"

卓尔妮哑然，顾婆清笑盈盈地取下发髻上的那支金钗递给她："这件大事啊，就交给你跟有良说解了，我还要去逄家提亲。"当她来到雕刻店跟逄临齐提亲的时候，虽不是她意料之外，却终究让她微微讶异，逄临齐居然放下了视之如命的雕刻活儿，亲自领着她去院内坐着饮茶相谈聘礼婚礼的细节，却没有半分阻挠。

逄临齐笑着替她斟茶："柴当家，真是人算不如天算，没想到我们两家居然还能成亲家，也是妧之的福气，虽然嫁过去是妾室，倒也强了肖娘不少。不过肖娘到底还是跟我们比较亲，亲不间疏，妧之毕竟是外姓人，还要劳烦柴当家替我们多管教管教了。"

"逄老板说到哪儿去了？"顾婆清笑道，"我不过是替孩子来提个亲，如此简单而已。"逄临齐皮笑肉不笑地哼了哼："果然是当家本色，嘴上说的是简单而已，但背后的心思迂回复杂，可真是难为你了。只不过我呢，也有我的打算，你说我们要是成了亲家，那柴老爷的事就更方便携手共进了是不是？这往后柴家和逄家都是一家人，一家人有什么事也都好约束，没那么多是是非非了。"

顾婆清起身欠了欠："无论怎么都好，这桩亲，看来逄老板是应下了，我在这儿谢过了，就有劳逄老板挑个好日子把姑娘嫁过来。只希望老太君和二少爷不要舍不得姑娘，嫁到我这儿，我还是会把她当亲女儿待的，不会让人吃了亏。”逄临齐也站了起来送她：“这些都是我们逄家的事儿，柴当家不用替我们操心，只等着妧之嫁来就行了。”

送走了顾婆清，逄临齐走回石桌边将一只脚搭上了坐凳，弓着腰一口饮尽杯中的残茶：“出来吧，早知道你在后面了。”他刚刚说罢，屋后走出了一个白袍旧衣的书生，逄临恭的脸色如同衣衫般煞白，他架了架眼镜：“大哥，你真的要把妧之嫁去柴家当小老婆么？”逄临齐道：“怎么，瘦死的骆驼比马大，柴家也是名门望族，哪怕是个偏房，也比一般人家的正室要好吧。你当时擅自带她回来还让她住在我们逄家，我和奶奶可是什么都没说，但你是打算我们逄家一辈子养着她么？”

逄临恭急了：“我不管，总之妧之不能嫁给柴家，逄柴两家积怨已深，她嫁过去就是羊入虎口，绝对不行！”逄临齐猛地一拍桌案：“这个家是我当家做主，别说是一个义妹，就是我亲妹妹，也得听从我为她安排的亲事，你休要再多口！”

“大哥，二哥，你们别吵了，我嫁。”门口忽地传来一声羸弱的啜声。二人同时望去，只见史妧之纤细的身子裹在桃粉色的衣衫里，面上却没有半分血色，逄临恭来不及上前，她已然扔了手中替他们拎来的午餐食盒，哭着跑了出去。

史妧之一边哭着一边跑过长街，穿过风沙，却不知不觉地迷了路，本就对蓝关堡不甚熟悉的她被一阵风沙困住，四处已无人烟，尽是一眼望不到头的茫茫黄土。她有些害怕了，可又找不到回去的路，正在此时，她忽然看见远方有一个米粒般大小的人影正牵着骡子往这边过来，她赶忙迎着跑过去，可跑着跑着，人影看着虽然近，却怎么都缩进不了距离，史妧之终于体力不支摔倒在了沙堆里。

“姑娘，你没事吧？”她咬着牙想要站起来，脚踝却一阵剧痛袭上心头，再次摔回沙土中。突然耳边响起一声极其温柔的声音，眼前也出现一只修长的手伸给自己。史妧之心中莫名颤了颤，侧过脸抬起眼看去，只见面前的是一张温文尔雅的俊气面孔，浓眉大眼，口角微微含笑，眼中无限地柔情。他的头上裹着防风沙的灰色斗篷，身后跟着一只装满货物的骡子，没想到远在天边的人，一瞬间竟已到了跟前。

这人，怎么这么眼熟？史妧之一时愣住了，望着他那对宛如沙漠深湖的眼努力地回想着。那人却也在她转过脸的一刻凝住了眼，眼前的这个女子一如初次见面那般令他心中扑腾，她的美丽仿佛集齐了世间的完美，又有种出俗的气韵："史姑娘，你不记得我了？我是柴家的表少爷，柴有扬。"他再度笑盈盈地将手伸给了她。史妧之犹豫了片刻，也伸出手搭了他一把站起身来："表少爷，我……我迷路了，能不能带我回去？"

第二十二章　计中计

“当然没问题了，史姑娘，你怎么会走到这里来？幸好遇上我从省城运货回来，不然这里晚上一个人都没有，又有野狼，附近还有马贼出没呢。”他浅浅地笑着抬手扶她起来，史妧之刚刚立起身，忽然“哎呀”一声，脚踝猛地酸痛，一个没站稳差点重新摔倒。柴有扬眼疾手快，一把搂住了她的腰：“史姑娘，小心啊。”一时间四目相对，四周寂静的只听得到风沙细微的拂过脸面。柴有扬柔声道：“史姑娘，你的脚似乎扭伤了，不如我背你吧。”史妧之忙推开了他：“表少爷好意，妧之心领了，妧之还是坐骡子吧，不敢劳烦表少爷。”

柴有扬笑眯眯地指了指骡子：“傻瓜，骡子是最下等的物种，只配驮下贱物品，像史姑娘这般飞离了蓬莱岛的仙女，怎么能让骡子驮一路呢？莫非是史姑娘嫌弃我是个凡夫俗子。”史妧之道：“哎，我可不是这个意思，只是……”柴有扬凑近了面孔诡秘一笑：“你看这太阳都要落山了，你若不让我背你回去，再留在这里，只有等着马贼背你上山了。”说罢拉过她温软的手背负上身，一步一步地在黄沙中跋涉着往回走。

“哎，你怎么不说话啊？”走了一段路，柴有扬已是满头大汗，心中却甜蜜不已，开口问道。史妧之轻声靠在他肩上道：“我……我不知道该说些什么。”他笑道：“那你说说，为什么会一个人跑到这么偏僻的地方来了？是不是逄家的人欺负你了？”

史妧之沉默片刻，忽地哭了起来：“表少爷，我……我从进蓝关堡的第一天起就是逄家的人，吃用都是逄家的，我知道我不该抱怨什么，可是，可是他们要我嫁给柴大少爷当小妾，我……我不喜欢这样，不是说我非要做大的，我只是希望能和自己心爱的人在一起，而不是这样随便当作筹码任人摆布……”柴有扬惊道：“什么？叫你嫁给大表哥？这事我没听说过啊……不行，当然不行了，大表哥那个人又粗鲁又冲动，而且算命的曾给他算过，他生来命硬。你瞧大表嫂，她病怏怏的，你可不能被他连累了。而且他和大表嫂这么多年了都没孩子，也不知道是不是……总之我不同意你嫁过去受委屈！”

“表少爷，你说什么呢。”史婠之没想到他突然这么说，心中猛地震了震。柴有扬依旧道：“我说的是实话，哎，你不想嫁就千万不要嫁过去，我会找机会跟伯娘说的，这样吧，明晚在鼓楼后面的沙丘见面，我一定带好消息给你。”

说着说着就已然到了蓝关堡的大门前，柴有扬小心翼翼地抱着她下来，叫了辆人力车扶她坐上，解下腰间的钥匙递给她，伏在耳边轻声道：“沙丘后面有条小道通往一间小屋，这是小屋的钥匙，在那里见面不会被人发现。史姑娘，我不会让你往火坑里跳的。”

顾婆清要为柴有良纳妾的事以迅雷不及掩耳之势瞬间传遍了整个蓝关堡，柴有良自然万般不愿，气冲冲地要跑去与顾婆清理论，可卓尔妮总在屋前拦着，借口其身体不适拒不相见。加上柴有扬因此事跟柴有良龃龉不已，时常在玉器店冷嘲热讽，争执不休，臧九安也了解到这件事，心中蓦地想起邹宛萍，担心起她的忧虑来。

这天玉器店放工后，臧九安好不容易忙完了活儿，便立刻跑到演练场去探望排练腰鼓的邹宛萍，他远远地便看见一袭水绿色长袖舞衣的邹宛萍，翩然旋于舞池中央，宛若睡莲破水而出，惊鸿踏云而飞。他何尝见过这般绝美的舞姿，时而悲怆磅礴，时而凄凉哀婉，臧九安不由看得出了神。当邹宛萍跳到最重要的一段时，突然间心不在焉的她一脚踏空台阶，凌空仰面飞倒而出。

“啊，大少奶奶！”臧九安失声叫道，不假思索地向前扑去，扑倒在地上接住了从天而降的邹宛萍，压得他浑身剧痛，却赶忙起身看邹宛萍受伤了没有，并说道："大少奶奶，大少奶奶，你可别吓我啊，你没事吧？"邹宛萍面无血色瘫坐在原地抬起手臂，幸好只是手臂擦破了皮，她信手拈了些沙土便治了血："没事，倒是你啊，你刚才那样冲出来，不怕我砸死你么？你没受伤吧？"

臧九安见她关心起自己，不好意思地挠了挠头，一点也不觉得痛了："我是个粗人，粗皮厚肉的没事儿。大少奶奶，你跳得真好看，可是怎么心不定呢？是不是因为大少爷纳妾的事……"邹宛萍咬了咬嘴唇，泪珠直在眼眶里打转，伤心道："婆婆也是逼不得已，如果我的身子骨争气，自然也不会这样，要怪也只能怪我没这个福气。"

臧九安在她身边找了个地儿坐了下来："大少奶奶你别这样，我知道大少爷也很不高兴，还天天想找大当家的理论，可见大少爷的心是向着你的，天仙美女他也不多看一眼。我相信对大当家的动之以情晓之以理，她会松口的。"

邹宛萍失魂落魄地站起身来，边摇着头边向夕阳里走去："不会的，婆婆是什么人呐，婆婆说出去的话，就像泼出去的水，没用的……没用的……"臧九安看着她发髻散乱在肩头，惨然而走远的背影，心中蓦地感到一阵刺痛，他下意识地伸手触摸了下胸腔，自己这是怎么了，从来都没有过这般微妙的痛楚。臧九安憨然地对自己说，许是自己都看不下大少奶奶如此受委屈吧，大少爷没办法接近大当家的，既然如此，就让自己替他们张这个口吧。

当他来到顾婆清的窑洞时，连丫鬟小梅也认识他了，立刻就放他进来。卓尔妮正在顾婆清的床边替她摇着蒲扇，顾婆清闭着双眸，似乎已然入睡。卓尔妮轻声道："臧九安，你还是走吧，现在天都黑了，有什么明天再来说。"顾婆清却忽地翻了个身："让他就这样说吧，我还听得见。"

"大当家的，我……我求求您，别让大少爷纳妾了，大少奶奶，大少奶奶她实在太可怜了。"臧九安刚一张嘴，便带出一股子的哭腔。顾婆清猛地睁开眼从床上坐起："你这是哭丧么，晦气！这是你自己要来跟我说的，还是大少奶奶让你来求情的？"臧九安忙道："是我是我，大少奶奶她什么都不知道，我只是看她伤心难过，心里也很不好受。大少奶奶和大少爷很恩爱的，突然多一个人，这心里硌得慌。"顾婆清冷笑道："硌得慌，习惯就好。我就闹不明白了，这大少奶奶碍着你什么事了，你非要为了她来招惹我？当初蓝田玉的事好不容易平息了，你好不容易在蓝关堡立足了，你就开始不安分了。做好你自己的事，别人的事，少管为妙。"

她扬了扬手，示意门口的小梅把他拉出去，臧九安扑通一声磕下了头："大当家的，大当家的，我求求你了！大少爷是我的恩人，大少奶奶也是个好人，我只希望他们幸福，为了他们我做什么都成。他们面前现在有口井，眼看着就要掉进去了，我就是拼了命也要自个儿投进去给他们垫着，保住他们啊。"

"哟，你这是说我作为二娘，给有良选个妾，还是故意挖坑害他们了？"见顾婆清面露怒色，臧九安鼻涕一把眼泪一把道："不，我不是这个意思……"顾婆清冷眼道："臧九安，别以为我抬举你，你就不识相了。认清你自己是什么身份，人家邹宛萍是什么身份，她的事轮不到你来管。你想救他们么，别自个儿跳到井里既淹死了自个儿，还捎带着把他们也砸死了。我做事有我的道理，你只需要明哲保身。这个妾，哼，能不能如愿进门，还难说着呢。出去!"

轰走了臧九安，一旁的卓尔妮也不禁停住了手中的蒲扇，蹙眉若有所思道："当家刚才的话……当家怎么知道老太君今天突然改口不给史妧之嫁来了？这件事我还没敢跟你说，今儿白天，申屠姑奶奶也知道了这事，跑上逄府大吵大闹，还惊动了老太君……当家，你那天找二太太说逄老板要娶格格的事，也是早就埋了伏笔，让姑奶奶闹？"

顾婆清笑而不语，伸手抓了一把盘里的瓜子嗑了起来。卓尔妮蹲下来凑近她道："当家，今天姑奶奶可闹的厉害，因为嫉妒逄柴联姻，也不知到底在嫉妒什么，她竟然跑去找老太君，还搬出那前清格格有丧在身，不适合红白冲撞，要么不让史婉之嫁来，要么就取消和前清格格的婚约。老太君发威了，当即下令不嫁史婉之，也要前清格格必须嫁去逄家，把那姑奶奶气傻了。”

“你以为史婉之是个普通女人么？你让她去哪就去哪？蓝关堡的人，蓝关堡的事，都是阴晴难断，别看这万里黄沙酷热难耐，眨一眨眼就夜凉如水，谁知道哪粒沙子下裹着水源，还是火呢？我也不是未卜先知，也不是算计了多久，都是每一步，留半步，再往前多看半步。”顾婆清笑道，“不过别忘了，我们还是有同盟者的。”

第二十三章　食　策

“史姑娘，史姑娘，我是有扬啊。”黑漆漆的夜，史妩之穿着单薄的衣衫如期到了与柴有扬约定见面的沙丘后的小屋，屋内燃着一丝丝灯火，她在灯火下摩挲着那把青铜钥匙，正猜不定他究竟会不会来，屋外便传来了他的声音，史妩之又是激动又是惊喜，拉开房门，只见柴有扬脸上的兴奋之色难以掩饰：“你放心吧，老太君已经亲口毁了逄临齐和二娘订的婚约，你不用嫁给大表哥当小老婆了。”

史妩之一听，忍了许久的眼泪汹涌而出，情不自禁地扑进他的怀中：“表少爷，你待我真好。”一股幽兰的清香之气从柔顺的发端袭上，虽然阅过千万红颜，穿梭于红粉花丛游刃有余的柴有扬，也觉得胸腔里的心脏跳动的如此不规则，气息也喘不上来。他抬起手，任发丝穿过指尖，一点一点地靠近她那张如若雕琢的美玉般面孔。史妩之何尝不知道这件事的成败，也不是柴有扬能左右的，本来心中已另有打算的她，却难以自禁地陷入了他的双眸。

自己这是怎么了，史妩之在心中暗问，从来没有过这般的感觉，就算是和逄临恭在一起同窗多年，却从没有过这种窒息的感受。柴有扬温柔的双眼渐渐低了下来，轻微地侧过头，就要亲吻上她的双唇，史妩之的脑中一片空白，也不由自主地闭上了双眼，警惕的双手也垂了下来。一只手无意间垂到了腰间，猛地触碰到了她腰后别着的那把从不离身的冰冷长枪。

史妩之仿若触电一般地浑身一凛，霍地睁开双眸，突然想起自己还有更重要的事要做，她一把推开了柴有扬：“表少爷，我……我谢谢你帮我这么大的忙，妩之无以为报，这个人情只好先欠着表少爷。夜深了，妩之该回逄家了，表少爷也早点回去。”

史妧之嫁不来柴家，顾婆清越是不闻不问，逄临齐越是觉得难堪和难以交代，他知道当天申屠湘此举不但没调走这个来历不明的女人，还更坚定了严红瑰要给自己添一个不明不白的女人。可他始终不能找女人出气，这口气便索性出在了申屠洪的身上。当申屠洪知道他忽然到访，便也猜到了他是拿自己出气，可为了疼爱的妹妹，也就随他了。

逄临齐倒是更不给面子，也不等通传便自己光着膀子跑到了申屠洪的窑洞里来，申屠洪喝着猩红的洋酒压着肚内的恼火，慢条斯理道："逄老板，什么事这么着急？莫不是想来跟我喝这瓶上好的洋酒？"逄临齐伸出一根手指头冲到他面前笑里藏刀地指着他："申屠族长说得太好笑了，只是你笑了，我逄家却笑不起来。搅乱逄柴两家的联姻，你是不是太不给我面子了？你想让我逄临齐的颜面置于何地？"

"逄老板就这么冲过来找我算账，且不论是哪门子的账，旧账还是新账，逄老板这模样，又置我申屠洪的颜面于何地？"申屠洪虽然面上笑哈哈的，眼中已然露出了冰冷的锋芒和怒气，把手中的水晶酒杯砰的一声重重地放在案几上。

逄临齐冷笑两声："颜面，也要分先后，也要看对象。不管哪门子的账，恐怕都是申屠族长理亏在先吧。这次就毋庸置疑了，那么上一次，奶奶七十大寿的时候，奶奶分明邀请了你们申屠家的全体人，却似乎还少一人吧？这是驳谁的面子呢？"

申屠洪闻言不由沉默了，没想到寿辰当日那么多人，这个逄临齐居然还有心思留心犄角旮旯，逄临齐似乎看出他的想法，笑道："令嫒是申屠府中的明珠，这颗明珠都没出场，大放异彩的人不在，谁不会觉得黯淡呢？申屠族长，下个月我纳妾，到时候就务必请申屠全家——一人不少，都赏我这个晚辈一个小面子。"

申屠洪堆满肥肉的脸上抽搐了两下，算作是个不冷不热的笑容送走了逄临齐，他这才僵住了笑容，阴沉下了脸，径直跑去了申屠湘的屋内。申屠湘恰巧也因心情不佳而躲在屋内打骂下人出气，申屠洪刚刚走到门口，里面噗地飞出一个玉枕头，差点砸中他。

“阿湘！太没规矩了！”申屠洪一改往日，火冒三丈地拎起地上的玉枕狠狠地砸在了她的桌面上，玉枕登时从中裂出一条细缝。正在破口大骂的申屠湘也不由惊了惊愣住了。申屠洪挥手示意下人出去，冲到她的面前道：“阿湘，你到底想干什么？你打骂人容易，可你偏偏要插一脚逄家的事，最后还要我这个当哥哥的受人气！瞧瞧，平日里精打细算，什么都算得好好的，怎么一碰见姓逄的事就方寸大乱？”

申屠湘气呼呼地坐了下来，似是不把他发脾气看在眼里，毕竟申屠家中向来她最金贵，要起性子来：“就是因为逄家的事，我偏要搅和，一会儿给这个联姻，一会儿给那个纳妾，他们就不觉得吵的慌么？好啊，逄老板要纳妾么，我偏就让他纳不成！”

“荒唐！”申屠洪这回的表情不似以往的宠溺和开玩笑，申屠湘无意间触碰到他对待敌人时那双阴冷的眸子，都不由颤抖了下。“阿湘，我早就跟你说了逄临齐不是什么好人，你一头栽进去，给我给申屠家带来了多少麻烦？你以为你想怎样就怎样么。逄临齐拿你来打击我，你还觉着他好呢！你若再跟逄家纠缠瓜葛不清，休怪我不认你这个妹妹！”

在申屠湘的印象中，除了年幼的时候有一回自己跟着逄临齐嬉戏玩耍不慎落水，申屠洪才这般严厉地责骂她，如今再被他这么一骂，申屠湘的泪水已不由自主地落了下来：“哥……哥，你就怪我吧，都赖我吧！是，是我搞的申屠家鸡犬不宁，是我招惹逄老板，要怪就怪齐全了，你该怪我的命不该这么差！批命纸上明明白白写了我的命运，没有一条是好的：‘一痴二癫三休弃，累及母家累夫君。拱月千金终散尽，沦奴辛辣妄高低。哥，’我就是个不祥的人，你早该看见这批命纸的时候就掐死我算了！”

“你说哪里去了？”申屠洪察觉到自己说得太重了，语气明显地柔和下来，却也不知如何安慰她，正巧看见逯小小捧着一叠糕点路过门外，自己便出去了，让逯小小来替自己哄哄申屠湘。

逯小小边吃着糕点边笑眯眯地走进来，看见申屠湘哭得两只眼睛都肿成核桃了：“湘妹，你这是哭什么呀？你那漂亮的眼睛，再哭，我可要误以为是熟透的红枣可以吃了。来来来，人家说心情不好的时候吃些甜点就会好，我手上这些是厨房刚刚做的芝麻糯米糍，你尝尝，可好吃了，一般人我还不给她吃呢。”

“三小嫂，”申屠湘忽地止住了抽泣声，歪过头悄悄地看了看外面，确定申屠洪已经走了，这才拉住逯小小的手道：“你说，我是不是真的把申屠家搅和得天翻地覆啊？我也不想给哥找麻烦，可是，可是有些事真的不做不行。”逯小小夹了一筷子糯米糍喂她吃了，自己看着申屠湘满面沾满糖霜的模样咯咯直笑：“没有没有，蓝关堡里无论哪家哪户，都是暗潮汹涌，你呀，算不上折腾。”申屠湘嚼完了嘴中的糯米糍，含糊其辞道：“不是啊，三小嫂，还有件事……你知道，计芬出去留洋，也是我出资相助的。我哥这么疼这个女儿，她到现在都不回来，如果我哥知道是我帮她的，还不恼我啊。”

“这倒是个麻烦，我听到逄老板跟老爷说的话了，逄老板指明了要计芬在他纳妾当天出面呢，说要不然就新账老账一块儿算，说老爷不给逄家面子。你说，老爷又不能对外说计芬是去留洋，不然他们还不骂老爷是假洋鬼子啊，还不更逮着借口推翻老爷的旧制度啊。”

逯小小咋了咋舌，“不过也不是没办法，只要逄老板纳妾当日，让他转移注意力，别注意咱们申屠家那不就得了。”申屠湘愣住了，两只眼睛挂着清亮亮的泪珠直眨睫毛：“你这是什么意思啊？”逯小小打了个饱嗝，笑道：“我想到的，老爷准也想到了，除了申屠家，还有谁能吸引走逄老板的注意力呢？只能让柴当家倒霉了。”

“柴当家？那个女人阴气森森的，我看不好办，而且你和二嫂跟她的关系不是挺好么？就算你没心没肺地站在我们这边，二嫂能同意？二嫂要是不同意，谁能接近她啊？”逯小小哈哈笑道：“湘妹，你也太小瞧老爷了，柴当家的事，老爷从来不问二姐姐。有的事二姐姐不知道，我可知道，老爷啊，在柴家可有自己的人，老爷不出手，那人家都想方设法地帮老爷出手呢。”

申屠湘不好继续打听下去，可心中总觉得惴惴不安，好似是自己间接地害了顾婆清。如果让逄临齐纳妾时转移目标，又不牵扯无辜的人进来，除非，这个前清格格嫁不成。

第二十四章　金杯猎枪

“尔妮，今儿初几了？”史婉之不能嫁给柴有良当妾室，从头至尾，柴家似乎都没有半分动静，好像这件事从来没有发生过。这天清晨卓尔妮帮顾婆清梳着发髻，顾婆清从镜中望着自己的面容，忽然张口问道。卓尔妮道：“初三了。”她手中的发已然被盘了起来。顾婆清对着镜子左右侧着头欣赏着出自卓尔妮一对巧手的漂亮发髻：“逢老板卜吉是哪一天？”卓尔妮又道：“初七。”顾婆清放下手中的镜子，转过身来：“哦？还有四天……对了，玉器店的事怎么样了？你有没有帮我盯着？”

卓尔妮一边替她收拾着一边道：“都注意着呢，玉器店都没事儿，按班如归，该怎样就怎样，一如既往。”顾婆清好奇道：“哦，都好？怎么个都好法？往深里说说。”卓尔妮被她问愣了：“就是，都好啊。大少爷依旧管着玉器店大小事务，表少爷跟以往一样偷懒风流，大少奶奶每天中午都会给大少爷送饭，没什么不寻常啊。”顾婆清笑道：“没什么不寻常，那就太不寻常了。”

她扫了卓尔妮一眼，道：“怎么，不明白？那我就问你一句，之前表少爷让玉器店亏损的那笔钱，有什么着落了？”卓尔妮如实道：“二老爷帮忙填上了，一切都照旧了。”

顾婆清更是莞尔一笑，似乎看穿了：“二叔帮忙填上了？二叔若是帮自己的儿子能理解，帮玉器店那就说不过去了。不过他若是帮自己的儿子，就更不该填补这些钱，好让玉器店慢慢瓦解，让我不得不扶他儿子当二当家啊。他现在这么自觉填补亏损，看来是想让我亏得更大更多啊。还有四天就卜吉了，二叔这是挖好了窟窿等着我呢。”

“对了，我昨天在路上碰见逢二少爷，他怎么魂不守舍的？尔妮，你说话啊。”卓尔妮眼眸闪烁，一听见他的名字就感到一阵心慌：“当家，我……我不知道，逢二少爷的事，我什么都不知道，我跟他早就没有任何关系了……”顾婆清笑道：“没人说你跟他现在还有关系，你若真的能放得下他，我提不提他，你都会泰然处之，更不会躲避。”卓尔妮咬了咬嘴唇，坚定着眼神抬起眼鼓起勇气望着顾婆清的眼睛：“好像是因为史姑娘。”

顾婆清哼道：“一个男人，如果胸无大志，无勇无谋，那么他的一切优点只不过是可笑的装饰。史婉之都没嫁来我们柴家了，他还有什么不满意？”卓尔妮道：“我倒是看见过表少爷最近跟史姑娘走得很近，不知道会不会因为他们……”顾婆清忍不住扑哧笑出了声：“这么个女人，有扬也能得手，还真是不容小觑啊。”

她忽地止住了笑声：“人家都动手挖坑了，我们也得做点事啊，不然让他们自个儿玩，也没意思。尔妮，逢老板卜吉当日，你要帮我在玉器店加点料，别让这盘菜凉了，色香味还要盖过他们本来为我们烹调的。”卓尔妮道：“我明白了，不过这料……”顾婆清意味深长地看了她一眼：“玉器店不是还有个贴心的人么？”

蓝关堡的逢老板卜吉可是一件盛事，那热闹的场面不亚于当初严红瑰的七十大寿，逢家里里外外张灯结彩，来宾逢人便说吉利的话，却让逢临齐觉得不甚自在：“奶奶，纳个妾而已，要不要这么铺张？不知道的，还以为是我娶正室呢。”逢肖娘忙给他打了个手势示意他别再说了，可严红瑰却已经听见了：“怎么，别人纳妾怎么样是别人的事，你是逢老板，她是前清格格，那能一样么？过了文定、卜吉、纳征，那这门亲事就是正正经经地定下来了，齐儿，你别忘了你答应过我的。”

逢临齐整了整大红色的新衣衫闭口缄默，却轮到逢肖娘心中说不出的酸楚涌了上来，俯下身靠近严红瑰耳边轻声道：“奶奶，这个格格也不知道相貌品性如何，真的要嫁给大哥么？大哥又俊朗又厉害，我觉得紫禁城的女人配不上他。”严红瑰哈哈笑道：“紫禁城的女人都配不上，你想让天庭瑶池的仙女来配么？傻丫头，又使小孩子性子了，他是你大哥，你迟早也要有大嫂，也要跟兄长分离开来的。”

顾婆清身披米粉色的风沙斗篷长袍，率着柴家所有人同来给逄临齐道贺，在呈上贺礼的时候，鲜红的苏锦盒子里盛放着一只纯金打造的龙凤杯，顾婆清突然拦住卓尔妮递上去的手：“哎，怎么就一只金杯？”卓尔妮道：“祖上的规矩都是这样的。”

顾婆清笑道：“祖上？就是以前了，以前是以前，现在是逄老板当家，又是迎娶格格，这礼数上宁多不少啊，给一只金杯算什么回事？尔妮，回去再取一只凤凰杯。”逄临齐却道：“柴当家无须这么拘谨，不必刻意而为了。”可顾婆清笑盈盈地应付了过去，仍叫卓尔妮回去取金杯。逄临齐道：“好了好了，卓尔妮是你身边的人，派别的人去就行了。”顾婆清微微一笑：“你瞧，我这一生气连大局都顾不上了。尔妮，你着九安回玉器店拿一下。”

吉时却是分毫不等人，卜吉的仪式正式开始了，逄临齐头戴缠着红绳的黑色冠帽，走到逄家的神主位下恭恭敬敬地躬了躬腰，燃起三炷清香，媒人便笑眯眯地递上一张红色的女儿庚帖让他放置灶神之前。逄临齐面无表情地伸手去接那庚帖，突然之间晴空乌云满布，窑洞之外飞沙走石，旋起一阵一阵的狂风，还没人来得及看清，媒人手中的庚帖就在交给逄临齐之际裹着黄沙被飓风扬到了半空。

堂下登时躁动了起来，众人纷纷交头接耳，说这是不祥之兆。一直正襟危坐的严红瑰突然收起了平日里的佛面笑容，冷清着脸色借助拐杖霍地从座位上站了起来，眼疾手快地一把抓住了飘飞在空中的庚帖，面上这才猛地恢复了笑眯眯的神情：“呵，果然是紫禁城里的格格，进门总要声势浩大。大家别害怕，这是新媳妇在跟大家开玩笑呢。见识过了紫禁城的风沙，总算迷不了路，如今新媳妇想见识见识蓝关堡的风沙，好让自己以后认得自己的一亩三分田，记得那条路才是回自己的家。别再像紫禁城那般，再辉煌，也抵不过风沙的掩埋。仪式继续吧。”

逢临齐从她的手上接过了已经揉皱的庚帖继续行礼，刚刚准备纳征，突然一个恐慌的声音从外边传了进来：“不好了！枪，枪……”众人愕然地回头看去，只见臧九安被吓得魂不附体，边失声叫喊着边跑进来被门槛绊倒在地。

顾婆清故作惊惶地说：“九安？你……”臧九安爬到顾婆清的身边，手中颤抖着举起一把长杆猎枪，吓得失了魂儿：“大，大当家的，枪……”众人见他突地掏出一把长枪纷纷惊得往后倒退一步，人群中却只有两个人没有反应过来往后退，便更显得二人的古怪——正是脸色煞白的史妧之和柴有扬。

这枪，这枪不是史妧之的么？严红瑰微微挪了挪身子眯起眼睛注视着，逢临齐的心中也疑窦丛生。顾婆清道：“九安，你好好说，我叫你回玉器店拿金杯，你从哪里拿了把枪来？”臧九安浑身发抖道：“金杯……金杯，金杯在表少爷玉器店的房间里，我看见他三个月前偷了一只放回去自己把玩的。我就进去找了，这把枪，枪……是在表少爷的床褥底下。”柴国军闻言愕然地望向柴有扬，只见柴有扬的额头已然微微沁汗，顾婆清瞟了一眼史妧之，又问道：“那这把枪，是谁的？”

“是谁的？”不等顾婆清问完，逢临齐突然吼了一嗓门，把她的话抢了过来。他面带怒色地登上台前，目光严峻地扫视了一圈众人：“柴家表少爷从来不舞刀弄枪，是个谦谦君子，这把枪，要么是嫁祸，要么是想要他的命。你们谁干的？说！”

没想到突如其来发生了这么一出，在人群中的申屠洪虽然放心逢临齐的目标不在自己身上，却感到自己和柴国军好不容易布了一个局，顾婆清却连瞄都不瞄一眼，更是临场反客为主，可惜了他们的计划。申屠湘暗暗地松了口气，总算没有连累无辜的人，再说了，且看逢临齐的兴致已败，眼看今天的礼仪是行不了了，但愿这个格格终究也是雷声大雨点小，嫁不来了。

没有人应答，严红瑰起身道：“齐儿，柴家的事就交给柴当家处理吧，你还是继续行礼更为重要。”逄临齐不乐意地转身取出古钱币正要纳征，只听天上轰隆一声巨响，一个响雷劈了下来，将整个堂内劈开一半，瓢泼大雨顷刻从天而降，灌满了整个窑洞。逄肖娘见状赶忙道：“奶奶，别纳征了，逆天而行不可啊。”

逄临恭也上前道：“是啊奶奶，不急于这个纳征，总之格格能嫁来就行了，别让大家伙儿心里都堵得慌。”严红瑰本还想继续行礼，却看见逄临恭也出来说话，边挥了挥手让逄临齐下来，好好地说了一番话将众人劝了回去，说是大婚当日再宴请大家。所有人的注意力都集中在不祥之兆和大雨惊雷中，顾婆清站在旁侧动也没动，嘴角悄然地勾起一丝宛然的笑容，这丝笑容却被一直偷偷盯着她观察着她一举一动的柴有良看在了眼里。

第二十五章　夜游症

“人都走光了，你还拿着这杆枪抖什么呀？”待众人都散了去，顾婆清也领着柴家的人都走了，柴有良皱着眉走到臧九安的跟前扶他起来，扔掉了他手里的枪，邹宛萍递上一方丝帕：“别紧张别紧张，快揩一揩头上的汗，没事了啊。”柴有良道：“什么没事？我看这事还不小呢，九安，你随我们回去，我有事问你。”

臧九安不知所措地跟着他们夫妇回到了窑洞，柴有良将门窗都关紧了，这才开腔：“送给逄老板大婚的贺礼，二娘这般精明的人绝不会出错，突然临场要多拿一只金杯，派你回玉器店拿，就发现了这把枪。哼，你觉不觉得，二娘是在拿你当枪使？虽然我不知道二娘打的什么主意，我是把你当朋友，才告诉你别被人利用了。”臧九安愣了半晌才反应过来他是跟自己说话，于是便说：“大少爷，不是的，大当家的是个好人，她不会利用我的，这分明是突发状况被我发现了，这怎么赖上了大当家的？”

邹宛萍也听出了端倪，偷偷地拽了拽柴有良，柴有良却置之不理：“赖上她？我分明真切地看见她笑了，笑得很稳当。你真是不知道厉害，总之我是给你提个醒儿，你好自为之。哦对了，那把枪，是史姑娘的。回去吧。”

臧九安本来就不聪明，听得云里雾里的被他赶了出去，邹宛萍急了：“有良啊，你以前只是跟我说说，现在到处跟外人说婆婆的坏话，你有什么证据啊？就凭婆婆笑了？我看你是真的对她偏见太深了，一会儿说她来历不明，一会儿说觊觎公公的遗产，你凭什么这么猜测啊？”

柴有良鼻子哼了哼，一把将邹宛萍拉到了柴有浦的房间，此刻柴有浦还在上课，并没有回来，屋内空无一人，柴有良指着窗边墙上的一块带着微微血迹和水印的青砖上的刀划过的痕迹道：“知道这是什么么？有人误以为爹临死前将宝藏埋在了这里，拼命地挖啊挖啊，可惜，一无所获。有几个人能进出有浦的房间来去自如？二娘这么鬼鬼祟祟，不是觊觎财宝是什么？”

“哎呀。”小刀顺着木根一点一点地雕刻着，突然一个失神，刀刃划上了那细长的手指，逄临齐的手登时血流不止，他却处变不惊地拈了些案几上香炉里的香灰止了血。逄临恭扶了扶圆眼镜，捧着书本闻声走了过来：“哎呀大哥，你的手受伤了，这样止血没用的。”

逄临齐没功夫抬眼看他，继续用受伤的手雕刻着手中的木根：“没关系。你啊，奶奶叫你也来雕刻店帮忙，你就知道看书，你要是多帮帮大哥，大哥就不用手忙脚乱了。”逄临恭笑嘻嘻地蹲了下来扒住他的藤椅：“大哥，你娶了大嫂，我就决不让你忙雕刻店的事了。哎，怎么越是临近婚期，你越是魂不守舍啊？是不是在想未来大嫂漂不漂亮？”逄临齐停下手中的活儿，瞥了他一眼，猝不及防冷不丁道：“我问你，你是不是喜欢妧之？”

“怎么好端端的，问起我来了。”逄临恭登时脸红了起来，声音也变得更小，搓揉着手中的书角不敢看他。逄临齐道：“我问你话呢，别像个小媳妇般扭扭捏捏，喜欢就喜欢，不喜欢就不喜欢，你要是不说，我就不问了，以后再有谁向我提亲要嫁妧之，我就替她应了。”

逄临恭一听这话急了：“我说我说！喜欢……不过，妧之不知道呢。我和她，好比梁山伯和祝英台，以礼相待，这层纸谁也没有说破。”逄临齐哼了一声，放下手中的木雕，笑道：“梁祝？梁祝可不好，最后的结局都死了，有情人也成不了眷属。何况现在是什么年代，你若不说，她怎么知道你对人家有意思？你要是一直憋着不说，继续你的谦谦君子坦坦荡荡，还不知道要被什么小人见缝插针呢。那把枪，是史妧之的，为何在柴家那个风流浪子的床上，你自个儿琢磨吧。”

逢临恭登时煞白了脸，忙抓住他的手：“大哥，你这么一说我还真想起来了，是啊，妧之怎么会跟那个花花公子搭上？糟了，那个柴有扬哄女人可有一套了，大哥，妧之会不会真的被他骗走啊？”逢临齐低声喃喃道：“谁骗谁还另说着呢。哎，你别这么担心，我替你去求奶奶，让奶奶答应你们的婚事，以免夜长梦多。这时候你也别顾及旁的了，你要知道，在爱情里翩翩风度，那可是死穴。虽然大清朝完蛋了，可现在也不是什么开明年代，更不是西洋国家，要想得到某些东西，若非不择手段先斩后奏，还真的不行。”

当严红瑰听说之后更是合不拢嘴，两个孙子的婚事都有了着落，这个老人还有什么不满足？她一口应承下来，毕竟长幼有序，等逢临齐娶了前清格格进门，就立刻给逢临恭和史妧之办喜事。整个逢家都喜气洋洋，可是本来一心想长留在逢家的史妧之却一反常态地将自己关在屋内不出来，心情并不甚好。这天后夜，她正躺在凉席上摇着扇子辗转反侧，忽然听见门外一阵怪声，她起身刚刚探出头想看个究竟，只觉后脑勺被一块硬物狠狠击中，剧痛袭上头颅，当即眼前发黑晕了过去。

一个穿着黑色斗篷的男人一把抱住了她，那男人浑身上下全部裹的严严实实，只露出一对凶光毕露的眼睛：“哼，祸水红颜，须知红颜倾城，也须知红颜薄命。”那男人沙哑的声音出卖了他的身份——正是严红瑰大寿那日偷偷与邬春玉见面的神秘人，可是谁也不知道这个神秘人是什么人。他大步流星地抱着纤弱的史妧之偷跑出了逢家窑洞，径直趁着月黑风高把她运往柴有扬的房间。

可是这个男人虽力大无比，也能在逢家来去自如，到了柴家就未必这么如鱼得水了。他刚刚横抱着史妧之踏入柴家窑洞的天井，却看见一个穿着玫色与宝蓝相间的苗绣褂子的女子叮叮当当地曳着浑身的银饰迎着满地月光端着水盆出来梳洗长发，那男人心中一惊，糟了，卓尔妮。他悄悄别了别身子，只得把晕倒的史妧之放在窑洞门前，虽无法将史妧之如计划般放在柴有扬的床上让她身败名裂，但较之自己的身份更为紧要，那男人便把她扔下，自己急忙趁卓尔妮没发现时，从树影下飞身而过脱离了开去。

可就在他避走时，脚底无意间碰翻了花草的盆子，发出不大不小的动静。洗着长发的卓尔妮赶忙追去一看，却只看见地上躺着晕倒的史妧之，四周环视再无他人。她立刻把史妧之扶进了顾婆清的房中。迷迷糊糊中头上的疼痛已然退去半分，史妧之费力地睁开双眼，竟发现自己躺在一张宽大的高床软枕上，烛光中竟看见顾婆清穿戴整齐，亲自守在床边看着她："啊，柴当家？我，我怎么会在这里？"

史妧之惊了惊，忙从床上坐直了身子。顾婆清扶住她道："哎，你先躺下再说。我也不知道你怎么会三更半夜地出现在我们柴家，是不是我们柴家有你惦记的人啊？尔妮发现你的时候，你就一个人躺在地上，醒来倒问起我来了，这算怎么回事儿啊？"史妧之摸了摸后脑勺的痛处，本想开口说自己遇袭，但心中转念一想，总觉得醒在顾婆清的床上始终说不清，便也三缄其口了。顾婆清继续道："尔妮精通医术，在你昏迷的时候我让她替你把过脉了，据医术上说，睁眼凝视，坐起下床，复杂行动，醒后无记忆，这便是典型的夜游症。"

"夜游？"史妧之愕然道，错然之下也凝视着顾婆清的双眼，想从她的眼睛里看出些异样，可反馈而来的，却让史妧之自己都起疑，或许那个砸晕自己的人，并不是柴家派来的人。但自己晕倒在柴家，顾婆清和卓尔妮到底看见了什么，察觉了什么，顾婆清居然要睁着眼睛颠倒是非，竟把她说成了夜游症，将所有的不利全部推得一干二净，并且让史妧之也没有回驳的任何余地。

顾婆清的那双翦水秋瞳里，那种坚强和柔美，遮盖了太多隐匿的神情。顾婆清亲自替她披上斗篷："史姑娘，你若是觉着好些了，我亲自送你回逄家，不然这逄家可要乱了套啊。明天逄老板就要大婚了，大家还都要早些起，一起到蓝关堡外头迎迎呢。"她亲切地牵过史妧之的手，令史妧之觉得一阵入骨的冰凉，"史姑娘，虽然我们做不成婆媳，可我还是心贴着心的呀，可别让逄老板以为我这滚热的心，是块石头啊。"

"奶奶，没扰着你休息吧？"明天就要做新郎官的逄临齐却一如往日，似乎没有什么特别，史妧之被送回来的时候都已经快清晨了，他知道每天这时严红瑰都在佛堂诵早经，便提前给她请安去了。严红瑰闭着眼睛拨弄着手中的念珠，听见他的声音便起身了："咦，你怎么不多睡会儿？待会儿就要迎新娘了，旁的事都别在今天想。"

逄临齐却如若未闻："奶奶，自从妧之来了我们逄家，你不觉得哪里不对劲了么？我也说不出个所以然，总之，昨夜柴当家把她送回来，还说她有夜游症，我敢说她们两人之间，至少有一个人不对劲。奶奶，我不管她有什么病，这心眼儿可不能有病，柴当家本来就不是个善角儿，别让人乘虚而入了啊。"

第二十六章　出塞嫁

严红瑰笑得眼睛都眯成了一条缝："齐儿，你这孩子心思缜密，能担大事，这固然是好。可这心眼儿啊，得对付外边的人，妧之就要嫁给你弟弟了，以后都是一家子，她一个女人无依无靠，还怕上天不成？齐儿，你以前对付申屠洪和顾婆清，又要打理家业，今儿往后你成家了，雕刻店你若是实在忙不过来，就让恭儿打打下手，也当磨练磨练他。"

"奶奶，就是因为史妧之要嫁给二弟，我就想知道她究竟是什么心思，她到底想干什么？"严红瑰笑道："何必呢？她想干什么不重要，你别忘记你的对手柴顾氏想干什么，那才重要。好了，快回屋换上礼服，不多会儿就要一齐去蓝关堡外迎亲了。"

蓝关堡的风沙本就比紫禁城要大，这个堡子是西北省城的边角，要穿越过大半个沙洲才能到达。虽然是逢老板娶亲，但哪怕冠上前清格格的名号却仍旧改变不了是妾室的事实，妾室就要有妾室的规矩，出嫁从夫，别说清朝早已倒台，这位八旗子弟中的最美格格已然不再是格格的身份了。

一路上没有浩浩荡荡的皇家仪仗，没有奢华的排场，没有鎏金镶玉的八抬大轿。取而代之的是一个年轻姑娘，牵着一只骡子，身后跟着一只驴驮着两个竹箱子，格格，身着着与正房大红色区别的粉色小衫，披着一件大斗篷将头和口鼻尽数遮住，斜坐在骡子颠簸的背上，拖着长长的孤零零的影子行走在天地和黄沙之间。

风沙下她一只手拉住缰绳，一只手紧紧地捂着口鼻，虽然只有那对明媚的眸子露在外面，虽然不再穿着宫里的旗袍华服，可她浑身上下尽数散发着典雅的幽然气质，丽而不绮，贵而不华，果真是满洲八旗的奇女子。

可是这般的奇女子，为何要嫁来着贫瘠的土地，个中的回旋，有的人是不知道，有的人却是不想别人知道。

敖佳格格骑着骡子已然跋涉到了蓝关堡的两座巨大的牌坊前，这会儿的风沙极其大。蓝关堡的三大家族都按着位分依次站在风沙中等候，站在正中的便是逄临齐和严红瑰。敖佳格格从骡子上下来，严红瑰笑呵呵地上去低了低头：“敖佳格格，老身逄严氏给格格请安。”

那女子赶忙也欠了欠身：“女茉给奶奶请安。”说罢三家的当家分别向那格格问安，她也按足礼节向各人回礼，直到顾婆清走到她的面前道：“柴门当家顾氏阿清，给格格请安。”那女子陡然一怔：“柴当家?”她的语气柔中带刚，还含着一丝丝的惊诧。

顾婆清倒也奇怪地抬起眼打量着她，那女子方觉失态，赶忙垂下眼睫欠身回礼：“镶蓝旗敖佳氏女茉，向柴当家请安。”她刚刚立直身子，只听“啪嗒”一声，一只鲜红的剪子从衣衫里掉落到了地面上，虽然只是很小的动静，却让当场所有人即刻停止了所有的动静，目光全部聚集在剪刀上。格格那双露出的眼睛微微惊了惊，这时扶着她从骡子上下来的那个年轻女孩赶忙捡起剪刀解围道：“小姐，这是王爷祖上的规矩，出嫁的时候要带好这红剪刀，可是个好兆头呢。”

本来众人的注意力都聚集在这个前清格格的身上——虽然从始至终，这个敖佳·女茉的庐山真面目还没有揭开——然而这个女孩一开腔，众人便惊诧地凝视着她。这姑娘虽然荆衣褐衫，打扮平平无奇，可那张长长碎发下的脸庞，竟是如此美艳绝伦。这儿没有谁未曾见过大世面，未曾见过美人，可这个姑娘的美，不似邬春玉的温润气韵，不如逯小小的率真娆丽，更不像仙子般的史妧之出尘脱俗，她分明就是一支明艳的玫瑰，娇嫩欲滴。格格接过剪刀收了起来，一句话未说，跟着逄家的人回到窑洞，草率地举行了仪式便算。

“红剪刀……没听说满人有这个习俗啊……我怎么听说只有怨念极深的

人，才该备着把红剪刀，以随时防备。”观礼的时候，臧九安挤在人群中喃喃自语，从那把红剪刀跌出的时候，他就一直觉着哪里不对劲。身边的工友提醒道：“哎，你别乱说话。”可是言者无心，听着有意，臧九安的右边却恰巧是偏房的人，这话被柴国军一字不落地听了去，便对柴有扬说：“有扬，这个女人，你觉得怎么样？”柴有扬自打她们入堡，那双眼睛就没移开过，当即脱口而出：“漂亮！”

柴国军气得扬手扇了他一下脑袋：“就知道想这些！我是问你，你觉得这个女人，她是不是心甘情愿嫁给逄老板的？”柴有扬哼道：“我哪知道？只不过，人家以前是前清格格，荣华富贵，现在，呵，当个小老婆，搁谁谁愿意呀？”柴国军笑道：“那不正巧了么，你要知道人再厉害，千防万防，都防不到自己的枕边人。”

这大婚总算是过去了，按照堡内的族例，有头有脸的乡绅代表第二天一早都要去逄家向逄临齐道贺拜访，柴家的人都各说各的理不想前去，申屠家依旧如是，特别是申屠湘，把自己反锁在屋内又哭又闹了一宿，谁劝都不管用，到最后也只有顾婆清和申屠洪两人同行去了逄家的窑洞。一路上顾婆清笑言道：“申屠族长，你今儿的眼袋不轻啊，看来姑奶奶昨晚没让大家伙儿好好休息了？”

申屠洪无奈地摇了摇头：“柴当家这玩笑从何开起啊，不过逄少奶奶名声在外，直到昨天都没露个正脸儿，我只是好奇，如果真的如传说中那般美丽，又是这般尊贵的身份，干什么非要嫁来这个小地方做妾室？”顾婆清笑道：“这你可别问我啊，要问，就一会儿亲自问问逄老板。”她话还没说完，只见身后慌慌张张地跑来一个老管家，扑通一声跪在申屠洪的面前神色有异：“族长，天麻店出事了，药材和天麻都被清一色地换成了次品，现在很多人堵在铺子前争闹不休。”

“什么？”申屠洪愣然地定在原地。顾婆清的眼中划过一丝深邃，忙道：“申屠族长，不然你就先回去料理吧，待会儿我替你告诉逄老板，你有事来不了，想必逄老板会体谅的。”申屠洪镇了镇心，故作冷静地对管家道：

“这点事算什么，告诉大太太，让她去店铺里处理，大太太处变不惊，没有她做不成的事。我还要跟柴当家一起拜会逢老板呢。”

那管家为难道：“这……大太太早就去过了铺子，可什么也不管，气冲冲地又回家了，是大太太让我请族长回去的，她说有要事相告。”顾婆清见状打圆场道：“既然这样，恐怕还不是普通的事情，见逢老板和逢姨奶奶事小，族长别因小失大了。”申屠洪面色不悦道：“那好，就有劳柴当家了，我去处理家中的事务，处理完就来拜见逢老板。”

“老爷，你可算回来了。”申屠洪刚刚踏进窑洞屋内，只见偌大的厅堂两侧已然坐满了家中的四个女人，穿着一身子棠色旗袍的扈凤仙当即站立起身去迎他，她的步伐稳重而高雅，盘起的发髻上一左一右两只红珊瑚小簪随着行动微微颤动起来，与襟口的红色刺绣相得益彰，不妖不艳，却贵气十足。她搀着申屠洪坐到主位上，申屠洪环视一周，只见邬春玉、逯小小和申屠湘都到齐了，坐在自己的位置上：“干什么，人这么齐？都说话啊。”

一直端坐在这里的逯小小没有零嘴可以吃早就闲不住了，当即不耐烦地整了整白呢礼帽：“不知道啊，大姐把我们全部都叫来了，也不说什么事。”她身侧的邬春玉悄悄道：“三妹，稍安勿躁。”申屠湘肿着一对红眼睛也道：“大哥，嫂子，如果没湘儿的事，湘儿就先回屋了。”

扈凤仙这才突然道：“都别走，我有事想当着大家伙儿的面和老爷的面，说说清楚。”她说着从案几上拿起一袋天麻药材倒在地上：“今天天麻店的事大家都有所耳闻，我不知道为什么早不出事晚不出事，偏偏在老爷拜访逢老板的路上出事，这损的是谁的心情，驳的又是谁的面子？”

“凤仙，那么你想说什么？”申屠洪微微蹙了蹙眉，扈凤仙没有回答他，而是踱步到申屠湘的面前：“湘儿，我叫你来，是因为天麻店的生意一向由你打理，什么人进出，什么账不对，你应该心里都有数，你说说，这些劣等天麻，是谁故意混次的？”申屠洪道：“阿湘不会做损人不利己的事。

凤仙，虽然阿湘不喜欢逢老板娶亲，但不会拿我们自家的祖业折腾。”扈凤仙的嘴角微微扬了扬，一对凤眼将在座的所有人扫了一圈：“是啊，湘儿的性子直来直去，这些个小手段，只有小心眼的人才要得出来。要说我们申屠家不满意逢老板这桩婚事的，想给逢家添堵的，除了湘儿，就是二妹你了。”

第二十七章　江南幻梦

“大姐，你……”一直娴雅地坐在位置上的邬春玉顿时错愕地抬起头，将短发绕在了耳后，眼中尽是惊诧和刚硬，站起身来道：“大姐，什么事都要有证有据，我的确不满意齐儿的婚事，你说我用这种手段不让老爷拜见他们，图的是什么呢？逄家有谁会在意今天谁去谁不去？婚事都已成定局，我做这些有什么意义？”扈凤仙冷笑道：“二妹，天麻店，老爷只交给湘儿打理，但你那里也有把钥匙。要混次药材，必须是我们府上的人，你觉得三妹有这份心思么？”

申屠湘解围道：“大嫂，我看你真的误会二小嫂了，二小嫂行事光明磊落，不见得会为了气逄家的人还要把哥拉下水，我看准是天麻店的工人里有别人的细作。”一直一言未发的申屠洪也开腔了：“阿湘说得对，大家都是一家人，别伤了和气。春玉，你也要理解大姐，她是为了我们申屠家好。不过这件事也给大家提了个醒，我们申屠家现在四面楚歌，都收敛着点吧。”

“逄老板，逄姨奶奶。”顾婆清只身一人踏进了逄家窑洞，门内门外空无一人，大门更是敞着，连敲门都省了，虽然窗子上都贴满了鲜红的喜字，满地都是昨夜放过的红色鞭炮，可顾婆清还是觉得一阵阵地阴气森森，根本不似一个刚刚举行过喜事的大家族。

也不知逄家的人都去哪了，顾婆清在天井里绕了一圈，正准备回去了，突然听见寨墙后的井楼上传出吱呀的开门声，顾婆清闻声转头望去，只见那间屋子穿廊抱厦，雀替浮雕考究华丽，看得出这便是逄临齐的主屋，一个穿着青紫色满洲旗袍的女子在婢女的搀扶下缓缓走出，靠在十字砖墙前向下看去。

这可算是顾婆清第一次如此清晰地看见传说中的八旗美女敖佳·女茉，螓首蛾眉的她打扮还沿袭着旧时宫中的衣着，头上虽然没有了大拉翅，却仍旧梳着一柄小两把头和燕尾髻，耳垂上点缀着简单的芙蓉石坠子，那面容生得清巧华贵，举手投足之间散着淡淡的书墨味，典然皇家的贵气，顾婆清心道，倒真是个国色天香的女子，只可惜……女茉却先开了口，碰了碰身边的婢女说："嫱儿，还不去请柴当家上来坐坐？"

"不必劳烦逢姨奶奶了，逢老板不在么？"顾婆清收回惊叹的目光问道，女茉踩着花盆底的鞋亲自走下了楼梯："他不在，他从昨晚就睡在雕刻店了。"顾婆清打量了她一番，忍不住道："逢姨奶奶，我有些话想提醒你，恕我心直口快，你这身打扮似乎不大合适，逢家的人都是欣赏西洋的，何况故国已逝，逢姨奶奶穿着这套衣服，会给夫家带来不必要的麻烦。"

她说罢便准备告辞而走，女茉却快了两步追上来："柴当家请留步，柴当家的话我自当记在心里，稍后便去换了。昨儿在蓝关堡前迎门时，风沙太大，我看不清大伙儿，也听不清大伙儿的介绍说的是什么，可否劳烦柴当家再说一遍？"顾婆清微微一笑："柴门当家，顾氏阿清。"女茉那张精致的容貌不由僵住了："顾氏，阿清？"

"逢姨奶奶？"顾婆清略感惊讶地抬起眼看着她，女茉这才发觉失态，浅浅一笑："哦，没什么，我在想，在来蓝关堡的路上就听说了这里的三个当家，其中只有柴当家是女儿身，就一心想着见见这样的女中豪杰，如今一见，果然不同凡响。"

顾婆清笑着与她寒暄了几句便也折回了，回家的路上心中莫名地不断回想着之前与女茉见面的场景，这敖佳格格比自己要小几岁，与卓尔妮年纪相仿，可眼眸之中却是极深的城府，却不知是不是见惯了政治斗争而被熏出这双眼。

她回到窑洞，却见卓尔妮正在石板马槽里喂着骡子和马，顾婆清走了进去拿过饲料信手撒着，卓尔妮喜道："咦，这么快就回来啦？见着那个敖佳格格了么？是不是真的跟传说的一样漂亮啊？”顾婆清眯起眼睛若有所思：“确实漂亮，靡颜腻理，这紫禁城的风水就是养人，就连身边的婢女都秀色可餐。”卓尔妮点头道：“可不是，那天我就发现了，那个丫头也是个美人坯子。哎，当家，你去过紫禁城吗？”

“没有。尔妮，你说一个从来没去过某个地方的人，会被那个地方的人所认识么？”卓尔妮睁大了双眼一脸茫然。顾婆清叹了口气，把饲料塞回她的手里回屋休息去了。这一夜风疏雨骤，总让躺在床上的顾婆清心里不踏实，好不容易伴着雨声睡着了，没过多久，一阵阴风吹过帷幔，忽地袭上自己的脖颈。

睡梦中的顾婆清蓦地一惊，霍然睁开双眼：“怎么是你？”她惊诧地坐了起来，乌黑的长发瀑布般地垂在了胸前，顾婆清的眼瞳里映出了一个绝色的女子，那女子才二十二三岁的光景，穿着一身白色貂绒的清朝华服，耳后分别梳着长长的辫子，中侧而分的刘海，挽着头顶的紫玉搔头挽在脑后，一眼便看得出是个沿海地带富庶商贾的千金小姐。

那小姐分花拂柳般婀娜着腰姿坐到了顾婆清的床边，一言不发地盯着她看，顾婆清也惊呆了，怔怔地凝视着那小姐的眼眸，突然之间那千金小姐口角猛地吐出一口污血，溅了顾婆清一身，顾婆清登时失声惊叫：“啊！”

“当家！你没事吧？”卓尔妮闻声赶忙冲了进来，抱住了掀开被褥惊得满头大汗方才坐起的顾婆清，原来之前的只不过是场梦中梦，顾婆清紧靠在卓尔妮的臂弯中，双眼直愣愣地盯着刚才那个小姐坐的位置：“是她，是她……为什么，我为什么又会梦见她？啊？我已经两年没有做过这种梦了，为什么……”

卓尔妮拍拍她的肩安抚道：“没事了，没事了，当家别自己吓自己，只不过是个梦。当家，你说的‘她’究竟是谁呀，为什么每次梦见这个她，你都会惊成这样？”前一秒顾婆清还躲在她的怀里浑身发抖，听见卓尔妮这句话，顾婆清猛地恢复了清醒理智，用力推开卓尔妮正色斥道：“谁说我惊了？只不过是个梦。我梦见谁，是我的事，你无须事事打听！出去！”

“你怎么来了？”这边厢卓尔妮退出房门带起一阵吱呀声，而点点灯火的雕刻店中也响起了吱呀的门声，坐在黑暗中就着朦胧的油灯雕刻着手里物件的逄临齐抬起头看向门口，不由停下了手中的刻刀。门口漆黑之中站着他新婚的妻子——换上了芙蓉色当代袄裙的女芣，她的面容在这身装扮下褪去了皇室贵族的威严，多了几分江南水韵，小移莲步走了进来：“这么晚了，我见你还没回去，有些担心，就亲自来雕刻店看看。”

女芣手中担着一件崭新的披肩给他递了来，目光落在他乱糟糟的案几上。图纸、短铅笔头扔得一桌，还覆满了一层蜷曲的木屑，几根燃尽的蜡烛横斜倒在纸上，蜡油流过已然凝固，纸上还有被火烧过的痕迹。本就不大的桌上已经够拥挤了，可桌上还摆放着一口锅子，底下燃着明火烧着沸腾的水，烫水中翻腾噗噜噜着几片名贵的天麻，浓重的药味和着糊味冲入女芣的鼻腔。她皱了皱眉，替他整理了桌上，顺手抄起那口锅子吹灭了底下的火：“这些可是名贵的天麻，这么煮坏了很可惜啊……”

“你干什么！”女芣话还没说完，逄临齐登时大吼一声站起身来，一把拽住她正要倒水的手腕别了过来，他双眸发狠，手上加大力度，捏得女芣的手腕骨头咯咯直响，她痛楚难当，微微叫道：“你，你捏痛我了……”逄临齐目露凶光狠声在耳边吼道：“你刚才说什么？什么可惜？”女芣何曾见过他这般模样，只觉得他牙齿磨得直响，似乎要吃了自己：“我……我说这些，这些天麻，天麻可惜……”

逄临齐面上的肌肉猛地一抽，以迅雷不及掩耳之势夺过女芣手中那口锅子，将里面半锅滚烫的开水一股脑地从头到尾泼在她身上。女芣顿时被烫得失声叫了起来，逄临齐一把揪过她的头发狠狠地磕在桌角：“贱人，你可惜这些贱货是么，我让你可惜，我让你可惜！”他如同疯了一般扬起手中的铁锅一下下地猛力砸打着女芣，更将她的头拎起又砸下，在桌角上撞得血肉模糊，可逄临齐依旧没有停下的意思。

“不要……”女苿被突如其来的情况吓得魂不守舍，口中喃喃喊着让他放过自己，可声音渐渐虚弱，逄临齐仍然不罢休，扔掉了手中已打得凹进去的铁锅，掐起她的脖子凌空拎了起来，扬起手掌狠狠地抽着她的耳光。女苿猛烈地咳嗽着，双脚离地不断地蹬踢，一口污血从口中喷出，眼珠子翻白就快要窒息，逄临齐的手青筋暴露，随着他双眼里的冰冷继续加大了力气。

第二十八章　黄沙崖

“住手！”门外忽然响起了严红瑰的声音，逄临齐眼中的怒火和杀机登时退了下去，手腕一松，满头是血的女苿从半空中跌落在地面上。严红瑰拄着拐杖走了进来，环视一圈周遭的混乱和血迹，对身边的老仆人道：“你扶姨奶奶回去，再请个大夫给她看看。”昏暗的屋内只剩下祖孙二人，严红瑰走到了他的面前，凝视着地上的那口锅子和煮糊的天麻，道：“女苿是新来的，不知道你的习惯也是人之常情，你这个孩子，每次雕刻东西的时候面前都要摆这么个锅子煮烂天麻，要是有人碰了，就动辄打骂，如同疯癫。奶奶当然知道你这怪癖是何年何月养成的，是因为什么养成的，你娘不守妇道，改嫁给了别人，你一心想把他们捉去镬烹处置，可你是在跟你自己过不去啊。齐儿，这样的女人你不该为她费神，传出去，别有用心的人若是知道你的怪癖，那可对你不利啊。”

她绕了一圈继续道：“女苿，毕竟是格格，不但如此，她还是个博古通今西学中用的格格，她留过洋读过书，人又聪明，给我们逄家能带来不少西洋的东西和发明，对我们逄家的家业跟上社会的进展有太多好处，你就算不喜欢人家，也别活活浪费了这么好的资源。逄家强大了，你锅里煮的，就不仅仅是天麻了。”

“好了好了，这种事我也不想的，”逄临齐明显缓和了下来，只觉头痛欲裂，“奶奶，你叫她下次别来雕刻店了，以免再发生这种事。奶奶，你也早点回去睡吧，我把这个雕完就休息了。”他送走了严红瑰，回身看了看凌乱的整间房，哪里还有心思继续做工，便放下了手中的活儿径自走了出去，他的脑中不断闪现女苿痛苦的表情，还有邬春玉改嫁当日的皑皑白雪和她那身血红嫁衣。逄临齐信步走了许久，竟走到了黄沙崖前。

然而黑夜中的黄沙崖上竟还孤身伫立着一个单薄的身影，那人听见脚步声也缓缓回过头，原来是被噩梦惊醒后再也睡不着的顾婆清。她穿着白色的睡衣赤着脚站在崖边，一头乌发没有盘起，而是任其尽数散披在背后，未点脂粉，未簪钿饰，简单地勾勒出柔美的轮廓，她的双眸里竟是逢临齐极少看见过的哀愁：“柴当家，没想到我们又在这里碰面了，又同是不眠之人。”

“逢老板说笑了，逢老板新婚燕尔，怎么会是不眠之人呢？”顾婆清微微地调整了眸子的忧伤，又变回了往日的凛冽笑言道。逢临齐将之前女苿送来的斗篷递给了她，指了指她的赤脚：“夜晚沙凉，柴当家这样可要生病，如不嫌弃就用这斗篷裹一裹吧。”说着，他却仰身躺在了大地上，“新婚燕尔？与一个素未谋面的人成亲，到最后是谁也高兴不起来。柴当家，说句心底话，这个女人我不了解，还不如我了解柴当家呢。哎，对了，我见你站在这里很久了，似乎在等人？”

顾婆清挨在他身边俯身坐下，用斗篷包裹住了赤脚：“没有，之前暴雨惊雷，我睡不着，就想着老爷临死前究竟把宝藏埋在哪里，总把自己困在小小的窑洞里根本想不出来，便想着来这宽广的地方，或许思绪也会宽阔些，只可惜我想不到。逢老板，这些事就交给我好了，你应该回去好好陪陪姨奶奶，我拜会过她，那般花容月貌的博古通今的奇女子，应该能让逢老板动心的。”逢临齐自嘲一笑：“我不爱她，今天不会，以后也不会。爱一个人不是因为容貌、知识、地位、家世，是种感觉，柴当家你有过这种感觉么？”

“我跟老爷是上面指的婚。”顾婆清的眼中划过一丝闪烁，看得出她在强忍着波澜的心情，“逢老板，我们刚才说得好好的，怎么扯到我身上了？”逢临齐饶有趣味地看着她变化的神情却也不戳破：“好，那就说点别的。这个格格的来历总让我觉得奇怪，堂堂北京城里的格格，心甘情愿嫁过来当妾室，半句怨言都没有，太平静了，就说明这底下有更不平静的浪潮。虽然我暂时看不出来什么端倪，但不论蓝关堡中的任何人，都该长点心了。对了，腰鼓节还有几天就要到了，现在准备的如何？”

顾婆清道："我正要跟你说，腰鼓节向来是宛萍操办，她最近几日身子不适，吃药也不见效，虽然大体没问题了，但还要彩排。宛萍精力不够，我们这里人手也不够，逢老板能不能借几个下人帮忙？"逢临齐略一沉吟，忽地笑了："这柴少奶奶病的真是时候，我刚才不是对你说到女苿不寻常么，我还想着怎么探探底呢，你就给我递话儿上来了。女苿嫁来的时候身边带了个在宫中就侍奉她的婢女闫嫱，我把她指给你去帮柴家，你也好替我盯着些这个闫嫱，看看能不能从她口中抠出些什么。"

"逢老板可真是……"顾婆清笑着摇了摇头。逢临齐也会心一笑："所以我说，我们两个人才可谓心有灵犀，虽然各有各的算盘，可总算是一个阵线上的，也只有跟你才能说上两句实话，听见两句实话。"顾婆清笑道："你错了，你不觉得实话和谎话根本是一样么？有人把谎话当实话来说，就得有人把谎话当成实话来听，当谎话和实话在毫不干涉的界限，人就会觉得舒心，这说谎话的人和听实话的人才都能相安无事，看似距离很近，实则这两人的距离被谎话和实话早就分隔得很远了。逢老板，只有自己的亲人，才是最信得过的。"逢临齐站起身来吸了口气："都有道理，我也该回去了，柴当家也早点回去，明儿我就把闫嫱调过来。"

顾婆清裹着逢临齐留给自己的斗篷回到屋内躺下，闭上眼很快就入睡了，但不一会儿竟又梦见了那个白衣的千金小姐。顾婆清再度惊醒后，紧抱着双膝蜷缩在床脚，一夜不眠。到了天大亮的时候觉得眼皮睁不开，头风症不巧又发作了，卓尔妮便替她叫来了邹宛萍推拿。邹宛萍边替她按摩边道："婆婆，这个时节按道理不容易发作啊，我瞧你的脸色不好，印堂发黑，私下觉得婆婆该去庙里拜一拜。"

顾婆清闭着的眼忽地睁开："你是说我中邪？"邹宛萍赶忙急道："我不是这个意思，我……"她话还没说完，忽地觉得从脚跟到脑门袭上一阵眩晕，按着顾婆清穴位的双手也登时麻木，胸口闷得发慌，邹宛萍抬手扶了扶自己的头，却猛地眼前一黑晕了过去。

"宛萍，宛萍！"顾婆清大惊失色地坐起身扶起她，大声对着外边叫着：

“来人，快来人啊！”卓尔妮闻声忙冲了进去，柴家上上下下都凑到了这窑洞门前叽叽喳喳，一群好事的婢女拉着路过此地的小梅问道：“哎，这大少奶奶向来身子骨不好，这么严重倒是头一回啊，你说，是不是逢家办了红事，会冲撞我们柴家，柴家不会要办白事了吧？”

小梅拎着水桶啐道：“胡说！你们不服侍大少奶奶自然不知道，我倒觉得是柴家又添喜事了。这几天大少奶奶一直喊浑身酸痛不适，走路飘飘然的，每天早上都会干呕，又突然喜好酸辣之物，这十之八九，是大少奶奶有了。”

“大少奶奶，大少奶奶怎么样了？”她话音未落，臧九安浑身是汗从门外冲进来，小梅赶忙拦住他：“哎哎，你干吗？现在当家在里面照顾着呢，你再是柴家的上宾也不能随意进去。”臧九安脸色煞白气喘吁吁地拉住她：“小梅姑娘，大少奶奶不会有事吧？”那些丫头笑道：“你紧张个什么劲儿啊，最紧张的应该是大少爷，小梅姐说大少奶奶有孕了。”

臧九安抓着小梅双臂的手缓缓地垂了下来，脸上的紧张僵住了，嘴角尴尬地扬了扬：“是么，那……大少奶奶是有福之人，真该恭喜大少奶奶……”小梅道：“你别杵着这儿了，大少爷都没赶来，你却赶来了，像什么样子。回去吧，我看应该没事，尔妮姐的医术很高明，待会儿大少奶奶醒了，我着人告诉你去。”

“婆婆……”躺在顾婆清炕上的邹宛萍在卓尔妮的施针下虚弱地缓缓睁开了眼，只见顾婆清脸色蜡黄，坐在床沿边若有所思，卓尔妮见她醒了，忙道：“大少奶奶你别动，我在给你施针。大少奶奶，你最近哪里不舒服都说出来，尔妮好替你对症下药。”邹宛萍微微按了按胸口，一阵酸楚又涌上来，她紧皱着眉道：“我……我近来总觉得干呕不适，天癸也一直延迟不至，我，我不是有了吧？”卓尔妮扎着针的手蓦地悬在半空停住了，她微微侧了侧头，目光从垂在额前的步摇里看向顾婆清。

第二十九章　再见倾人心

顾婆清被这种目光注视着，冷着脸站起身替邹宛萍掖紧了被子：“你要好好调养身子，这几年你的身子一直不好，或许是最近又忙腰鼓节的事，才让你……天癸紊乱，气血不足。腰鼓节的事你就别管了，我已经向逄老板借调来一个丫头，让她处理以后的事就行了。”邹宛萍睁大了双眼，泪珠在眼眶里滚动不已：“天癸紊乱，气血不足？婆婆，我到底还是没有孩子……怕是这辈子都不能为柴家继后香灯……”顾婆清道：“你别胡思乱想，你和有良都年轻，调理好身子就没事了，尔妮，你跟我出去抓药。”

虽说臧九安被小梅等人赶了出去，但心中仍旧揪着担心不已，踢踏着破旧的鞋子焦急如焚地在窑洞外徘徊不休。整个空荡荡的屋子只剩下邹宛萍一人，她凝望着窑洞的穹顶怔怔地发愣，忽然听见门口传来脚步声，她看见来人掀起门帘，挂着泪珠从床上坐了起来：“你怎么来了？”那双套在卷起半分宽大裤筒里的脚走了过来，伸手替她擦去脸上的泪痕，“我来迟了。”

这句温柔的话语顿时令邹宛萍泪流如河，一下扑进了他的怀里：“有良，是我错，我没有孩子，让你白白开心一场。”柴有良展开宽厚的手心将她揽入怀中，轻柔地抚着她的长发：“没事的，没事的，我们有过孩子啊。何况，我有你就足够了。”

邹宛萍哽咽道：“他们说，福泽深厚的人自会儿孙满堂，我却只能早早习惯无儿无女，恐怕是我福薄，一辈子沾不到你的福气，只怕还连累了你。”柴有良蹙着眉坚定地握紧她的手：“宛萍你听着，我不在乎，从小到大你都在我身边，只有你在我身边，我才会感到安心。或许老天觉得将你赐给我已是天福厚赐，才不再让我那么贪心。”他说着更加搂紧了怀中的邹宛萍。

这一幕皆尽数被躲在窗棂外的臧九安看在了眼里，他本想偷偷进来看望邹宛萍，可刚刚走到井窑处便看见柴有良快其一步进屋了，便只好躲在窗外偷听，也不为别的，只想知道邹宛萍的身体怎么样了。大少爷和大少奶奶真好，臧九安忍不住眼眶红了，他抬起袖子擦了擦眼泪心中暗道，老天爷，大少爷和大少奶奶他们都是好人，你一定一定要保佑他们幸福安康。

臧九安心中感触不已，莫名其妙地想起了自己死去的亲人，一阵说不出的酸楚和心痛袭上心头。或许，自己是为了他们的恩爱感到开心吧，臧九安透过窗户抿嘴微微一笑，掉头默然离开了。

女茉已然嫁进了逄家大门，可却再也没有人提逄临恭与史妧之的婚事。说起来也是，谁能想到在新婚不久，这个前清格格就被逄临齐毒打得只剩下半条人命，在床上躺了这么些日子才算多喘两口气。严红瑰的精神也不好，每天就在自己的屋里听听秦腔，不愿意多出来走动。

这天逄肖娘刚刚陪严红瑰下完棋从屋里出来，只见史妧之正坐在天井中的桌边摇着团扇，却正是等着自己。她鼻子出气哼了哼，提着漂亮的丝绸洋裙走下来："哟，我没看错吧，史姑娘许是走错地方了，找二哥应该去雕刻店等着去。"史妧之莞尔一笑站起身来："肖娘，我就是来找你的。"

逄肖娘呵呵笑道："怕是你梦游的时候才会来找我，想趁着梦游对付我吧？这大白天儿的，你别说你在做白日梦啊。"史妧之掩面微笑，这笑容恐怕真的是古书里的一笑倾人城吧："你取笑我做什么，我是想跟你说，大嫂受伤到现在，你都没去看过一次，是不是不好？"

"有什么不好？你别口口声声叫她大嫂，她不过是我大哥的一个小妾。不过……不过大哥为什么把她打成这样？我这里有些药，现在送去不晚吧？"史妧之道："我就知道你这个人刀子嘴豆腐心，心地好着呢，要不然你也不会关心她啊。我知道，你总觉得一个陌生人来到逄家会惹出事端，你是担心逢家，所以你才不愿意跟她亲近，就好像你一直不肯跟我亲近一样。但是你是个单纯可亲的好姑娘，整个逢家上上下下都喜欢你，肖娘，你就不能把我也当作自己的亲人么？”

逢肖娘伸手绕绕卷发，嘟囔道：“瞧你说的，我只不过心直口快，什么时候不把你当亲人了？你如今是义女，以后说不定是二嫂，怎么样都是亲人……史姑娘，你陪我去市集买些瓜果吧，一会儿我们一起去看看大嫂。”

史妧之挽着她的胳膊说说笑笑地出了门，迎面一阵风沙吹来，扬了一堆灰尘撒在逢肖娘未戴斗篷的头发上。她霎时变了脸色，猛地把手抽出来，第一时间却是将珍珠手包里的白纱手套套上双手，这才赶不及地拍掉了头上的灰尘。史妧之暗暗看在眼里：“肖娘，你没事吧？”逢肖娘回过神，不自然地笑了笑：“没事，没事。”

史妧之指着前面的珠宝店把她拉了进去，捡起一对漂亮的珐琅耳坠子放在逢肖娘的耳边比画：“肖娘你看，这对坠子很衬你呢，配上你这条裙子更是好看，你看看，这儿有镜子，你自己看看。”史妧之捧着逢肖娘的双肩迅速地将其转了过去，逢肖娘一时还没反应过来便已然对着面前的圆镜了，逢肖娘登时赫然睁大了眼，不敢多看一眼镜中的美人，赶忙转过身，那张脸孔已然黑黢黢了：“史姑娘，我，我忽然觉得有些不舒服，我们今天就不买瓜果不看大嫂了，你喜欢这耳坠子你自己看吧，我先回去了。”

“这是怎么了？”史妧之还没说完，逢肖娘已然仓皇而逃，史妧之心中疑窦丛生，微微蹙眉回过头凝视着那面圆镜，镜中的自己美目盼兮，流盼生辉：“这逢家，恐怕早就是一盘散沙，各怀心思。”她正望着镜子痴痴凝视，忽然看见镜中蓦地多出了一张人脸，不免吓了一跳，待认出站在自己身后的那人正是许久未见的柴有扬，她赶忙回过头去施礼，却没想到柴有扬忽地离自己很近，两张脸儿近贴在一起：“表……表少爷……”

如此近的距离让她都足以感受到他的呼吸和心跳，史妧之顿时红了脸，柴有扬却没有退后的意思，荡然一笑更是凑近了些："史姑娘，上次一别，我们很久没见了，今天真巧。"史妧之退后绕开他，"表少爷，我是来看看珠宝想送给大嫂的，你也来看珠宝么?"

柴有扬悄悄地在玻璃柜台下一把拉住她柔荑般的手说："有你在这里，整个珠宝店都黯淡无光了，我的眼睛只会为最闪亮的珠宝停留，你说呢?"史妧之用力想抽出手，可却被他笑着捏得更紧了："表少爷，你……我该回去了，不然二哥找不到我就糟了。"

"二哥?我听说逄临齐把你都许配给他了，还叫什么二哥?"柴有扬哼了一声甩开了手沉下脸来，"逄家现在还不够乱么，你非要待在逄家不可?你看看逄临齐怎么对他的新婚夫人，就该为你自己担心担心，嫁过去半条命都没了。但如果你在柴家，我柴有扬敢保证，没有人敢伤你一根头发，有我在一天，伯娘都不能。"

这席话却也不知是真心还是他哄女人的习惯招数，可却着实让史妧之的心中狠狠地震荡了一下，她犹豫片刻，将手中那对珐琅耳坠戴上自己的耳朵上，绾起秀发夹在耳后，露出那玉白光滑的耳廓笑道："表少爷，你看这坠子好看么?"柴有扬不由看痴了，抿嘴一笑："好看，你喜欢，我就把这店里的耳坠子都买下来送你。"说着凑到了她的耳边轻轻吐气道："妧之，你不但漂亮，还聪明。"

"对了，上次在你屋内找到的枪，后来柴当家说什么了么?"史妧之问道，他笑着摆了摆手："没有，伯娘就好像没事发生一样，那把枪不是你的，只不过是把假枪，我看准是有人弄错了又不敢出来承认，这假枪现在倒被有浦拿去天天玩儿了。"听他这么一说，史妧之眼珠子溜溜一转："是呀，我记着柴家的小少爷很喜欢练枪呢，上次他跟我玩得很开心呢。"柴有扬沉吟片刻忽地笑了："哎，那我请你当有浦的老师，你经常去教他练枪好不好?这样……这样我们也能经常见面啊。"史妧之羞得脸上晕起绯红，抿嘴低头不再多言。

“当家，你就让他们天天这么玩？”站在黄土之上远远地看着空场地上跟史妧之打成一片嘻嘻哈哈的柴有浦，卓尔妮有些忧虑地走到顾婆清身边道。顾婆清背风而站，发丝纷纷被扬到了面前，零零碎碎地遮挡了眼眸：“不然呢？有浦开心就好，我这个做母亲的还有什么所求呢？”

卓尔妮道：“你明明知道史妧之来路不善，今天可能跟我们联盟，说不定明朝就会反咬一口，你让小少爷跟她走得这么近始终不好。你看她，之前在逄家好好的，现在又跟逄二少爷疏远不少，两个人都许久没说话了，她呀，最近倒是借着来我们这里时常跑去玉器店找表少爷，他们两人莫名其妙便走得近了，不能不让人胡思乱想。”

第三十章 腐草为萤

“我知道你是好意着紧，但也别这么草木皆兵。”顾婆清望了她一眼，“史妧之想怎样就怎样吧，我们管不着，至少这一刻她跟我们是一根线上的，谁先动一动，谁先死。对了，宛萍的身子调的怎么样了？”卓尔妮摇了摇头：“你知道，她这么多年底子就不好，怎么调？这次又受了不小的打击，幸好腰鼓节的事办得差不多了，不然都不知道怎么办。你跟逢老板借来帮忙的丫头行不行？”

顾婆清道：“倒是挺利索，人也伶俐，这个闫嫱本是逢姨奶奶的陪嫁丫鬟，以前在紫禁城里也是她的贴身婢女，逢老板这是想借我打听逢姨奶奶的底细呢。”卓尔妮拉着她伸手往沙丘底下指了指：“哎，你瞧，说到谁谁就来了，她是刚刚忙完腰鼓节的准备活儿就来给小少爷送午饭了。”顾婆清顺着她的指尖望去，只见茫茫黄土的天地间出现一个人影，裹着肥硕不合身的斗篷拎着食盒向柴有浦和史妧之那边走来。

“小沅，你怎么在这里？”闫嫱走近了他们这才注意到了史妧之，失声惊喜地叫了出来，她以为四周空空如也，却不知这一声却被站在沙丘上的顾婆清听去了：“尔妮，她叫史妧之什么？”卓尔妮蹙着眉略感惊讶：“小……沅。这是不是史妧之的乳名？我从来没有听过蓝关堡中有人这么叫她，还有逢二少爷，也从来没这样叫过。”顾婆清冷笑一声：“还没到开戏的时候，这一个个的倒都亮起了真家伙。走吧，陪我去一趟雕刻店，看来我之前觉得是时机对付逢老板，是我太异想天开了。”

令她没想到的是这个整日泡在雕刻店里废寝忘食的逢临齐竟然也会不在，她正准备转身折回，忽然身后响起了一个声音：“柴当家请留步，柴当家既然来了，就请进屋歇会儿吧。”顾婆清转过脸，只见穿着长马褂戴着黑色礼帽的逄临恭微笑着从里面走了出来。他这身打扮与这雕刻店格格不入，显得有些不伦不类。“二少爷有心了，我有事想找逄老板，不知道他去了何处，几时能回来?”逄临恭道：“大哥今天白天是铁定回不来了，他陪大嫂出去散心了，也没说去哪里，一个下人都没带出去。柴当家如果有什么要紧事不如跟我说，现在大哥成亲以后，雕刻店的事大多数都归我管，我可以做主。”

顾婆清笑道：“是了，蓝关堡里的人素来知道逄家二少爷记忆力极强，才学颇高，一目十行，又读过洋书，雕刻店这么点的事自然难不倒你。”嘴上虽然这么说，她的心里却暗自打鼓。自从娶了女茉，逄家的事如今都落在了他的头上——这个逄老太君看似并不待见的孙子的头上，还真是怎么看怎么觉着不对劲。虽说逄临恭是个文弱书生，可他若是把逄临齐的位置给挤下去，那么无论对谁都不是件好事。

“柴当家这么晚约我出来，是有什么要紧事么?大白天的到雕刻店，还跟二弟说了那么多话，你也可真是够大胆的。”浓郁的夜色底下，顾婆清提着一盏小油灯站在空旷的沙土上等来了想见的人。逄临齐的口气却不是很好，大有责怪之意：“自从你上次在小少爷的房里找不到柴国瞿的宝藏，你我就联系频繁，可不要忘了蓝关堡只是一座沙城，沙子总归会被风吹到不该吹到的人眼里。一旦被揭露，还会扯出几年前你坐上大当家的位置的事，柴当家，你该不会想着借这机会扳倒我吧，有个词叫唇亡齿寒，你该知道。”

顾婆清转过身来忽地吹灭了手中的烛火，两人顿时陷入了无边的黑暗之中：“说这些见不得光的事，就别看见对方的脸。你能想到的我也能想到，我这次急着找你，是提醒一下逄老板的枕边人可值得留意了。闫嫱那丫头口无遮拦，又没什么城府，我只能说，逄姨奶奶可不是白白来蓝关堡的。逄老板，你不如暂时别想法子对付申屠家了，在申屠洪的欺压底下已不是一日半日了，不急于一时。你别忙得乱了头绪，让别人乘虚而入。”

“别人?柴当家的这个‘别人’用意不浅啊。你关心我?”逄临齐忽然嗤的一声扬起一抹桀骜的笑容，眯起眼凝视着她。顾婆清丝毫未有停顿，也笑道："当然了，逢老板是蓝关堡三大家族中之一的领头，整个蓝关堡除了申屠洪，所有人都敬仰你，关心你。而我关心逢老板就是关心我自己，难道不是理所当然？"

逢临齐抚掌哈哈大笑："说得好。那我也跟你说实话吧，你关心我，我心领了。申屠家我还是要对付，无论有多少风险都好，于公于私，我不想放过申屠洪。他抢走我娘，在蓝关堡的土地上为所欲为，施行他的旧乡绅土政策唯我独尊，我们被他压迫的还少么？女苿嫁来，拉平了我和他的悬殊，而且女苿精通西方学问，我偏要用这些西学打压申屠洪这个老古董。至于你关心你自己吧，我保证不连累你们柴家，还不行么？"

见他语气坚定，已是多劝无益，顾婆清若有若无地轻声呼了一口气，忽然黑黝的夜空中闪现一点一点的圆点璀璨亮光，似乎是月亮从乌云密布的后面漏下的月光雨点，纷纷萦绕在他们的面前。逢临齐伸出手掌，叹道："咦，萤火虫啊，我有许久没看见过萤火虫了，人家说这黄沙土上很难看见萤火虫，就连萤火虫都有灵性，喜欢在鱼米之乡生存。对了，你原来是淮扬富商的千金，你以前看见过么？"

顾婆清一听见这句话不由垂下眼睫，划过一丝感慨，站起身扬起身后的飘带扑着流萤，可直到香汗淋漓，却也没留住一只："看见过，在今次之前，看见过两次，一次是在淮扬的府中，一次是在北去雪山的洞穴中。只不过那是很久很久以前的事了，久得我都快记不得，这是我曾经历过的事。萤火虫象征希望，我自从一只脚迈进蓝关堡，一条腿就迈进了鬼门关，我早就没有什么希望了，萤火虫还是留给有希望的人吧。"她这回一扬手便轻轻松松地捉住了一只萤火虫，又缓缓地打开手心，对着那亮晶晶的飞虫轻吹一口气。那飞虫闪着漂亮的翅膀，便飞向了黑夜的另一头。

"大少奶奶，这么晚了，你怎么一个人在排练场？"空无一人的空荡场地上搭建着一个简易的台子，四周整整齐齐地堆放着准备腰鼓节的用品，几个大鼓也放在一侧，邹宛萍穿着单薄的睡衣斜靠在竹椅上痴痴地凝望着空台子默然流泪，忽然听见身后传来熟悉的声音。她的眼泪被这声音惊得猛然坠落，砸在了她的手上："九安，是你？你怎么这么晚还跑出来，当心让表少爷发现又要想着法儿责罚你了。"

臧九安双手背在身后，赤着脚憨憨地走到她身边笑道："我被罚不要紧，我只是担心大少奶奶，我想来看看你。"邹宛萍道："深更半夜孤男寡女，你不觉得不合适么？我知道九安你关心人，但也要注意闲言碎语。"臧九安忙道："不是我要来的。"她奇道："哦，那是谁叫你来的？"

臧九安呵呵一笑，从背后拿出一个瓷罐子轻轻启开，顿时数十只萤火虫接二连三地从里面飞了出来，纷纷环绕在邹宛萍的身周。他看着邹宛萍又惊又喜的表情也开心了："大少奶奶，是它们叫我来的，我在床上睡不着觉，看见一只萤火虫停在窗前，就跟着它跑了出来，后来就看见了大少奶奶你。大少奶奶，我听见你哭了，你还在为上次误以为有孕的事不开心么？"

邹宛萍抿了抿嘴角的咸泪，却也不知这泪是伤心还是感动："有良自从那次以后都不怎么回家，总说玉器店的事情多，我知道他其实还是恼我的。"臧九安道："不是，大少爷真的因为玉器店的事忙得无暇抽身，你看，这是大少爷让我替他送给你的。"说着从怀中取出一个用扎染的蓝色布料包着的水晶手链递给了她："大少奶奶，你看这链子闪闪发光，多像这天上的萤火虫啊。"邹宛萍苦笑地接过手链摩挲在手心："我从来没看过萤火虫，今天谢谢你让我看见这么漂亮的萤火虫。九安，你一片好意我明白，只不过你不了解有良，我跟他夫妻十载，他对我进退有礼，却从未说过一个爱字，送链子，更不可能是他想出来的。九安，我很喜欢这条手链，你送我的手链。"

第三十一章 藏娇

“大少奶奶我……”臧九安却没料到被她识穿，一时口拙得不知说什么才好，急得已然冒出一头汗：“大少奶奶，我实在不忍心看你每天失魂落魄的样子，你本来身子就不好，再这么自己折腾自己……你好歹也要给自己个支撑，腰鼓节的事你把它揽回来，给自己一点信心和目标啊，你再这么下去可怎么是好……”

一直看着他的邹宛萍却扑哧笑了出声，也是她这么些天的第一声笑：“好了好了，我明白。你送我萤火虫，又送我手链，亮闪闪的好像天上的星星，在黑夜之中又给人希望。你放心好了，我会去排练腰鼓节，许久不练舞，都觉得浑身不自在了，来，我跳给你看，哪里不对就告诉我。”她笑盈盈地扣上了手链，披上竹椅后面的白纱以做舞袖，翩然上台在夜色中旋转起舞，宛若一朵盛开的雪莲。

“去见过逄老板了？”随着吱呀的关门声，顾婆清顶着斗篷从漆黑的外边回来。卓尔妮一如既往地坐在昏暗烛光的木桌边等着她，见她进门来便迎上去替她摘下斗篷。顾婆清叹了口气道：“见了，固执己见。明明知道女茉有问题，却不查下去，明明知道有的人威胁自己的地位，却熟视无睹，我又能有什么办法呢？”

卓尔妮只听出这话中的一半：“我不知道当家的心里到底在盘算着怎样一个局，但是如果你想走哪一步棋，总归有办法的。闫嫱不是在我们柴家帮忙么，不如你支走大少奶奶，看看她独身在柴家会有什么反应。这紫禁城的人就是口井，也有见了底的时候。”顾婆清笑道：“你说得也有道理，但道理只能在嘴上说说，人世间很多事不是那么按部就班的，比如我现在告诉你，我刚才回来的路上在排练场看见了宛萍……还有九安。如果不出所料，调走宛萍去见闫嫱，我见到的只能是去陪宛萍的九安。”

“你的意思是……”卓尔妮不由停住了忙活不已的手，略感吃惊地望着她，“有几次我就发现那个臧九安神神叨叨的，大少奶奶的事他比大少爷还上心。当家，这大半夜的孤男寡女约见，你不觉得他们两个的关系很微妙么？”顾婆清拆了头上的金钗准备洗漱睡觉：“我和逄老板也大半夜的孤男寡女约见，我们的关系也很微妙么？尔妮你知道么，我看见他们，就想起了一个人，一个故人，这个记忆出现在他们的身上，我信得过这个故人，信得过这段记忆，所以我也会选择相信宛萍和九安。睡吧，明天是腰鼓节最后一次彩排，我也要去现场看着点。”

她正要躺进被窝，无意一瞥看见了卓尔妮边帮她盖着被子边张了张口似乎有话想说，顾婆清拉住她戴着银铃钏的手腕道：“等等，宛萍这么晚了还在外面，按理说有良不会同意的，难道有良又没回家？”卓尔妮道：“听小梅说，大少爷已经好几个晚上都在玉器店睡了，本来今晚想回去的，白天里又被表少爷和二老爷气了气，心情不好就折腾自己。”顾婆清哼了一声：“小梅，她怎么知道这么多玉器店的事。”

这小梅的话却也不是空穴来风，此刻的柴有良正坐在黑暗的玉器店中半睡半醒。他光着两条膀子撑着脑袋，一向都是如此的不爱惜自己，累了想往哪里一靠便睡着，跟人斗气了就不吃不喝地赌气，虽然是个朴实的汉子，可就是太容易被人左右了。他正迷迷糊糊地睡到一半，突然听见门外一阵慌乱失措的脚步声往这里传来，紧接着一声推门声便惊醒了他，只见一个娇小的身影破门而入，柴有良警惕地拍案而起：“谁？”

“柴大少爷？”来人也被这黑暗中的声音惊得怔在了原地，似乎没想到这么晚的黑屋子竟然还有人。柴有良点起了灯，却看见门前站着的原是闫嫱，她满脸泪痕，眼中尽是恐惧，发丝带着汗水沾在鬓边，虽然狼狈却又别有一番美艳的韵味：“闫嫱，怎么是你？你只是白天来柴家帮忙，晚上不还是回逄家侍奉逄姨奶奶么？”

闫嫱溜溜着水灵的圆眼睛，一咬牙夺过他手中的灯盏灭了，紧紧关上了房门："柴大少爷，你别点灯，他们会来抓到我的。"她边哭边蜷缩在角落，瑟瑟发抖犹如一只迷失路途的白兔。柴有良顿时心生怜悯，走上去拍了拍她的肩柔声道："你别怕，我不让他们抓你，你先告诉我，到底发生了什么？你怎么会慌不择路躲到这里来？"

闫嫱抬起那对勾人魂魄的眸子含泪凝视着他："我……逄小姐的怀表不见了，怎么都找不到，可偏偏在之前小姐让我去收拾逄小姐的屋子，我倒成了最大嫌疑人了，小姐也不为我辩白，他们一个个都以为是我偷了逄小姐的怀表，逄小姐人好，本说算了不追究了，可那怀表是逄二少爷送给她的，逄二少爷不罢休，现在正到处抓我呢。"

"岂有此理，事情都没查清楚就这样乱捉人……"柴有良一听火冒三丈，话还没说完，门外便响起了一阵凶猛的拍门声："柴大少爷，我是逄临恭，请你开一开门，我们逄家的婢女遁逃到这里了。"闫嫱吓得赶忙缩在他身后，柴有良拍了拍她紧紧抓着自己胳膊的小手："别怕，跟我来。"柴有良带着她走到门前拉开了屋门，与门外的逄临恭面对面而站："逄二少爷，这么多人欺负一个小丫头，也太说不过去了吧。你好歹也是念过几年洋书的人，怎么倒跟一个小丫头过不去？逄小姐也都不追究了，何况这怀表绝不会是闫嫱偷的。"

逄临恭扶了扶眼镜："大少爷，你别跟我为难，这是逄家的人，让我带回去总比三更半夜在你的屋子里要好吧？"柴有良被最后这句话给激怒，登时与他冲突起来："二少爷，你以为你是逄老板？这里是我柴家的地盘，要想在我柴家带走任何人想都别想。俗话说打狗还要看主人，闫嫱是逄老板和逄姨奶奶的婢女，何时成了你的婢女，你是不是故意想驳逄老板的面子？"

"谁在挑拨离间？"蓦然间人群之后阴气森森地接上一句阴阳怪气的声音，逄临齐横斜着剑眉面无表情地走了过来，径直走到柴有良面前冷冷地瞪着他，猛地抬起一只手，一只华贵的怀表叮叮咚咚地悬在了闫嫱的眼前。

“啊，这是逢小姐的怀表。”闫嫱想去接过怀表。

逢临齐一收手又将怀表握回手心：“这只怀表是肖娘以前借给女茉把玩的，女茉以为还回去了，原来一直压在衣柜里，并非闫嫱偷取的。现在事情弄明白了，都明白了吧？明白了，就都散了，谁也别碍着谁。”他话语如令，顿时让逢临恭毫无颜面。逢临齐转身欲要走，抽搐了一下面部的肌肉对柴有良道：“柴大少爷，一个婢女而已，何苦劳师动众。你若想留着就留着，想什么时候还给逢家，随你的便。”

“柴大少爷，谢谢你。”看着散尽的人群消失得干干净净，闫嫱不由激动地抓紧了柴有良的胳膊感激道，“你为了我跟逢老板结下了梁子，嫱儿实在过意不去，大少爷你真是个好人。”柴有良笑道：“别傻了，替你解围的是逢老板。对了，若要说谢，我还应该向你说谢谢呢。”他忽地察觉到了她勾着自己的胳膊，忙伸手轻轻推开了她：“闫嫱，我妻子宛萍的身子不好，腰鼓节的事劳烦你多费心了，你为我的妻子分忧，我要好好谢谢你才是。”

闫嫱的眸子里闪过一丝惊讶：“你为大少奶奶谢我？看来你真的很疼惜大少奶奶，才不像外边人说的那样，说你跟大少奶奶只有亲情没有爱情，我却觉着，你是用心去疼大少奶奶的，真是令人羡慕。可惜嫱儿这辈子没遇到像大少爷这样的男人，只希望下辈子能做像大少奶奶一样的女人。”

“哼，临了儿临了儿，还给我来这么一出——修改压轴的节目，逢老板可真是用意无限啊。”那张猩红的节目单被十根葱白的手指头紧紧捏着，发出哗啦哗啦的声音，顾婆清从眼前放下那张纸，看见镜子里的自己已经穿戴整齐，窗外阳光正好，她正准备去排练场看腰鼓节前的最后一次彩排，却收到了逢临齐突如其来的变故，改节目单。卓尔妮皱眉道：“这个逢老板，之前给他看节目单的时候什么都不说，还说都让当家拿主意，现在又变了，真是比女人都麻烦。”顾婆清冷笑道：“人家出口气也是正常的，别以为昨夜玉器店那边发生什么我不知道，二叔的嘴巴可一直絮絮叨叨，抓着了有良的话柄，还能有的完么？”

第三十二章　眉户戏

“当家，你说这大少爷是什么意思啊，为了那个闫嫱得罪逢老板，现在逢老板却是跟你寻仇来了。”卓尔妮愤愤不平道。顾婆清优雅地翘起手指折起那张红单子：“你还不知道他什么意思？图一时痛快，他不是向来都是这个意思么。不过这件事我倒觉得奇了怪了，逢小姐的怀表分明是不见了的，怎么偏偏撞上闫嫱打扫屋子，怎么逢姨奶奶一句话都不说不帮她的丫鬟，怎么闹腾了一圈下来，怀表还是在逢姨奶奶那里找到了，你说说，这不怪么？”

卓尔妮眯起眼睛想了半晌，却只能摇了摇头，顾婆清继续道：“这闫嫱好跑不跑，偏偏跑到柴家，偏偏冲撞有良，我总觉得是逢姨奶奶故意的，闫嫱没这个脑子。正好趁这机会，别让闫嫱再插手腰鼓节的事了，到底不是自家人，还真不能掏心窝子呢。走吧，我亲自去给逢老板道歉，让他消消火儿。”

“柴当家这大清早儿的不去排练场看着，跑到逢家来干什么呀？”一如顾婆清所想，逢临齐偏偏这天没去雕刻店，就在窑洞里哪也没去，坐在凉棚底下嗑着干果，似乎就等着顾婆清到来呢。顾婆清递上一包锦囊笑道：“逢老板的牙口还真是好，知道你喜欢吃干果，又给你带了些来。”

逢临齐打开锦囊一看，里面满满地装着完整未剥壳的核桃，咧嘴笑道：“柴当家这么了解我，连我喜欢吃自己嗑的都知道？好是好，可柴当家的热情我可受不起，别嗑伤了我的嘴，这些核桃还是柴当家自己消受吧。”顾婆清道：“那好，我也不跟逢老板兜弯子，昨儿有良的事我都知道了，这孩子的脾性就是这样，好打抱不平，冲撞了逢老板，我替他给你道歉。”

说着便欠身欲要施礼，逄临齐赶忙吐掉口中的瓜子起身道：“别别别，你这是何苦呢？改一个节目而已，你若是想不出来，我替你想一个不就成了。你把最后那个节目啊，换成眉户戏，就唱一曲《杜十娘》吧。”顾婆清阴沉下了脸色：“《杜十娘》，谁唱？逄老板让我唱？”

“逄老板真是欺人太甚，《杜十娘》的曲调那么高，整个蓝关堡除了当家的嗓子好，还有谁能唱得上去？他分明是给你难堪，把你当戏子啊。”从逄家出来的时候卓尔妮早已忍不住骂了一路，顾婆清却一言不发，走到街角的时候臧九安突然冒了出来：“大当家的，我听说逄老板为难你了，大少奶奶让我来看看怎么回事。”

顾婆清道：“大少奶奶？逄老板让我当戏子，登台唱《杜十娘》，你和大少奶奶有什么办法没有？”臧九安愣了一愣，鼓足勇气大声道：“有！我能唱，我是山西临汾人，这段曲子我会唱，我替大当家的粉墨登场。”顾婆清微微地感到吃惊，脸面上却极力掩饰惊诧：“呵，那可真是太好了。九安，看来当初我留你下来，还是一个正确的选择。你倒是神了，又会做酱菜，又会唱戏，又会医术，还会补玉……我看你的师父必定是个高人吧。”

“师……师父，”臧九安顿时变了脸色儿，顿时磕磕巴巴，说话也不利索了，眼珠子到处转溜，“没，没啊。大当家的，我没师父。那块玉是我补的，我我我……都是以前我在府上没事做学来的，我没师父。”

顾婆清的眼神一直盯着他，看他如何慌乱，笑道：“好，那我就得承认你是个精天文通地理的旷世奇才了。我给你这个旷世奇才一天的时间，明天腰鼓节，我不想你唱眉户戏有任何的差错，明白么？”

这边还在商榷谁去粉墨登场，申屠家的院子里却早已响起了婉转的戏腔。趁着申屠洪和扈凤仙出门办事，家里便被弄得乱糟糟的。申屠湘身披一件白色的戏服在肩上，跟着邀请来的戏班戏子一板一眼地吊着嗓子练习着唱戏，逯小小则坐在旁边的树荫底下吃着麦芽糖笑呵呵地看着：“湘妹湘妹，你这句唱的不对，唱的有些秦腔的味道了。”

申屠湘也练得乏了，一把扯下戏服扔给下人，自己摇着扇子走到逯小小身边坐下：“三小嫂，你说帮我请少华班来教我唱戏的，怎么到现在都没来？我跟着这些个不知名的戏子学当然学不像了，你要知道，逄老板突然想听戏了，我要在腰鼓节上露一手给逄老板一个惊喜，让他对我另眼相看。我准备唱《蝴蝶杯》那段，你说好不好？”

“哎呀，我觉着都好。湘妹，我可是在帮你偷偷地排戏啊，再练半个时辰就收，不然老爷回来可要罚我了。”逯小小一说话，手中黏糊糊的麦芽糖稀不慎掉落在漂亮的洋装上，她却随意用手一抹，如若无事。

申屠湘转念一想也对，便想赶紧趁这空档多学两句唱词，哪知刚刚转身唱了一句，转过身时竟赫然看见不知何时站在窑洞门前的扈凤仙阴沉着脸，二人的目光霎时撞在了一起：“啊，大嫂？”只见扈凤仙穿着华贵的裙袄满身珠光宝气地往那里一站，却威风凛凛，让申屠湘的心头都不由一颤，猛地停下了步伐。逯小小也慌忙扔掉了手里的麦芽糖花容失色：“大姐，你你你……你怎么提早回来了？”

扈凤仙不怒自威，哼了一哼：“我再不回来，这家里就要被你们折腾成戏班儿了！二妹不问世事，随着你们胡闹，我可是这个家的女主人，我不会由着你们。看看，看看，像什么话儿，堂堂申屠家的姑奶奶，请一群戏子回家跟着学载歌载舞，湘儿，你是名门淑女，怎么能做这些下贱的事？”

“大嫂，这是申屠家，我可是姓申屠的，我为什么不能做我自己想做的事？”申屠湘兴致全无，拉下脸来横道，“你以为我爱唱戏啊，要不是逄老板想听戏，我才懒得学呢。”扈凤仙一听更是气不打一处来：“你，你岂有此理，逄老板想听戏你就学戏，你为了博他一笑什么都干得出来是不是？让你为了他出卖申屠家也行了？呵，真是女大不中留，什么事都胳膊肘往外拐，有没有考虑过申屠家？别说了，什么也别说了，我知道大嫂的话你听不进去，你跟我去见老爷。”

扈凤仙冷冷地扫了她一眼，正欲过去拽她，申屠洪紧跟着从窑洞门外走了进来：“怎么回事，怎么回事？”他步入院内瞥了周遭一圈，看见那些浓妆艳抹的戏子和一地的戏服便心中有数了：“阿湘，凤仙，你们跟我进屋来。小小，你带着这些人从我眼前消失。”

“哥，我不过是玩玩而已，你要罚就罚吧。”申屠湘跟着他们进到屋里，却见申屠洪面色阴沉地关紧了门窗，便嘟着嘴绕着手中的锦帕不服气道。申屠洪往座位上一坐说：“谁叫你们说个不停了，现在都别说了，听我说。阿湘你确实任性，在家里搞得乱糟糟的，还自贬身份跟一群戏子混在一起，凤仙没骂错你。不过……凤仙，你去看看少华班到什么地方了，请他们尽快到来，在明日之前教会阿湘一折戏。”

这话一说出口，不但是扈凤仙微微惊了惊，就连申屠湘也大感吃惊，猛地抬起了那对水灵的凤眼凝视着自己的兄长到底想干什么。扈凤仙倒是一直很冷静，转了转眼珠子轻声开口道：“老爷此举一定有用意吧？”申屠洪咧嘴笑了笑：“阿湘，你还不出去练戏？”

申屠湘退出房外越想越不对劲，悄悄地将耳朵贴在户牖上偷听，只听申屠洪沉下声音道：“虽然说阿湘肆意妄为，不过有的时候她所作所为，倒是给我们不少方便。凤仙，你想啊，众人皆知我们阿湘对逄临齐青眼有加，逄临齐对付谁都不好对付阿湘，所以有些事我们出面，倒不如让阿湘去搅腾。”

扈凤仙的声音紧接着传了出来：“这些我都明白，老爷这次让湘儿学戏，也是打击逄老板？”他哼了哼道：“这突然改的压轴节目是他出的，我就要让阿湘出面唱戏，给逄临齐一个难堪，让他在乡亲面前没了面子，到时候人家都会说，他逄临齐堂堂大男人欺负一个女人。”

哎呀，哥又开始想对付逄老板了，这出戏我是决计不学了，不能让哥得逞。申屠湘皱着眉从门楣前退下，若有所思地踮着脚尖跑了出去。屋内的扈凤仙优雅地坐下给申屠洪沏了一小杯新茶，抿嘴笑道：“还是老爷你有办法，湘儿走了。”

申屠洪端起茶喝了一口翘起双脚抖了起来：“她什么脾气我不知道，你跟她来硬的，没辙。唉，也不知道我们申屠家跟逄临齐是怎么回事，明明水火不容，可偏偏阿湘对他痴心错付。凤仙，家里有这么一个闹腾的就够了，你可要看管好咱们的女儿啊。”

扈凤仙道：“我要有的看管啊，你说说，她跑出去大半年了，人影书信都没有，真让人着急。我看她呀根本没那么多钱跑出去，还不是你的好妹妹暗里帮忙？老爷，湘儿也该嫁了。”

第三十三章　腰鼓节

临时修改了的节目单似乎从未惹起半分波澜，演练场上的众人都在按部就班地排练着明天腰鼓节的节目，不但顾婆清亲自到现场看，就连柴有良都难得地在玉器店请了一天的假，专程来陪邹宛萍。他知道邹宛萍身体弱，贴心地给她端了个木椅坐在凉棚底下以免中暑，又忙活着给她调冰镇的乌梅汁，又替她前前后后地遮着太阳扇着扇子，两人恩爱如新婚夫妇，真是羡煞了不少人，当然也包括人群中的臧九安和闫嫱。

演练场这边早已里三层外三层围满了人，热热闹闹不亚于过大年，可逄家的雕刻店那边却仍是一片冷清，似乎排练的事跟他们毫不相干，仍旧各自做着各自的事。或许是因为太静了，多么细小的声音都会在逄临齐的耳朵里撞出声响，或者可以说未闻其声，倒是闻见了陌生的香味。逄临齐放下刻刀抬起眼来，只见面前站着一个美人，她身着雪青色的长裙，勾勒出修长的身材，编的精致的发髻上插着透亮的紫玉钗，小小的脸蛋上透着一抹微红，齿如瓠犀，领如蝤蛴，正笑盈盈地看着自己。逄临齐起身道："姑奶奶？"

"外面那么热闹你都没去，在干什么呢？"申屠湘笑嘻嘻地伸手夺来他的刻刀比画着。逄临齐忙道："哎姑奶奶，你可当心着点。姑奶奶怎么来了，不去凑热闹？"他伸手欲要拿回刻刀，哪知申屠湘往回一缩："你都不在场的热闹那还能叫热闹么，逄老板，你教我雕刻吧，我的屋子里收藏了你很多很多的雕刻品，简直太精致了，那些小鸡小鸭啊，怎么能这么栩栩如生，你教我吧。"逄临齐挠了挠头，实在拿她没办法："好好好，姑奶奶你就在这里坐着，桌上有些大点的木根，你自己试试。"

他走到申屠湘的旁边指点道："姑奶奶，你不能这样拿刻刀，这样才对……好了，你自己慢点雕。”申屠湘的心思哪里还在雕刻上，只觉他离自己极近，抿嘴露出浅浅的梨涡偷偷笑着，心脏在胸前里时快时慢地跳动，脑中已是一片空白：“哎呀!”刻刀侧过木根划伤她的手背，那玉般精巧的手背上登时血流不止，申屠湘这才感觉到疼。

“姑奶奶，你怎么样?”逄临齐还没坐稳，登时被她的叫声吓得从凳子上跳起来。每次申屠湘出现在他的面前，总会让逄临齐觉得坐立不安，倒也不是什么大事，但每次都有各种各样的小事让他哭笑不得，“糟了，你看看你，在手背上划了一个这么大的口子，就算涂金创药也怕将来要留疤痕了。”逄临齐慌慌忙忙地打翻了柜子里的药瓶，赶紧给她找出金创药。申屠湘故意嘟囔道：“是啊，明天腰鼓节，我的手还怎么见人啊。”

逄临齐刚刚给她止了血，听她这么一说，便道：“所以我叫你听我的话别乱动刻刀，姑奶奶的手哪是干这些粗活的。唉，好了好了，你等我片刻，我保证让你的明天手见得了人。”说罢转身跑出了雕刻店，将一头雾水的申屠湘留在院内。不一会儿逄临齐便小跑着回来了，从腰包里取出了一对珍珠白的法兰西蕾丝手套小心翼翼地给她戴上：“这是肖娘的物件，她多买了一对一模一样的也没人戴，这个就送给你了，起码明天可以遮一遮疤痕。”申屠湘纤细如柔荑的手展开伸进手套，那漂亮洋气的款式更衬得她气质非凡，申屠湘喜上眉梢，酡红着面庞低眉笑道：“多谢逄老板了。”

自打戴上这对白丝绸的手套，申屠湘就是睡觉也没舍得摘下来，这一夜可是睡着了又笑醒了，摩挲着手上的手套又迷迷糊糊睡着了，就这般来来回回地折腾到了天亮。腰鼓节的锣鼓却老早地就响了起来，窑洞外边也放起了鞭炮，一想到今天又能见到逄临齐，她顿时也不犯困了，赶忙起床梳洗，换上一身得以搭配这对手套的美艳裙褂，打扮得光彩照人。

三大家族都在领头者的带领下毕恭毕敬地于祠堂拜了祖先，祈祷了来年的愿望，这便浩浩荡荡地起着骡子和驴，向那片高粱地的黄土进发。茫茫黄沙的天地间，一群茂腾腾的后生已然光着膀子站在高粱地前，他们头上缠着白色的汗巾，腰间系着火般烈红的腰带，腰带一侧紧贴着厚重的牛皮腰鼓，站在那里严正以待。申屠洪率先从骡子上翻身下来，顾婆清和逢临齐一左一右站在他的身侧，三人身后按地位排列着蓝关堡中的乡绅们。申屠洪走到场子中央挥伞号令，腰鼓节正式开始。

只听轰隆隆的鼓声如雨点般响起，那群热血汉子扬起棒槌赤膊随着伞头跳了起来，他们腰间的红带如同飞起的凤凰尾翼，混着风沙让人恍然。踩大场的节奏虽然缓慢却气势磅礴，紧接着便载歌载舞起来，队形从神楼变成古庙，看得人眼花缭乱，观众席上的众人纷纷拍手叫好。刹那间彩绸翻飞，鼓声如雷，锣鼓和唢呐的声音夹杂其中，气氛高昂壮阔。

逢临齐向坐在身边的顾婆清凑近了些道："柴当家就是有当家风范，每年的腰鼓节都办的精彩绝伦，一上来就吸人眼球，不知道下面还会不会有惊喜呢？"顾婆清笑道："这是少安人的功劳，何时成了我的？下面的惊喜不正是逢老板么，场地鼓完了便是路鼓，再然后是搜山令、跑驴、高跷和水船……啊不对，我差点给忘了，下面的节目是射击比赛，逢老板腰间的枪都擦得这么锃亮了，一定能夺得头筹吧？"

"柴当家说的不对，"他虽然端着笑面，却令人觉得浑身不自在，"若是放在以前我是当仁不让，可现在妧之才是真正的神枪手，恐怕要让柴当家失望了。"顾婆清咯咯掩嘴笑道："来来去去不都是你逢家的人么，逢老板还用得着计较？我现在算是看出来了，逢老板舍不得将史姑娘嫁给柴家，原来是想让神枪手的名号永远地留在自个儿家里。"逢临齐仰头喝了一碗酒，抹掉了脖子上的酒渍笑道："柴当家你真是……"

他还没说完，坐在身后的严红瑰终于开了腔："齐儿，别光顾着聊天儿，该你上场了。"被她这么一说，逢临齐和顾婆清这才纷纷扭过头向场上看去，只见各位汉子都已跨身上马，手中捧着一杆长枪蓄势待发，唯独只剩下一匹马上没有人。要知道在这贫瘠的土地上，驴子和骡才是最常见的，而这批骏马也都是三大家族为了腰鼓节而集资从远方的市集买来的。逢临齐把碗中剩下的一些烈酒一口饮尽，挥手脱掉了红马褂，别紧了腰间的枪，正欲从台上走下去牵那匹马，却见柴有浦不知从哪里冒了出来，小小的身影出现在偌大的场地上，快他一步爬上了马背。

“有浦？”顾婆清惊诧地霍然从座位上站了起身，“有浦，你干什么呀，你快下来，快下来！马危险，你快下来！”谁知柴有浦根本不搭理她，只跟卓尔妮笑嘻嘻地挥了挥手：“卓尔姐姐，快把我的枪给我，我要参加射击比赛！”顾婆清已然花容失色地欲要下台拦下他，但柴有浦顽皮地一紧缰绳，马儿顿时扬起前蹄发出一声嘶鸣，顾婆清再也不敢上前半步，急得面色煞白香汗淋漓，卓尔妮向他喊道：“小少爷，你快下来，你不适合玩射击，太危险了，小少爷你听话下来吧。”

马背上的柴有浦不悦，扭过头向身侧马背上的史妧之道：“史姐姐，把枪借我。”史妧之摸不准他的心性儿，只得放下长枪慢慢地递给了他，顾婆清忍不住狠狠地瞪了她一眼，提高了嗓音：“史妧之！”史妧之无可奈何道：“柴当家，你放心吧，小少爷的射击很准，他不会有事的，我也在他周围护着。”谁知她话音刚落，紧接着柴有浦的那匹马突然似发了癫，猛地嘶鸣一声，霍然失去了控制疯狂地脱了缰在场上奔腾起来。丝毫没有准备的柴有浦登时在马背上被颠得吓哭了起来，顾婆清失声叫道：“有浦！”

“当家你不能去，危险！”顾婆清脑中一片空白，便要立刻跑下台阶去救他，卓尔妮一把拦住了她，顾婆清的双腿一软被台阶磕住，顿时摔倒在地擦破了手皮。只见那匹疯马已无人能制服，它疯狂地颠提着前后的马蹄，似乎非要将马背上的人狠狠地摔下来再踩一下才肯罢休。卓尔妮盯着那匹马的古怪行为，微微地蹙起了眉头，可此刻并不是深究的时候，小少爷在马背上命悬一线，众人也无法靠近。就在这千钧一发之际，坐在申屠洪身后一直少言寡语的邬春玉，在马驮着柴有浦奔跑过申屠家的席位前那瞬间，她忽地起身撕开旗袍的边角蹬掉了高跟鞋，踏上席位桌，以极其敏捷的身手飞身跃上了那匹疯马，紧急地抽过柴有浦手中的长枪对准马的太阳穴砰地开了一枪，这疯马应声倒地毙命，邬春玉抱着柴有浦安然无恙地下来了。

第三十四章　故　戏

顾婆清顾不得像其他人一般对邬春玉这连串顺溜的动作和反应起疑，慌忙地爬起身跑去抱紧了柴有浦，泪水登时哗啦啦地落了下来。卓尔妮上前轻轻拽了拽她：“当家，小少爷受了惊，让尔妮带他下去休息吧，可是当家你不能走，腰鼓节还没结束。”

顾婆清听见她这么说，这才反应过来自己的身份，泪水一瞬间消失在脸颊上，似乎尽数吞回了肚子里，她那铅华莹然的面孔上立即恢复了往日的威严，小女儿的姿态转瞬即逝，回身让卓尔妮带走了柴有浦，自己则款款逶迤着长长的红斗篷走回座上。一切突发事件仿若瞬息归于平静，腰鼓节仍然继续进行。

可接下来的节目在座的各人却都没心思瞩目，直到空旷的土地上悠扬地旋起一声埙声，埙声后猛然又夹击一声澎湃的鼓声，一阴一柔相结合，令众人不约而同地抬起眼凝视着这出演出。只见一群黝黑的后生汉子一左一后站着，左侧的那排猛烈地敲打着腰鼓，右侧那列摇头晃脑地吹着土埙。一个婀娜瘦弱的身影挥舞着冰色的水袖翩然舞来，那人身轻如燕，盘中飞旋，时而踏鼓跃舞，时而柔哀宛转，这曲子正是最难奏也最难跳的《长安乐舞》，而在舞池中翩若惊鸿婉若游龙的女子徐徐勾起了长袖，露出了她那张略带病态的芙蓉清靥。逢临齐都忍不住赞道：“柴当家，你的少安人真是风姿绰约，舞技出群，给柴家增了不少光鲜啊。”

他这话倒没有假，平日里的邹宛萍总是给人朴实无华的感觉，虽然贵为少奶奶，长的也甚为清秀美丽，可她几乎不怎么打扮自己，不施脂粉，还不如顾婆清给人的感觉更精神，只喜欢穿着一两件普普通通的水蓝色改良旗袍，披着一件大斗篷穿梭在黄沙风土之中，忙碌于玉器店和家里的事务之间。但是她一旦碰到歌舞丝竹，那整个人都容光焕发了起来，把她平日里那些不起眼的美丽尽数酣畅淋漓地展现。一曲长安乐，惊艳四座人。

不单单是上座的大家族纷纷赞叹不已，就连围着观看的人群也唏嘘抚掌。臧九安挤在人群之中更是惊呆了，痴痴地凝视着台上飞旋窈窕跳着舞的邹宛萍，她好似一只江南的雨燕，不知什么时候便飞到了自己的心里，扰得心中那潭静水波澜起伏。臧九安，你在想什么呢？他突然回过神，扬手抽了自己一嘴巴，可目光却怎么都无法从邹宛萍的身上移开。他望着她，莫名地想起了曾做少爷阔公子的时候，他有最贵重的琴，最漂亮的棋，最传世的画，最绝笔的书，可是那些琴棋书画如今在她的面前都黯然失色，书中的美人，曹子建的洛神，恐怕都比不上这位大少奶奶十分之一。

就在他晃神冥想之时，忽然听见这曲调突然一转，被一阵柔绵呢哝的筝弦声打断，众人皆向那声音传来的地方望去，邹宛萍也不觉停下了舞步回首看过去。只见闫嫱不知什么时候画上了妆容，穿上了白色描金的戏服从人群中边唱着戏腔边挪步上了台："西湖山水还依旧，憔悴难对满眼秋，山边枫叶红似染，不堪回首忆旧游……"

顾婆清坐在座位上不由愣住了，分明邹宛萍的舞还没有跳完，为何闫嫱会打断她擅自上台唱戏？莫非是他们知道了逄临齐为难自己唱眉户戏？可这也不对啊，这曲子耳熟能详，字正腔圆，根本不是眉户戏，闫嫱没有这样的头脑，莫非是……顾婆清故作镇静，悄然侧过脸往女苶的座位望去，却意外地与女苶身边的逄临齐目光交汇，他也在凝视着自己，顾婆清微微惊了一惊，向逄临齐点头笑了笑便装作无事发生转过头去听闫嫱唱戏，却不知自己的手指在案几上熟悉地点着节拍，已被逄临齐看在了眼中。

腰鼓节却也不知什么时候就结束了，顾婆清的手指一直在案几上点着拍子，可是唱着戏的闫嫱那个节目早已结束许久了。若不是逄临齐唤了她一声，她丝毫没察觉到众人都已纷纷起身离席："逄老板，我还要去后场清理，就不送逄老板了。"顾婆清微微一惊，赶忙起身用笑容掩饰她的走神。逄临齐和女苶向她低了低头示意告辞，看着顾婆清的身影消失在棚后，逄临齐面上的笑意登时僵了，一把捏住了正欲走开的女茉：“是你做的吧？闫嫱为什么会上台？那咿咿呀呀唱的是眉户戏么？”女茉皱了皱眉想推开他的手：“你弄疼我了。”逄临齐更是加大了力度，将她一把拉近到身前：“你最好别给我多事，好好地做你的姨奶奶，不然别怪我不客气。”

卸了妆的闫嫱正跑出来看见这一幕，不由心疼她的主子，忙上前道：“逄老板，小姐是好心好意的，这是江浙的越剧，小姐想着蓝关堡的人都没有听过，才让我上台演出搏大家一个彩头。逄老板，你要怪就怪我吧。”逄临齐扫了她一眼，松开了女茉的胳膊，先是哼了哼，很快似乎又想起了什么，双眼微微眯起喃喃自语：“江浙的戏……江浙……”

他说罢猛然转身大步跨入了后场。顾婆清正在后场忙活着整理，卓尔妮因安顿柴有浦还未回来，所有细碎的事都由顾婆清在亲力亲为。她忽然在后场看见了那个穿着漂亮洋装的逯小小，难道她又来偷吃的？顾婆清上前拍了拍她的肩：“三太太。”逯小小吓了一跳回过头来，见是顾婆清便咧嘴笑道：“你跟着人后面不出声，可要吓死人的。”顾婆清的目光落在她的手上，逯小小手上果真没闲着，只不过这次却不是拿着食物，倒是紧抱着之前闫嫱上台用的白色戏服。

“三太太，你这是干什么？”顾婆清讶异地指了指她手中的戏服。逯小小笑道：“我觉着这裙褂好看，刚才闫嫱唱的东西我都听不懂，只知道这衣服漂亮。”顾婆清着人拿了一些糕点递给她，用糕点将戏服换到自己的手上：“三太太，这裙褂好看没有用，你不知道刚才唱了什么吗？我告诉你，这段唱的是白娘子。想那时三月西湖春如绣，与许郎花前月下结鸾俦，实指望夫妻恩爱同偕老，又谁知风雨折花春难留。这不是好曲子，不是好故事，所以这裙褂，也不是好裙褂。三太太，你吃完这口就快回家吧，免得申屠族长着急。”

等到逯小小离去，整个空荡荡的后场只剩下了她一人，顾婆清轻声叹了口气，展开手中精美的戏服摩挲一番披在了自己的身上，娴熟着莲步周场转了一圈，舞起水袖不禁唱了起来：“一支玉钗托情书，千里伴君上征途。钗是盟，钗是爱，钗是为妻心一颗……”唱着唱着泪珠便忍不住滚落下那美丽的脸庞：“白日伴郎依缠绵，夜来偎君寂寞苦。郎君啊，你关河到处莫离钗，驿路逢人频寄书。郎君啊，见钗犹似见小玉，休忘了风雨过后雁归窝……”

“好，好，真好听。”一阵沉闷的抚掌声从棚后传来，顾婆清唱词戛然而止，惊诧地转过头看去，都来不及抹掉脸上的泪痕。逄临齐身披短袖马褂面上带着似笑非笑的表情边拍着手边笑着走了出来，上上下下地细细打量了一番眼前的顾婆清。披上这件描金白色戏服的她似乎真的有水乡的韵味，眸盈清泪，眼波流转，水袖逶迤在地，扩出她娉婷的身材，似乎一瞬间年轻了十岁，梨花带雨的美，让逄临齐都有些惊诧：“柴当家唱得真好听，比刚才闫嫱在台上唱的都要好。西湖山水还依旧，一支玉钗托情书，这无论是《白蛇传》还是《紫玉钗》，柴当家都是信手拈来啊。”

他抿嘴含笑在她身边踱步徘徊道，“咦，不过女茶告诉我，这剧种是江浙一带的戏，柴当家你怎么会唱？”顾婆清莞尔一笑，卸下了两条水袖：“逄老板忘了，我是维扬人。”逄临齐哈哈大笑：“我没忘，就是因为我记得太清楚了，柴当家是维扬富商顾氏的千金大小姐，不过千金大小姐，怎么会唱戏？会这些不入流的东西？”

顾婆清心中登时咯噔一下，可面容上却波澜不惊，一边施施然继续收拾着后场一边道：“只许你们逄家唱，就不许我唱呀？你都说了我以前是千金小姐，听戏的机会多了去了，刚才又听见闫嫱那么一唱，这些年的思乡全给勾出来了，所以就信口模仿哼唱两三句罢了，逄老板想哪儿去了？”逄临齐冷笑一声：“字正腔圆，如此娴熟岂是一时半刻就能模仿出来的？何况你家的宝贝儿子刚刚受了惊，一向惜子如命的柴当家，究竟是什么样的思乡能让你连小少爷都不管，一个人偷偷落泪？”顾婆清的手忽地停住了，一时间无言以对，沉下脸来冷冰冰地道：“逄老板别该管的不管，不该管的管那么多。我儿是骑上了你本该骑上的马才差点出事，你就没静下来想想，是什么人想置你于死地么？”

第三十五章　无镜白洋房

逄临齐听见这话便沉默了下来，怒气冲冲地走出了后场，迎着大太阳径直回到了自家的窑洞。正值傍晚，烈阳却没有丝毫地收敛，晒得地面的黄土滚热滚热。累了一整天所有人都早已回屋休息了，逄临齐爬上骑楼猛地推开房门，只见女苿正坐在炕边绣着花，被他突然闯进来吓了一跳，手中的绣花针扎破了手指，一滴殷红的血溅在了纯白的丝绸上："你回来了？"她吮了吮手指站起来，逄临齐青着面孔反手将门狠狠地关了起来，将女苿逼到墙角："说，是不是你做的？给我的马下药，一心想害死我，是不是你做的？"

女苿丢掉了手中的绣花，睁着一双大眼睛毫不畏惧地凝视着他一字一句道："别什么都赖我，戏曲是我换的，给你的马匹下药想害死你的人不是我。我嫁给了你，你若是死了，我便成了寡妇，我要杀死你干什么？"逄临齐抽了抽面孔，一把捏住她的下巴："你？你想我死，怕我再把你打得剩半条人命。不过你倒是聪明，事成我便能死了，事败，你也可以借机让我休了你。不过我警告你，你少再给我玩花样，我是不会休你的，你生是我逄临齐的人，死是我逄临齐的鬼，你嫁来逄家，就休想着再像格格一般，你不过是我的奴隶。"

这个前清格格，自从嫁进门来就没有过一天好日子。逄临齐在屋内教训女苿，窗外却有一个绰约的影子全部看在了眼中，她的嘴角微微勾起笑了笑，真是自作自受。她悄悄地转过脸来，正好的阳光洒在了她身上，那条粉嫩的露背洋裙也只有她逄肖娘才能穿得如此自然。逄肖娘在蓝关堡里是出了名的单纯姑娘，这样的笑容在她的脸上显得如此格格不入。

对面阁楼上的史婉之站在窗口徐徐放下了手中捧着的望远镜，一团疑云罩上那绝美的面容。史妩之心中暗想，自己来到逄家可谓时日不浅了，唯一让她觉着看不透的不是威风凛凛的逄临齐，不是笑容满面的老太君，恰恰是这个在旁人眼里纯净得如一潭春水的逄肖娘。

犹记得自己第一天来到逄家，逄肖娘一反常态对自己冷言冷语，她平日却是连下人都当作好姐妹般，却独独对自己心存芥蒂。自从女苿嫁来逄家，逄肖娘又和自己人前人后特别好，矛头又指向了这个新逄家媳妇。史妩之整理了一下阁楼，将码得整整齐齐的枪支一一收了起来，转身走了下旋转楼梯，径直走往逄肖娘的房间。

“肖娘，肖娘，是我啊，你在吗?”史妩之敲响了逄肖娘的房门，就连房门都仿造西洋的式样做成白色雕花的模样，镶嵌在这窑洞里宛若一颗润白的珍珠。可里面却没有人应答，她还从来没去过逄肖娘的房间呢，为什么没有人在，门却是虚掩着的?

史妩之心中生疑，轻轻将手搭上门把，吱呀一声推开了进去。史妩之迎面被里面的气味呛住了，她赶紧挥手咳了咳，这才凝神注意到逄肖娘的屋子——这是间什么样的屋子啊，史妩之不由愣住了。整间屋的格局都是西洋风格，褐色的皮质大沙发横斜在中央，旁边放着一架白色的钢琴，左侧是一排木格酒架，里面装着各种各样漂亮颜色的洋酒，软和的大床也不是普通的炕，铺着一层层粉白相间的羊毛垫子，床边的衣柜都是粉白浮雕的，倒真是让史妩之大开眼界了。

只不过……史妩之绕了一圈，只不过，总觉得一个女子的闺房，似乎缺了什么……史妩之的目光落在了那精致的梳妆台上，台上摆放着好些瓶瓶罐罐，都是晶莹剔透五彩缤纷的舶来化妆品，只是，那梳妆台的圆镜子上盖了一层黑色的布，紧紧遮住了镜子。是了，就是镜子！整个屋子里什么都有，偏偏没有一面镜子，唯一的这面镜子还用黑布给遮住了。史妩之不由蹙紧了眉头，小心翼翼地走上前，伸出一只手勾起那面黑布，布上已然灰尘累累，似乎已经很久没有人掀开它了。史妩之扬手拉扯下这块黑布，灰尘尽数弥漫在空气中，隔着尘埃，她看见镜中的自己，美若天仙。

“当家，好好的腰鼓节，到底怎么回事，节外生枝了那么多事端？”卓尔妮打了一盆水端进来给顾婆清洗面，忍不住开口道。顾婆清拧起面巾擦了下脸道：“好在有浦没有什么好歹，其他的意外我都可以忽略不计了。”卓尔妮接过面巾放入水中搓洗一番：“莫不是当家没注意，那匹马根本就是被人事先下了药，才突然间失控的。”顾婆清道：“我知道，我当然知道。不过那匹马想摔的人是逢老板，我们替他操什么心。”

卓尔妮抿了抿嘴，终于还是开口道：“当家你别怪尔妮多嘴，尔妮想知道，你为什么会对那江浙的戏如此熟悉，为什么会情不自禁地一个人在后场披着戏服唱起戏来了？当家，你的秘密尔妮不想知道，但尔妮不希望你因为种种失态，给旁人落下了话柄。”

顾婆清却一反常态，并没有责怪她多管闲事，只是多了片刻犹豫，正在想开口说话的时候柴有浦从门外冲了进来指着自己：“你不是我娘，你想害死我，就像当年害死我爹一样！”顾婆清惊愕地站了起来：“有浦，你知不知道你在胡说什么，那匹马不是我做的手脚，何况阿娘害谁都不会害你啊。你说阿娘害死了谁？你刚刚说什么？”

柴有浦被她吓哭了，边抹着泪边道：“你害死了阿爹，是你！阿爹临死的时候你在他床边骂他，我都看见了，你不是我娘！我只知道你不是我娘，只知道要是哪天我也死了，必定是你下的手！”卓尔妮惊道：“小少爷你糊涂啦！当家，小少爷是受了惊还没缓过来……”柴有浦哭着已然跑了出去，顾婆清跌坐在炕上双目空荡伸出手指往门外指了指：“去，快去追他。”

顾婆清斜倚在炕上脑中一片空白，双泪流了又干，干了复流，也不知多长时间过去，外面的天色早已漆黑，她竟昏昏沉沉地靠着炕睡了过去。才睡了没有半炷香的时间，顾婆清的鼻腔里突然被一股隔世熟悉的檀香味充斥，她迷迷糊糊地苏醒了过来，只见屋内仍旧灯火通明，还是自己睡着前的模样，只是桌前多了一人，那人背对着她而坐，徐徐品茗，看那身段绝不是卓尔妮。

那女子穿着冬日里的貂毛大衣，粉黛色的华衫溜边镶着一圈金银丝线，用的都是上品的丝缎，袖口和襟口都夹了白绒绒的羽毛御寒，可如今分明是暑天，她的打扮令顾婆清不由浑身一凛："是你吗？"

顾婆清轻轻地向那背影唤了一声，那女子抬起的手微微顿了顿，放下了手中的杯子侧过了半面抿嘴一笑。虽然只是半面妆，却让顾婆清看了个清清楚楚，这女子耳畔梳着两根麻花辫，头顶盘着漂亮的凤尾髻，满头簪金戴玉，华贵不已，从发髻上就看得出还是个未出阁的女儿家。

顾婆清看清了她的模样，赶忙掀开被子向她施了施礼。那女子彻底转过脸来，这是张精雕细琢的面容，她抿嘴一笑靥辅承权，瑰姿艳逸，却不像这片黄土沙地上的刚毅女子，倒是一颦一蹙都漾着水乡的波纹："你别这么拘谨，我们是好姐妹啊。姐姐听说你最近不太顺，特意来看你来了。"

这女子明眸善睐，笑盈盈俯身扶起她，顾婆清忍不住投入她的怀中放肆地哭了起来："你来了，你终于来了……姐姐啊，我好累，我真的好累。多少年了，算起来有七八年了，不对，不止十年了，我已经记不清了，现在连我唯一的儿子都恨我怨我疏远我，觉得我不是他亲娘，觉得我想杀了他。姐姐，我没有路可以走了，我不想再在蓝关堡走沙子路了，我不想在沙漠里跋涉了，我想回家……"

那女子柔声坚定道："你不能回去，你不能。你要是走了，所有的一切都前功尽弃了，孩子还小，他不明白大人之间的事，将来他会理解你的。但你要是走了，辜负的人就太多了。还记得上次你差点就要找到宝藏了么，还记得那块砖么，人有的时候就是太局限了，不懂得居高临下看一看，或者是抬头看一看，才能知道头顶上面的，是井口还是天空。"顾婆清怔住了，抬起泪眸凝视着她："姐姐，你什么意思？"那女子却顾盼嫣然笑了笑，忽地变成了一缕青烟消失在了顾婆清眼前。

"啊，姐姐！"顾婆清只觉心头一紧，霍地睁开了双眼从梦中醒了过来。只见周遭依旧灯火通明，然而坐在床边的不再是那个脑后拖着长长发辫的富家千金，却是忧心忡忡的卓尔妮正凝视着自己。顾婆清定了定神，道：“你……你什么时候回来的？都听见我说什么了？”卓尔妮起身给她倒了一杯茶压压惊：“才回来不久，没听见什么，只听见当家刚才在叫……姐姐。当家，你什么时候有个姐姐？”

第三十六章　柴家族谱

顾婆清抿嘴饮了一口微微地抬起眼笑道："不是我的姐姐，我说的是天上的仙女姐姐，是曹霑说的警幻仙子。"卓尔妮诧异地睁大了漂亮的双眼："警幻仙子？书中的仙子真的存在么？"顾婆清幽幽叹了口气："你觉得她存在，她就真的存在，就好比人死了，你觉得她一直在身边，你们还能成为比生前更好的知己，这是一个道理。啊，对了，抬头……上面，砖……"顾婆清忽地想起了什么，猛然掀开被子赤着脚冲到了柴有浦屋内，让卓尔妮抱着柴有浦去自己的屋里睡，她却把自己锁在屋内发疯似的摸索。

她重新摸到了墙壁上的那块砖，顺着上面洇湿的痕迹缓缓地抬起头向窑洞的穹顶望去，只见那段横梁上突兀着一块色斑，她心中一动，移来了木梯子爬上去，从那色斑后摸到了一个极小的旋钮，终于从里面拿出了一个米黄色精锻包裹得严严实实的东西。顾婆清用手掂量一下顿觉疑虑，怎么这物件这么轻，倒不像是宝藏。

她赶忙拆卸下来，却赫然看见里面只不过是一本泛黄的柴家族谱："族谱？怎么可能，不对，这族谱里一定有什么机巧。"顾婆清翻着族谱急得额头上直冒汗，可偏偏就是看不出来异端，这时候除了逄临齐，她再也想不到别人。第二天一大早便亲自在逄家门口等着去雕刻店做工的逄临齐出来，天色才蒙蒙亮，还套着御寒外套的逄临齐刚刚走出来就惊讶地看见了顾婆清："柴当家，你，你怎么到这儿来找我了？"他赶忙拉着她绕到了隔街，街上的商铺还都没开门，顾婆清沉着脸将柴家族谱交给了他："别问我旁的，你只要知道这东西跟老爷的宝藏有关就行了，你的时间不多，一个时辰之内要将族谱还给我。"

逄临齐微微皱了皱眉："时间这么紧……咦，这是柴家族谱。柴当家都看不出什么问题？”顾婆清的眼神忽地闪了一下：“没，我看不出什么，但族谱不能流露，只有我保存才行，所以要劳烦逄老板把这本里面的东西全部记在脑子里了。”逄临齐哼道：“我可没这么好的记性，不过二弟倒是一目十行，记忆力极强，交给我吧，我会办了，过会儿我让下人给你送回去。”顾婆清紧跟问道：“他背下来了不会乱说吧？”

逄临齐扬了扬族谱笑道：“说什么？这里面不过都是柴家的名字，我了解我这个弟弟。我会让他背完了给我默一本一模一样的，我跟柴当家各自研究其中奥妙，想来不日就能找到柴国瞿的宝藏了。找到了宝藏，你带着你的儿子远走高飞也行，把大当家之位传给他也行。至于我，就要用这部分宝藏集资来对付申屠洪这个老古板了，蓝关堡也该有新思想新时代了。柴当家，谢谢你肯帮忙。”顾婆清欠了欠身道：“逄老板说的哪里话，你我二人，若不是各取所需，又怎能相安无事？”

“二弟，来帮我看看这个。”送走顾婆清之后，逄临齐拿着那本厚重的族谱故作轻松地走进雕刻店，笑眯眯地拍了拍正在学习雕刻店流程的逄临恭的肩头道。逄临恭转过脸来扶正了眼镜：“大哥，这么早就来了？我以为你要多陪陪大嫂呢。”说着接过了那本族谱，逄临恭信手一番，脸色登时青了：“大哥，这这这……”

逄临齐笑道：“干什么，这是柴当家给我的，不久就要到柴老爷的冥寿了，柴当家想让我们给这族谱雕刻一个上好的紫檀木框，以防止族谱受潮损坏，在祭拜柴老爷的时候也体面些。除此之外柴当家还想要重新雕版印刷一份一模一样的族谱存用。二弟，柴家族谱不能流露在外人手上太久，柴当家还急着要这族谱，你半个时辰把这里面的东西全部背下来，然后默出来，有没有问题？”逄临恭似懂非懂地挠了挠头：“没问题是没问题，但是柴当家何须如此费事，还用这么古老的雕版印刷，还要我背下来？其实西洋已经有一种复印的机器，把这纸放在上面就可以印出薄薄的复制品了，这样既不费时又不费脑。”逄临齐道：“这里不是省城，谁有那些个银子买这西洋玩意儿，一年到头又用不到几回。你只管背下，默写好了给我就成，至于雕版印刷就由我来做吧。”

逄临齐只好点点头接过了族谱，掀起长褂衣坐在了案儿旁凝神看了起来：“嗬，这柴家族谱还真是奇怪。”听见他喃喃自语，逄临齐心头一颤，赶忙走到他身边探头看了看：“什么奇怪了？谁家的族谱不都是这么个样么？”逄临恭抽出一支红色的钢笔比画着给他看：“大哥你瞧，按道理族谱都是祖先在前，而后按资排辈，可柴家的族谱却是杂乱无章地排列，老太爷倒排在了后面，柴有浦却在前面，而且为何没有柴当家的名字？”

逄临齐沉吟道：“没有柴当家的名字倒也没错，自古女人死后都不设灵堂不设神主位的，族谱上没有虽然奇怪，但也不是什么大错。或许是柴家的人认为她掌管柴家，做了男人的事，就不把她当作女人了，等她百年后会风光大葬如同男子也说不定。倒是你说的这个顺序……还真是让人不明白了。”

“大哥，我背下了，你去把这族谱还给柴当家吧，我这就找纸笔给你默下来。”别说半个时辰，逄临恭居然仅仅用了三炷香的时间就将厚厚的族谱完完全全地背了下来。逄临齐前脚刚刚出去，却没料到一向在家中参神拜佛的严红瑰竟然破天荒地来到了雕刻店。严红瑰拄着拐杖捻着佛珠走了进来的时候，逄临恭一心默写着族谱而丝毫没有察觉到。

严红瑰走到了他的案儿前低眼看了看：“恭儿，你在写什么？”逄临恭不由吓了一跳，手中的钢笔霍地歪了一下，在纸上划出一道痕迹：“奶奶，你怎么来了？”严红瑰爱溺地笑道：“奶奶想来看看你雕刻店的事上手的怎么样了。”说着一只手探到案儿上拿起了那张纸看了起来：“嗯？这是什么东西，你写柴家的族谱干什么？”严红瑰的脸色刷地变了，语气也突然冷冽起来。

“是我接的生意，奶奶有什么就问我吧。”僵持间逄临齐浑厚的声音伴随着他踢踏的脚步声传进了屋内。严红瑰手中一抖，看似被他惊到了，那张纸倏忽从她手中滑落，不偏不倚地落在了桌下燃着的火堆里，瞬息烧毁了一半。逄临齐大惊失色下意识地伸手进火盆去抢，逄临恭立刻拦住了：“大哥，大哥，你这是干什么呀？你不要你的手了？”

逄临齐面呈怒色，徐徐直起了腰，定定地看着严红瑰一言不发，堂内的气氛顿时凝固了。就在这时，一阵嗒嗒的高跟鞋声音朝这里传了过来，逄肖娘欢快地踏着桃粉色的小尖皮鞋跑了进来拉住逄临恭的手甜甜地叫道："二哥二哥，快跟我去看新出来的西洋片！"逄临恭不自在地缩了缩手："你自己去看吧。"逄肖娘这才感觉到气氛不对劲，环视了一周忽地将目光落在了火盆里。那张纸已然被烧成了灰烬，在火盆里噼噼啪啪地响着。突然间一阵狂风夹杂着黄沙袭来，卷起火盆里的灰烬扫了满满一地。

逄肖娘那对洋气的眼珠子顿时被灰烬充斥，不由浑身微微颤了颤，纱质的连衣裙在风中如同群魔乱舞般摆动着裙裾，逄肖娘白着脸色转身便走了，可谁也没有注意，都以为她是自己一人去看西洋片了。然而逄肖娘一路无言，出了雕刻店又径直折返回家。回到窑洞的时候正巧史妧之在天井里晒着衣被，看见逄肖娘一言不发地又回来了，她不由站在被子后喊道："肖……"刚刚开口，史妧之心中忽地咯噔一下，且看逄肖娘神情恍惚，面色凝重，怎么看怎么像上次跟自己在市集偶遇风沙的神色，史妧之铺平了衣被，悄悄地揩干净双手跟着她往逄肖娘的房屋去了。

逄肖娘一路恍若无人，根本没有看见史妧之，步履极快便消失了，史妧之怎么都追不上，当她跟到房门前，却看见房门死死地关着，似乎从来没有开过一般。但里面传出的东西碎裂的声音却又表明着里面有人。史妧之不敢妄然进去，只好在门外头候着，可是时间越过越久，她不觉站得双腿又酸又麻，屋内的碎裂声也戛然而止，史妧之心中好奇，正准备蹑手蹑脚上前偷偷地靠着那扇象牙白的浮雕门上的猫眼看一看，那扇门便忽地被拉开了，她吓得立刻缩身躲在墙后。

只见一个浑身上下裹着黑色麻布、头戴大斗篷的男人从里面出来，身子被裹在宽大的衣衫中而分辨不出，更无法看清他的面容，只是此人的举手投足表明着是一个男人。这男人脚下仿若生风，倏忽而出倏忽而去，一时间既让史妧之回不过神，又让她回过神时大感愕然。这男人是从逄肖娘的房里出来的，莫非……史妧之怔怔地定在原地，心道，莫非效仿金屋藏娇，逄肖娘的屋内其实藏了个七尺男儿？

第三十七章　耳　风

史妧之的双脚如同灌铅，直直地站在那扇精致的象牙门前发愣，脑中的思绪顿时混乱如麻，她也不知道自己是怎么走回了阁楼。如果逄肖娘真的在家里藏男人，这可是于理不容，于蓝关堡更不容的。史妧之心神恍惚地擦着阁楼台子上的一支支枪杆，犹豫了片刻还是拎起那支最常用的长枪别在身后出去狩猎了。

每当她有心事解不开这个结的时候，她都喜欢带着一支枪出去射击狩猎，这习惯是从小养成的，倒让蓝关堡的人多多少少有些看不惯，毕竟史妧之一副玉面玲珑宛若仙姝的模样，和枪杆子底下砰发的爆炸声和血腥气格格不入，但在逄家都没有人说半句，外头的人也不敢对逄家的人指手画脚。

她倒提着枪驾着马驹一路飞驰到了黄沙崖附近宽阔的沙丛地，抬起枪支在肩头瞄准了地上的野兔就是“砰”的一声，惊起了沙地上的一丛野鸟。一枪出去史妧之顿感心头舒畅，扬起枪口又对着天空试图射杀野鸟，只听身后传来熟悉的声音：“别开枪！”

聚精会神的史妧之猛地听到这么一声，下意识地迅然转过身来将枪口直直地对准背后开腔的那人。史妧之的目光从枪杆上望去冷若秋水，她这才反应过来眼前那穿着堂紫色马褂风度翩翩的公子竟然是柴有扬。史妧之心中一颤，赶忙把枪放了下来：“表少爷，你，你吓到我了。”

柴有扬的面孔上却丝毫没有恐惧，他一手牵着骡子，一手把玩着从省城里新淘回来的古玩手珠，笑眯眯地走到她的面前：“你吓什么呀？你拿枪指着我我都没吓呢，真看不出来柔柔弱弱的妧之姑娘倒是个神枪手。”史妧之收起枪支跳下马来，眼波恢复了一如往日的柔软，望了一眼骡子身上驮满的大包小包：“表少爷，你又去省城办货了？”柴有扬笑道：“是啊，反正我在玉器店也是碍人的眼，不如出去散散心再买点东西回来。妧之，你怎么看上去心事重重的，在逄家不开心？”

史妧之刚要开口，只听晴空一声轰隆，突然间便落起了雨点。柴有扬趁机一把抓住她的手：“快点跟我来避雨，我经常走这条路，附近有个茅草棚，跟我来！”两人一路奔跑踏着沙泥躲进了那个所谓的茅草棚，棚子如此简陋窄小，两个人只能并肩而站，互相贴得很紧。雨水早已打湿了衣衫，勾勒出史妧之曼妙的身姿，柴有扬只觉心中怦怦乱跳，他见过的女人不少，可这个面带雨水莞尔清丽的女人却让他有些不知所措了。

史妧之忽然轻笑了一声：“表少爷你盯着我看什么呀？你看你的脸上都沾了些泥沙，在下巴上。”她比画着指了指自己的下巴，柴有扬望着她失了魂，信手抹了抹下巴却把那些泥沙擦得满脸都是。史妧之咯咯笑着，取出一方洒着香水的丝帕亲自为他揩拭，那阵香水的气息混合着她手腕的微香飘入他的鼻腔，他一时间意乱情迷，猛地抓住了她的手腕。

史妧之霍然觉得心跳失策，胸口气闷不畅，脸色一直红到了耳根，她悄悄地抬起了眸子，却撞上柴有扬热情似火的眼神，一时间四目相对，柴有扬哪里还能按捺得住，这暧昧的雨，暧昧的气氛下，他猛地揽住史妧之的腰肢，俯下头贴上她的嘴唇。

“表少爷！”史妧之忽地一个激灵，脑中划过一个念头，赶忙推开了柴有扬，“表少爷，你，我……我们不能这样，我毕竟还算是逄家的人，可是你们柴当家对逄家的人一向敬而远之，我也知道逄柴两家水火不容，我们怎么能……”柴有扬拉住她的手道：“你别担心这么多了，伯娘和逄老板的恩怨是他们的恩怨，就像那申屠家的姑奶奶不照样死缠烂打着逄老板么。再说了我就不信逄家能有几个干干净净的没几两事儿的人，何况你根本就不姓逄，怕他们什么呀。”

史妩之的眼睛微微转了转，也不将手抽出来，低声道："逢家……逢家倒真是古里古怪，但毕竟要忌惮一些规矩，不然像肖娘那样最得宠的孙女，也不用在家里藏男人……"史妩之猛地打住了："我，我什么都没说。"柴有扬愣了愣哈哈笑道："真没想到啊，逢肖娘看上去单纯可人，居然在自家藏男人。"她忙道："哎，我什么都没说，你可千万别跟柴当家嚼舌根子呀，别管别人的事了。"柴有扬牵起她的手放在胸前轻轻地把史妩之抱入怀中微笑着亲了亲她的发丝："好，我不管别人的事，我只管你。"

这场雨一直下一直下，下得整个蓝关堡都快被淹了，在这个干旱寡水的地方这么大的雨倒一时间让人措手不及了。卓尔妮打着伞去接柴有浦从学堂回来，已里里外外忙了一整天，却没歇半刻就跑去了顾婆清的房间："当家，我刚刚去接小少爷，听他说表少爷今天话出奇的多，而且句句不离逢家的是非，四处跟人说，还跟小少爷说别跟逢小姐玩那些西洋玩意儿，会勾魂夺魄，吓坏小少爷了。"

顾婆清正坐在案几前圈写着账本的错误，头也不抬道："成天不是泡女人堆里就是说这个说那个，有浦喜欢跟谁玩就让他玩，能有什么大不了的。"卓尔妮抖了抖身上的雨水，步摇叮叮咚咚地响了起来，四下看了看没人才凑上前压低声音道："表少爷跟小少爷说，逢家小姐，是什么满园春色关不住，一枝红杏出墙来。"顾婆清的手霍地顿住了，把毛笔信手一扔抬起头来："他什么意思？"

卓尔妮道："说是逢小姐在家里藏男人，作风不正。"顾婆清冷笑道："作风不正？我看他才是作风不正，别以为我半步不出门就不知道他柴有扬最近跟哪个女人打得火热，这话看来是史妩之说的吧，这个史妩之挑拨离间逢家，还想让有扬把话传到我耳朵里，到底什么用意？"

"尔妮，"顾婆清沉吟片刻开口道，"表少爷有很多浪费的衣服鞋袜，你替我找一个男人的袜套来，我把这东西放到信封里匿名寄给逢姨奶奶，我倒要试探试探这个史妩之，她是无意说出来，还是恨毒了逢肖娘，还是一心只想搅得逢家翻天覆地。"卓尔妮应声出去按她所说的办了，刚刚才把袜套放入写好“逢姨奶奶亲启”的信封里，却被柴有浦叫了去热牛奶喝，那封信就放在了石桌上，被正巧进来找她为邹宛萍煎药的柴有良看见了。

柴有良蹙着眉头拿起信封摸了摸，自觉出那里面装着的是男人的物件，心中不由起疑，莫非二娘又出手害人了？想把这男人的东西嫁祸给逢姨奶奶？虽说逢家和柴家交恶甚深，但逢姨奶奶毕竟是无辜之人，决不能利用她来打击逢家。正义感又涌上了他的心头，柴有良当场拆开了信封将袜套放入自己的怀中。只听门后传来卓尔妮的声音：“大少爷，你干什么呀？”柴有良转过身来道：“哦，我找到了我之前遗失的袜套，你就回二娘，这袜套是我的，不用她操心了。”

“你说什么？”当听到这个消息的时候，顾婆清又惊又气地从炕上站了起来，看着卓尔妮道：“这个混账，该管的不管，偏偏喜欢插手我的事情，好好的事被他给这么一搅还查什么查！尔妮，他人呢，他滚去哪里了？”卓尔妮急道：“我看大少爷对你疑心很重，一出门就往逢家走了，看样子是直接想找逢姨奶奶提醒她小心当家，这可怎么办啊。”

顾婆清哼道：“怎么办，有什么怎么办，有良笨口拙舌的，那逢姨奶奶也未必听他的话，我紧跟着去见一见逢姨奶奶跟她说个清楚明白，也免得在逢家里打草惊蛇。”顾婆清当即披上斗篷便和卓尔妮出去了，行至市集旁的那棵歪脖子酸枣树下却看见了女苿和闫嫱二人，并无其他人的踪影。

顾婆清登时疑窦云起，她们主仆俩有什么话不能在逢家说，非要这么神神秘秘地在这里说？顾婆清用斗篷裹住了五官，故意靠近二人所站的位置，在那里的小贩处挑挑拣拣，只听闫嫱道：“小姐，柴当家要是想对付你，那可怎么办？”女苿紧接道：“哼，柴当家，你还记得柴当家的闺名么？她若想对付我不会下这么轻的手，不然我都没有性命站在这里跟你说话了。”

闫嫱不解道：“她不是为了打击逢老板才对付你么？小姐，早知道如此，你堂堂格格又何必如此屈就嫁来这里，不如我们走吧。”女苿道：

“走？既来之则安之，何况我千辛万苦地想尽了法子嫁过来，这风沙还没掀起，我们怎么就能退了呢。”

听见这句阴森森的话，顾婆清的手不由微微颤了颤，女苿的这句话如同铜墙铁瓦的紫禁城中倏忽而来的一阵阴风，虽然高贵无双，却阴冷到了骨子里，令人不敢碰也不敢呼吸。这个女人果然不简单，紫禁城从来就没出过简单的人物，她居然是处心积虑嫁给逄老板，究竟为什么？顾婆清本不欲去管别人的事，可又偏偏听见女苿的话语中提到了自己的闺名，忽地想起那一日女苿入门，众人到蓝关堡前迎接时女苿听见她自报姓名的那种眼神甚是古怪，便觉得这件事并非不关自己的事了。

第三十八章 木 霉

她立刻找了机会密约逢临齐相见，把女苿刻意而为宁肯在逢家受苦的事告诉他，令她意外的是逢临齐却根本早已知晓：“你们个个都说我不怜香惜玉，都说她是尊贵的前清格格，可我偏偏不理她虐待她，因为我知道这个女人不正常，她那双凤眼看着我的时候，我就觉得她是有目的的。我把她打得快死了，她都不肯离开逢家，这一点我看在眼里，奶奶也看在眼里，我不信奶奶看不明白这个格格有问题，只不过是我一直不肯相信奶奶会刻意挑这么一个有问题的女人放在我身边。直到那天，奶奶看似无意，却是有意烧了二弟默写的柴家族谱，我才发觉到，我们逢家，原来早就各怀心思了。”

“从逢老板说起这番话开始，逢老板也有不一样的心思了。”顾婆清笑道，“说说吧，既然这话能在我的面前说，看来逢老板也是打定了主意想跟我一起查下去了。”逢临齐哈哈笑道：“虽然我不知道你为什么对女苿的事这么热心，不过我说过，我们的关系是建立在互不过问的基础上，我便也不会多问。柴当家这么热情，那我真的有事请柴当家帮忙了。”

“不好啦不好啦！雕刻室里的木材全部发了霉用不起来了！快找逢老板，快找逢老板！”第二天一大早雕刻店里便炸开了锅，一群雕刻工人像无头苍蝇一般方寸大乱慌慌张张地向逢临齐汇报，而偏偏逢临齐今日借口头痛，还未从逢家窑洞里出来，这些汇报的工人们便涌尽了逢家窑洞七嘴八舌地说了起来，闹腾的逢家所有人都知道刻店出了大事。

逢临齐率众人亲自去雕刻室检查，忽地发现挨着窗户的柜子底下有半个发霉的馒头，霉菌就是从这里开始发散，导致这些上等木材尽数损坏，跟在他身后的逢临恭心痛不已：“这是谁干的？你们都把雕刻店的规矩忘了么？大哥，这可怎么办，我们还有货要交给省城的大老板。大哥，我怎么觉得是有人刻意陷害我们刻店？”

逄临齐检视一圈道：“你说得不对，收工以后所有人都走了，若是有人想从窗户里抛这个发霉的馒头进来，却怎么都投不到挨着窗户最近的这个柜子底下，除非这馒头会在空中转弯。别追究这件事了，当务之急是处理好尾声，否则我们逄家的招牌就算是要砸了。”

“逄老板这杯茶已经凉了，我让尔妮给你换一杯吧。”入夜的雕刻室里一缕灯光也没有，黑暗中在老爷椅上端坐着两个人，身后还站着一人替他们换着茶水，月光丝毫没有透进来，整个发霉的屋子似乎根本没有人存在。逄临齐道：“柴当家还有心思喝茶么？雕刻店出了这么大的事，对我有异心的那个人一定会来，想趁机推我下马，必定要夜半时分来雕刻室做手脚，让我自砸招牌，他却力挽狂澜，让我把逄老板的位置给让出来。”

顾婆清轻声笑道：“你想的未免偏激了，逄家未必有敢跟你抗衡的人，但从上次腰鼓节给你的马下药却能看得出，一会儿来的人，是想杀你的人。”二人便不再说话，静静地坐着等候那人的出现。果不其然门外出现了一个人影，顾婆清和逄临齐不由纷纷紧张了起来，只听吱呀一声，那人推开房门，月光尽数洒在他的脸上，逄临齐惊诧地捏紧了拳头霍然站起：“二弟？”

“大哥，柴当家，你们怎么会在这里？”逄临恭镜片后的那双眼珠也露出了惊异，不由脱口而出。逄临齐面不改色心不跳道：“雕刻室的木材全部发了霉，若想按时交货就要重新进一批木材，我请柴当家找些江南之地漕运青帮的人手加快过关，你呢？来这里干什么？”

逄临恭道：“我，我总觉得那个发霉的馒头是有人刻意留下的，想着这样的人不能留在雕刻店了，便想来现场查看查看线索……”顾婆清忍不住道：“就你一个人来？没有别人跟来，也没别人叫你来？”逄临恭茫然地摇了摇头。她顿了片刻冷笑一声，似是自言自语道：“钓鱼的不急，鱼儿急。逄老板，告辞。”说罢便带着卓尔妮退出房外回家去了。

顾婆清和卓尔妮在黑夜的黄沙中走了不远，忽然听见幽幽的埙声从月亮的那一头飘飞而来，顾婆清不由驻足聆听：“这么好听的埙声，只有宛萍才会吹，尔妮，你懂不懂音律，懂不懂她这曲埙声的意思？”

自那天开始，每天都有一模一样的曲调埙声飘荡在蓝关堡的上方，听得懂这曲子中的故事的知音人便寻觅着去找那吹埙人了。“大少奶奶，大少奶奶。”邹宛萍不分日夜地坐在昔日腰鼓节的台上吹奏着埙，忽然听见棚后蹑手蹑脚地传来轻轻的叫唤，她不由放下了埙回头看去，只见烈日底下站着憨傻望着自己笑呵呵的臧九安，他穿着破旧的麻布衫，额头上密布汗水，手上青一块紫一块，必定是凿玉所受的旧伤：“大少奶奶，你吹得真好听，你别怪我多口，我以前学过音律，听得出你的曲子里很难受很压抑，是不是发生了什么事？”

邹宛萍拾掇整齐碎花裙袄起身走到他面前微微一笑：“真是没想到，我在蓝关堡生活了二十多年，这是头一次有人听得懂我吹的埙。九安，你也是这些天来第一个跑来关心我的人……”臧九安道：“怎么，你和大少爷怎么了？我瞧他最近在玉器店总是魂不守舍的，而且跟逄家的那个漂亮姑娘闫嫱来往过甚，我都觉着不安。”

邹宛萍幽然吐了口气：“按道理说有些事我是不该跟你说的，可不知道为什么，每次看见你都有种亲切的感觉，你也不是那种乱嚼舌根的人，说出来我心里也舒坦点。那天晚上，婆婆和尔妮都不在家，有良非要趁机擅闯婆婆的寝屋翻东西，还翻出了一些字画，可我也不识字，看不懂那上面写什么，画什么，有良硬说这是婆婆的罪证，我便同他吵了起来。不知道为什么，有良这些年一直对婆婆存有偏见，我说了他几句他就气走了，一夜都待在玉器店没回家，后来我听说那晚他又碰上在玉器店外徘徊着感念的闫嫱，两个人在玉器店聊了整整一通宵，之后有良就不怎么理睬我了，每天都很晚回家，玉器店收工便和闫嫱出去散心。”

说着说着泪水就无声无息地滑落出来，“我跟了有良十年了，我真的觉得力不从心了，若是有良心意有变我也无话可说，我没孩子，身子骨差，又人老珠黄，闫嫱姑娘光彩照人，又娇俏可人，谁都会喜欢她。”

“胡说！我倒觉着那个闫嫱妖里妖气的，虽然长得漂亮，可没有份端庄大气，小家子气过甚，怎么比得上大少奶奶你？”一向平和的臧九安按捺不住气道，“大少爷一定是想气气你而已，可这也太过分了，我去找大少爷理论去！”臧九安起身拔腿便跑，邹宛萍一时间怔住了，回过神来想拦住他时，黄沙之中已然没有了他的身影。

臧九安越想越气，一路狂奔回去，在市集附近看见正从玉器店出来的柴有良，直冲上去二话不说，不分青红皂白一拳打在他脸上，顿时市集上围满了人试图拉扯着劝架，臧九安却如同发了疯似的不停地挥动着拳头边打边骂着他对不起邹宛萍。柴有良一听也火冒三丈，跟他一起扭打在地上，拳打脚踢。

正在附近跟小梅一起买菜的卓尔妮听见了隔壁街的动静也好奇地拉着小梅跑去一看，竟看见自家的大少爷和臧九安互相打得鼻青脸肿，卓尔妮惊诧地将手中的菜篮塞到小梅怀里，拨开人群冲上前喊道：“别打啦！”一声既出，竟听见对面同时不约而同地也有人发出这么一句制止“别打啦”，那男声如此沉稳熟悉，卓尔妮不禁心头一颤，手腕上的银钏也叮咚一阵碰撞，她缓缓地抬起大眼睛向对面望去，只见对面那人也正凝视着自己。

那白衣翩然的儒雅公子，面如温玉，架着一副舶来眼镜，正是逄临恭。二人双双顿了顿，便又急忙上前拉开了臧九安和柴有良，等到众人散了开去，熙熙攘攘的街市中一如往常人来人往，只剩下他们三人。

“小梅你先走吧，我和卓姑娘说几句话。”逄临恭支走了小梅，两人并肩行路，却再未发一语。逄临恭忍不住道：“尔妮，我们很少见面，难得一见你没什么想跟我说的？”

卓尔妮故作表情自然："逢二少爷，我是下人，下人跟主子有什么要说的，何况还不是自家的主子。如果逢二少爷有什么吩咐就只管说，尔妮帮做就是了。"逢临恭不自在道："我们非要这般讲话么？如果你心里怨我，不如直接说，这样我很难受。"

卓尔妮吸了口气："逢二少爷难受的不是尔妮，恐怕是难受史姑娘最近老跟表少爷来往吧。恕尔妮无礼，尔妮还有别的事要先行回去了。"卓尔妮侧过身向他行了礼变转身要走，两人回过头，竟赫然看见站在路中央的申屠湘正摇着丝绸锦扇微笑着候着他们。

第三十九章 风沙暴

“姑奶奶？”二人诧异同时脱口而出，申屠湘婀娜着步伐移到他们的面前，一股香味飘了过来，她眨了眨眼睛，意味深长地笑道：“卓尔妮，逄二少爷，我想请你们帮我一个忙。”

她故意在“你们”这两个字上加重了语气：“真是没想到柴当家和逄老板那么水火不容，她最喜欢的贴身婢女和他最喜欢的弟弟竟然这么和和气气，真不知道是该喜欢谁，不该喜欢谁。不过我不喜欢管别人喜欢谁，我只知道你们两个人能帮我把红丝线给牵到我喜欢的谁手里，听讲卓尔妮冰雪聪明，逄二少爷博学多才，你们都是聪明人，听得懂我的话对吧。”

自从见过了申屠湘，卓尔妮回到家中便有些不安，申屠湘的神色表明了她根本已然知道自己和逄临恭以前的事，这是在拿他们的事做把柄。正魂不守舍地在厨房里炒着菜，小梅碎步跑了进来，颠着两条小辫子过来：“尔妮姐，当家找你呢。”

卓尔妮脸色一变，手中的锅铲差点掉地，她除下围裙去到屋内时顾婆清刚从祭拜先祖的梯子上提着裙子下来：“你来了，说说今天的事吧。”卓尔妮面色煞白往地上扑通一跪，倒惊着了顾婆清。“当家，我和二少爷只不过走了一段路，再无其他了，尔妮也不敢想其他的，当家明察。”

顾婆清忍俊不禁道：“我说你给我磕什么头呢，这是你自己的事，是冰玉堂的事，又不是柴家的事，我可没说‘二少爷’这三个字，我问的是堂堂柴家大少爷和臧九安在大庭广众之下打架斗殴的事。”

“尔妮，尔妮也没弄清，好像是因为最近大少爷冷落大少奶奶，跟逄家那个婢女闫嫱走得很近。”卓尔妮明显松了口气，“不过当家，我还有另一事想说。我和二少爷碰见了申屠姑奶奶，她想让我们帮她成就和逄老板的姻缘。你知道她一向对逄老板有情，没想到现在都娶了逄姨奶奶进门，她还是不死心。”

顾婆清沉吟含笑踱步片刻：“不死心那是因为有人指使她钻空子，这倒提醒我了，若姑奶奶嫁给逄老板当正室，那不就恰恰钳制住逄老板了么。背地里煽动姑奶奶的人不知道对我们是敌是友，但必定对逄老板是最大的敌手，这个人想让逄老板死呢。那好，我们就顺着姑奶奶，这样我也不用再顾及逄老板了。对了，你刚刚说有良和闫嫱走得近？那个漂亮的紫禁城宫女？”

卓尔妮道：“她倒也不是宫女，从她们进蓝关堡开始我就四处打听留心了，这个闫嫱本是招入后宫给妃嫔们表演戏曲的戏子，后来逄姨奶奶将她赎出，作为自己的婢女，闫嫱对逄姨奶奶就像我对当家，是报恩来着。”顾婆清却全然没有再听完：“好，今天的事我就当没发生，他们想怎样就怎样，不过把闫嫱多多调来玉器店，多些时间跟有良相处，他若是真想将她收了房，我们柴家长房倒也有后了，总不能指望着宛萍那不争气的肚子。”

“小姐。”上等精致的雕花门吱呀一声关了起来，阴暗的房间似乎都不像是一个主子的寝室，女苿斜靠在炕上把玩着双层透明描金珐琅的鼻烟壶正入迷。逄临齐几乎每天都在雕刻店度过，很少回来休息，整间屋子就被这个高贵优雅的女人晕染得如同谜一般的紫禁城似的。女苿缓缓地睁开了眼，伸手捋来身后的毯子遮住了穿着的那件清朝旗袍：“最近你和柴大少爷的事风风雨雨的，有什么进展了？”

闫嫱走到她身边接过鼻烟壶，给她挖了一小银勺的粉末倒进去：“柴大少爷人很好，为人又热心，可是最近他总是躲着我。这些都是其次了，主要是柴当家故意多给我制造机会见柴大少爷，让他都觉得不正常才躲着我，她这么热情，我都有些不安了，小姐，你说她会不会知道……”女苿猛地吸了一下鼻烟壶："她根本是怕长房无后，你上赶着去她当然乐了。嫱儿，我怎么听你说这大少爷种种好处如出心扉，你别忘记了我们要做的事，别投了真心进去才是。"

"小姐，都这么久了，我们还能成功么？如今军阀肆虐，清廷还有多少人在世，单凭小姐一人之力很难定胜负。"闫嫱有些失落，口不择言地说道。幸而如今的格格已非昔日的格格，女苿没有责骂她半句，只听外面轰隆一声晴空霹雳紧接着下起了淅淅沥沥的雨，女苿拉过她的手亲昵地抱住："你看呀，老天下雨了，它在为谁哭呢，为大清国，还是为我们哭？不对不对，你被柴当家赏识就快要成为柴家的人了，哭的自有别人了。"

"轰隆"一声巨响，雨水倾泻而下，臧九安拉开房门忙不迭地冲出去收外面晒着的被子，却赫然看见后门处站着邹宛萍。暴雨之中她没有撑伞，青瓷色镶边的裙裾处已然沾满了黄泥，暴雨醍醐灌顶从她头顶冲洗而下，冲散了她的发丝粘在两颊，她的双眼红了一圈，被浇灌的不知是雨水还是泪水，狼狈不堪地定定地站在那里。

臧九安惊了惊："大少奶奶！你……"他也顾不及回屋拿伞，赶忙冒着雨跑到她身边："大少奶奶，你这是干什么呀，你这样淋雨会病的！"邹宛萍凄然地望了他一眼："那你又为何不打伞，你又为谁不怕刮风下雨不怕染病？"他登时被她问得回答不上。邹宛萍哽咽道："婆婆想让有良将闫姑娘收房，这事儿已铁板钉钉了，我，我没有人可以倾诉，我要做端庄大方，毫不计较，可我真的不愿意……九安，你愿不愿意陪我走走，就在这雨里走走，让我清醒一点，我是大少奶奶，我不能这样。"

臧九安看着她在雨中哭成泪人儿，似乎这个大少奶奶从来都没有失态过半分，纵使狼狈痛哭却也是形容可怜，楚楚动人，让他心中蓦地不由一阵刺痛。他二话不说陪着邹宛萍缓步走在暴雨中，路上几乎都没有人了，整座蓝关堡似乎被这场暴雨变成了空城，只剩下他们两人坦然接受着暴雨洗礼，视线模糊着竟不知不觉走到了一片荒芜的沙丘。

雨不知何时停了，他们却发现在黄沙中迷了路，忽然风声猎猎，扬起大片黄沙满天弥漫，没想到竟遇上了大风沙暴。一瞬间沙砾吹上二人的鬓角，从天而降势若掩埋，臧九安大惊之下拉起邹宛萍的手狂奔了起来：“大少奶奶，快走啊，危险！”然而人却永远斗不过天，邹宛萍一个趔趄摔在沙泥中，厚厚的沙墙迎面而倒。千钧一发之际臧九安扑身护住她，自己却被沙墙砸伤了手臂，他强撑着起来扶起邹宛萍：“大少奶奶，我看见前面有个洞穴，我们去那边避一避。”

可长居蓝关堡的人都知道，这样狂烈的风沙暴一旦来袭极为猛烈，一时间根本不可能停下，臧九安和邹宛萍幸而找到了一个小洞穴暂避，否则必定命丧沙暴。刚刚在洞穴中安顿好，邹宛萍这才发现他的一只胳膊在不停地流血，恍然是之前为救自己所伤，心中五味杂陈酸楚不已，不由又落泪而下。

“大少奶奶你怎么哭了，是不是刚刚受伤了？”臧九安用一些枯枝遮挡住了洞口，看见她悄然落泪担心地问道。邹宛萍吸了吸鼻子：“你自己受伤了，还在担心我受没受伤？外面风沙正猛，我们怕是要被困住了。”臧九安坐到她身边生了一堆火乐观笑道：“那就当趁机烤烤衣服吧，刚才那场暴雨把大少奶奶的衣服都打湿了，正好取取暖，等到衣服干了，就能回去了。”

邹宛萍凝视着他憨厚的模样忍不住扑哧笑了：“难怪有良和婆婆都喜欢留下你，你这个人又勤劳，又乐天，又诚恳，怎么都好。跟你说说话我的心情都变好了。”两人你一言我一语地聊着聊着，外面的天色已然变黑，然而风沙暴却未曾停息，无奈之下只能同困洞穴整整一宿。

臧九安鼓足了勇气，开口道：“第一次遇见你的情形历历在目，第一次听见你吹埙，陪着你晚上练舞，种种都让九安觉得是把你当朋友当知己的。可是腰鼓节那天，我看见你跳着《长安乐舞》翩然而出，仿佛天地都黯然失色，九安笨嘴拙舌不知该怎么说，但我知道这种心跳，叫作心动。大少奶奶，九安不敢妄想，大少爷也是我的恩人，但这份感情压在我心底，只能一吐为快。”

“风沙暴停了，我们走吧。”邹宛萍不自在地扭过头看了看洞穴之外，拨开枝叶跋涉着黄沙徒步走回了蓝关堡。臧九安却没有直接回玉器店，而是等邹宛萍回家之后，折回身径直去找顾婆清：“大当家的，清早打扰大当家的是九安不对，但是有件事九安急着跟大当家的说。”

顾婆清坐在窗前对着镜子正让卓尔妮梳头，头也不回慵懒道：“嗬，你倒比我想的要来得快。若是为了给有良纳妾的事就甭说了，这是柴家的事，还轮不到你管。”臧九安扑通一声跪了下来，登时就要哭了：“大当家的，大少奶奶贤良淑德，跟大少爷琴瑟和谐，你为什么非要大少爷纳那个戏子入房？大当家的，我求求你，你知不知道为什么大少爷和闫嫱走得近，是因为大少奶奶曾经不让大少爷翻你的字画而起了冲突，大少爷才故意气她的，你不能这样对大少奶奶啊！”

第四十章　纳妾书

卓尔妮手中的梳子顿时悬在空中停了下来说：“你放肆！”顾婆清眉间划过一丝阴冷，起身道：“尔妮你出去。”屋内只剩下他们二人，顾婆清踱步在他身周，总算开口了：“大少爷翻我的字画，这事儿你不许跟别的人说起。我也不是非要他纳闫嫱不可，但闫嫱是紫禁城的人，曾经有个前清二品官员贪赃枉法搜刮民脂民膏，这些不义之财没有人能找到，或许只有紫禁城的人才能有办法找到。你说呢？”

或许是为了避着闫嫱，柴有良已经一连数天寻个借口没有来玉器店了，这下倒中了二老爷柴国军的下怀，急忙让柴有扬趁机把玉器店的大权给揽过来，督促他每日去玉器店工作。可这个柴有扬本来就是烂泥扶不上墙，以往觊觎大当家的位置，不过是想当上大当家的任由自己风流倜傥，光明正大地跟女人厮混，可现在他的心却被史妧之挠得痒痒，这个天仙子般的美人儿还没到手，哪还有心思去想别的女人。

他是趁着常来玉器店，时常偷偷从休憩小屋的密室里绕出去，去到与史妧之见面的茅屋会佳人。这天柴有扬到来之前，史妧之如故坐在茅屋里等着他，手中却紧紧握住那支长枪，暗暗对自己道，最近这是怎么了，为什么总想着来见他？闭上眼脑中全部是和表少爷在一起的画面，简直让人食不下寝不眠了，分明一开始是有目的而行，难道现在却已抽身乏术，真的被表少爷吸引了？她心烦意乱地抚摸着枪杆，史妧之啊史妧之，你还记不记得你来蓝关堡是做什么来了？你真的要跟这个花花公子沉溺于儿女私情么？

“妧之。”她正凝神暗暗下决心这是最后一次见柴有扬，他含情脉脉的声音便忽地传到她的耳边。柴有扬推开门走到她身后轻轻揽住双肩，头微微低下来在她的耳边呼了呼气，史妧之登时意乱情迷。他拎着一个漂亮的水晶瓶，里面装满了洋酒递到她面前："带给你尝尝，这个东西叫气泡白葡萄酒，是西洋的玩意儿，但是比逄家二少爷的洋酒还高贵的多，入口甜甜的，我想着你一定喜欢。"

说着便打开了水晶酒塞给她的杯中倒满了。史妧之道："不说这洋酒是不能倒满的吗，还倒在这么大的茶杯里，我不胜酒力，喝不掉。"柴有扬笑盈盈地挨着她坐下，给自己也倒了满满一大杯："你闻闻，都是葡萄果香，只不过是甜甜的葡萄汁，我陪你喝。"史妧之本欲推辞，却被他揽入怀中，又心猿意马起来被他灌了好几大杯，不一会儿一大瓶洋酒就被二人喝了个精光。也不知是洋酒后劲充足，还是酒不醉人人自醉，二人紧贴在一起竟有些情不自禁，四目相对凝视着对方酡红的脸庞和迷乱的眼神，史妧之脑中竟一片空白，柴有扬一点点地靠近她吻了下来。

"哼，老爷最坏了，分明可以替我买到那个白葡萄洋酒解解馋，他就是不给。不给就不给，我知道谁有，我现在就去偷一点尝尝。"漂亮的丝绸鞋嗒嗒地在沙里快步走着，一只戴着珍珠腕表的手抬起来用绢帕擦了擦卷发下额角的汗，逯小小涂着桃红色的惹眼口红，自言自语嘀嘀咕咕地边走边说，她本想去玉器店偷酒喝，哪知走了一半却闻见那带着果香的酒气从另一处偏僻的地方传出来。

逯小小眼睛一转，闭上了眼凭着敏锐的嗅觉寻过去，才走没两步就跟一个人狠狠地撞了个满怀："哎呀！痛死我了！你这该死的……"逯小小惊呼着捂着额头欲要破口大骂，却看见面前跟自己道歉的正是臧九安，他神色慌张行色匆匆，身上也沾了些那特殊的酒气："哎，我认得你，你是柴家的那个工人。你慌慌张张地干什么啊，是不是偷了表少爷的酒喝赶快想跑路啊？"臧九安急忙解释道："不是不是，我是在找宝藏，哪知道却撞见了闫嫱姑娘和史姑娘，我便到别处来寻宝藏了。"

"打住！什么宝藏，什么闫嫱，什么史姑娘？你给本太太都说清楚。"逯小小眼珠子滴溜一转，臧九安头脑简单哪能想到那么多，便如实道：

“大当家的想让大少爷纳闫嫱姑娘为妾，但是大当家的说如果能找到蓝关堡中的宝藏就可以不纳妾。我看大少奶奶难过，想帮大少奶奶，所以就一直在四处找宝藏。刚刚找到了一间茅屋附近，却看见闫嫱姑娘和史姑娘见面，听不清她们在说什么，但似乎是闫嫱在叮嘱史姑娘什么。”

逯小小怔了怔道：“所以你身上沾的酒气是史姑娘的，所以史婉之必然之前是在和柴家表少爷在幽会，孤男寡女又喝了酒……呵，这事儿有趣了。哎，你，你想找宝藏，跟我去一个地方，说不定能给你一些灵感。”臧九安愣头愣脑地跟着她走，在申屠窑洞后面依山山脚处，七拐八弯竟然暗藏着一个密洞，逯小小娴熟地打开一道道机巧带他进去，只见密洞中堆满成山的却不是金银珠宝，竟然是各种美味食物。

见臧九安哑然惊诧地望着眼前的场景，逯小小笑道：“这些都是我的，听着，是我的，不是申屠家的。以前老爷是在人贩子处把我买回来的，在那之前我吃不饱穿不暖，一转眼当上了申屠三太太，珍馐海味享之不尽，但我觉得我该为自己存点东西，以免有朝一日再度落魄，我也能不委屈我的肚子。宝藏，我未必能带你找到了，不过我可以帮你捣乱，让你毁了柴当家的计划，唯一的交换条件是，你把制作酱菜的秘方写给我。”

“好，我给，我给！”臧九安急忙道，“那你怎么帮我？”逯小小翻了个白眼道：“你，会写字么？”他立刻啄米似的猛点着头，逯小小道：“那你以大少奶奶的口气写份同意纳妾的书信，然后给柴当家，让她盖上朱印。”臧九安惊道：“什么？这怎么行？”逯小小撇了撇嘴，拈了一个糕团塞进嘴里边吃边道：“体现出大少奶奶大方得体，柴当家盖上了朱印下聘之前，你再把它给撕了，这到了节骨眼儿上坏了事，还有成的理儿么？你放心吧，柴当家经常跟我二姐姐来往，我比你熟悉她的性子，她是一定要争颜面的，纳妾书被撕了她绝对不会坚持下去的。”臧九安似懂非懂地挠了挠头，当即提笔先给她写下了酱菜秘方，又跟着逯小小读一句写一句，按她的嘱咐把这纳妾书递给了顾婆清。

“好，好，既然宛萍这么大度，我就替有良拿了这个主意，择日纳闫嫱为妾，我今天就去跟逄老板提亲。上一回史姑娘的事他逄家拒绝了，闫嫱不过是个婢女，逄老板总不会拒绝我的。”看见这张纳妾书呈在自己眼前，顾婆清冷笑了两声拿过来看了看，又递给了卓尔妮：“去把我的朱印拿来，然后去玉器店通知大少爷。”

臧九安只觉心脏扑通扑通直跳，额头上微微布满了细汗，仍强装着不动声色，只见顾婆清翘起纤长的手指拈起蓝田玉雕刻的印章，在纳妾书下摁下了触目惊心的红泥“柴”字。待到臧九安下去，她又拿回那纳妾书仔仔细细地看了一遍：“九安的字写得倒是挺不错的，人说字如其人，这字虽然漂亮却有些钝，俊逸却缺少空灵，好吧，那就按着他的路子走走，可是他要失望了。”卓尔妮道：“逄老板给了回话了，不但愿意把闫嫱嫁过来，还说要多谢当家。”顾婆清笑道：“那个逄姨奶奶古古怪怪，阴气森森，逄老板也算是遇到棘手的人了。有我这个拍档帮他看着闫嫱，想查逄姨奶奶的底细不是容易多了么。”

一切似乎都被顾婆清和逄临齐安排得妥当了，纳妾礼就在半个月后举行，聘礼早已堆满了两家，这件事在蓝关堡中传的沸沸扬扬，柴有良为了此事也跟顾婆清吵过几次，可毕竟父母之命媒妁之言，顾婆清乃是他的二娘又是柴家当家，一诺千金岂能更改，除非她不是。这个念头又动了柴有良搜集证据指控顾婆清的想法，一天到晚更是不着家，却让邹宛萍误以为他每天都去陪那新人，暗自伤心不已。

看事态发展得差不多了，这天夜里臧九安悄悄地溜出工人房，在月光下蹑手蹑脚地潜入了柴家，大当家的会把纳妾书放在哪里呢，不会在寝室，也不会在小少爷的房里，这样重要的东西应该与大少爷的婚嫁物品一起放在了储藏室吧。他踮着脚翻入储藏室，月光不偏不倚地洒落在桌上，赫然放着那张鲜红的盖着朱印的纳妾书。臧九安紧张地颤抖着手拿起它：“大少奶奶，你放心，我不会让任何人破坏你的幸福。”说罢嗞啦一声撕毁了纳妾书，与此同时大门轰然从两边推开，月光下站着铁青着脸色的顾婆清：“来人，抓住他！”

第四十一章　李旦逃难

随着顾婆清喝声令下，卓尔妮带着一群家丁护院纷纷将储藏室围了个水泄不通。顾婆清拉开灯闸走了进去怒道：“好你个臧九安，怪不得我说你和宛萍怎么临了了反而这么安静，原来都已经想好了对策杀我个措手不及，逼我不得不退婚是么？我告诉你，柴有良他都不敢跟我说一个不字，你是什么？你是玉器店的凿玉工人，柴家的事你凭什么管？”

臧九安激动道：“大少奶奶的事就是我的事，大少爷和大少奶奶分明都不想纳妾，你为什么一定要逼他们？大当家的，你就是想柴家后继有人，何必这么不讲人情？”顾婆清扬手一记耳光扇过去：“你给我听清了，你是你，邹宛萍是邹宛萍，你跟我们柴家没有半点关系！尔妮，传我的令，明天就提前给大少爷拜堂！”

卓尔妮道：“当家，听说大少奶奶刚刚激动得晕倒了。”臧九安一听立刻发了疯般地想挣脱捆绑冲出去，顾婆清抽出一把短枪狠狠地抵在臧九安的额头上：“你若是敢再出去见她，子弹可不会管人情。九安，别以为我看不出来，你对宛萍真的是主仆之情，知己之情么？你对她的关心，已经超出普通朋友太多太多了。尔妮，替我将他锁在储藏室，直到大少爷拜堂结束！”

没想到顾婆清突然间改变主意提早喜事，加上听说邹宛萍在家中晕倒，柴有良焦头烂额地赶回家衣不解带地守着她，直到天亮时喜庆的唢呐声吵醒了二人，邹宛萍缓缓睁开了双眼，看见柴有良伏在床边被子已然滑落，轻轻地替他重新盖了起来：“有良，吉时到了，快去接闫嫱吧。”

柴有良皱紧眉头直起腰来：“宛萍你放心，我上次救闫嫱只不过是看不过去，而且我只把她当朋友当妹妹，二娘硬要此举可是控制不了我的心，我的心里十年来都只有你一人，将来也只有你一人。”邹宛萍面色苍白地笑了笑替他穿上喜服，自己也换上了正室的红色衣服陪同他一起出去。

热热闹闹的典礼上邹宛萍却总是魂不守舍，虽然人山人海，她一眼扫去却看不见臧九安，心中不由七上八下，昨夜的事他被婆婆当场抓住了，不知会如何处置？

“大姐请喝茶，大姐！”心神恍惚的邹宛萍被这一声催促吓了一跳，这才缓过神来，看见穿着鲜艳明媚的玫红色喜褂的闫嫱正跪在自己的面前敬茶，只有正室喝了这杯安人茶，才可以纳妾入房。

闫嫱今天可真是漂亮，头戴一顶金凤冠，两旁长长的玉流苏搭落在肩头，一袭精致的玫红色喜褂上绣着凤凰，襟口裙摆皆镶着金银线绞的蕾丝花边，那本就国色天香的容貌被映衬得格外可人，邹宛萍不由感慨自己毕竟不如人家年轻貌美，这么一晃神，接过的茶杯竟不慎落地砸了个粉碎，当场所有人被怔得鸦雀无声。

一旁的顾婆清斜了她一眼：“落地开花，富贵荣华，这是好兆头。”轻飘飘的一语化解了这刻的尴尬。等到这对新人离开，顾婆清低声对她道：“你别板着个脸，魂不守舍地在看谁？你想看见谁？大家都喜气洋洋的，反正你这杯茶饮过了，不想参加下面的宴席就给我回去，免得丢人现眼。”

“当家，逄老板来贺喜了。”卓尔妮悄悄在耳边说了一声，顾婆清的脸上顿时又摆出了那虚假的笑容起身向他迎去：“逄老板真是有心了，小辈们的婚宴还劳逄老板大驾，你真是给我面子。”逄临齐伸手摸了摸自己的平头，穿好了马褂笑道：“柴当家见外了，如今嫁入你柴家的是女茉身边的婢女，岂不就相对于我们逄柴两家联了姻？”

说着迈前一步凑近了些道：“以后柴当家是闫嫱的婆婆，还要劳烦柴当家帮我看着她，看看这紫禁城的凤和鸡，想给我们蓝关堡掀起怎么样的风沙。”顾婆清也压低了声音道：“别说这些，逢老板，我上次交代你做的刻板印刷如何了？”

逢临齐那对细长的眼睛急速地向四周瞄了一圈：“二弟已经全部背得了，虽然奶奶当时烧了纸张，可是那文字都在二弟的脑中刻下来了。他重新给我默了一份，我看那顺序歪七扭八，倒是循着二弟研究的西方天象一一对应上了，解出来是一句签文：花径重开雨湿尘，诗成笔底终风雨，城外江山一画屏，门前桃李十般锦。是李旦逃难。”

“什么意思？”逢临齐耸了耸肩，顾婆清无可奈何地摇了摇头。卓尔妮忽然道：“当家，你记不记得在祠堂里老爷的神主牌后面挂着一张山水画？上面写着：树影朦胧鄣叠岫，波深汹涌落悬潭。”顾婆清茫然地看了她一眼，倒是逢临齐抚掌道：“对了对了，这是李旦所写的《石淙》，柴当家你回家后好好看看那幅画。”

他突然面色一变，话锋急转：“等等，柴当家方才的表情……你是不知道这首诗是李旦所书，还是一时间忘记了？”顾婆清微微沉吟片刻笑道：“尔妮所背的诗都是我教的，她既然都懂，逢老板是想质疑我什么吗？好了，有好消息再通知你，快进去喝喜宴吧。”

这个洞房花烛夜各人却各有心思，趁着大家伙儿都喝得醉醺醺的，顾婆清和卓尔妮回到自家的第一件事就是封锁了大门，戴着斗篷悄悄去了祠堂。一进去就看见那幅画高高地挂在正中央，顾婆清摘下斗篷扔在地上：“尔妮，你果然懂得很多，那你给我说说李旦逃的什么难。”

卓尔妮道：“李旦是唐高宗之子，武后为了自己登基而对这些皇子赶尽杀绝，其为一。李旦之妹乃是鼎鼎有名的太平公主，公主掌权夺天下，对他造成生命威胁，其为二。”她边说着，顾婆清边爬上了梯子，一把扯下那幅画。只见画后的墙砖赫然显出一个机关，她伸手一拧，里面竟掉出了一支签：“尔妮，你……你过来，给我解释解释这支签是什么意思。”

卓尔妮凑上前一看，道："当家，这，这些文字我看不懂啊，根本不是汉字。"顾婆清先是一怔，又缓缓道："不着急，逢姨奶奶是紫禁城的才女，据说精通八国语言，不论是什么文字都要得见天日。对了，九安放出来了么？"卓尔妮点点头："已经放出来了。他对大少奶奶可真好。"

"大少奶奶，大少奶奶，九安对不住你，九安弄巧成拙了！"臧九安扑通一声一把鼻涕一把泪地跪在邹宛萍的跟前，吓得她赶忙起身扶他："哎，你这是干什么。谁是一家人，谁进一家门，这都是命，怨不得旁人，连老天都怨不得。婆婆没把你怎么样吧？"臧九安摇了摇头："大少奶奶，我刚刚跑过来的时候听见几个丫头们在说，大少爷装醉，根本没有去闫嫱的房里，而是自个儿去了玉器店休息，你放心吧。"

邹宛萍的脸上顿时有了血色，但又转瞬即逝："有良也真是的，新婚之夜怎么能不陪妹妹，我去玉器店叫他。"臧九安一把拉住她的手腕："大少奶奶，你这又是何苦呢？你心里边不高兴，我知道，我知道你有多苦，因为这种苦……我也正在为大少奶奶去尝。"

她顿时不语，一时却不知说什么。臧九安继续道："大少奶奶，你在这里不开心，不如我带你出去，离开蓝关堡，蓝关堡外面还有另一番天地，不是整个世界都是风沙扑面，我带你去江南，看小桥流水，看萤火虫，看你从来没有看过的世界。"

"臧九安你放肆！你不过是个下人，不要在我面前出言不逊！"她扬手甩开了他，只听叮咚一声，邹宛萍藏在袖口底下的水晶手链应声落地，二人顿时怔住了。臧九安不忍流下泪水，俯身捡起来颤抖着手递到她眼前："这手链你还戴着……"

邹宛萍回过神来一把抢过手链狠狠扯断，那晶莹剔透的水晶石纷纷咕噜噜地滚落满地，滚到臧九安的脚边，邹宛萍扭过头扬手往门外一指："出去！我以大少奶奶的名义命令你，出去！"臧九安含泪看着满地的水晶珠，只觉心如刀割，别过身夺门而出。背对着他的邹宛萍早已泣不成声，终于瘫坐在地上，泪水在脸上纵横，捡起一颗颗水晶珠子失声痛哭，这场哭声连她也不知道究竟是为了谁。

可她毕竟是柴家长房的大少奶奶，这一宿的痛哭过后，她还要接受新人的拜贺，已然拾掇好容貌，抿着嘴对着镜里的自己练习着如何笑——如何对着跟别人新婚燕尔的丈夫和那国色天香的偏房奶奶笑。这还练习得不够娴熟，新人已然都到来了，邹宛萍只好硬着头皮笑盈盈地步出门外迎他们。

柴有良仍穿着昨日的服装，脸色显得蜡黄蜡黄的，深深的眼袋看得出他昨晚根本没有休息好，正如臧九安所说在玉器店度了通宵，今儿携着闫嫱来例行公事都显得别别扭扭。倒是闫嫱让她眼前一亮，好一个美人儿，脸蛋妖娆，身段风流，再梳起了姨奶奶的发髻，配上金珠银翠，整个人比刚刚来到蓝关堡的时候要容光焕发得多。

第四十二章 佛骨檀心

闫嫱娇滴滴地向她施了施礼："嫱儿给大姐请安。"柴有良不自在地缩回自己的手："呃……玉器店还有事，我先去铺子里了，家里交给你们。"说罢便闪烁着眼神逃一般地走了，邹宛萍大大方方地微笑着去牵闫嫱的手："咱们不理他，他就是这个样子。嫱儿，你既然嫁进我们柴家，跟我就是姐妹，我们要同心同德照顾有良，也要一心一意辅佐婆婆照料好家务，玉器店的生意是男人的事，我们不可以多问更不可以管，明白吗？你跟我来，我教教你平日里该做些什么。"

可她越是这样大度，闫嫱心里却越是不安，她知道邹宛萍和柴有良之前的感情有多么深厚，十年朝夕相伴怎么可能说没有事就没有事，如果她闫嫱可以做主，自己一定不忍心打乱他们的幸福，纵然她对柴有良有再多的好感，也只会放在心里，唱在戏里，那就足够了。

邹宛萍还没跟闫嫱说多久话，那边厢便传来说是逄姨奶奶来探亲了，邹宛萍便让闫嫱自己出去见见。女苿根本就没踏入柴家大门半步，宁肯站在太阳底下暴晒等候，晒得花容惨淡，也不愿意进去。闫嫱服侍她这么久素知她的脾性，赶忙小跑着出来："小姐，你有什么事叫我去你那里便是了，大热天的干什么自己跑来？"

女苿在人前人后都穿着普通的民国裙袄，虽然看上去气度非凡，但她总觉得不是清朝旗装让人觉得浑身不自在，再被这么一晒，已然是站不住了："嫱儿，你给我说说，昨晚柴有良去你那儿了么？"闫嫱替她撑开了伞遮住阳光，摇了摇头陪着她在荫凉处歇息："大少奶奶对我特别好，我都觉得特别对不起她，她是个好人，大少爷也是个好人……"

女苿打断她："那你的意思是我不是好人了？"闫嫱失色道："不不不，小姐曾从戏班里把我赎出来，算得上是我的恩人，天下的好人都比不上小姐一半。小姐你放心，你交代嫱儿的事，嫱儿一定牢牢记住，不……不会沉溺儿女私情。"

柴有良自从纳了妾，反而更躲在玉器店里度日，似乎不愿意回去面对这盘残局。一边是风雨同舟的妻子，一边是无辜受累的姑娘，他明白这一切都是他二娘顾婆清造成的。顾婆清为了利益，从不谈人情，纳妾无法拒绝只有软抗。可是顾婆清却岿然不动毫不在意，暴跳如雷的却是柴国军，他一心以为有两个女人钳制着柴有良让他无暇管理店铺的事，好让自己的儿子乘虚而入，可偏偏天不遂人愿，反倒变本加厉了。

柴国军气得痼疾重犯，索性告假回家休息，没想到家中却不请自来一位密友。只见窑洞堂中坐着一个头戴斗笠面纱遮住整张脸的女人，看见他进来便起身掀起了面纱，柴国军大吃一惊，赶忙遣走下人们把门窗紧紧锁上："申屠大太太，你怎么光天化日地跑来我这里了？"

那女子抬起手揭下了斗笠，露出那张华丽端庄的脸，五官精致如琢，这个大地主家的千金，到了这年纪气势不亚于宫中贵族。扈凤仙意味深长地向他点了点头，抿了抿姜红色的嘴唇道："二老爷，若不是有要紧事我也不会这样冒险过来，你和我家老爷相交多年，有的事老爷不方便出手，也该轮到我扈凤仙出手了。"

柴国军蹙了蹙眉："大太太看座吧，有什么不妨直说。"扈凤仙施施然坐了下来道："昨儿我去外头取天麻货物，正好瞧见了柴家那位新姨奶奶在和逄姨奶奶偷偷见面，两个人鬼鬼祟祟的，似乎不太见得光。本来我就觉着奇怪，突然之间大少爷就要纳这个女人为妾，本身紫禁城的人就不清不楚，逄家趟这浑水，柴家也要趟这浑水，不知道是逄老板和柴当家的意思，还是这两个紫禁城的人的意思。若是能查出点什么，我也可以替老爷铲除不少绊脚石，二老爷也能得到二老爷想得到的。"

柴国军吸了一口烟不由被呛到："大太太的意思，看来是想先斩后奏了？"扈凤仙笑道："只要能帮得上我家老爷，凤仙做什么都无关紧要。二老爷，我们还是商量商量对策，至少，也要让那两个头头鹬蚌相争啊。"

柴国军悠悠地吐了个烟圈翘起腿来："逄家和柴家的关系那是千丝万缕，要想找个突破口说易也易，说难也难，不过我有个合适的人选，"说着他猛然扣掉了烟草站起身子，"史妧之。"

扈凤仙转了转眼珠子："这丫头是逄老太君点头进来的，虽说二妹曾是逄老太君的儿媳妇，但我千方百计地多次想打探，她就是不张嘴，每天只知道烧香念佛，活着就像个空皮囊，这件事上能帮得上忙的，还是二老爷的公子呢。"柴国军笑道："犬子年少气盛，能得大太太称赞倒是荣幸，若能利用史妧之挑拨起波澜，大太太记着这不是老夫的功劳，是年轻人的功劳就行了。"

"咳咳，二姐姐，我把人给你领来了。"逯小小带着顾婆清走到房门前刚刚推开门，便被里面缭绕的佛香给熏住了。正跪在龛前参禅的邬春玉听见动静欣喜地转过身站了起来："哎呀，总算是给盼来了，小小，姐姐这里有盘糕点你拿去吃吧。"

顾婆清笑盈盈地迎着她走去，边道："二太太，你这屋子都给你弄成佛堂了，你莫不是要出家当尼姑吧？"正说笑着，她忽地瞥见邬春玉端给逯小小的那盘糕点，不由蓦地一愣。这糕点粉粉糯糯，裹着一片翠绿的叶子，散发着淡淡的樱花香味，是蓝关堡这一带少见的精致糕点，这糕点她曾见过一次，便是史妧之带来给柴有浦吃的，说是东瀛国的樱饼，竟然在这里重新见着了。

逯小小捧着樱饼兴高采烈地摆动着蕾丝裙裾跳出去了，顾婆清这才开口道："二太太，你这糕点是旁人送的吧？"邬春玉拾掇整齐桌椅让她坐下："哟，不是你家小有浦给我送来的么？可我吃斋念佛不怎么吃这些东西，所以才给了小小，你这么一问我倒有些不放心了。"

顾婆清微微一怔，信手拿起盘里的干果一边嗑一边咯咯笑道："对，是有这么回事儿，我给忘了。二太太，上次腰鼓节你冒死救了我有浦一命，我一直不得空来谢你，今天特意来了。为了救有浦，你当日不顾众人怀疑猜忌，使出真功夫跳马救他，阿清无以为报。"

"小事一桩，何况我本就知道那匹马要出事，就算上去的不是你儿子，是我儿子，我也不会理申屠家的人怎么想，照样第一时间去救。"邬春玉拨弄着襟口那串漂亮的珍珠项链，也嗑起了瓜子，"我知道你想问我，或者是说，齐儿想知道是谁让那匹马发疯，我不能说，我只能告诉你或他，有人因为恨我也连带着恨他，我多少次想提醒他小心，总也没机会。柴当家，我帮你救了儿子，你也别害我的儿子。其实无关柴家的事，你顾氏和齐儿都可以相安无事。"

顾婆清一个激灵，把口中尚未来得及剥皮的瓜子直直吞进了肚里："哟，二太太现在说话也是七扭八歪的，我怎么听着不是太懂呢。"邬春玉笑着按住了她要去盘里拿瓜子的手，一双会说话的眸子凝视着她："你既然想让我说明白，那我就说。我的好妹妹，你是柴当家，可未必就是那顾氏阿清。"

见顾婆清的脸色已然不对劲，邬春玉继续用那温柔的声音说道："我说什么你自己明白，但我没有证据，也不想害你，我们姐妹两个好端端的本可以不用捅破这层纱，只不过有良曾经翻过你的屋子找了些……所谓的字画——你知道那是什么字画，是以画代字的字画。我觉得姐姐该提醒你一句，这些东西不该留着，都该一把火烧了，否则这把火迟早就要烧到你自己的身上。"

顾婆清板下脸道："二太太说话真是奇怪，不过也罢，我也说件奇怪的事给二太太听。二太太的房门正对着的不是申屠家的大门，这神秘的斗篷过来过去，都在二太太的佛堂里晃，姐姐也该长点心了。"邬春玉虽然惊讶，却表现得格外从容，依旧微微笑着剥着核桃往自个儿嘴里送："多谢妹妹提醒，不过这个人已经很久没有来找过我了，佛祖曾托梦给我，说这个人曾经找过史姑娘，还把史姑娘给移动乾坤送到了你那里去。”顾婆清张了张口刚刚要说话，只听见门外一阵嘈杂，正是逯小小的声音。

“大姐，你不能进去，二姐姐在参佛不能被打扰，你有什么急事？”逯小小端着粉红的樱饼吃得满脸都是堵在门口，语气微怒，已然不像是开玩笑。紧接着扈凤仙的声音传来：“你给我起开，参什么佛，我瞧她是走火入魔了，老爷宠她宠得从头发丝儿到脚后跟，就给你这么点零碎食物你就替她卖命，你是人还是猪啊。”扈凤仙扬手钉了钉她的额头，逯小小的蕾丝发带也被她弄乱了，她登时火冒三丈，砸了盘子硬是拦在门前，狠劲上了头，捡起一片碎瓷片横在扈凤仙面前，目露凶光：“我就是猪，我就是喜欢吃，总之有我在你就别想进去！”

第四十三章　依米花香水

“嗬，修佛之人清净之地，你在这里大呼小叫，又好到哪里去？”扈凤仙勾起嘴角耸耸肩冷笑两声，一双凤眼威慑地扫了扫她，正欲硬闯进去只听吱呀的一声，门被邬春玉亲自拉了开来。她只身一人站在门前，身披钩丝花披肩，手执大颗的蜜蜡佛珠盈盈笑着下拜：“大姐来了，有失远迎，快请进来说话吧。”

扈凤仙精明的眼神在堂内转了转，果真没有发现任何异端才笑道：“哎呀妹妹，我听说这几日逄老太君身体不适，想着告诉你，你心地好，若是前去看望记得替我和老爷也向老太太问好。大姐打扰你参神拜佛了，你继续吧。”扈凤仙拉过房门关了起来，邬春玉定定地站在门前直到她的身影消失，龛后缭绕的烟雾中走出避嫌的顾婆清：“一股烟味，这样重的烟味只有二叔这样的老烟鬼的身上才有。我看大太太是想打探你些什么。”邬春玉道：“不知道，逄家的事我从来不会在家里说，我只知道逄家的几个年轻人今天一起去狩猎。”顾婆清微微一怔：“今天？怪不得有扬自动请缨要去玉器店。”

柴有扬打的如意算盘以为神不知鬼不觉，这才在玉器店转了两圈，故意称中暑不适回屋歇息了，虽说柴有良也知道那间屋子有后门，但只以为他是偷懒回家罢了，并不知柴有扬趁机溜去了那偏僻的小茅屋。他一路躲躲藏藏跑进屋内，只见史妧之已然坐在炕前等着自己。只见她手中拿着长枪若有所思，柴有扬偷偷笑着跑过去一把抱住了她，史妧之猛然一惊，抬起枪口对准他的心口，柴有扬愣了愣哈哈笑了：“怎么，你又想杀了我？让我猜一猜你为什么要杀我，难道是因为上次你我醉酒……不不，你不舍得杀我。那么你是想吓唬我，威胁我？妧之，自打第一天你出现在蓝关堡，我就觉得我命中的仙女儿下凡来了，正如同我知道这般一样，我也知道，你住到逄家有别的原因，今天是想让我帮你办事么？”

史妧之的眼睫微微颤了颤，一时竟然语塞，任柴有扬的手轻轻抚上自己的脸颊，仿佛陷入泥淖，起不来身也不想起身，她手中的枪支不自觉地竟放了下来，闭上双眸让他的吻落在额头。“妧之，我不管你究竟有什么目的，不管你究竟是什么人，我都义无反顾地爱你，哪怕这一刻你让我死，死在你的裙下，我柴有扬一生也不枉了。只是我可惜，可惜没有这福分娶到你，一辈子守着你。”

“表少爷，你想到哪里去了，妧之从来没有这个意思。”她听见那番话，平日里聪明的她也分辨不出真真假假，只觉一颗心已然被融化，如同此刻的缠绵温存。二人躺在锦被里紧紧地依偎着，柴有扬变戏法儿般地拿出一小瓶珐琅瓶递给她：“别担心，这不是洋酒，是外国的香水，据说是一种开在沙漠里的依米花调制的香味，我闻着味道甜而不腻，幽若空灵，真是适合你，所以特意买了送给你，喜欢吗？”

史妧之羞红着脸接了过来闻了闻点点头：“真好闻，依米花是什么模样，你说给我听听吧。”柴有扬搂住她在胸前，道：“据说这依米花只有四片花瓣，一片一种颜色，为红黄蓝白，搭配在一起仙姿绰约，美不胜收。依米花六年才开一次花，为了开花要在沙漠里足足苦等煎熬上五年，第六年开了花，两天后就整株枯死，香消玉殒了。”史妧之道：“短暂而完美，毕竟拥有过刹那芳华，也足够了。”

“我可不喜欢刹那芳华，若我得到这漂亮的依米花，一定要想方设法将它好生保护起来，不让它受风吹雨打，更不会让它衰落。我想堂堂正正把你娶进门，不想让你整天对着逄家的那群人，你这样一个姑娘家住在他们家中我怎么都不放心，我在想找个时机跟伯娘说说，好不好？”柴有扬转了转眼珠，抚摸着她披散如缎的长发柔声道，史妧之却急了，可转念一想又仿佛觉得他是在故意试探自己，便反其道而行之：“不要，还没到时候，这样吧，你什么时候坐上二当家的位置我就嫁给你。”

“怎么样尔妮，有扬回来了么？”从邬春玉那里出来，顾婆清刻意偷偷去玉器店绕了一圈，果然不见柴有扬的踪影，回到家时已然太阳落山，卓尔妮闻声走了出来：“回来了，身上一股子古怪的脂粉香味。咦，当家，你手上大包小包地拿这么多东西，有什么事么？”顾婆清抬起袖子擦了擦下巴上的汗渍，将满怀的包裹放了下来：“哦，你不是告诉我明儿学堂的夫子生病请了一天假么，我想着正好明天天朗气清，我带有浦出去走走散散心，我呀，都好些时候没正经陪陪他了。说真的，别瞧我整天似乎闲暇得很，其实这心里头要一个一个地过招对弈，我也想放松放松了。”

卓尔妮接过物品笑道：“呀，都是小少爷爱吃的东西，你这是要带他郊游呢。尔妮这就去收拾东西，告诉小少爷这个好消息。”顾婆清忽然道：“尔妮，回来。明天你就别去了，我不是怕你和有浦亲近，只不过柴家还要你看管，我不在，看看他们都有什么动静，看看谁最急着跳出来，委屈你了。”

第二天一早，顾婆清就带着柴有浦出发去邻镇游玩，小孩子得空撒欢儿，哪里还会记着些不开心的事，果然跟顾婆清亲近了许多，一路上又是买了很多玩意儿，又是吃吃喝喝，好不得意：“阿娘，我长这么大第一次离开蓝关堡，外面可真好玩，你以后常常带有浦出来玩啊。”顾婆清顾不得背负那么重的装满了小东西的包袱，疼爱地将他抱起来亲了亲：“好，阿娘以后还要带你回江南呢，阿娘的故乡在江南维扬，那才是好地方呢，你在学堂里读书一定也读到江南的风情，那是蓝关堡比不了的。”

柴有浦若有所思喃喃低下头道：“怪不得……阿娘不喜欢蓝关堡，阿娘想回家，不愿意嫁到这里来。”顾婆清听见这嘟哝不由微微一怔：“傻孩子，人各有命，阿娘不是不能回去，是不想回去，阿娘的心愿一了，就会带着你和尔妮一起回维扬。”柴有浦不再说话，只是用手使劲地挠了挠脸颊，细皮嫩肉忽地便红了，她赶忙拉住他的手：“别乱抓，怎么了，痒么？”她定睛一看，只见他圆嘟嘟的脸庞上不知何时起了一颗颗的小红疹，他拉了拉顾婆清的襟口：“阿娘，我口渴。”

顾婆清放下他站在地上，自己蹲下来去取水囊，刚刚扭头过去便听见“咚”的一声闷响，她回过头赫然看见柴有浦已然晕倒在地上，顿时大惊失色：“有浦，有浦！你怎么了，你别吓阿娘啊，有浦！”可这偏偏刚刚出了市集，乡野城郭四面荒芜，没有人烟更没有医馆，顾婆清就是喊破了嗓子也没人听得到，她一时慌了神顿感无助，忍不住清泪横流，咬咬牙抱起他徒步往回跑。但她毕竟是个弱质纤纤的女子，抱着沉甸甸的柴有浦跌跌撞撞，跑了不久就累得汗湿衣襟，终于一个趔趄连带着孩子一起摔倒在地，摔下的一瞬间为了保住怀中的柴有浦而狠狠地扭伤了脚，却再也跑不动了。

“柴当家！”就在这绝境之时忽然听见熟悉的声音，循声看去竟然看见了只身一人的逢临齐向这里跑来，顾婆清心头一暖，拉住救命稻草般拉住了他：“逢老板，快救救我儿子，快救救我儿子！”逢临齐抱起柴有浦，赫然看见他脸上已红疹密布，惊诧道：“啊，天花！”顾婆清闻言愕然，一把抢回儿子：“什么，天花！不……不会的，我不会让有浦有事。”她神神叨叨地念着，逢临齐见状也急道：“柴当家，你快把小少爷给我，我带他去镇上的医馆去。”

他哪里知道顾婆清刚刚摔下的时候扭伤了脚，将柴有浦横抱在怀中就要起身跑走，这才发现顾婆清的脚踝已然肿得高高的，根本无法移动，她见他停下回顾自己，不由喊道：“快去啊，快啊！别管我，救我儿子！”逢临齐蹙了蹙眉头折回来：“不行，你一个女子在荒山野岭我怎么放心，快来，上来！”说罢弯下腰要背上她，顾婆清不由犹豫了，他怒喝道：“这时候你还顾虑什么，快点啊！”顾婆清一横心便让他背起自己，逢临齐身上背一个，怀中抱一个，咬着牙跑到镇上医馆时已然精疲力竭，气喘吁吁地放下他们母子二人，敲开了医馆大门，说完一句“大夫，救救他们”，就体力不支晕倒在门口。

第四十四章　天　花

顾婆清赶忙去扶他，哪知他砸到自己受伤的脚踝上，顿时剧痛袭上，忽地觉得脑中一片空白晕了过去。当她醒来时发觉自己还躺在医馆里，已然夜色沉寂，周围空无一人，惊叫着翻身而起："儿子，有浦！我儿子呢？"老大夫闻声掀起帘子走了进来："啊夫人，你的脚绑了石膏不宜乱动。令公子不幸身染天花，老夫已给他配了药调理，孩子退了热稳定住病情已经睡了，夫人似乎不是本地人，老夫建议你们还是回去好好治疗，以免水土不服火上浇油。"

顾婆清道："那，那带我们一起来的那个男人呢？"老大夫笑道："先生疼惜妻子，你的夫君一个人又背又抱，累极已睡了大半天了。"顾婆清不由一怔，喃喃道："我的夫君……"缓了缓神起身撑着床边的拐杖便去看望逢临齐。也不知是他睡足了正巧醒了，还是被她嗒嗒的拐杖声吵醒，她进去时躺在床上的逢临齐正迷迷糊糊地睁开眼睛："柴当家，小少爷怎么样？"他撑着头欲要坐起来，却感一阵头脑剧痛，顾婆清赶忙扶住他："多谢逢老板相助，有浦病情没有恶化，能不能熬得过这一关还说不准。啊，逢老板，你怎么浑身这么烫？"

逢临齐怔了怔，反手摸摸自己的额头果然滚烫不已，顾婆清失色道："莫不是因为我有浦的天花……你被有浦传染了？"他斜着身子躺了下来勾起嘴角虚弱一笑："我是铁骨铮铮的汉子，小少爷把天花都传给我也不要紧。就算要了我的命，用我这条命换小少爷一命倒也不亏，何况柴当家也可以省了不少力气。你不是一直想对付我么？"

顾婆清扭过头蓦地被一段残烛熏得落了泪："逢老板胡说什么呢，你舍生取义救我有浦，我绝不会让你死。若是说一命得以换取一命，那就用我的命再来换逄老板的命。”她果断地扬手拿起他床头柜上放置的才喝了一半水的碗，仰头就要一饮而尽。逄临齐大惊失色挥手打翻那只碗，失态地抓住她的手：“柴当家你不能死！你不能死，就算你不为你一直委身在蓝关堡未完成的心愿，也为了小少爷。你是不是想他跟我一样，一样没有娘啊？”

这话说中她的心酸，再也忍不住哭了出来，此时听见动静而来的老大夫走了进来，顾婆清忙拉住他给逄临齐把脉，老大夫捋了捋胡须道：“夫人无须惊慌，官人不是染上天花，而是劳累过度偶感风寒发热罢了。”顾婆清感从中来，一时间竟忘记了身份，扑上前抱紧他喜极而泣，万般酸楚如鲠在喉，再难说出半句话。

“柴当家，柴当家，没事了……”逄临齐也霎时不知所措，本想拍拍她的手却尴尬地悬在半空中，只得在耳边轻声唤了一唤。顾婆清擦擦泪水收敛着坐起来：“对了，为何会在荒郊野岭遇见逄老板？你怎么跑出蓝关堡来了，还是只身一人，似乎不像做买卖。”

逄临齐道：“不瞒你说，这次我是秘密出堡来调查一件事。申屠姑奶奶有一次来雕刻店看我，言语中不慎流露出大太太最近的异举，我倒觉得这大太太似乎在跟你柴家有些不对劲，据我所知柴家的异心可不少，一旦这人跟申屠家联手，那柴当家要小心了。”顾婆清冷笑一声恢复往日冷峻：“怪不得大太太身上一股烟味，我知道那人是二叔。”

他点点头道：“除此之外，我还有件事拜托柴当家，当然，一切以小少爷的病痊愈再说。”顾婆清眼中的冰似乎融化了一瞬：“难为逄老板处处为小儿着想。我也有一事想拜托逄老板。”说着取出了随身携带的那支从墙后找出的竹签递给了他：“逄姨奶奶精通多国语言，解签只有靠她了。”逄临齐拿过来当即将其上的文字拓了一份留下，把竹签归还：“小少爷若是好些，我们明日就起程回蓝关堡吧。”

“你回来了？”徐徐从骑楼上下来的女芊看见书房里依稀有灯光亮着，

推开虚掩的门果然看见逄临齐正在里面对着雕刻好的木雕发愣，桌上依旧放着一锅沸水，里面扑腾扑腾地翻滚着天麻切片，逄临齐闻声回过神来招了招手："你来得正好，我这里有份拓文，这文字看不懂，你帮忙识别一下。"

女苿走过去接过一看，面无表情高傲地扬起了头："我不认识，不会解。"逄临齐不悦地站了起来："敖佳·女苿，你吃我逄家的住我逄家的，如今我不是请求你做事，是命令你，不要给我摆这副格格的姿态，紫禁城早已灰飞烟灭了，你八旗身份也没有我——一个黄土中的家族头头高贵得多。"

女苿抬起明眸凝视着他一字一句道："这究竟是你想问的，还是柴当家想问的？你说失踪就失踪了好几天，一回来就发高烧，这么巧跟柴当家一起回来，还这么巧她那儿子得了天花，你是不是也想为外人得天花？"逄临齐一掌砸在案几上撑起身子："回蓝关堡之后大夫已经给柴有浦看好了，他那是误诊，不是天花，是水痘，那不过是虚惊一场，轮不着你管！我叫你干什么就干什么，休要废话！"

女苿任性地打翻那锅天麻斥道："你别以为我不知道，你是在害怕，怕申屠家，怕柴家，怕你那个改嫁的娘。你在耿耿于怀什么，有本事别天天在这里镬烹天麻，有本事就去杀了那些跟你作对的人，只敢对我颐指气使，你算得上什么男人？"

逄临齐二话不说扬起巴掌狠狠扇了过去，女苿被掴倒在炕上，仍旧倔强地抬起那张玉容："逄临齐，我说错了么？你除了会打女人还会干什么，你有本事就打死我，你打啊！"

逄临齐眼窝抽搐，盛怒当顶，霍地扑上前扼紧她的脖子，指节手骨都捏得咯吱咯吱直响，就在她干咳得面红耳赤濒死之时忽地松开了手，俯身凑上前："贱人，别以为你费尽心机嫁进来就无事，虽然我还没摸透你什么目的，但不等于我是聋子和瞎子，我不杀你，我折磨你，我要让你生不如死！”

“当家，你还没睡啊？”夜色之下卓尔妮掀起布帘走进柴有浦的屋子，只见顾婆清仍痴痴地坐在床沿边，眼光却盯着台上那玻璃瓶里装着的两条小金鱼直愣愣的，听到她的声音不由一惊：“在蓝关堡见得着鱼本就稀奇了，何况鱼儿半红半白，更谓奇珍，可人啊，人要是半红半白，那就忠奸不分了。”卓尔妮却没看出来她眼神中的转变，走过来搀她起身道：“别担心了，小少爷这次有惊无险，福泽深厚，幸好是水痘而不是天花，当家还是安心吧。”

顾婆清道：“是啊，这次多亏了逢老板，若不是他冒着生命危险救我们孤儿寡母，还不知道会落下个什么下场呢。我本来只说出去一日，却因故逗留这数日，蓝关堡发生什么了没？”卓尔妮沉吟片刻替她掀开门帘引出门去：“当家，你这次可算是猜错了，除了表少爷频频跟史妧之幽会，再无其他了。”顾婆清冷笑道：“二叔这老狐狸不趁机行事不是他的脾性，反倒不正常，看来他真的是投靠了高人，不过可惜此高人非彼高人，离间之术就恰是时机。”卓尔妮木然地望着她，顾婆清笑道：“我这一时半会儿的也说不明白，一会儿你去给有浦熬一碗天麻汤喝了，明天的事我自有主张。”

“申屠洪！你无论如何给我一个说法！”这才天色蒙蒙亮，顾婆清就怒气冲冲地闯入申屠堡中大呼小叫，听得出是她的声音，竟惊动了长年累月在佛堂里不问世事的邬春玉，许是她诵经念佛需要晨起，便是第一个赶了出来：“啊，妹妹，不，柴当家，你这般兴师问罪为何来了？”

此时扈凤仙也同申屠洪并肩从堂内走了出来，扈凤仙喝道：“柴当家擅闯我申屠堡，好没道理！我家老爷毕竟是族长，平日里瞧你一个女人操持家业不已敬你几分，你竟然登堂入室直呼名讳！”顾婆清冷笑一声走到他跟前：“我儿刚刚出水痘，身体极其不好，我让尔妮昨儿夜里给他吃了碗申屠族长的天麻汤，今儿竟然再度发热。说实话，上一回天麻店混次我和逢老板都不愿拆穿你罢了，今天这事发生在我爱子身上我就不得不问。”

申屠洪揣起双手道："柴当家太糊涂，莫非这天麻是当家亲手所买亲手所熬，否则其中经过多少只手不得而知，谁知道被谁故意掉了包呢？"顾婆清道："天麻皆是由二叔购回，二叔再怎么也不会对一个幼童下手，我倒是想反问申屠族长一句，族长你就那么勤勤恳恳，每日去天麻店么？之前姑奶奶掌管天麻店安然无恙，怎么上一回和这一回天麻出错，倒是……"说着悄悄望了一眼扈凤仙，刚想继续说，没料到逄临齐居然也不请自来，直入天井之中扔了一包天麻在地一言未发。

申屠洪见状耸肩冷笑一声："嗬，有点意思。"就在众人僵持之际，忽然从大门口传来一个女子的盈盈声音："两位大人是看走了眼吧，这包才是我们的天麻，你们那布袋上的'申屠'二字虽然没错，可货真价实的申屠天麻上的这两字，却因书写习惯而少了其中一横，可想而知二位的天麻是被人掉了包，栽赃嫁祸我们申屠家。"

第四十五章　计芬小姐

这声音陌生不已，顾婆清和逄临齐一时间都想不起来，却是一直板着脸的扈凤仙，还有申屠湘，脸上露出了极其欢欣惊喜之态，两人不约而同回头向门口望去。只见石拱门底下站着一个二八有余花信不足的少女，那少女水蛇细腰，袅袅婷婷，眉眼处风流灵巧，生来便是个美人胚子。她穿着浅蓝短襟宽袖上衣，玄色及膝裙，穿着一双黑色布鞋，脚上着白色袜筒，一头乌发被一支简约蝴蝶结发箍披散在肩头，额头上几绺碎发摇在眉间，学生气息扑面而来。

她一手书本一手天麻，以区区两个字驳得顾婆清和逄临齐无言以对。这女子看着面生又似曾相识，只见申屠湘第一个按捺不住激动的心情跑上前拉住她的手："哎哟我的小祖宗，你可算回来了！计芬，快，快见见你爹娘！"

逄临齐见状已然心中有数，向顾婆清使了个眼色："既然申屠小姐替我们解了疑，那就没什么好再问的了。以后每年检查天麻的事就交给柴当家接管，姑奶奶无谓好心帮忙，该是谁做还是由谁做，我们也不打扰你们一家子团聚了，柴当家我们走。"

顾婆清不以为意，扭头便向门外走。这姑娘原是申屠家的千金小姐申屠计芬，外出念了大半年洋书这才回家，不过一个丫头片子，顾婆清哪里肯将其放入眼内，可偏偏在与她擦肩而过的那一瞬，忽地瞥见了这姑娘的腰间悬着一枚半爿玉佩，那雕工巧夺天工，玉泽光润透亮，不但是块极品的玉石，配以这精细的雕琢更是无与伦比。这雕工细若游丝宛若柳絮，绵而不断，柔而带刚，化腐朽为神奇，顾婆清心中不由猛地咯噔一声，这雕工曾见过。是当初给逄老太君补玉时见过，刀法玉器如出一辙，她敢肯定这出自同一人之手。

可这件事她没有对任何人提起，连卓尔妮都没有透露半个字，等到第二日便以柴有浦烧退，自己误会了申屠家的理由特意前去告罪，适逢申屠洪不在家——或许是昨儿确实被他们二人震慑一番，亲自去天麻店视察了，顾婆清便被那申屠计芬给请进屋去，直接拜会扈凤仙。

没想到申屠计芬刚刚回家，就给家里添了不少靓丽，看得出扈凤仙的心情也格外好，整个人都容光焕发，精致的脸庞里透露着玫瑰微红。可纵然如是，她却秉着一贯的风雅气度，不多一分不少一分，笑盈盈地请顾婆清坐下饮茶："柴当家痛惜爱子，我这个做母亲的也明白，今儿到访可不是为了跟我一个女人家为难吧？"

顾婆清笑道："哟，瞧你，说到哪儿去了。我昨儿也太着急了，今天特意来请罪。昨天幸好你家千金出面一顿训斥，否则我们两家还莫名其妙结了怨仇呢。说真的，我上一回见到申屠小姐的时候她还不大，一走就是好些年，女大十八变，真是标致娉婷，像足了大太太。"

扈凤仙笑道："哎哟我说柴当家，你这可羞煞我了，柴当家若是不煽风点火，老爷用不着怪我擅作主张，我才能年轻二十岁呢。"顾婆清接着又道："我看申屠小姐身上带了块玉佩，真是通透水灵，如同这人儿一般漂亮。"可哪知扈凤仙对玉佩却无半分表示，莫不是这件事她毫不知情？

一顿茶吃罢，却一无所获，顾婆清略有不悦告辞了扈凤仙正要出来，却在转角处遇见了刚刚从厨房里跑出来拿着水果吃的逯小小，她见了顾婆清亲切地笑了笑："柴当家，你和大姐说话，我都听见了。你喜欢计芬的那块玉佩么？那可是定情之物呀。"

顾婆清眼前一亮，变出一把白花花的麦芽糖递给她："三太太，你说什么定情之物？和谁定情？"一看见那些胖嘟嘟的麦芽糖，逯小小顿时被收买了，扔了手中的瓜果香蕉赶忙抓了一把麦芽糖塞入口中："你瞧那玉佩对半分开，那是情人间定情用的，那谁是她的情人，我又不是玉佩，我哪里知道。”顾婆清脸色暗沉了下来，逯小小小心翼翼地抬起头来指了指那些麦芽糖：“那，我还能吃么？”顾婆清无奈地全部塞给她：“吃吧吃吧。”

“当家，这么晚了你在画什么？”她顾婆清虽然没有像逢临恭那样有着过目不忘的本事，但这两天来来回回见了申屠计芬几次，那玉佩的模样都恍若刻在了脑海中，趁着记忆犹新时赶忙废寝忘食地画在图纸上。卓尔妮好奇地凑上前来看，伸手拿起那张图纸仔细一看：“呀，这花纹真漂亮，你想给小少爷打造的？”

顾婆清摇了摇头：“申屠家的小丫头回来了，带回了这么个玉佩，我觉着她和那个真正的补玉人有什么关系，我想去找臧九安打探打探，最近没听见他的声音，走，去见见。”

顾婆清披着斗篷走到玉器店后的院落时，月光恰好洒到一片空地上，空地上正蹲着个人在若有所思地把玩着两颗水晶珠子，凝神一看正是臧九安。卓尔妮咳了两声，他忽地看见顾婆清的鞋子，猛然站起身紧张地把手背在身后：“大，大当家的……”

顾婆清看了卓尔妮一眼示意她下去：“看起来你心情不太好啊，这么晚都不睡，那正好陪陪我这个不眠人聊聊天。”说着倚靠着石桌石凳坐了下来。臧九安坐立不安：“大当家的，这夜深人静的，你我相对说话不方便吧。”顾婆清敲了敲凳子道：“坐下。有些话只有晚上才方便说。九安，我知道你对宛萍有意，不过她始终是柴家大少奶奶，我把你当朋友奉劝一句，别苦苦纠缠，否则万劫不复的可不止你一人。”

臧九安心神不宁，一听此话更是吓得扑通跪在她跟前，手中紧握的两颗水晶珠子也咕噜噜地滚落到顾婆清脚边，顾婆清拾起一颗把玩道：“好了好了甭紧张，还没到紧张的时候呢。这张图纸你睁大眼睛看看，瞧瞧，再慢慢儿紧张也不迟。”

说着把自己画的图纸推到了臧九安的面前，他茫然地接过图纸，登时愕然惊恐万分，骨瘦如柴的手腕止不住地发抖，脸色一阵青一阵白，眼窝处黑黝黝的，嘴唇哆嗦得说不出话来。

顾婆清却施施然摆弄着两颗珠子，也不看他，悠然道："九安啊，我们柴家待你可不薄，我们没指望你饮水思源，但也不能恩将仇报，是吧。我说过我顾阿清要是留一个人，必然有我的用意。我当初留下你，是喜欢你做的酱菜，可做酱菜也要把握好度，做得太多了，不但没有人会褒扬你，还会腻得慌齁得慌！说吧，补玉的那人是何许人也？"

臧九安大惊失色，声泪俱下说："大当家的，大当家的，是我补的玉，再无其他人了。"顾婆清怒道："你还睁着眼睛说瞎话，这图纸上的玉佩与补玉的手工同出一人，你说是你补的玉，那你告诉我，这图纸上的玉佩是你何年何月所雕，送予何人的？说！"

臧九安支吾着再难答上来，顾婆清道："你回答不了，我告诉你，这玉佩是定情玉佩，一半在申屠千金小姐的身上，一半就在补玉者——或者可以说，你师父的身上。我不逼问你了，你带我去见见你的师父，我就当所有事从未发生。"臧九安愣了愣，却发疯似的拼命向她叩头，抿紧了嘴什么都不肯说，直撞得脑门血流不止，顾婆清喝止道："够了！不说便罢！"说罢怒气冲冲地拂袖而去。

她不是看不得别人用苦肉计，可偏偏是看不得臧九安这般，从第一次见到他起，他每次的出现，都会让顾婆清的脑海中莫名地浮现江南烟雨，浮现桑田耕织……顾清婆不得不又心软了下来。

臧九安越是不肯开口，越是让顾婆清确定了那个神秘人的存在。这个人究竟在何处，或许远在天边又或许近在眼前。这个神秘人搅得她一夜都睡不安宁，在天亮之时决定聚集逄临齐和申屠洪商谈，把这件事堂而皇之地说出来，神秘人是敌是友难辨，只有越多的人知道神秘人的存在，才越能保护住蓝关堡的心脉，甚至有时候也能保护住这个神秘人。

这场会议从白昼谈到了傍晚，卓尔妮和小梅在家里已然煮上了米饭，见时间差不多，卓尔妮穿上斗篷便出去接柴有浦下学堂。小梅从厨房里灰头土脸地跑了出来："尔妮姐，你去学堂接小少爷么？在二条巷附近有个卖胭脂的铺子，你替我带一盒胭脂回来。"说着笑嘻嘻地把几张钱票塞给她。

卓尔妮犹豫道："那胭脂铺子在逄家雕刻店附近……好吧好吧，你呀，整天打扮得跟个西施似的，也不知道你想干吗，小心当家说你，好好干活吧。"卓尔妮心中其实不愿意去雕刻店附近打转，但一来受了小梅所托，二来毕竟雕刻店里还有逄老板坐镇，相信也不会出什么乱子，可她没想到顾婆清已然把逄临齐召走商议，逄家的雕刻店里不能无人管事，一心想让爱孙历练的严红瑰更是趁着时候让逄临恭独掌家业。

第四十六章　匿　心

她刚刚替小梅在胭脂铺前买了胭脂，正欲抬脚转向学堂接柴有浦，忽然听见雕刻店的后门轰地被撞了开来，不禁令人心中一惊。卓尔妮下意识地扭头看去，只见穿着长马褂戴着眼镜的逄临恭从里面步履不稳醉醺醺地连滚带爬出来，他手上还拎着一坛烈酒拼命往嘴里灌着，那双颊已然红得可怕，连带着耳根和脖子都已然过敏起了红疹，再这般喝下去可是要了性命啊。

卓尔妮一时怔住了，走也不是留也不是，终于还是决定先避一避，哪知道她刚刚准备走却被醉眼蒙眬的逄临恭看见了，他迈大步子追过来拉住她的胳膊："尔妮，怎么，连你也要躲着我?"卓尔妮怎么都推不开他，急道："逄二少爷，这是大街，人来人往，你跟我一个下人拉拉扯扯成何体统，快放开!"逄临恭苦笑道："你每次看见我就是这样，你就不能陪我说说话么，你真的把我们的以前全部忘了么？啃，女人……"

卓尔妮也不知哪来的力气，甩开了他的手喝道："女人，二少爷果然是为了一个负心的女人而酩酊大醉，可这个女人是史妩之，不是我。我和二少爷之间究竟是谁负了谁，你心里清楚！凭什么当年你可以一走了之，如今带回了新人，还要我这个旧人赔笑？二少爷请你自重，我早已进了冰玉堂，你我早已陌路，休要为了别的女人负情再来纠缠尔妮。"她句句字字如同扎入逄临恭的心扉，他被骂得怔住了，可看见卓尔妮转身要走，一种久违的亲切和愧疚涌上心头，冲上前从背后紧紧抱住了她："尔妮，别走。"

她大惊失色，这里是市集大街，他不要这张脸自己还要，羞愤地挣脱了他，扬手掴了他一巴掌，逄临恭口角顿时血流不止，衣衫怀中啪地掉出了一只旧怀表——一只并不名贵的怀表，是曾经卓尔妮赠送给他的。她看见怀表果然一愣，惊诧地拾起来却道：“六点了，是什么时辰？”逢临恭没想到她注意的却是时间，顺口道：“酉时。”卓尔妮惊呼道：“酉时？糟了，小少爷！我要去接小少爷的！”

只见她脸色乍青，浑身的环佩叮咚着往学堂跑去。逢临恭见势不对赶忙也跟了去，卓尔妮慌慌张张地跑到学堂处却发现门前已无一人，堂内空空如也，学生们都早已走光了，只有行动不便的老夫子还在慢吞吞地收拾东西，卓尔妮急道：“夫子，柴家小少爷呢？”老夫子反应迟钝地抬起头看了看她：“哦，你是，你是卓姑娘。卓姑娘，柴有浦和其他同学一起放的学，我见他在门口等你，就回来收东西了，这一抬头又见他不见了，以为卓姑娘你带走他了，怎么，你没接到？”

卓尔妮顿时失措：“糟了，糟了……小少爷，小少爷！你在哪里啊，你别吓尔妮！”她已然慌了神，四处没目标地乱跑着寻找，一回身差点撞上逢临恭，她已是怒火中烧，看见他更是气不打一处来，俯身舀了一勺水桶中的水狠狠地泼的他从头至脚。这一泼倒让逢临恭酒意清醒，反应过来发生了什么：“别急别急，你这样乱找没有用的，我们两个分头找，想想他会去哪，这个时候别分你我，找到柴小少爷再说！”

卓尔妮听此言有理，便放下成见与他一起四处寻找。可找了一大圈都不见踪影，卓尔妮泄气了，赶忙回去先将此事告诉小梅，让小梅禀告顾婆清，而因自己平日里跟柴有浦接触甚多，知道他喜欢去哪些地方，便继续寻找。可顾婆清却仍未回来，小梅越等越着急，这件事不能再拖了，万一小少爷有个什么三长两短……小梅心神已定，当即扔下锅碗瓢盆跑去议会大堂。顾婆清正襟危坐，提出了关于这么个神秘人的存在，正谈到关键时刻，小梅风风火火地跑进来，还被高门槛绊了一跤，直接摔在大堂中央：“当，当家……小少爷，小少爷走失了！”

顾婆清正欲呵斥，却听她如是说道，顿时霍然站起，血涌脑上大受刺激，当场晕倒过去。一旁坐着的逢临齐眼疾手快，一把抱住了她，这才险而没有撞到桌角："柴当家，柴当家！"逢临齐道："哎呀，申屠族长，看来今天议会是不成了，还请族长先回去，柴当家这里有些麻烦，交给我吧。"申屠洪却意味深长地笑了笑起身便走，似乎不相信有这么巧的事，这边正谈着如何处置神秘人，两方对他申屠洪一方不和，偏在这时顾婆清借故退会，倒让他有些瞧不起了。

逢临齐见他走了，这才挥手叫小梅过来："快，快跟我扶你家主子回去歇着，慢慢给我说说，小少爷怎么走失了？"他横抱着顾婆清穿过闹市，在小梅的引路下径直进了柴家堡。正值傍晚时分，该收工的在收工，该出来的都出来了，一路上人人指指点点惹起了不小的风波，就连玉器店众人也看见，叽叽咕咕地传入柴有良的耳中，他本想抓住顾婆清的把柄，哪知跑回家才知道原来是柴有浦失踪，急得他这个大哥带着两个妻妾一同在蓝关堡中发了疯似的寻找。柴有良刚刚带着她们出去，卓尔妮倒和逢临恭垂头丧气地进来了，一进屋内却赫然看见逢临齐坐在顾婆清的床沿边在悉心照顾，二人不由惊了惊，愣在原地。倒是逢临齐施施然回过头看了看他们："噢，还没找到么？卓姑娘，你家主子听到消息激动晕了过去，你来好生照顾着吧，二弟，你随我回家。"

"大哥，你怎么能跟柴当家这么亲近，你就不怕流言蜚语么？"一出柴家，逢临恭忍不住道。逢临齐却冷笑道："你懂得说大哥，那你自己呢？别以为我不知道，我一不在店铺里，你就为了个史妧之喝得醉醺醺的。人家摆明了是在跟那风流哥儿来往，你又没本事争过人家，只有本事把自己灌醉，算什么？小梅都告诉我了，要不是你发酒疯耽误了卓尔妮接人，他柴有浦能走失么？我送柴当家回来是礼节，也是赔罪！"

逢临恭被他斥得已然无地自容，自觉地说要去雕刻店加班，逢临齐道："那正好，我今夜也要去店铺里通宵，有几个账你也看一下，我还另有要事要做。"说话的功夫已然到了雕刻店，逢临齐扔了本账簿给逢临恭，自己坐在椅子上眯起眼，回想起之前在柴家照顾顾婆清的情形。

当时把昏迷的顾婆清放在炕上时，他却因身长七尺，比顾婆清要高出半个头，腿脚也更长一些，迈开步子的时候不偏不倚脚趾撞到了炕下的一个凸出的奇形怪状的小砖。逄临齐曾蹲下来仔细查实过，平滑的炕边却偏偏多了这么一个古里古怪的小砖，若是女子们脚步束于裙袍之下，便绝不可能碰到它。这小砖凸出一小块，无论左右拧动还是前后推拉都没有任何动静，可他总觉得这么一块只有男子靠近炕边才能碰到的小砖是个机巧。

他不由赶忙翻起一册册的古书，做雕刻这么多年，这个机巧倒是从未见过，若能在书中证实，或许这里就是藏着柴国瞿宝藏的关键所在。柴国瞿如此精明，对这娶来的夫人也未必放心，他一死，整个柴家都不可能有成年男人再靠近顾婆清的床边，如此安置倒是下了一番心思。

他们这雕刻店秉烛夜灯，而家里似乎也没有消停，逄临齐从不回家过夜已成了心照不宣的秘密。自从上次逄临齐浑身发烫和顾婆清一起回来后，唯一那么一次在家里留宿，但那一次之后女苿却再也没有跨出过房门，所有的衣食用品都由下人给送进去，明明白白是被逄临齐给软禁了起来，但严红瑰也睁一只眼闭一只眼，不去问事。

这晚史妧之在阁楼的窗台上托着腮细细地打量着夜色下的逄家，只有对面楼上女苿的屋子里灯光微亮，她忽然转过头，对在阴暗处玩着她一排枪支的那小影子道："史姐姐出去一趟，你该乖乖睡觉了，明儿姐姐再带你见大奶奶，大奶奶最爱听话的小孩子了，她若是喜欢你，就会送你好多好多有趣的东西呢，保准你爱不释手。"那小身板兴奋地挺直，一双亮晶晶的眼睛抬了起来，不是柴有浦还是谁？柴有浦高兴地说："真的？那我马上就睡觉，姐姐，我今晚不回家，阿娘和卓尔姐姐会急的。"史妧之笑道："傻瓜，卓尔妮着急我倒相信，只不过柴当家嘛……她在意的是那些账本和家业，之后才轮到你。在姐姐这里住着不也挺好嘛。"柴有浦若有所思地点了点头，躺身钻入被窝里睡觉了，史妧之这才拉了灯光，蹑手蹑脚地走了出去。

第四十七章　井底引银瓶

“大嫂，大嫂，你睡了吗？”她轻轻叩了叩门扉，里面的灯光不由闪烁了几下，片刻后女苿才从内里将门拉开，一团薄薄的烟雾紧紧笼罩着她出现在了门口。这大半夜的，女苿竟然穿戴整整齐齐，穿着一身前朝绣凤的深蓝色对襟朝褂，脖子身前后交叉挂着三串朝珠：一为翡翠莹玉，一串珊瑚蜜蜡，一串东海珍珠，头上戴着金凤朝冠，下逶金约和绿松石领约，俨然一副贵族模样，没见过清朝皇后的史妧之，还真差点以为面前的这个女人便是母仪天下。

史妧之回过神笑道：“大嫂，有件事想请你帮忙，柴家的小少爷柴有浦今儿走失了，整个柴家都在忙里忙外地到处找，找到现在都没有音讯，我跟小少爷交情不错，也很担心他，想麻烦大嫂和我一起外出找找。”看得出女苿面上犹疑，她又道：“哎呀小孩子走丢可大可小，毕竟是孩子，若是个大人走丢……既然想走丢，那便找不回来了。大嫂说呢？”女苿微微一笑：“好，有你这句话，我替你找找这个走丢的孩子也无妨。”

女苿盈盈笑着跨出了那扇上着大锁的门，傲然地穿着一身清廷朝服翩然走下楼。史妧之跟着她走出了逄家门外，路过楼下那扇象牙白的门。她们方才一过，那扇门无声无息地露出一条黝黑的缝隙。史妧之成功地将女苿解了禁送了出去，看着她的身影消失在黄沙深处，她忍不住露齿而笑，忽然间听见一声诡异的猫叫从身后传了出来，史妧之浑身一凛回头看去，只见院内的一口古井处寸草沙沙微动，似是猫儿窜入这井后。为免再被惊吓，她决定凑上前看清楚那究竟是猫还是有人装神弄鬼。

她小心翼翼地提着白衣长裙走向井口，适才低头探去，赫然看见井里的水波静如平镜，竟清晰地倒映着自己和身后——一个裹着黑色斗篷看不清楚面容的男人。史妧之心头一震，正欲惊叫出来，只觉背后猛然受一阵恶掌推力，整个人被狠狠地推进井中。她慌乱之下挥舞着双手想够住湿滑的井口，却一把拉扯下了那黑斗篷男人的面罩："啊，是你?"

若不是她看见了那人的真容，也不至于会落到必死无疑。那人口角冷笑一声，抓住她的手腕狠狠地向井里扔了进去。只听扑通一声沉闷的水声，淹没了史妧之的惊呼声。可毕竟嘈杂声也吵醒了逄家的所有人，严红瑰只穿了一件睡衣外套便慌忙赶了出来，屋子离得最近的逄肖娘也已然在井边向里哭着喊着："妧之，妧之，快来人啊，救命啊！妧之投井了！"严红瑰被惊醒了，赶忙指着身边的家丁护院说："还愣着干什么，快，快救人啊！"这些下人纷纷跳入井中，好不容易才把史妧之捞取上来，她的额头碰到井底的硬石头已然血流不止，整个人早已昏死了过去。

逄临恭得知史妧之出了事，心急如焚地赶回家时已然大天亮了，翻身下驴就奔进屋内摇晃着躺在床上昏迷不醒的史妧之哭喊不已。逄临齐紧跟着回来，扫了一圈屋内人问道："昨晚究竟发生了什么事?"严红瑰坐在床边扶着拐杖摇着头站起来："昨儿后半夜，水井旁一阵嘈杂，我出来一看就见肖娘趴在井边哭喊着，说是妧之投井了，好端端的，为什么会寻短见呢?"逄临恭一听更是忍不住一把鼻涕一把眼泪放声哭道："妧之，妧之她现在怎么样了?"

严红瑰叹了口气："已然找了大夫给她看过，说是落水时呛了不少水在胸腔，一口气憋着上不来，而且头部撞到了井底硬石，就算能熬得过这生死关，却也是再难醒来了。"逄临齐见逄临恭哭得成了个泪人儿般，不由皱了皱眉头说："你这是干什么，没事都被你号丧号的有事了，能不能别吵。我瞧这事不是那么简单，就像奶奶说的，她好端端地投井自尽干什么?肖娘，你昨天怎么发现她的?"一直站在严红瑰身后啜泣不语的逄肖娘红着眼圈抽泣道："我，我夜里躲在被窝里读鬼故事，忽然听见门外有动静，吓了一跳，就起身偷偷看了看，我当真看见鬼了！我看见一个穿着清朝朝服的女人背对着走到大门口去了，我吓得跑回屋接着睡，就听见水井边传来妧之的救命声。"

逢临齐轻轻哼了哼，道：“女茱呢，怎么不见她人?”严红瑰这才反应过来：“咦，是啊，昨天妧之出事之后就没见着她了，穿着清廷朝服的女人……齐儿，你说该不会是女茱……”逢临齐冷笑道：“我现在好奇的不是史妧之是自己投井还是被人推下去的，我好奇的是，其实逄家谁不知道，我跟女茱向来不睦，前段日子更把她锁在屋内禁步了，她怎么能出得来?来人，去姨奶奶的房子里好好查查。”这一查却是该查出的没查出，下人们倒是捧着从门口捡来的一个小猪玉挂件送了上来：“老板，这东西不是我们逄家的。”

逢临齐接过手摩挲一番，心中顿生疑虑，属猪，这不是柴家那位小少爷的属相么?偏偏昨天他才走失，今天就在自个儿的家中发现了他的物件，逢临齐默不作声将挂件收回了衣袖中。这个挂件，于女茱的门槛边找到，一半可能是女茱落下的，还有一半，可能是替女茱开门的那个人落下的，那么柴有浦必然在这两人的手中无疑。再仔细想想，以女茱的脾性，要么不会离开这里，若是离开，那么替她开门的那个人就必然不会留活口，这样算来，似乎史妧之的事就顺理成章了，可他却怎么都觉得自己好像算漏了什么。

可就在他疑虑之时，下人们禀报道：“老板，姨奶奶回来了!”这么一声不单单让逢临齐一震，他留意到逢肖娘也浑身一震，那双含泪盈盈的眸子陡然泯灭了之前的柔弱纯真，令他不敢多看一眼，生怕落入她眼中的深渊。肖娘这是什么表情?逢临齐心中暗疑，只见女茱正徐徐然地迈着小步子走了回来，身上根本不是穿着那套清廷朝服，而是穿着初来乍到时的粉色短小花袄裙，这袄裙看上去都有些泛旧了，可她穿起来仍然高贵不已。她这么一回来，便又消了她推史妧之落井的嫌疑，只道是在屋内憋得久了，适逢先人冥寿便漏夜去了黄沙崖烧纸祭拜而已。

逢临齐有意无意地在她面前摆弄着那只小猪玉件，可女茱的眼神一如回来时那般平静，对这物件竟是视而不见般。逢临齐望了一眼床榻上昏迷不醒的史妧之，心中已然有数：“二弟，你们就在这里好好照顾她吧，我还要回去料理雕刻店的事。女茱，你也累了，该回房了。”他离开逄家却直接去找顾婆清，将那小猪玉件放在她的手中，面色憔悴的顾婆清一见此物激动道："是了，这是我儿的东西，他在哪儿啊？"逄临齐摇了摇头："唯一知道他在哪儿的人，却已经昏迷不醒了。"他把事情悉数告诉了顾婆清。顾婆清道："我也觉得史妧之不会想不开投井，只怕有人见她未死还会加害她。我让尔妮以看病的名义去守着她吧，史妧之身上牵着我儿子的命，她不能死。"

傍晚时卓尔妮提着药箱神色怪异地回来了，顾婆清因至今找不到失踪的柴有浦而灰头土脸地坐在炕上发着呆，卓尔妮一进来便神秘兮兮地关起了门："当家，我有事跟你说。我去给史妧之把脉，本想看看她的伤势，哪知这一把脉，竟然发现她……她有身孕了。"顾婆清惊道："你说什么？"卓尔妮点点头道："千真万确。"顾婆清铁青着脸道："好，好，这个有扬真是有出息了。我问你，史妧之出事之后，有扬有没有去逄家看过她？"

卓尔妮道："当然不会了，一直都不闻不问的。他们两个本来就是见不得光的，表少爷不会为了一个女人丢了自己的形象，不但如此，我刚刚回来的时候路过玉器店，还看见表少爷和……和另外一个女人在对面茶楼里打情骂俏，全然不顾史妧之了。"

顾婆清叹了口气："也是个痴情种子。我本以为，她和有扬交往是为了激怒逄家，让自己的计划可以进行的下去，哪知这样一个美艳绝伦又聪明绝顶的人儿，自以为在逄临恭和柴有扬之间游刃有余，玩弄到最后竟引火自焚，最终被有扬玩弄。感情这东西，当真是碰不得，因为你不知道哪一天，假的也会变成了真的，真真切切，也会灰飞烟灭。喃，还有，你别以为你替那个新欢隐瞒，我就不知道她是谁，我也不想罚她，找到有浦再说。"

第四十八章　第一刺客

顾婆清没有透露半点关于柴有浦的消息，仍旧让整个柴家继续到处找他。可今天闫嫱却告了病假在家里休息着，也没有人疑虑她，谁都知道这大少爷将她收了房之后却是一次都没有去过她屋内，等到大家都散出去找柴有浦了，闫嫱靠着床边静静地坐下来回想起夜里的事。原来那夜女茕被放出逄家，并非逃离蓝关堡，而是直接去找了闫嫱。

一直守着残烛等柴有良有一日过来的闫嫱听见敲门声以为是他，欣喜地拉开了门，却见穿戴着华贵朝服的女茕凌然站在门前，浑身一个激灵下意识地做了前朝的拜礼道："格格吉祥。"女茕浑身散发着呛人的雾气走了进来，环视了一圈她的新房，屋内还贴着崭新的红双喜字，打扫得干干净净，却没有人气："看来大少爷不太领情啊，这么娇俏的女人，也不来看一眼。"

"格格取笑嫱儿了，其实嫱儿一早就看得出来有良和大姐的感情很深厚，我挺羡慕大姐，但若不是他对大姐的一片痴心，也不会打动嫱儿。"女茕哼了哼笑道："没错，我就知道你对这汉子动了情，不过也不碍事了，我教教你，怎么把柴有良的心拢过来，这不难，只要你喜他所喜，悲他所悲，解其之忧，排其之难，他会感激你还会把你当作知己，心中自然就装下你了。你说说柴家最近的困扰是什么？"闫嫱脱口道："小少爷。"

女茕笑道："史妧之放我出来，我却看见她腰间别着一只玉猪挂件，刻意在出门时从她身上拽了下来丢在地上。这小少爷，不在别处，就在史妧之手上。别人不知道这史妧之，我却知道她的寸心芳心，由玉器店后门出去，自南向北，绕窑洞而行半圈，倚山之下有个偏僻的小茅屋。你将小少爷带回来交给柴有良，你说怎样？"闫嫱滴溜溜地转了转眼珠，一时欣喜地说不出话来。闫嫱缓缓从回忆中回过神，此刻家中无人，正是自己去接柴有浦回来的好机会。她按照女芣的指示，在那间幽会的小茅屋里找到了失踪已久的柴有浦，领着他终于回了家。

就连顾婆清都没有料到，日思夜想的儿子毫发无损地回来了，对闫嫱大加赞赏。是夜，闫嫱依旧如常点着灯坐在屋内等着，这一回却真的传来了柴有良的敲门声。她心如鹿撞拉开了门，柴有良挠了挠头拉住了她的手边入内边道：“嫱儿，自从娶你回来，我一直都没好好对你，一直觉得娶你是二娘逼我的，二娘逼我的事我都会抵触。我，我……现在想来真的对不起你，你毕竟也是个无辜之人。”

闫嫱与他坐在床沿上互诉衷肠：“你别这样，其实我是心甘情愿嫁给你当小妾的。嫱儿本就是身份低微的戏子，岂敢奢求太多，何况很早开始，我就是真心真意喜欢你，能嫁给你，是嫱儿一生最大的福分。”柴有良心中感触，伸手将她揽入怀内：“你对我既有情又有义，还帮忙找回了有浦，我真的不知道该怎么感谢你才好。”闫嫱俏然抿嘴露出梨涡美艳一笑：“夫妻两人，还提什么谢字。”见她这副可人的模样在微光下更是令人心颤，柴有良的心也终于被她融化，闭起眼轻轻地吻了吻她的脸颊。

看着闫嫱屋内的灯光全部熄灭，站在庭院里的邹宛萍凝视着窑洞的那扇门怅然若失，她已经在努力地做一个大方的正室，可说服不了自己，心爱的男人终于有一天被别人分去了。她回到自己的屋内，看着空荡荡的屋子，一眼看见了那只放在炕上的白瓷瓶子，邹宛萍把里面剩下的大半瓶酱菜全部倒在了碟子上，也不用银勺，直接用两只手发疯似的抓着那些酱菜往口中塞，一边吞着一边默默地痛哭。那些酸黄瓜酱菜片塞得满满一嘴，终于反胃地全部吐了出来，她哭着笑着抚着胸口：“是这种感觉，我也吐了，我又有孩子了……”

就在她痴癫地站起来时，脚下却踩到一粒珠子，整个人重心不稳狠狠地摔在了地上，这才把邹宛萍给摔清醒，她捡起那颗珠子，正是臧九安送给自己的水晶手链。邹宛萍吸吸鼻子，披上斗篷径直去了玉器店的工人房找臧九安，什么都没有说，只说了一句："你说得对，我从来都没有看过蓝关堡以外的世界，如果可以，我想走。"见邹宛萍递上了一条重新穿好的水晶手链，臧九安又惊又喜，两人这份压抑已久的感情，终于冲破了封建的桎梏。邹宛萍更许诺找个机会向顾婆清说明，她一辈子都不会再回蓝关堡。

看见爱子安然无恙地回到了自己的身边，顾婆清颇为感慨地守在睡熟的柴有浦的床边，凝视着他稚嫩的脸颊，叹道："好孩子，阿娘也真的很想带你回维扬，我们母子俩相依为命，过太平日子。可是阿娘不能为了自己安逸，忘记了过去的恩怨，辜负了故人。如今老爷的财宝已然有了眉目，阿娘和逄老板联手相信不日就可以找到，那时候我们就一起离开这里——这个黄沙漫天的荒芜的鬼地方。儿啊，阿娘没有别的牵挂，唯一对不起的人只有你……"

一番感慨后顾婆清哪里还睡得着，她披散着长发在白色的睡衣后，不记得出门戴上一件斗篷，信步往黄沙崖的方向走去。茫茫土丘沉寂得如若一座巨坟，她凄然一笑，赤着脚踏着这冰凉的沙子站上了最高的崖顶，正在痴痴望着一大片连绵起伏的山头，忽然听见身后一阵动静，她惊愕地转过身，赫然看见一个着黑袍斗篷的男人举着刀向她心口刺来。

"柴当家小心！"就在千钧一发之刻，逄临齐不知从哪儿冒了出来，展开双手护住她，飞起一脚踢飞那人手中的刀，拔出枪对着那人射去，可那男人力大无比，身手又极其敏捷，与勇猛的逄临齐过招竟还连占上风，避开子弹纵身逃开了，却落得逄临齐浑身是伤。顾婆清失色追过来扶起满脸是血的逄临齐："逄老板，你怎么样？别追了，别追了。"逄临齐吐出一口血擦了擦嘴撑起身子来："身手不错，柴当家你知道是什么人想杀你么？"顾婆清道："坐到大当家的这个位置，又与你们两家牵制，要说想杀我的人实在太多了，我想不出。"

逄临齐哼了哼道："史妧之，女茉，现在又是你，你们三人本来毫无联系，我怎么都想不出来为什么会有人费尽了心思想要你们的性命，不过现在我想明白了。只要我和谁走得近一些，刚才那刺客就要杀谁。”顾婆清蹙眉道：“那么你认为是？”逢临齐道：“逢家有奸细。我想设计将这刺客捉个现行，看看他究竟是什么人，抑或是不是你口中补玉的神秘人。”顾婆清摇了摇头：“这两人不会是一人。可如今你还能怎么引他出来？”他笑道：“你忘了，还有申屠姑奶奶。”

“逢老板，我不认同你这么做。”顾婆清的脸色沉了下来，不悦道，“姑奶奶对你是一心一意，你却拿她当诱饵，拿她的性命开玩笑，你这样跟那灭人欲的申屠洪有什么区别，跟不负责任的有扬有什么区别？你以逢老板的身份跟我作对，虽然对我来说不是好人，但我一直认为你是个铁血汉子，丹心可鉴，你别让我失望。”

逢临齐愣了愣，咧嘴一笑：“柴当家说得慷慨激昂，可我怎么觉得这话这么酸，你不希望我和姑奶奶亲近？”顾婆清怒然瞪了他一眼，赤着脚转身丢下他跑走了。逢临齐望着她白衣黑发，赤着脚踏在黄沙上渐行渐远消失在夜色里的背影，忽然心中一颤，嘴角不由扬起淡淡的微笑。这女子……

自从那天起，逢临齐非但没有听顾婆清的劝，反而变本加厉，时不时找着各种机会和申屠湘见面，又是手把手地教她雕刻，又是去天麻店买一次又一次的天麻，两人见面的次数实在太多了。申屠湘受宠若惊，虽然心里也知道他向来对自己避而远之，这会儿又故作亲切，必然是有所需，可纵使如此她心中也觉得甜蜜。这天逢临齐又来到天麻店找她，神秘兮兮地取出一个锦盒递给她：“姑奶奶，你的生辰快到了，你们申屠家富可敌国，你什么也都不缺，我实在想不出送你什么，这是小小心意，可千万别嫌弃。”

申屠湘伸出那只戴着白色手套的手笑盈盈地接了过来：“逢老板太客气了。”她心中想着，虽然女儿家首饰珍宝实在不少，但只要是他送的，那便是无价之宝。申屠湘面若桃花，微红着容颜，仿若是徜徉在江南桃花下的人面红颜。她轻轻打开盒子，赫然看见里面放着半只紫檀木雕的香梳，手工精致，香气扑鼻，甚是好看：“呀，这梳子真漂亮，但为何只有一半？”

逢临齐诡秘一笑，道：“这是鄙人亲手为姑奶奶打造的，还有一半在这里。”说着从自己的衣兜里取出了另半只木梳，申屠湘身边的侍女插口道：“姑奶奶，这叫鸳鸯梳，一梳梳到尾，二梳白发齐眉，三梳儿孙满地。”申屠湘顿时满脸通红，娇嗔道：“谁叫你多嘴，下去！”

第四十九章　红与灰

斥走了婢女，申屠湘将这锦盒好生收藏好，放下天麻店的生意不闻不问，跟逄临齐一起出去散散心。逄临齐笑道："人家都说姑奶奶精明泼辣，市侩小心眼，可我怎么瞧着姑奶奶根本不是，敢爱敢恨是个性情中人。"申屠湘摆弄着艳丽的衣衫想引起他的注意："那逄老板觉得什么才叫性情中人，什么样才算好？"

逄临齐哈哈笑道："姑奶奶很有心计。"此言一出，申屠湘叮叮咚咚摆弄着洋服裙角的手停了下来，诧异地看着他。他继续道："人人都有心计，但这心计跟心计可不同，有的人的心计就像这蓝关堡的黄沙，怎么都硌得慌，有的人的心计，就像姑奶奶手上的白手套，让戴着的人舒服，看着的人也舒服，这样的心计，不但不嫌多，还嫌少呢。女人家做得精明些，也未必不是件好事，起码这千金万两，是为了自个儿留的路子，我倒觉得这样的女人，是聪明。"

这边厢逄临齐和申屠湘正暧昧不清，那边厢的杀手已然按捺不住了，昏暗的屋子里没有一丝光线透露进来，看不清一处一隅，可这间屋子弥漫着混合着尘埃的气息，竟发酵出一股子说不出的醉意。那男人依旧裹着黑色斗篷坐在角落里，摩挲着手中的刀。嗞啦，嗞啦，一声声不响的磨刀声，却听起来如此刺耳。

他竖起磨得锃亮的刀锋，目中凶光毕露。就在此时，房门被轰的一声撞了开来，刺眼的阳光直直洒入满屋，逆光中站着脸色煞白的严红瑰，她手握蜜蜡佛珠，看见那拿着刀的黑斗篷人，气得浑身发抖："果然是你……为何是你，我真的不想证实我的猜测是对的。你疯了么？"那人不作声，严红瑰拄着拐杖气冲冲地进去心痛不已道："我真的没想到会是你，呵，我想啊想啊，终于想明白了你为何会变成这副模样，是因为那该死的邬春玉！”

严红瑰痛心地长叹一声：“世事因果轮回，祸福轮流转，谁也逃不了。”说罢摇着头佝偻着身子走出了房外，到昏迷不醒的史妧之床边守着去了。自从史妧之出了事，就算已然找回了柴有浦，顾婆清仍旧让卓尔妮每天为她请脉开药，一来想压住她肚子里孩子的事，二来顾婆清始终想不通她藏起柴有浦，究竟居心何在，三来也想让卓尔妮注意着点逄临齐的动静，毕竟那晚逄临齐跟杀手交了手，她也看得出他不是那杀手的对手，只怕他贸然行事会有危险。

卓尔妮按时背着药箱往逄家的路上走去，这才刚刚路过柴家玉器店，就听见对面凉茶铺的阁楼上传来一声声调笑。她不由皱了皱眉停下脚步抬头看去，只见那阁楼美人靠上坐着一男一女，咯咯地嬉耍着，那男子穿着绫罗绸缎，一手搂着女子的纤腰，一手玩弄着嗜爱如命的古董珠子，正是表少爷柴有扬。那女子也莺莺燕燕地笑着转过脸来，那娇俏的脸庞上涂着卓尔妮替她买的胭脂，显得格外柔媚水灵，不是小梅还有谁？

卓尔妮实在看不下去，不由想起了自己和逄临恭，只道男人都是负心汉，气呼呼地提着药箱冲上了楼道：“表少爷，尔妮去逄家看史姑娘，你跟我一同去。”柴有扬正闭着眼准备亲吻小梅的脸颊，被她扰了兴致不悦道：“你算什么东西，叫本少爷去就去？那史妧之关我什么事？”

卓尔妮怒道：“不关你的事？史姑娘肚子里的，可是你的亲骨肉！”说罢她扬手将桌上的茶泼在他脸上，在小梅的惊叫中跑下了楼。柴有扬听见这话不由整个人都怔住了，忘记伸手擦一擦脸上的茶渍，心中又惊又惧，只有一个念头，这件事绝对不能闹大。

柴有扬心神不定，支走了小梅，自己信步竟不知不觉地走到了医馆，他心中一横走了进去：“大夫，我爹最近心脏不好，时而绞痛不止，叫我替他抓一副麝香回去熬。”那老大夫也没多想，便给他包了一袋。柴有扬紧张地抱着这袋子麝香提着衣角出了医馆，迎面撞上门外候着他的申屠计芬，她摇着折扇笑盈盈地拦住了他：“咦，表少爷身体不舒服？好浓的麝香味啊，量可不少呢，别误给孕妇服用了，那可是连命都要赔上了。”

柴有扬本就对她不熟悉，只道是申屠家无知幼稚的千金大小姐：“申屠小姐，我还有要事，改日再同你闲聊叙旧。”申屠计芬笑道：“别慌走，其实表少爷不一定非要用麝香，有很多药性温和的药可以代替，不如我帮表少爷请个西医看看……”柴有扬不耐烦道：“不用了，多谢大小姐美意，我真的很忙，下次再说！”

申屠计芬觉着没趣，刚刚转身和柴有扬分头从这条街道走开，就看到医馆斜对面的茶楼里走出顾婆清、逄临齐和申屠洪三人，看似刚刚会晤商谈过。

顾婆清和逄临齐告别了申屠洪，便并肩一起往与他相反的方向走了。顾婆清说：“逄老板，我不得不提一句，你和姑奶奶是越来越过分了，申屠洪本没有想这么快跟我们撕破脸皮，你这不是逼着他反么？”

逄临齐摇头道：“试了这么久，偏偏没将那杀手再引出来，我真是没想到。确实不能再这样下去了，还有更重要的我想跟你说，上次小少爷失踪你晕了过去，我扶你回到柴家的炕上躺下，在你的炕底下发现了一个机巧，但看不出任何问题，你再仔细看看，想想柴国瞿死之前还有什么线索。”

两人正说着，肩并肩转过了一个街角，却双双不约而同地停下了脚步。站在二人面前的竟然是申屠计芬，只是她没有再穿那套纯纯的校服，身着褶皱长裙，摇着折扇，腰间还挂着那块莹然的玉佩，顾婆清悄声道：“你看呀，她的那块玉佩。”

逄临齐扫了一眼笑道：“嘿，果然不同凡响。”就在这两人窃窃私语之际，申屠计芬快步走了上来，扬着折扇指着逄临齐大喊大叫道：“你就是逢老板？姑姑对你一往情深，我也没瞧见怎么好嘛。我知道你送姑姑一人一半鸳鸯梳，这戏都开锣了，怎么净给人听锣鼓点子，也不见翻跟头的角儿，逢老板到底还有准谱么？"

逢临齐笑道："这上一出戏完了，可不就剩下锣鼓点子了么？"申屠计芬却道："哦，等着看下一出？下一出谁是那新角儿啊？可是我家姑姑？"顾婆清忍不住插嘴道："申屠小姐，这是逢老板和姑奶奶的事，姑奶奶成的了成不了角儿，那也要拉开了幕再说，小姐再吵吵嚷嚷，也改变不了早就写好的剧本子。"

瞧那申屠计芬，分明就是跟申屠湘一个模子刻出来的刁钻脾气，任性傲慢，活脱脱的一朵带刺的沙漠玫瑰，也不知读的那些书都消化在哪里了。她一听顾婆清如是说，顿时气鼓鼓地提高了嗓门暴躁道："这剧本子若不是柴当家总喜欢插一笔，也未必这么坎坷。柴当家我可要提醒你一句，你跟逢老板走得这么近，让我姑姑不开心就是跟我计芬过不去，你别忘了，你顾氏如今姓柴，你身上的素缟孝服才除下去没几年，孤男寡女喁喁私语，也该避讳着点。就算你丢得起这张脸皮，可惜小少爷的脸皮还稚嫩浅薄的很，他可丢不起。柴当家说起来爱子如命，却不理孩子的想法，你说说这样的母亲，哪个孩子不怨怼？"

这丫头，虽然胸无城府，嘴皮子可真是不饶人，这点跟她姑姑如出一辙。可她更嚣张的是分明没有心计城府，却用一口伶牙俐齿装的自己仿佛将所有人看的透透彻彻。顾婆清却未想太多，不是申屠计芬将她看透，只是有句话倒戳中心扉中的痛处了。顾婆清并不想去驳斥她。

逢临齐似乎与她心有灵犀，不由将手背在身后沉下声音道："申屠小姐，我和柴当家甚至和你爹都是三大当家，所谈所说皆是公事，我不知道这谣言从何而起，但从何而止，只有止于智者，小姐是念过书的聪明人。咦，小姐，你的衣服上有些脏了。"申屠计芬顺着他的目光看到腰间，不屑地挥手掸了掸："不过是点灰尘，逢老板，我今天说的话你好好想想。"

她说罢转身一摇一晃着腰肢走了。一直没再开口的顾婆清却赫然抬起头惊愕地看着逄临齐："为何？她腰间分明是沾了一块红漆，为何浑然不觉说是灰尘？"逄临齐耸了耸肩道："我只知道，这块红漆，应该是在史妧之的床边那个新柜子沾上的。她偷偷去看过史妧之，至于想干什么，我要留着回家看看。"

"齐儿，你今天回来的这么早，不见恭儿跟你一起？"他这才刚刚回到窑洞，严红瑰就拄着拐杖走了出来东张西望道。逄临齐道："噢，我与柴当家和申屠族长会晤的，二弟或许在雕刻店吧，妧之怎么样了，醒来没有？"严红瑰叹道："还是那样子，肖娘在里边儿喂药呢。"他转身急忙要进去，忽然想起了什么："奶奶，你这段时间也累了，快去歇着吧，有我和肖娘没问题。"

第五十章　旧怀表

逢临齐掀起布帘走进去，只见逢肖娘穿着大红色的纱裙坐在史妩之床边一口一口悉心喂药，时不时还偷偷哭泣，听见他的脚步声来不及擦眼泪，抬起一双含泪的眸子：“大哥？”逢临齐拿过她手中的药碗闻了闻：“这味道好奇怪，是卓尔妮开的方子？”说着瞥见床头的柜子上果然少了一小块红漆：“今天还有谁来过？”逢肖娘道：“申屠小姐，还有柴家表少爷。这药是卓姑娘开的，我正想跟大哥说呢，你仔细瞧瞧这渣滓，怎么全像保胎的药？”

逢肖娘伸手指了指药碗，逢临齐眼尖看见她的手腕处有隐隐伤痕，一把抓住她若隐若现在纱袖子底下的雪白手腕，她顿时痛地叫了出来：“大哥，你捏痛我了。”

逢临齐狠狠瞪了她一眼，霍地扬手掀开那纱袖子，赫然看见她雪白的胳膊上竟满布血痕，一道道惨不忍睹的血痕交相错致，有的色泽殷红鲜艳分明是新伤，有的已然结疤深红，这些伤痕必然不是一日所成，逢临齐又惊又怒：“这是怎么回事？你招惹了什么人，是谁敢打你？说啊！”逢肖娘顿时脸色煞白，奋力从他手里挣扎出来：“没有啊，是我自己，我自己不小心摔伤的。我从来都没跟人结怨，真的没有事。”

逢临齐越想越觉得蹊跷，可她逢肖娘的的确确是蓝关堡里心性儿最好的人，跟谁都亲切都聊得来，从来不摆大小姐架子，又善良又单纯，比那申屠计芬得人心得多，实在想不出有谁会恨的要这般虐打她。一个字也问不出，他这才想起手中的那碗药。

仔细看了看，果然是保胎药，莫不是史妩之肚子里有了柴有扬的孩子？

这样一想便倒想得通了，风流倜傥的柴有扬怎么肯守着一个昏迷不醒的女人当妻子，他唯一的出路就是打掉她肚里的孩子，紧接着申屠计芬就来调换他的打胎药，救史妧之一命，所以身上沾上了红漆。可申屠计芬为什么要救史妧之，他暂时还想不出。

纸始终包不住火，背着药箱子站在街头凝视着逄临恭坐在雕刻店后门喝得酩酊大醉的卓尔妮心中忽地阵痛不已，或许自己不该为了一时意气让柴有扬这毫无人性的东西得知这个消息，但她没料到柴有扬不肯让人知道，这事还偏就越传越大，传到了逄临恭的耳朵里，让他这个自诩谦谦君子的梁山伯，终究失了这同窗几载的祝英台，他又何尝受得了这般打击，看这心灰意冷的模样，卓尔妮的心也跟着痛。

“二少爷，你这般又急又快地喝，还没来得及让心痛个够，喝个精光之后一切都会循环，该忘掉的忘不掉，浪费的不只是酒还有二少爷的心思。不如尔妮陪你喝，陪你一口一口慢慢喝，慢慢痛，慢慢累，慢慢忘得干干净净，这般方可借酒消愁。”卓尔妮不自觉地走了过去，坐在他身边的石阶上，抢过那坛酒仰头喝了个痛快，一手擦了擦下巴上的酒渍，一手叮咚着清脆的金钏声将酒坛又递给了他。

逄临恭微微怔住了，却什么也没说接过酒坛接着喝，两人就这样你一口我一口尽情地喝光了一坛又一坛，喝到天色已暗，雕刻店都已然上了锁，路上也没了灯光和路人，喝到酒全部没有了，逄临恭方才开口：“尔妮，我没有想过，到今天为止你依旧会在任何时候都陪在我的身边，不问不说，不劝不笑，无论我做什么，你都跟着我一起。嗬，我逄临恭这辈子，错过了这么好的姑娘，我真是个大蠢货。”

卓尔妮两颊已然滚烫，烧得脸庞如同映日的晚霞般美艳，她笑道：“二少爷，我们不是说过再也不提以前的事么。尔妮知道你为何伤心，但你所为不值得，我一直想告诉二少爷，史妧之进逄家是有目的的，她想让逄家四分五裂。可我怕你受不了所以没说，谁知如今的打击比真相更让你消沉，这是尔妮的错，我只希望二少爷能振作起来。”

逢临恭摸索着在身上找了一圈，取出那只当年定情的旧怀表打了开来："你看看这只怀表。"卓尔妮心中一阵感触，多年前的场景仿佛历历在目，手上的金钏不住颤抖着，接过了那只表。

那是一只如此老旧的怀表，当年的卓尔妮是个外乡来的打井人，是个无父无母的孤儿，在整个蓝关堡除了恩人顾婆清，对她最好的就是这个风度翩翩的君子。当二人情到浓时，逢临恭却决定远赴大城市念书，临行前她没有钱送他什么，只将自己曾在打井时发现的一只怀表送给了他，希望他时刻记着时间，早些回来。她泪眼氤氲地打开怀表，却发现指针早已不再走动。

逢临恭吐出一口气道："一路上我都带着这只怀表，有一次游学时在海上遇到了风暴，我坐的船沉了，这只表进了水，再也走不了了。我醒来的时候第一次遇见妧之，我迷迷糊糊间看见她坐在床头拿着这只表，她漂亮可人的模样，那一瞬间好像好像你，就是那一瞬间，我觉得自己爱上了她，殊不知，我爱的一直都是尔妮的影子。"

卓尔妮已然无言相对，两行清泪早已滑落滴在手腕上的金钏上，发出极其细微的心碎般的声音："为什么，为什么要告诉我，为什么不让我一辈子以为是你辜负了我，以为你心中只有史妧之，让我恨你一辈子……临恭，太晚了，真的太晚了，你看看我的头发，我早就在你离开那年进了冰玉堂当自梳女，你我有缘无分。"

逢临恭的眼眶中再也忍不住泪水，一把紧紧抱住了她："不晚，不晚。就算你是自梳女，我也要和你再在一起，就算有朝一日被人发现，就算要镬烹我也不怕，尔妮你怕吗？"她心里的防线终于崩溃，轻轻地将发髻靠上他的肩头，一字一顿道："不怕，有你在，我什么都不怕。"

一阵风沙吹过，这对情人却丝毫感受不到夜风的微凉，这阵风却掀起对面街角的小巷里一个女人的斗篷，露出她那张贵气的面庞，女苿凝视着他们良久，终于重新拉下斗篷转身回去了。

卓尔妮仍旧当作什么都没发生一般，第二天照常去买菜，可脸上的气色比起之前来红润了不少，整个人都显得更加漂亮了。她哼着小曲儿从菜市场这头逛到那头，买了一篮子果蔬，却仍旧兴致不减，见什么都觉得可爱，都想买下。

就在这时忽然听见隔壁摊位一阵嘈杂声传来，她好奇地凑过去，只见一个老婆婆指着那摊主面前的青菜骂道："你这人太不厚道了，居然卖黑色的青菜，大家别买这家的菜，这菜肯定有问题！"可卓尔妮却见那些青菜青翠欲滴，新鲜得不行，连边缘叶子都没有泛黄，怎么到了这老婆婆口中变成黑乎乎的烂青菜了，她正要上前解围，忽然有人在身后拍了拍她的肩："卓姑娘，这老太太是我家的厨子，她是色盲症。"

她惊讶地回头看去，只见女苿穿着民妇的绫罗小裙，简简单单地插着一支玉簪，正站在她身后。卓尔妮赶忙躬了躬腰："逄姨奶奶。什么是色盲症?"

女苿微微笑道："我以前在宫里最喜欢看各种典籍和野闻，有一种病，患者只能看见黑白灰三色，看不见其他的颜色，在西方人的口中这便叫作色盲症。这些人平常跟正常人并无二异，只是他们的世界里再无彩色。你瞧我手里这些彩色的卡片，是我专门做给这老太太让她练习的，看看能不能治好这双眼睛。"

卓尔妮转了转眼珠子，扑哧笑了："逄姨奶奶果然是爱听戏，分明一片好心，又何必做这么一大场戏给我一个下人看？一定是逄老板在你面前提起过申屠小姐身上沾了红漆而不自知，你就故意来帮我家主子，尔妮只想问一句为什么?"女苿笑道："卓姑娘果然冰雪聪明，不愧是顾氏调教出来的，我不是为了帮顾氏，我是为了帮我自己。信不信，就看你家主子的了。"

"逄姨奶奶真的这么说?"顾婆清摆弄着炕上的摆设，听着卓尔妮诉说，悠然淡淡地如是道。卓尔妮点了点头，递上那些彩色卡片给她瞧，顾婆清接过来翻了翻笑道："有点意思，我倒没料到这逄老板行事出人意料，把申屠小姐的事特意透露给她，让这个博学多才的格格看看她的异端，但估计逄老板也想不到，女苶会来找上我。"

卓尔妮道："申屠计芬患有色盲，其实也不是什么大事，犯不着要当家听那逄姨奶奶的指使。"顾婆清笑着摇了摇头："女苶没要我干什么，她只是想知道申屠氏想干什么，好让她的计划一步步地实现。可她也太谨小慎微了，区区一个年少气盛的大小姐，肚子里的墨水不少，心眼儿可不多。女苶自己想作茧自缚，那就由得她去，别忘了我们最重要的是找到老爷的宝藏，其他的就睁一只眼闭一只眼吧。"

她若有所思地盯着屋内堆放的好些个贺礼沉吟了片刻："蓝关堡中个个机关算尽，人人都有秘密。尔妮，不久就是我的寿辰了，我要借此机会看清楚这帮牛鬼蛇神。"

第五十一章　霍小玉

寿辰一天一天地临近了，蓝关堡上上下下又热闹了起来，站在黄沙崖上俯视着窑洞里的人们熟悉的形态，顾婆清不由感慨眨眼就过了半年多，当初严红瑰七十大寿的情形还历历在目，却不知道今儿自己的寿辰，又会有怎样的百态各现。

正想得入神，一阵风沙扬起，吹乱了她的发丝，顾婆清伸手够起斗篷戴上，却看见逄临齐已走到了身边："柴当家要过生日了，怎么看上去不高兴？啊，我明白了，年复一年地过去了，柴当家却还没找到柴老爷的宝藏，为此而发愁吧？"顾婆清笑着转过身来眯起眼道："发愁的人又岂止我一个，逄老板要是没有心思，怎么会跑到这儿来？年复一年，逄老板到现在也都没推翻申屠洪的专制，你比我要愁得多吧。"

逄临齐哈哈一笑，伸展开胳膊甩了甩："是啊，宝藏一天找不到，你我的心里就一天放不下这块石头。我听说柴当家前两日专程去了申屠家，找那大小姐为你设计宴会厅堂？"

顾婆清道："没错，我告诉申屠小姐，我喜欢大红色，越鲜艳越好。其实本来这件事我是属意你妹妹的，可她忙着照顾史婉之，我也不忍打扰她，便想着申屠小姐也在外面长过见识，总能给些新花样儿吧，也能拉近拉近距离，免得为了姑奶奶的事她还对我不满。"逄临齐点点头笑道："你这是步步为营，顾氏千金，名不虚传是下得一手好棋。"

这会儿两人站在山顶上有说有笑，而卓尔妮却在家中忙得团团转，多少人都送来了名贵的贺礼，她又要忙着收贺礼，又要打理明天寿宴的种种事务，但顾婆清既然信得过她，她必然是个玲珑剔透心，样样都办得妥妥当当，什么时辰做什么事都井井有条，就连邹宛萍都夸她聪明。除了顾婆清这房，其他各房也都忙活起来了，毕竟这是柴家的事，谁都得体体面面。这体面，一方面是做给别人看的，一方面也是为了掩饰各人心里那些不体面的心思。

在人们的忙碌中这一天很快便过去了，当太阳再度热烈地升起，照在这片滚烫的沙地上的时候，柴家的窑洞前早已挂满了红幡，唢呐和腰鼓整天响，聚集着欢欢喜喜前来道贺的人们。门前站着迎接的是长房长子柴有良和两位夫人，直到申屠洪和逄临齐亲临门口，顾婆清这才姗姗露面而来。

只见她上身穿着一件青碧色的立领宽袖马褂，精密的针脚交叉绣着七色蝴蝶，下着及地月白纯色的袄裙，额前碎发由点翠抹额微微移作倾斜的刘海，发髻高挽在一侧，后发根处插着一支从未见过的紫罗兰玉搔头，这玉搔头的款式看起来有不少年份了，流苏盈盈垂落在肩头，配上那朱红的唇色，真是好不气派，长年累月掩在风沙和斗篷下的玉容终于得以一露，虽已不再年轻，但风韵犹存，那份美丽的气度和沉淀的厚度，是不谙世事的年轻女子不曾拥有的。

顾婆清含笑走了下来："申屠族长，逄老板，你们都来了，真是赏光了。"申屠洪哈哈笑着，身上的赘肉都不禁抖动起来："柴当家寿辰，岂能不参加？我还特意给柴当家打造了一份贺礼，请柴当家笑纳。"顾婆清微笑道："申屠族长你客气了，不过是个小生日，请大家一起来聚聚罢了，还送什么礼物呢。"

逄临齐也插口道："柴当家这话可不对，柴当家标梅正盛，寒木春华，自然是要好好庆祝的。我也给柴当家带来一份贺礼。"顾婆清笑着谢过了各位，便道："大家都别在外头站着了，快进屋里聊吧。"

跟着她走进去便看见申屠计芬烫着一头黑乌乌的蛋卷长发，身着长长的胭脂红旗袍，总觉得搭配得有些古怪，正指挥着下人们在宴客厅里忙着，逄临齐悄悄绕开大伙儿走到她身边："呀，申屠小姐布置的厅堂果然漂亮，瞧那大红色的绸缎挂得多好看，不过好像有点歪了，左右两边不太对称，你没看出来？”

申屠计芬闻言叫了起来：“是么？这些个下人太笨手笨脚了，我自己上去重新整理，有劳逄老板在下面帮衬看着点。”她咋咋呼呼地取了个梯子爬到顶上刚刚将红布绸摘下一个角，突然骤起一阵狂风将她手里的红布绸扬飞出去。申屠计芬惊叫着赶忙拎着裙角下了梯子，逄临齐伸手将布绸递给了她：“好在没吹丢了，快拿上去重新收拾一下吧，我得进屋了。”

逄临齐转过身便跟着贺寿的人们一起进了顾婆清的屋内，大家伙儿都坐在一起聊着天儿，吃着茶点。眼看时辰也差不多了，顾婆清招来了卓尔妮，得知宴厅已然全部准备好，便率众人一同前往宴厅用餐。顾婆清边走着边同身边的申屠洪道：“族长，这次多亏令嫒帮忙布置，不然我一个人可忙不过来，相信令嫒的创意会让大家大开眼界的。”

申屠洪虽知她这是奉承之话，但也听得心里美滋滋的，哪知众人转过天井小院来到了宴厅，却纷纷愕然地停住了脚步惊诧地瞪圆了双眼凝视着前方——整个宴会厅竟赫然挂满着黑色布绸，迎风招展，如若鬼魅般阴森可怖。申屠洪也惊了，怒喝道：“计芬！你给我说清楚，这是怎么回事？”

众人皆数震惊，却见申屠计芬茫然失措，根本不觉发生了什么，慌张地向扈凤仙望去，扈凤仙悄然对她转了转眼珠子，申屠计芬恍然大悟，扑通一声跪在申屠洪的跟前结结巴巴道：“爹，我不是故意的，我不知道会这样，那天是柴当家拿了一匹这样颜色的布料跟我说喜欢，我就照着这个颜色给她挂上去了……”

说着说着硕大的泪珠扑闪扑闪地滚落出来，衬得她如同犯了错的孩童般无所适从，顾婆清赶忙去扶她起来：“罢了罢了，只不过我上次给你看的布料分明是大红色，你怎么会看成了黑色？”

申屠计芬哑然不语，只身站在跟前哭个不停，顾婆清亲切地拉着她的手给她擦着泪痕："好啦，我们不说这个了，我瞧这布置得挺好，这黑色在西方象征着神秘，申屠小姐给我这个柴当家添了一抹神秘的色彩倒也真有趣儿，我喜欢这种神秘的感觉，快快入席，一起用餐吧。"

申屠洪却不依不饶主动替女儿继续求情："柴当家，柴当家请你见谅，这件事其实怪我。小女一直患有眼疾，她的世界里只有黑白灰三色，她根本看不到别的颜色，也无法分清红色。我们不愿意说出去，但今儿个不说不行了，是我不该让小女替柴当家布置，弄得如此晦气。"顾婆清转过身来看了看他微微笑道："族长这是干什么，我都说了没关系，你何必自揭伤疤？区区的颜色并不能主导晦气还是喜气，有的人若是想让你晦气，就是布置得再喜气洋洋也没有用。"

她拉着申屠计芬笑盈盈地走过去坐了下来，申屠计芬在路过扈凤仙身旁时，忽地趁着所有人不注意的时候向扈凤仙露出一个怪异的微笑，而扈凤仙凝视着一双凤眼也轻轻点了点头，却被身旁的二太太邬春玉悉数看在了眼里。

膳食过半，茶点之时柴家各人已纷纷率先呈上贺礼，顾婆清端坐在厅堂正中接受着各家各人的祝贺，首先上来的便是长子柴有良和邹宛萍、闫嫱三人。柴有良居于中央，二女各站其左右，柴有良和正妻邹宛萍双双打开各自手中的锦盒送上前贺寿，二人相看一眼不由惊住了。

众人看去，只见柴有良的盒子里放着一只玉雕山竹，而邹宛萍的盒里却是一朵金镶牡丹。这山竹乃是果中之后，牡丹却为花中之王，这两夫妻，一个支持她顾婆清越俎代庖，一个讽刺其牝鸡司晨，顾婆清不由心中好笑："好，好，这两份礼物真好，你们夫妻俩真是心有灵犀，乃金玉良缘，后辈和睦那是我最好的贺礼了。"

闫嫱紧跟着也献上贺礼，柴有良心中不由紧张一阵，生怕再出差错，卓尔妮接过闫嫱的锦盒打开一看，只见里面躺着一件青莲色的华丽戏服。顾婆清心头一震，霍然站了起来，稍稍变了变面色伸手抚了抚这件戏服，小心翼翼地将它拎取出来。

众人这才发现这是一件做工极其精美的越剧戏服，绣着鹅黄牡丹的襟口霞帔镶着一圈纱边，垂落处缀着密密麻麻的紫玉流苏，水袖和下裙皆是由上等的丝绸薄纱制作，腰间逶迤着点点瓔珞禁步，一身脱俗的丁香色，如同浑然天成的一块紫罗兰玉，与顾婆清脑后的玉搔头交相辉映。

闫嫱道：“婆婆，这件是霍小玉的戏服。嫱儿见婆婆喜欢看戏，觉着这戏服漂亮，甚衬婆婆的气质，就做主送给婆婆当贺礼了。”柴有良轻声斥道：“你把二娘当戏子么？”顾婆清却道：“嫱儿深得我心，果然是个细心的人儿，这件戏服，我很喜欢。尔妮，将霍小玉戏服挂在我的屋里，好生珍藏起来。”

第五十二章 惊 辰

接着便是偏房道贺，柴国军和柴有扬一同上前来向顾婆清说了一通奉承之话，二人捧着一个巨大的明黄色锦盒抬上前。柴有扬春风满面笑道：“伯娘，这是我和爹一起在省城里替你买的，是上好的千年人参，足有十米之长，双臂之粗，请伯娘笑纳。”说着和柴国军共同朝着她的方向打开了那锦盒。

只见坐在顾婆清两侧的申屠洪和逄临齐都面色忽变，似有微言，顾婆清也一言不发。柴国军察觉到了不对劲，忙转过盒子，顿时大惊失色。这锦盒里装着一支土黄色的人形巨参，须长发紫，这参竟如同真人一般有着明显的眼耳口鼻，怪异之象吓得在座的各位都不禁失色，纷纷议论着此怪物。

一直未曾开口的女苿忽然轻轻道：“这是古回回国的押不芦，学名叫作鬼参。此物生长在坟墓之中，全身剧毒，这底下的根须便是当初种植鬼参时在坟砖底下掩埋的恶犬尸骨变化生长为一体而成，放在无光处蠕动如生，可谓极其阴毒之物。”

女苿此言一出，堂内顿时寂静无声，柴国军慌了神道：“大嫂，我……我不是那个意思，是我老眼昏花，被人调包换了真的千年老参，我不是要咒大嫂……”顾婆清干笑两声起身道：“二叔，这省城里的人不像我们蓝关堡，他们精明得很，你要打起精神，好在是送给我的贺礼被掉了包，若是玉器店的进货器材被以假乱真，那不是要砸了我们玉器店的招牌么。这支鬼参，毕竟是人参，也毕竟是二叔的一份心意，更何况我瞧着挺好。我听尔妮说过，这种鬼参在宋朝还是皇宫御药院的名贵之物，旧时华佗还用它麻醉病人以治病，千载难得，二叔的贺礼实在是破费了。”

一番话轻轻巧巧地带了过去，她微笑着向卓尔妮招了招手，示意她端上来三碗白酒，分别与柴国军和柴有扬各拿了一杯：“二叔，我回敬你们一杯，也沾沾这寿宴的喜气。”她仰头干了碗中烈酒，二人相觑一眼便也端起碗一股脑儿地喝了下去，顿觉剧烈的辣味从喉咙烧入肠中，涌上脑顶，两人的脸涨得通红却强忍着，旁人只道是喝不惯这烈酒，殊不知这酒早已被顾婆清特意换成了两碗辣椒水。

“玉器店凿玉工头臧九安和弟兄们恭祝大当家的万寿无疆！”柴家的人纷纷贺礼已毕，玉器店的伙计们便在臧九安的带领下一同上前抱拳贺道。站在最前面的臧九安呈上一个酱菜坛，卓尔妮接过递到顾婆清的面前打开坛子，却见坛内空空如也，一根酱菜都没有。逄临齐突然开口喝道：“好你个臧九安，你这是什么意思？”

邹宛萍倒是惊得不由捏了捏手中的丝帕，露出她手腕上戴着的那条水晶手链。这珠子，不正是那晚在臧九安处见着的么？顾婆清的目光悄然从邹宛萍的手上移了回来，且看臧九安不慌不忙道：“我送给大当家的贺礼不是酱菜，而就是这只坛子。近来堡中气候不佳，实在不适宜做酱菜，九安特意给大当家的亲手做了这坛子。”

顾婆清拿过坛子仔细端详，这才发现这个雪白的坛子竟然是汝窑制成，那雕工细致用心，坛内还淡淡地散发着一股清甜的香气。顾婆清笑道：“你没办法做酱菜了，倒是做了不少蜜汁糯米红枣，浸得坛子里香气扑鼻，使之不同凡响，有趣，有趣。只是不知道，你的那些甜蜜红枣，都是拿去送了谁。”

臧九安闻言不知如何作答，下意识地将目光扫向邹宛萍，她也只是瞄了他一眼便赶忙转过脸去，顾婆清心中已然有数，笑着说不再打趣他，让玉器店的伙计们都纷纷下去了。接着便是逄家和申屠家挨个儿给顾婆清赠礼，申屠计芬竟递上了自己随身所带的玉佩，傻里傻气道：“柴当家，我看你好像很喜欢我的这块玉佩，那我就将它送给你，希望柴当家喜欢。”

一直趁众人不备时顺了很多美食塞进嘴里的逯小小突然之间愣住了，罕见地停下那双不曾歇息的小手，凝视着申屠计芬将那玉佩递上送给了顾婆清。顾婆清笑道：“君子不夺人所爱，是人也好，是物也罢，我从来不会做这样的事，虽说我确实喜爱申屠小姐的这枚玉佩，恐怕所爱之处跟申屠小姐并非一致，我爱它雕工出奇，浑然天成，我倒想请小姐替我再找此人打造另一块，这块玉佩还是你自已收好吧。”

“当家，都准备好了，请当家去祈福求签。”待众人道贺完，卓尔妮恰好走来搀她，顾婆清“嗯”了一声，搭了把手转身向柴家的祠堂走去，躬身下跪拜了拜，上了三炷清香，小梅替她递来了签桶，顾婆清虔诚地放到手中闭上眼摇了摇，只听啪的一声，睁开眼便看见一支红头竹签已然落在了帷幔之下。她正要伸手去捡，申屠计芬忽然快她一步上前拾了起来，讨好似的向她笑了笑，似乎是在弥补之前的过失，替顾婆清将这根竹签在众目睽睽之下交给了解签人。

那解签人捋了捋胡须眯起眼睛一看：“哟，第十九签，苏秦六国封相，签文为：贝在宝山内，长生不老春。攀龙并附凤，财宝是珍珠。这可是支上上签，若问婚姻，乃是：人家便把兰门整，好看瑟鸣有凤声，啊，是琴瑟和鸣天配良缘……”顾婆清变了变脸，打断摇头晃脑的解签人：“我问的是家宅，家宅如何？”那人又道：“哦，家宅……财丁两旺事事全，少安老福庆满堂，吉宅啊，吉宅！”

顾婆清闻言喜上眉梢，还没来得及开口说话，只听门外一阵嘈杂之声，几个凶神恶煞的男人身披皮草马褂，手持明晃晃的刺刀竟冲了进来。顾婆清一惊，见那帮人都是山上的马贼，气势汹汹地大呼小叫道：“柴有扬，你出来！”

柴有扬早已缩躲在了柴国军的身后。顾婆清上前拦道：“各位好汉，这里是柴家堡，山上山下向来井水不犯河水，你们今天如此擅闯，是不把我这个柴大当家和逄老板、申屠族长放在眼里了？”其中一个马贼晃着刀道：“我们拿了人就走，那柴有扬吃喝嫖赌，欠下了一身债，还跟我们抢地盘儿，打伤了几个兄弟，今天我们要绑他回去给老大处置!”

说着几个马贼就冲上前去拽柴有扬，柴有扬吓得鼻涕一把眼泪一把跪在顾婆清的跟前拉着她道：“伯娘，伯娘救我，救我啊!”顾婆清叹了口气：“你这是何苦，混这黑白两道，根本是自讨苦吃，我救不了你。”

一听这话，柴国军也顿时急得暴跳如雷，指着顾婆清骂道：“大嫂，你不是救不了，是根本不想救！当年卓尔妮刚刚到蓝关堡打井的时候，被马贼看上绑回寨子当压寨夫人，你单枪匹马奔到山上救了人！从来没有一个女人能毫发未损地从马贼山寨里来去自如，还救了另一个女人，你有这般本事，为什么偏偏不肯救我儿子？他可是姓柴的，难不成比一个婢女的命还不值钱么？”

“你放肆!”顾婆清登时发怒道，“你好歹是柴家二老爷，在这么多人面前如此口不择言，你儿子不争气惹上祸端，你居然把话儿扯到我头上来了！谁跟你说我和尔妮的事？少在这里信口开河!”

见二人剑拔弩张，气氛已然一团混乱，申屠洪忽然笑眯眯地凑上前劝道：“好了好了，大家都少说一句。”说罢回过头冷下脸对着那群押着柴有扬要走的马贼喝道：“都给我站住！看看这是什么？”那些马贼闻声回头看过去，只见申屠洪举着一块金色的灵牌，几人顿时面面相觑作揖道：“原来是分舵主的朋友，多有得罪，既然如此，我们就回去禀报老大，这位少爷还给你们罢了!”

柴有扬突逢变故，被松了绑竟然吓得晕了过去，柴国军慌慌张张地吼着叫人抬他回去。顾婆清向申屠洪欠了欠身：“今天的事是我这个当家管教不善，小辈在各位面前出了洋相，请各位要怪就怪我吧。族长，多谢你仗义相助，阿清原先只是知道族长四面八方都有朋友，殊不知族长还认识马贼的分舵主，今儿若不是你，有扬早已生死难分，柴家欠族长一份人情，一条性命。”

申屠洪笑呵呵地摆了摆手："柴当家千万莫要这么说，能帮得上自然要帮，表少爷年少浮躁也是可以理解的。"顾婆清抬起眼睛，却察觉到站在他身后的邬春玉也在定定地盯着自己看，那眼神冰冷冰冷，一丝波澜都没有，却似乎看穿了波澜底下的暗涌。

"当家，今天事务频繁，你应付一天也累了，早点休息吧。"卓尔妮站在顾婆清的身后，轻轻地拆下她发髻上的那支紫玉搔头，顾婆清从镜中看见自己苍白憔悴的面容和镜中倒映的窗外夕阳，悠悠叹了口气："一个小生日，都闹出这么大的动静，你说说，他们到底想干什么？"

卓尔妮道："当家别理他们了，快来看看这些漂亮的贺礼吧。"顾婆清苦笑道："每年的寿辰都会收到这么多贺礼，可你根本无法看清，有哪些人是真正替你过寿辰祝你幸福美满，有哪些人却是希望这是你的最后一场寿辰。走，看看去。"

第五十三章 酱菜贺礼

顾婆清在卓尔妮的牵引下到了厅堂，只见屋内堆积如山的都是各家送来的贺礼，珍稀宝物，绫罗绸缎，西洋玩意儿一应俱全，当真让人看花了眼。卓尔妮好奇地翻弄着找出一支精致的玳瑁钢笔把玩着："呀，当家快看，这支笔真漂亮，在不同的光线底下显得剔透多彩，果然都是好东西呢。"顾婆清笑道："你喜欢就拿去吧，我可不习惯用洋人的钢笔写字。尔妮你再看看，有什么喜欢的珠宝首饰都拿去，我一个寡妇也总不能招摇过市，还有那些布料，正好拿去你再做几身新衣服。"

卓尔妮欣喜地谢过了她，又拉着她指着门边摆放的一排罐子："这些啊，是逄老板送的，是除了逄家众人送的礼物之外，逄老板又特意送给你的，我猜一定是无价之宝呢。"顾婆清也略感奇怪，踱了过去凝视着那担子的瓶瓶罐罐："打开。"卓尔妮应声揭开，一股极其熟悉的清甜香味灌入鼻腔，冲入脑中，顾婆清痴痴地望着里面装得满满的新鲜酱菜失了神："酱菜……地道的维扬酱菜……"

"当家，当家你怎么哭了？"只见她早已泪流满面，微扬的嘴角含着泪水不知是笑是哭，顾婆清抹了抹泪，眼眶的泪又忍不住扑腾而出："我是高兴，高兴……真想不到逄老板这么有心思，这么多坛的新鲜酱菜从维扬运过来，真是难为他了。尔妮，快，我要去登门谢谢逄老板。"偏偏这天逄临齐没有去雕刻店，反而是留在家中照看史妧之，仔细凝视便看得出她的小腹果真日渐隆起，心中正有千般疑问昨日得见顾婆清却没有机会相问，她今儿就自己来了。逄临齐支走家中旁人，单独去偏厅接见她，只见顾婆清今日打扮虽无昨日隆重，却清丽脱俗，焕然一新，笑着打趣道："柴当家今天气色真好，怎么着，是吃了家乡的酱菜么？"

顾婆清笑道："逄老板啊逄老板，你真是给我一个大惊喜，这么多的新鲜酱菜，你究竟怎么从维扬运过来的?"逄临齐哈哈一笑："这容易，不过耗费些人力和财力，一路上用冰块冻住以确保新鲜，每一驿站换一大批新凿的冰块，这阵势只有前清的贡品才有，柴当家是不是觉着自己当了回后宫娘娘?"

"逄老板比以前可幽默多了，是不是受逄二少爷的影响?我今天除了道谢，其实还有一事……"顾婆清话还没说完，逄临齐截下道："我也有一事，哦不，是几事，你先听我说。这第一事，要柴当家如实告诉我，否则我不能确定史妧之到底是被推入井中的还是自己想不开投井的。她肚中的孩子，是不是柴有扬的?"顾婆清微微一怔，没料到他也知道了，只得点了点头道："柴家出了如此伤风败俗的事，我是没有脸面往外头说的。"

逄临齐接着道："第二事，申屠洪何时混起了黑道，柴当家何时独闯过山寨?"顾婆清道："我从未跟马贼打交道，那不过是二叔气急攻心说出来想激怒我让我救他儿子的话罢了，我的确救过尔妮，只不过是当时她一个姑娘家来到蓝关堡打井，可是天不作美，她找不到水源打不了井快要渴死在沙漠中，是我路过给了她一口水喝，仅此而已。至于申屠洪，我还真没想到，他替我救柴有扬，无非是想向我们展示他白道黑道都行得通，让我们知道他的势力有多大，好知难而退，如此一来，我们对付申屠洪，还真的麻烦了。"逄临齐哼了一声："黑道嘛，我会让女苿去刺探清楚的。"

"申屠洪那可是翻脸不认人的，你让逄姨奶奶去那可是有生命危险的。"逄临齐却道："满族女儿，怕什么。难不成我让你一个江南女子去冒这险?"他脱口而出，也发觉口不择言，顿时收住了话，可依旧被门外的女苿全部听了去。她只觉心口一阵刺痛，说不出的感受让她浑身难受，悄无声息地退回了自己的房内，把所有下人都遣走，反锁起房门在屋内焚起香，一遍一遍地抄着《心经》以求心中安宁。敖佳·女苿，你这是怎么了，你不过是为了自己的复国大计才委身嫁过来，你根本不爱这个粗野凶恶的男人，他对谁好就对谁好，你又不愿意当这个逄姨奶奶，何必为了这个男人的话这么上心?她却怎么都写不好笔下的字，抄到满头大汗，心中提醒着自己身负大任，不可动了儿女私情。

“那么第三件事呢？”顾婆清追问道。逢临齐吐了一口气：“说完了柴家和申屠家，第三件事自然就是我们逢家的事了。”他压低了声音凑上前：“我发现肖娘的身上有很多处新旧伤痕，我怀疑她被人虐打，可是怎么问都问不出来。”顾婆清倒吸一口凉气：“怎么会这样？那么你怀疑是……”逢临齐道：“说实话我也不确定，但我这个妹妹脾气这么好，真的想不出来有谁会这样对她。而且昨天你也看见了，申屠洪在黑道势力不小，我担心肖娘是受他恐吓不敢说，所以趁着这机会让女茉一起去查查。”顾婆清蹙起了眉头若有所思：“这么说来三件事根本就是一件事，你一定已经有主意了？”逢临齐道：“自从扶你坐稳大当家之位，无论什么主意，都跟你休戚相关，若没有你我何以成事。我守着肖娘，你替我盯紧了申屠家再说。”

可是他们却没有想到，申屠家中的任何一人都没有去找逢肖娘的麻烦，而是逢肖娘主动去申屠家，拜见之人竟是申屠计芬。申屠计芬正要去天麻店帮姑姑看着生意，却被逢肖娘拦住，心中满是厌烦，又瞧那逢肖娘生得美貌，穿戴比自己一个念过洋书的姑娘还时髦，又是嫉妒又是羡慕：“逢小姐，你有什么事？我还要赶去天麻店呢，没时间陪小姐闲聊，更没时间陪小姐看西洋片儿，你长话短说吧。”

逢肖娘抬起那双纯净的眸子，突然开口道：“知不知道那天柴当家的寿辰上是谁害得你出了丑？是我大哥，是他故意换了你的布绸，是他在众人跟前揭你的短。还有，你不是一心想帮姑奶奶么，但我大哥心高气傲瞧不起她，除非逢家一蹶不振，你的姑奶奶才能独霸我大哥一人。”申屠计芬眯起眼睛好奇道：“你有毛病吧？你自己也是逢家的人，怎么唆使我去毁了逢家？哼，不用说，一定是逢家使的计，我才懒得理你们呢。”申屠计芬丝毫不为所动，觉得逢肖娘此举蠢钝无比，嘲笑着趾高气昂地走了。

鬼祟的不只是逢肖娘一人，然而顾婆清却为了盯住逢肖娘，却疏忽了自己身边的人。自从那晚和逢临恭坐在雕刻店后门的台阶上酩酊大醉后，卓尔妮早已是酒不醉人人自醉，如今每天去接柴有浦放学的时候都会特意绕到雕刻店的后门和逢临恭并肩走一阵，将柴有浦送回家后，做好香喷喷的饭菜，便借故往外跑，实则是去隔着山头的另一间偏僻小屋给逢临恭做饭去了。逢临恭吃着这些久违的菜，心中暖洋洋的，忍不住大口大口地往嘴里塞，那斯文的模样如此一来甚是忍俊不禁。卓尔妮咯咯笑着替他擦掉了嘴边的饭粒："慢点吃，又没人跟你抢，瞧你这少爷，真像个落魄叫花子。"逢临恭笑道："你做的饭菜真好吃，比在家里吃香多了。在家里吃饭都要排位次，讲规矩，我在外面游历一圈，只有我们这里还奉行着旧制度，太落后了，还是跟你在一起最舒心。"卓尔妮嗔道："油嘴滑舌。"

"哎，你每日吃饭能不放油么？油用得好啊，也是香喷喷的，对外待人要以君子之道淡如水，对尔妮，只有用香喷喷的油才能烹调出好菜，是不是？"逢临恭抿嘴笑了笑，伸手将卓尔妮揽入怀中："尔妮，这一次我绝对不会再放手了。只是可惜，我们一直要这么偷偷摸摸，也不知道什么时候可以光明正大地站出来。尔妮，柴当家和我大哥一起完成他们的计划之后，我们去求他们，让你从冰玉堂除名，把你许配给我。"

卓尔妮道："这些事走一步看一步吧，时间也不早了，我要回去了，不然当家会起疑心的，你也早点回去别让逢老板发现。"卓尔妮和逢临恭紧紧握着双手从屋子里出来，走到快到街市的时候两人分道扬镳，此刻黑暗中露出一双冰冷的眸子，眸子里倒映着手中明亮如水的刀光。突然间一个黑袍男人从沙丘后飞身而出，手持刺刀冷不丁地向卓尔妮背心刺去。

卓尔妮忽觉身后一阵冷风，不祥的预感让她蓦地回过头，赫然看见一个蒙面的黑衣男人举着刀向自己狠狠劈来，卓尔妮陡然一惊，下意识地自卫，扬手去挡，空手赤拳哪里敌得过这男人的利刀，登时手臂的衣袖被划破，露出雪白的玉臂汩汩流血，卓尔妮啊地惨叫一声，应声倒地，已再无招架之力，只得眼睁睁地看着这杀手拎着滴血的刀一步步向自己逼近。

第五十四章　阿修罗

就在卓尔妮心中暗暗苦叫今夜命毙于此之时，突然间只听砰的一声巨响，枪声打破了蓝关堡夜幕的宁静，她惊诧地抬起眼看去，只见那杀手狰狞地捂着那只拎着刺刀的胳膊痛苦地转过身不支倒地，那杀手的背后竟然站着顾婆清和逄临齐二人。

顾婆清的手中还怔怔地举着逄临齐腰间的那把手枪，枪口还热滚滚地冒着烟气，显然，从未碰过枪支的顾婆清被自己开枪也吓得不清。逄临齐蹲下身捉住那杀手，扬手扯掉他的黑色斗篷想看清楚这个莫名其妙的杀手究竟是何人，这一看竟让在场的三人更是大感错愕，逄临齐诧道："你，是……肖娘？"

只见那躺在血泊中捂着胳膊伤口的杀手被扯下了黑斗篷，竟露出了那张平日里亲切可人的美丽面容，她的双眸却不再有昔日的天真，满满地充斥着杀机和冰冷，咬牙切齿地以粗犷的男声向他们吼道："我不是逄肖娘，我要杀了那贱人，杀了她！"看着她的眼神，卓尔妮不由浑身一凛："当家，逄小姐好像不太对劲，她现在整个人都像活在另一个时空里，除非让她睡过去，再醒过来才能恢复正常。"

逄临齐一听，狠下心来横手在逄肖娘的脖颈后猛地一击，逄肖娘顿时晕了过去。顾婆清惊讶地松了手，手枪霍地掉落在了脚边："逄老板，我不知道那个杀手是逄小姐，如果我知道，一定不会开枪的。"

逄临齐叹气百思不得其解道："我都察觉不出来，何况是你。我们之前一直认为这杀手是一心想杀跟我走得近的女人，如今却连二弟身边的女人也不放过，还有肖娘的声音为何变成了男人的声音，为何她在下手杀人时居然有这么大的力气，那晚连我都不是她的对手……卓尔妮，你说说，逄小姐为何会变成这样？”

卓尔妮侧头想了半晌，不敢确定道：“逄小姐的这种情况，好像是医术上记载的多重人格，这类人敏感多疑，容易嫉妒，不信任别人，一个人的身体里住了两个性格完全不同的人，有时候甚至是连性别都不同，当受到一定的刺激，平日体内藏着的另一个人就会出现，取代往日里大家熟悉的那个人。逄小姐的心里，应该是住着一个高大勇猛的男人，当受到刺激，逄小姐就变成了这个男人，不光是性情发生天翻地覆的改变，连声音都会变。”

顾婆清微微吸了口气：“那么，逄小姐到底受到什么刺激了？”逄临齐若有所思地点点头：“我大概明白了，肖娘对我们不信任，总怕我们两个兄长成家立业之后将会对这个妹妹冷淡，所以我们身边的女人，她都想除净。柴当家，我想求你一件事。”顾婆清道：“我知道你要说什么，你想让我别把今晚的事说出去，别影响逄小姐的声誉。我心里有数，你放心带她回去吧。”

“都走了，你也跟我回去吧。”看着逄临齐横抱着逄肖娘走远了，顾婆清扯紧了斗篷，戴上了风沙帽，面无表情地扫了卓尔妮一眼，迎着风往回去的路走去。卓尔妮心中一紧，跟着她回去了。刚刚回到家中，顾婆清一边摘下斗篷，一边轻描淡写地轻声道：“跪下。”卓尔妮应声弯曲双膝跪了下来：“当家……”

顾婆清仍旧轻轻柔柔地说道：“你别说，我来说，说对了你就不说话默认下来，说错了你再驳我。卓尔妮，我一直把你当亲生姐妹，对你是肝胆相照，你何苦这么大的事居然都瞒着我？我知道，自从八年前我救了你，带你到蓝关堡，你那时就对逄临恭一往情深，我可曾说过半分？后来逄临恭走了，你的心也死了，你为了他一心要进冰玉堂做自梳女，我心里也清清楚楚。可现在他又回来了，你的心又活过来了，可是你已经是自梳女，你要我如何自处，你要柴家的颜面放在何处啊？本来三大家族就势不两立，若是抓着这么个把柄，我们还能成什么事？”

“尔妮啊，我给你讲一个故事，这个故事对我来说简直是噩梦，我这一生都害怕再有这样的故事发生。”顾婆清的眼睛里的的确确在提及时露出了一丝恐惧和无助，她幽幽道来，“你只知道我恨老爷，但不知道我为何当年会嫁给老爷。其实我爹在我出生时就已经给我定下了一门门当户对的亲事，那郎君与我年龄相仿，家境相似，都是维扬一带的富商，我曾偷偷和婢女溜出去远远地看过他一面，认定了此人就是我一生的归宿。而我爹虽为当地地主，但没有为富不仁，他经常煮粥救济贫民，收养孤儿，可是有一天，我那善心的爹救回了一个落魄的男人，这个男人原是朝廷被贬官吏，他遭人陷害身无分文，住在我们顾府几个月后便走了，等到他高官厚禄风光之时竟然又跑了回来，要求我爹将我嫁给他。可那时我正要和指腹为婚的郎君成亲，却被这男人硬生生地抢了去，这个忘恩负义的男人，就是柴国瞿。我不想步我爹的后尘，我也不想我的姐妹变成柴国瞿。”

卓尔妮早已泣不成声，她跑出门外抱了一把柴薪捆在身上跪在顾婆清的面前负荆请罪：“尔妮万死，让当家伤心了。尔妮对天发誓，我断然不会背叛当家。当家，八年前你单枪匹马上山从马贼的手里救走我，今天，又从逄小姐的刀下救了我，当家是尔妮的恩人，我绝不会忘记这恩情。”

顾婆清叹了口气道：“尔妮啊，不是我不许你和逄临恭在一起，是你们有缘无分，纵然贪欢一晌，将来被人发觉，你们二人要双双被镬烹，命赴黄泉。至于我曾经如何救过你，今天怎么开的枪，你以后对别人都要只字不提，明白吗？”

卓尔妮点了点头，顾婆清小心翼翼地除下她背着的那些薪柴，只见卓尔妮的后背布料已然尽数染上了血迹，不由也心疼道：“好了好了，你快点起来吧，今天的事我当没发生过，你自己反省就行了。”

卓尔妮正要走，顾婆清忽然想起了什么，扶了扶额头皱着眉道：“对了，我有件事想叫你去办。申屠洪在我的寿辰上展示了他在黑道的势力，我想让你去查一查。申屠洪的附近已经有人刺探了，你不妨从别的地方下手，或者实在不行，就离开蓝关堡一段日子，到外头居高临下看一看，看看这堡子里面究竟哪一块儿腐烂了，哪一块儿有问题。”

卓尔妮何尝不知道她是想调开自己，避免和逢临恭见面，刺探黑道的事无疑是冒险的，可她仍旧一口答应了下来。第二天一早顾婆清还特意为她送行，更聚集了家中所有人，虽然她和卓尔妮都没有说明这次卓尔妮出门是去干什么，但所有人都预感到事态不轻。

顾婆清坐在厅堂中喝了一杯铁观音，道：“一大清早的把大家都叫过来，有几件事想跟大家说说，时间也不久，完了就各自做各自该做的事。尔妮要出去一趟，以后接送有浦的事就暂时由小梅代替。”她说着望了小梅一眼，只见小梅果然偷偷滴溜溜着眼珠子瞄对面的柴有扬，可柴有扬却装作什么都不知道。她继续道：“上一次寿辰的时候，表少爷可让柴家面上不光彩，你平日里在玉器店什么德行别以为我在我就不知道，好吃懒做，不务正业，也不知在外头交的什么狐朋狗友，越来越胡作非为，别以为这次侥幸讨回来一条命，就你这样，九条命都不够你这败家子败掉！”

“大嫂！”听着顾婆清痛斥爱子，面色越涨越红的柴国军终于忍不住暴跳如雷地站了起来。顾婆清当头喝道：“正好！我下一个说的就是你，你就给我站着听！二叔啊二叔，你的心肝肠肺是什么模样，天知地知，你知我知，我一向对你打着哈哈过去了，我越是不跟你计较，你倒越是不依不饶，你的儿子你如何教的？你对得起死去的二婶么？我是不去玉器店了，可玉器店的那些桌椅玉器这些年跟我都生了感情，我不在，那些个物件都会替我盯着你，就算我同意，你问问那些物件，它们同意一个急功近利、毛毛躁躁的人管理它们么？就算它们也同意，你问问天，问问地，问问你大哥，这个家谁才能当得妥妥当当？”

柴国军被她说得已然吐不出话来，只是气鼓鼓地瞪着两只眼睛，活像一只癞蛤蟆。顾婆清侧过头瞥了眼柴有良和两位夫人，又垂下眼帘吹着茶杯里的浮茶叶：“我请你们大家把各自的事情都拾掇拾掇干净，今儿个能冠冕堂皇地站在干岸上，也未必比我今儿个斥骂的人要好到哪里。呵，都道是柴家的对手是逄家和申屠家，我算是看清楚了，最大的心头之患就在今儿这个厅堂里。”

顾婆清冷笑一声又低下头去饮茶，眼角的余晖却不经意地瞥见了邹宛萍那只带着水晶手链的手在不自觉地颤抖。她猛地盖起茶碗，惊得众人一哆嗦，然后道：“好了，都散了吧。”

只剩下她一个人在厅堂里，这时柴有浦胆怯地走了过来拉了拉她的袖子：“娘，夫子说，以前的朝廷里有谁做官做得不好就罢免谁，连骂都懒得骂。”顾婆清心中一阵感慨，摸了摸他的小脑袋苦笑道：“有浦，阿娘最想罢免的，是自己。”

第五十五章　沉疴如山倒

邹宛萍强忍着浑身的颤抖，推开门回到了自己的屋内，她悄悄地从床褥后面拉出一个抽屉，取出那里面珍藏的一罐子蜜汁糯米红枣，捧在怀中犹豫良久，这才拈起玉指夹出一颗颗饱满的红枣放入口中，那甜蜜的滋味掺和着香甜软糯的糯米糕萦齿而上，两行清泪不觉而下，心中一时五味陈杂，只得借着虚弱的身子告病不去玉器店送午餐，避免一切和臧九安见面的机会。

顾婆清的一顿骂，骂得整个柴家都硌得慌，谁也不敢再任意妄为了，连小梅都按班如归地去接柴有浦上学放学。倒是这些天，小梅去接柴有浦的时候竟发现逄临齐和他玩得好不热闹，两个人似乎很熟稔，有时候也是逄临齐抱着他跟小梅送回去，顾婆清还特意请他进屋坐坐，也不知从何时开始，小梅也察觉到，逄家和柴家的关系在一点点莫名地变化着。

“大姐，你这两天觉得怎么样了？”闫嫱嫁过来已经半年了，对柴家的事务早已了如指掌，在邹宛萍称病的这段日子，她便料理起了家事，替邹宛萍为顾婆清推拿，每日晨起做好饭菜，晌午亲自给柴有良送到玉器店，还亲自来喂邹宛萍喝药。没想到邹宛萍当日信口托病，却已然真的病了，她抿了一口闫嫱递过来的勺子，皱了皱眉头咳嗽道：“这药真苦。嫱儿啊，委屈你了，但我看你这么能干我打心眼儿里的高兴，假使有朝一日我不在了，也不用担心有良了，我把有良交托给你。”

闫嫱赶忙道：“大姐，你千万别这么说，大姐长命百岁，不会有事的。嫱儿哪里比得上大姐心细，有良不能没有你。”瞧她那美丽的面容惊吓得无所适从，邹宛萍扑哧笑了出来：“好了好了，给我说说，这几天家里和铺子里都有些什么事啊？”闫嫱一顿苦想，道：“也没什么，只是卓尔妮走后第二天，那玉器店里的臧九安也跟婆婆请辞了，据说是让他帮衬卓尔妮了，大姐你知道他们到底要干什么吗？”

“你说什么？臧九安走了？”邹宛萍顾不得自己的身子，支撑着从病榻上坐了起来，错愕万分。闫嫱见她这副模样不由也微微吃惊：“怎么了？难道他们有危险？”邹宛萍瘫软下来摇了摇头：“我知道婆婆想干什么，她那是让卓尔妮去黑道打探申屠洪，为什么，这个臧九安为什么要自己送死？我知道了，我知道他为什么……”

她婆娑着泪眼瞥了一眼床头的抽屉，眼中的凄迷和怨恨令闫嫱心中暗暗起疑，有几次给邹宛萍送药的时候，她嫌药太苦，就当着闫嫱的面从那抽屉里取出一个坛子，拿出了些蜜汁糯米红枣佐药，那些枣子倒让闫嫱想起了顾婆清在寿辰时对臧九安说的那些话。自从闫嫱在她跟前说过臧九安也走了，邹宛萍的沉疴是一天比一天厉害，整个人已形容枯槁，可在病榻上还不忘整天整天地吹着埙。

埙声哀怨缠绵，戏班出身的闫嫱听惯了丝竹,看遍了台上台下戏里戏外的情分,何尝听不懂这类旋律中饱含的相思和牵挂,她有一千个一万个机会可以揭穿,但她没有。

这天一大早，小梅拿着一封信便跑进了顾婆清的窑洞里道：“当家，是申屠二太太的信。”她跑进屋的时候，顾婆清正披着一件毛绒斗篷呵手在书写着什么，见她进来，忙用账簿盖住了那张纸，伸手接过来。天气渐冷了，还没有卓尔妮和臧九安的消息，顾婆清也有些不安了，支走小梅后这才坐下来拆开了邬春玉的信，原来是邬春玉再度请她去府上一叙，从信中得见，邬春玉竟也病了。顾婆清惦记这个老朋友，赶忙穿戴好了厚厚的衣裳独自出门去申屠府上见她去了。

这边顾婆清才刚刚跨出柴家大门，那边女茓的黄包车已然停在了柴家的门口。蓝关堡的四季似乎只剩下夏天和冬天，前一阵子还烈日迎头，这些日子已然寒冷无比，女茓盈盈地下了车，紧了紧身上那件从宫里带出来的紫貂氅衣，抬起那冷若冰霜的面孔径直走了进去。这当下顾婆清和卓尔妮都不在，男人们也已出去了，家中只剩下闫嫱和那病秧子，看来女茱是早有准备，亲自来瞧闫嫱来了。

“瞧瞧，整个柴家，现在不都落在你的手里了？嫱儿，有你在这里帮衬着我，将来得到那柴国瞿的宝藏，再进行我们复国大计，那就如履平地了。民国政府不过是引进些西洋的玩意儿，我们也慢慢地备齐，到时候打起来，他们的那些红衣大炮过年放个响还差不多，哪能跟我们抗衡？”

女茱得意地在天井中转了一圈，有些飘飘欲仙，“复国以后，第一个就要册封你为和硕格格，说说近来的事吧。”哪知闫嫱却扑通一声跪在了她的面前：“主子，嫱儿有句不识抬举的话要说，嫱儿不想当什么和硕格格，出嫁从夫，嫱儿愿意一生一世陪着有良，就做一个小妾也是好的，主子的宏图大业，嫱儿一个女儿家真的是有心无力。”

女茱的眼珠子盯着她看了半晌，突然一阵冷笑：“扶不上墙的东西，我知道，你对那浑身酸味儿的臭男人动了真心，你就想这么安安稳稳地当你的小姨奶奶一辈子窝在这个鬼地方！闫嫱啊闫嫱，在紫禁城里，我是怎么掏心掏肺地对你，国破家亡才几年，忘了？十年不到！你就图个安逸么，你还记不记得你爹娘怎么死的，他们是无辜老百姓，还不是被这些新军炮轰连累的？你就算不说，我今儿还要骂你，你明明知道邹宛萍跟那臧九安不明不白，你为什么替她掩护着，为什么不揭穿她？你答不上来，我替你答，还不是为了你的男人！”

“咳咳……”屋内一阵一阵剧烈的咳嗽声传出来，顾婆清手中抱着暖壶加快了脚步跟着逯小小走到了门前，推门而入，只见邬春玉正躺在炕上拿着条丝巾掩口咳嗽，她的样子不比邹宛萍好到哪里，蓬卷的短发已然凌乱不堪，那身束腰的水绿色旗袍也已宽了不少，面无血色，目光涣散，可手中还念念不忘地紧抓着平日里的佛珠。

这边的病榻狼狈不已，可却仍旧保持着佛龛的干净整洁，香依旧在袅袅地焚烧，可熏不好邬春玉的气色。顾婆清见她的模样不由大惊，上次寿辰方才见过，如今已然消瘦憔悴至此，看起来病得果真不轻。

“二太太，二太太，这是怎么了？”顾婆清赶忙坐到床边，将自己的金暖壶塞给了她，邬春玉微微止住了咳，揭开丝巾，赫然看见上面沾满了殷红的鲜血。顾婆清惊道：“二太太……”邬春玉惨白地向她优雅一笑：“柴当家，我是熬不到来年春天了，所以今儿一定要见你一面，有些话想嘱托你。”见她平静地向自己微笑，顾婆清心中一阵酸楚，拉住她的手：“好姐姐，你说吧，你不会有事的。”

邬春玉又咳了两声，撩拨开额头前的碎发：“自从你嫁入蓝关堡当柴国瞿的续弦，我们两人如同亲姐妹般的要好，还一起偷偷储备了金库。虽然你我走得亲近，但我知道，你的身上有太多的秘密，可我也一直不去打听你的秘密。好妹妹，你千不该万不该，不该把你身边最亲的最忠实的人都调走，卓尔妮和臧九安，他们都是你的助手，他们走了，我也要命丧黄泉了，你一个人在蓝关堡孤身无助啊。”

“姐姐，你……你病糊涂了。”顾婆清忍住了泪珠，吸了吸鼻子道。邬春玉颤巍巍着手拉紧了她，眼泪悄然从眼角滑落：“我言辞闪烁，但并不糊涂。你想要的并不只是柴国瞿的财产，你忍辱负重留在蓝关堡，为了什么，恐怕你是为了顾阿清。”听到这句话，顾婆清猛地全身一颤，惊愕地看着邬春玉。

邬春玉却温柔地笑了：“虽然我没有什么证据，但跟你相处这些年下来，我心里头知道，你不是顾阿清。妹妹你放心，这个秘密我会替你一直保守下去，会带着它一起埋到黄土底下，我不知道你有什么计划，只求你看在我们姐妹一场的分上，不要对我的齐儿一视同仁地下手。”

顾婆清深吸一口气，抿嘴道：“姐姐你说什么呢，我不是顾阿清我又是谁？你放心，我不会再跟逄老板作对，其实自从他舍命救了我儿子，又舍命救了我，我已经不想再跟逄家斗下去了。”邬春玉欣然道：“好，好。

我还有一句话要提醒你，无论你是谁，都要小心一个人，小心……小心计芬。齐儿和洪老爷都是处处争强，只有计芬，是处处示弱啊。”

邬春玉说的话太多，又引起一阵猛咳，吐了口鲜血，还撑着劲儿继续说道：“这个丫头，我见得不多，我自从嫁给洪老爷看透世事，谁在我跟前都清清楚楚如佛前的圣水。那天你寿辰的时候，计芬根本知道齐儿换了黑布试探她，她却将计就计，让在场所有人都知道她的眼疾，都亲眼看见她的蠢钝，让所有人都以为她不过是个自以为自己很聪明的笨蛋罢了。可她就是在用这种障眼法让你们麻木。还有当你寿辰抽签的时候，我亲眼所见计芬忙不迭地上前替你捡签，实际上却是暗地里将你的签给换成了上上签。有一种人是能背得下所有的签文，当计芬瞄到你的签号码，她就知道是个下下签，故意偷天换日换了你的签，你说有这般城府的人，她是真傻还是装傻？”

邬春玉终于再无力气说下去，摆了摆手示意让顾婆清回去。顾婆清替她掖好了被褥，道：“二太太，我不会让你有事的，我立刻叫尔妮回来治好你的病。”邬春玉微微地闭起了眼睛似睡非睡，顾婆清只觉一阵凄楚，蹑手蹑脚地退了出去。

第五十六章　乾达婆

顾婆清心神不宁地走出了申屠家，也不知拖着这双脚如何走到了集市上，她的耳边一直回荡着邬春玉的话，这是怎样聪明的一个女人啊，她深居简出，内敛沉静，半句话不多半句话不少，但句句都如芒在刺，绵里藏针。顾婆清吸了一口凉气，邬春玉的那双眼睛仿若天眼，温柔如水地看着自己的眼神令她挥之不去。只听面前一声巨响的马嘶，顾婆清还没有缓过神来，耳边灌入周遭人群的惊呼声，突然传来一声“柴当家小心!”，她已然感到一股强大的力量拉住她的胳膊飞快地躲了开来，抬眼一看，自己险些丧命马蹄之下。

顾婆清心有余悸，回头竟看见了刚才救自己的又是逄临齐，她张了张口本想说什么，却又压了回去，一把拉住逄临齐道：“逄老板，快，快派人马让尔妮和九安回来，他们不能在外面了！申屠洪，我们不查了，我要让他们回来!”

“柴当家，柴当家，你怎么了?”逄临齐穿着一身黑篷裘衣，见她这样不由担心道，“好好好，你别激动，我立刻回去派人去找他们回来，柴当家，你慢慢告诉我到底发生什么事了?”顾婆清眼眶忽地一酸，泪水不自觉地流了下来：“逄老板……”她正要开口倾诉，突然市集里一片混乱，只见一个狼狈的叫花子般的人发疯似的向这里冲来，扑通地跪到他们的面前，顾婆清和逄临齐都不由吓了一跳。那人竟抓住顾婆清的衣角叫道：“大当家的，是我啊!”

熟悉的声音传入她的耳中，这才认出：“九安?”逄临齐赶忙把他搀起：“臧九安，你怎么回来了?怎么只有你一个人，卓尔妮呢?”仔细一瞧，臧九安破破烂烂的衣衫上竟斑驳不已，浑身沾满了血痕，一种不祥的感觉袭上心头，臧九安哭喊道：“快去救卓尔妮，她身陷马贼山寨，被马贼捉了去！”顾婆清大惊失色，只觉脑中一片空白，逄临齐再说什么话已然听不进去，飞身抢走路人的马飞驰而去，刹那间人和马消失在了马蹄扬起的沙尘中。

“柴当家！”逄临齐惊诧她如此敏捷的身手，竟在恍然间似乎有些邬春玉的模样。臧九安抹着鼻涕也惊道：“糟了，大当家的一定去找马贼算账了……”逄临齐喃喃道：“她一个弱女子，一个人闯山寨跟那些亡命之徒谈判实在太危险了，不行，我要去帮她。”他立刻掉头飞奔回逄家，取了一匹好马儿，别紧腰间的手枪，立刻便欲要上马，只听身后忽然传出一声：“齐儿！”逄临齐眯起眼回头望去，只见严红瑰穿着紫金色华丽的丝绒厚袄拄着拐杖，一手拿着念珠，气鼓鼓地走过来：“你，你这是要去干什么？我知道，你让女茱去刺探申屠洪，这是多危险的事儿啊，你对自个儿的妻子不顾安危，心心念念地却惦记着那柴当家？齐儿，你同奶奶说一句实话，你，你是不是对这个寡妇动了心！”

逄临齐顿时煞白了脸，“奶奶！你，你胡说什么呢？我跟柴当家……我实话告诉奶奶，当年的确是我帮着她，才撵退了柴国军，是我一手把她扶上大当家的位置。可我还不是为了那些财宝？只要有了它们，我们才有足够的财力对付那财雄势厚的申屠洪。所以我和柴当家只不过是互利互惠，今儿如果她栽在马贼的手里遭遇不测，将来还有谁为我们找财宝？奶奶，请恕齐儿不孝。”

严红瑰已然给气得浑身颤抖，拎着串念珠指着他道：“你，你……你好啊，你为了那个寡妇，得罪了自己的亲妹妹，还开枪伤了她，今儿个又为了那寡妇跟奶奶顶嘴，我倒要看看，我们逄家骨肉和那寡妇之间，你到底选谁？今儿你若是踏出这个门儿，我就没有你这个孙子！”逄临齐浑身一震，不由地捏紧了拳头：“奶奶，人命关天啊！”严红瑰冷笑一声：“那也不是逄家的人命！”逄临齐狠心一咬牙，翻身纵上马背冲出栅栏绝尘而去。

逄临齐一路驾赶着马直冲匪山，心中惴惴不安，却都是担心着顾婆清的安危，哪知刚刚闯入寨子的山脚下，却见迎面山上一人骑着马突突地向山下飞驰而来。他定睛一看，马背上驰骋的裹在那件雪白色袄袍里的人竟是顾婆清，她的马背上横放着又一人，恰是被马贼捉去的卓尔妮。卓尔妮虽然昏迷不醒，但仍旧毫发未损。而顾婆清更是令他惊诧，不但安然无恙，而那张面孔上的傲然姿态如此自然，仿佛进出山寨就如同省亲来往一般轻松。

顾婆清驾着马行至面前，这才发现了愣在原地的逢临齐，顾婆清猛地拉紧缰绳连人带马惊了一惊，微微变色："逢老板，你怎么跑到这虎狼之地来了？"她减慢了速度停了下来，却没有下马的意思，逢临齐道："我见你一听说卓尔妮被马贼捉去了，竟然只身上山要人，我实在不放心就来瞧瞧了。柴当家，那些马贼怎么会让你和卓尔妮就这么走了？"顾婆清不自在地笑了笑："我思忖着这帮匪徒不过是想借尔妮勒索我要些银两，化财免灾，他们拿了银票也就不为难我们了。咦，逢老板，今儿不是你让逢姨奶奶去刺探申屠洪的么，你怎么不去帮衬她，多危险啊。"

逢临齐不由一愣，立刻伸手从怀里拿出一封信周旋道："啊，我这里有封信……""给谁的？"顾婆清迟疑着拿过他手中的信展了开来："哦，是写给逢姨奶奶的信吧，你还是叫她小心行事，若是有危险，就立刻偃旗息鼓。"逢临齐的表情却刷的一下子变得僵硬无比："写给女苿的信？"他狐疑地扫了一眼她手中的信，那上面密密麻麻的字，分明是他请了制造机巧的人罗列出上百种机关的破解之法，这白纸黑字写得清清楚楚，为何她竟然指鹿为马？逢临齐顿了顿，脑中忽然一个激灵，忙顺着话儿接道："是，是写给女苿的，有劳柴当家替我在信封上面提上她的名字。"顾婆清奇道："我写？"

逢临齐点了点头："这封密信既然是送给冒险在外的女苿手上，就要做到万无一失，若是我写在封皮上，万一被人看到，一眼就知道是我写给女苿的，可柴当家就不同了，柴当家自从嫁给柴老爷，以前的琴棋书画全部收了起来，几乎没有人见过你的字。"顾婆清微微变了变眼神，接过他递来的一支黑色钢笔，犹豫了片刻，在封皮上写下：敖家·女芙亲启。竟然

“家”、“芙”是两个错字！逢临齐眯起了眼睛，小心翼翼地接过这封信塞入了长氅中：“柴当家，那就不打扰你和卓姑娘了，告辞。”

逢临齐揣着这封所谓的信心事重重地回到了家中，逢临恭正焦急地站在门口东张西望地等着他，一见他回来，立刻迎了上去急道：“哎呀大哥，这到底是怎么回事，我都听奶奶说了，为了柴当家，你何苦让奶奶和肖娘不高兴呢？我看看，你闯去马贼山寨有没有受伤？”逢临齐充耳不闻径直往里走，忽然想起了什么回过头一把拉住他：“二弟，你在外头见过的世面多，大哥问你一句，如果有个人琴棋书画样样皆精，可对于一个熟悉的人的名字，却四个字写错两个字，一封密函从头到尾看成了一封情信，这是为何？”逢临恭被他猝然一问也愣住了，接着忍不住笑道：“大哥，那这个人定然不识字，琴棋书画，那他是诓你呢。”逢临齐眯起眼仿若精神恍惚喃喃道：“不识字……怎么可能，怎么可能有这天翻地覆的差别。”他神魂失措，根本察觉不到二人在天井中的谈话，已然被骑楼上站着的严红瑰悉数听去了。

“哎，你回来了？”逢临齐独自一人躲在书房里摩挲着这封信想入了神，外面已然三更夜，他却连一盏灯都没点，只听悠悠的吱呀一声，他抬起眼看见女苿身披黑缎毛呢大衣走了进来。女苿除下风沙帽，坐在他对面道：“申屠洪老奸巨猾，没这么容易被查到。逢临齐，我这么帮你，将来我若有求于你，你也要帮我啊。”

逢临齐哼了一声默认，盘起腿换了个姿势。见他不开口，女苿垂了垂眼睫，幽幽道：“今儿个你去救柴当家了？我一回来，就听奶奶说了。在逢老板的心目中，一个姨奶奶果然还是比不上柴家的女人。”逢临齐不耐烦地挥了挥手：“只有我知道你是处心积虑嫁过来，你在人前是逢姨奶奶，人后还计较个什么劲儿？就算我喜欢谁，也跟你没有任何关系，出去出去。”女苿便起身走到了门口，忽然又停下了脚步回过头道：“早发现不妥的事儿就早点打上补丁，再要是在别人面前穿了个大破洞，想护着都护不了。”

第五十七章 龙 女

逢临齐顿时浑身一凛，这女人……为何她好像什么都知道似的？他凝视着她的背影，忽然感觉到一股从紫禁城里吹出来的冷风，沁入了肌肤骨肉之中。女苿分明是什么都已心中有数了，她既然知道顾婆清的不对劲，为何不趁这机会要挟顾婆清或者自己，她究竟在提醒着自己要留心谁的刁难？一串疑问在脑中一闪而过，逢临齐霍地跳起身来，抓起桌上的一支毛笔和一支钢笔，抄起纸张塞入衣衫之中，踏着那厚重的黄沙，如同踏着厚重的冰雪，裹紧裘衣向柴家的方向走去。

敲响门后拉开门的正是已然苏醒过来的卓尔妮，她看见逢临齐不由一惊："逢老板，已经漏夜了，你怎么来了？"只见卓尔妮的精气神儿已然都缓了过来，根本不像一个女流之辈被劫去马贼窝窝里，好像什么事都没有发生，跟她那主子如出一辙，更令逢临齐心中起疑："我有要事找柴当家，现在就要找！晚了就来不及了！"

"不行啊，这深更半夜的又要惹人闲话了。"卓尔妮还没说完，逢临齐推开她径直冲了进去，顾婆清身着一袭雪白的睡衣披散长发已然赤着足走了出来，那双小脚苍白如雪，十个脚趾头却小巧可爱，灵动不已，大冷天儿的她竟就这般赤足站在冰冷的沙土上："尔妮，让他进来吧，逢老板去我的屋里说话好了，别吵醒我儿子。"逢临齐跟着她进了房，顾婆清关上门，打量了他一番："逢老板到底是要干什么，怎么该做的事不记得去做，成天想从我这儿探什么？我可不是你的敌人。"

逢临齐啧了一声，取出两支笔扔在案几上："顾阿清，我不想跟你争口舌之长短。今儿我看你提的女苿的名字，字体倒是清丽优雅，可字里的韵味却不是书香气息。我这里有本珍藏的康熙字典，你拿去练字。我是说，你练好了，才好教有浦嘛。”见顾婆清一脸犹疑地望着他，他忍不住拿起了钢笔，抓住她的手立刻写了起来：“顾……阿……清。这是你的名字，知道么?”

顾婆清手下一抖，将刚刚写好的字也画了一道，又惊又惧地抬起眼睛：“逄老板……”逄临齐伸出手示意她不要说：“你听我说，我今儿个来只是送你一支舶来钢笔和一支上好的湖笔，给顾氏千金练字来的。我知道顾千金也喜欢珍藏古书，字典也只是送给你收藏的。”顾婆清缓了口气，笑道：“把两面话并在一面说，逄老板果然不简单，这笔和《康熙字典》里，都包含着什么意思啊，我顾阿清听不明白，请逄老板往深里面说说。”逄临齐笑道：“莫不是听着有意，才觉得言者有心?意思都在话面上儿搁着，再无深意了。”顾婆清犹豫片刻，道：“逄老板为何不问我那封写给逄姨奶奶的信?”逄临齐只全神贯注地抓着她的手在纸上一笔一画地练着字，漫不经心道：“旁的事有什么好过问的，最重要的就是找到柴老爷的财宝，只有这样才能对付申屠洪，于公于私都替我出一口恶气。”

“啪!”一把湖笔被狠狠地扫落在地，申屠家中又鸡犬不宁，那姑奶奶的闺房里传出一阵阵的谩骂声，扈凤仙闻声走到门口，便见一群婢女被骂了出来，她拉住一个问道：“姑奶奶又怎么了?”那婢女肿着半边脸说话都不利索了：“姑奶奶，姑奶奶要我们把情信交给逄老板，可是自从上次以后老爷说过，不能让姑奶奶再和逄老板来往了，姑奶奶不高兴就打骂我们。”

扈凤仙摇了摇头，跨进门前，只见申屠湘正穿着一身大红色洋裙，站在板凳上，窑洞穹顶上悬着一根打了死结的白绫，她又哭又闹地拉着白绫就要套上自己的脖子：“快去叫老爷来!我要见逄老板，除了逄老板，我谁都不嫁!”一见扈凤仙进来，她闹腾得更是厉害，扈凤仙瞄了她一眼：“湘儿，你这是干什么?像什么样子，上次你被那逄临齐利用耍得团团转，差点为他送命，你还不知道收敛啊?那好，总归你也是一死，别惊动老爷了，你自个儿啊，慢慢在这里吊着吧，我去给你收拾些你平日里喜欢的衣物饰品，留着给你上路用。”

申屠湘没料到她竟一反常态地转身便走，意外地想要喊住她，哪知脚底下一滑，当真踢翻了凳子，整个人悬在白绫上直蹬双腿，咳个不停，幸好扈凤仙还没走远，立刻着人将她救了下来：“哎哟我的小姑奶奶，那边儿还有一个要死要活的，你能不能就不添乱了？你现在添乱老爷也顾不上你，你知道，老爷的心肝儿是那邬春玉，你省省心吧。”扈凤仙不胜其烦，甩下一句话掉头就走。申屠湘正要起身追出去，却跟拿着一碟糕点边吃边走进来的逯小小撞了个满怀，逯小小盘中的糕点尽数撒落一地，顿时不悦道：“你干什么呀，整个申屠家都神神秘秘疯疯癫癫的，你们在干什么呀？”

申屠湘拉住她道：“三小嫂，怎么我也觉着大家都不对劲儿了，哥也不管我的死活了，就连大嫂都懒得理我，计芬就更是奇怪了，明明有眼疾看不出天麻的劣次，可偏要去天麻店帮我，每次都越帮越忙不胜其烦，你说，你说这都是怎么了？”逯小小捡起一块绿豆糕放入口中嚼道：“湘妹，你话里有话啊，你想问什么？自从二姐姐一夜暴病之后，申屠家当然就不对劲了，老爷是日夜守护着二姐姐，二姐姐一天比一天消瘦，看了多少大夫都没用。”

申屠湘转了转眼珠：“说病就病，也没个病因，真是让人不得不起疑啊。我前天去瞧过，二小嫂整个人都瘦骨嶙峋了，神智迷糊，只懂得喊着逄老板的名字，我想如果我能和逄老板成亲办个喜事给二小嫂冲冲喜，那不也挺好的么。”逯小小听到她提及邬春玉的病情，拿着糕点往嘴里塞的那双手忽地停住悬在了半空中，侧过头似笑非笑地对她古怪地扬起了嘴角，那扭曲的表情似乎蕴含着什么，让天不怕地不怕的申屠湘也猛地毛骨悚然。

一半儿是出于私心，一半儿也是出于对邬春玉的关心，毕竟这亲切的二嫂向来对待她申屠湘都是宽容爱护，她猜想着邬春玉放心不下这个独子无人真心相待，申屠湘暗暗决定，一定要将逄临齐带到重病的邬春玉床榻边，无论用什么手段都要和逄临齐成亲给她冲喜。有了这个念头便一发不可收拾，申屠湘撂开天麻店的事儿全让申屠计芬接手，自己又开始成天纠缠着逄临齐，在逄家门口，在雕刻店前前后后徘徊，拿着当初逄临齐送她的鸳鸯梳，手戴白纱手套，明明白白地将自个儿的心晒在地上。这天出门来的却是身披豆绿锦袄斗篷的女茶，她梳着改良的小两把头，双手揣在白兔毛的旧式圆筒手套里踏着前一晚的积雪走了出来：“大下雪天的，姑奶奶每天倒是有耐心在冰天雪地里等候啊。姑奶奶别等了，临齐今天不会出来。”申屠湘翻了个白眼，故意摆弄了下她自己新做的一身时髦呢子裙：“敖佳格格，你还真把自己当成逢姨奶奶了？”女茶微微一笑：“一个名号，真真假假只有当事人才知道，不足为外人道也。姑奶奶，我知道你对临齐的一片真情，你是性情中人，我劝你一句，当逢临齐的女人，并不是件好事。”申屠湘冷笑道：“你当然在这儿说风凉话了，你不想当，你让他休了你，我来当。”

女茶凝视着她的双眼，看得出那双凤眼里透露着精明和泼辣，两弯柳叶眉吊梢风韵，一身华丽绝伦的衣衫，却掩盖不住申屠湘的肤浅。女茶含而不露地向她无言一笑，转身回了窑洞里去。女茶刚刚进门，就看见家里的下人们在慌慌张张地往逢肖娘那间漂亮的屋子里跑去，那扇象牙门后传来一声声怒吼和咆哮，声音却真切的是个男人，看来是逢肖娘的病又复发了，她的病是越发的重了，若是碰见一丁点儿的灰尘，若是风吹起她屋里镜子上的帘子，让她瞧见了自己，那也会突然受刺激发病，可等她醒来，却全然不记得发病时的事情。

真是没想到平日里那么开朗单纯、一心向往西方浪漫的少女竟然有这般严重的分裂臆想症，女茶快步走进去，众人已然都在里面拽着发了疯似的逢肖娘。逢临恭突然跪在女茶跟前：“大嫂，我知道你精通西学，我听说西方有种药剂注射进人的血脉可以暂保镇静，大嫂你救救肖娘。”

女茶下意识地望了一眼逢临齐，只见他向自己点了点头，她这才从白色的药箱里取出一支注射器，按着逢肖娘的胳膊注射进去，逢肖娘果然安静地睡了过去。见她已然平静，众人这才松了一口气，严红瑰挥挥手招所有人出门去，不要打扰逢肖娘休息，哪知他们前脚刚刚迈出房门，躺在高床软枕的逢肖娘猛地赫然睁开了双眼。

第五十八章　蜜蜡念珠

她僵直地站了起来，打开雕刻着白贝母的衣柜，在里面的密码箱里娴熟地转了几下，取出那件肥大的黑色斗篷。逄肖娘揭开镜帘，对着镜子穿上这件斗篷，看着自己在镜中一点点地变成一个男人，她勾起嘴角，从密道的后门出去了。

她是直往申屠家的，赶巧儿地碰上了逯小小。逯小小曾在严红瑰的寿辰时见过邬春玉和这神秘人相见，自然心中有数，好心地告诉她邬春玉已重病多时，根本下不了地，逄肖娘便让逯小小带自己潜入进去。这天正好申屠洪不在家中，出去为邬春玉奔走请各地名医去了。

曾经窗明几净的屋子，佛堂前的缭绕烟雾已变成了乌烟瘴气，黑压压的抑郁氛围让人一下子便感不祥。逄肖娘迈开黑色的衣裾小步走到她的床前，邬春玉正背对着她而睡，身上还穿着她往常最喜爱的水绿色旗袍，只是精致的发型早已凌乱，身子也瘦弱得不成人形。

逄肖娘用那男声轻轻唤道："二太太，我来瞧你来了。"一言既出，可邬春玉却动也不动，逄肖娘以为她只是睡着了，伸手推了推她："二太太……"她的手却仿似触碰到一块僵硬的石头，她心中一惊，探手伸到邬春玉的鼻子前，却已然没有了呼吸。霎时间惊得逄肖娘霍然站起，怔怔地看着邬春玉的背影发呆了片刻，整个人醍醐灌顶般恍然苏醒："二太太……我怎么会在这里……来人啊，二太太没了！"

把守在门口的逯小小闻言浑身一惊，手中端着的糕点盘应声落地砸成了碎片，她恐慌地冲了进去，赫然看见站在邬春玉床前的神秘人已除下了斗篷帽，露出了她那张煞白的脸："怎么是你，逄小姐？"逄肖娘已然不知所措，指着邬春玉颤抖着嘴唇道：“二太太，二太太没了……”

逯小小瞪大了双眼，壮起胆子上前将她的身子翻了过来，赫然看见邬春玉美丽高贵的脸庞已瘦得如同骷髅，眼窝凹陷，浑身僵硬冰凉，早已死去多时了。逯小小一时顿觉胃里翻江倒海，胸脯起伏着半晌，终于惊恐地喊出一声划破天际的尖叫。

邬春玉暴毙于家中，很快便不胫而走，传得整个蓝关堡沸沸扬扬，三大家族震愕不已。申屠洪得知爱妾猝死，从外连夜赶回在床榻前哭得晕死了过去。听见自己又爱又恨了半辈子的生母病逝，逄临齐的心口里也有说不出的感受，只道是没来得及亲手将她和申屠洪镬烹而遗憾。

顾婆清更是整个人五雷轰顶，她没有想到上一次见邬春玉，竟是今生最后一次见面。她身着雪白的貂皮大篷，为这位至交除下了头上的饰物簪佩，素服而行。带着卓尔妮和全家人一起赶往申屠家祭拜的时候，天空突然下起了大雪，覆满了顾婆清的发髻，她不由站在铺满冰雪的黄沙地上抬头望了望天：“尔妮，我和二太太相交了这么多年，我想祭拜完她以后替她守夜，我真是想不通她为何会突然间一病不起，连时间都给自己算得好好的，知道熬不过冬天了，我这个好姐姐，世事在她的眼里都是那么透彻。”

申屠家的门口高高挂着白绫灯笼，哭声哀哀，黄纸白幡连天摇晃纷飞。申屠洪以正室的礼遇为邬春玉下葬，他在灵前已哭死过去又醒过来，又哭死过去好几番，当柴家和逄家都到齐的时候，他已没有力气去见客，倒是扈凤仙主管着大局。

只见灵前雕玉为棺，文梓为椁，一干人等均着白衣麻布九步一叩，申屠计芬和申屠湘双双跪在火盆前烧着元宝蜡烛，顾婆清再也忍不住悲痛，冲到棺前看着安详躺在其中的邬春玉面若生人，手持佛珠，高贵的气息丝毫不减：“二太太，阿清这辈子遇见过两个最聪明的女人，你便是其中之一，阿清佩服二太太，敬重二太太，你对阿清的教诲，我全部记在心上了。

我知道你唯一遗憾的是在走之前，没有机会再看一眼逄老板，逄老板今天来了，我让他替你守夜。”

头绕白带的申屠湘听见这话，忽地回想了什么，走到逄临齐跟前道：“二小嫂去世之前几天，我去屋里看望她，她一直在念着逄老板你的名字，似乎对自己的生死早已了如指掌，如今细细想来是越来越觉得不对劲。而且当初发现二小嫂去世的人是逄小姐，我听三小嫂和盘托出，说二小嫂生前和女扮男装的逄小姐来往甚密，逄小姐原来是患有分裂人格，二小嫂的死跟她脱不了干系。”

她伸出手指指向跟在严红瑰身边穿着黑色西装裙的逄肖娘，气氛一下子凝固了。女茉却盈盈走上来向着玉棺拜了拜：“二太太仙逝，姑奶奶的心情能理解，只姑奶奶若真想二太太走得安心，就不该在灵堂前纷扰是非。二太太本就沉疴病重，自己当然知道自己的身子，想见一见唯一的儿子也是人之常情，怎么变成了不对劲了？至于肖娘，无论她的哪个人格，都是跟二太太交好的，假若真的是肖娘，她又何苦摘下斗篷大喊大叫引人进来？”

申屠湘气道：“好哇，既然你这么说，了解的这么清楚，那你也有嫌疑害死二小嫂！逄老板和二小嫂向来不睦，你为了讨好逄老板，特意借着送鹿茸补品害死了她，是不是？”

一旁的顾婆清已然心中生疑，可也知道这申屠湘素来咋咋呼呼，总是把私人感情不理智地搅和在一起。直到众人纷纷向郛春玉的灵堂鞠了躬上了香，已经散尽了，顾婆清独自一人仍旧留在了这里：“逄老板请留步，无论你和二太太以前有什么爱恨恩怨，人已经没了，往事也都成烟了，请逄老板留下为二太太守一晚。”

空空荡荡的灵堂里，只有她一人跪在这里好几个时辰了，单薄的外套已抵挡不住大门口的风雪肆虐，逄临齐叹了口气解下自己的紫貂皮袄给她披上，自己站在她的身后默默地凝视着那灵牌，感慨万千。

“逢老板，这串念珠是二太太叫我交给你的。”顾婆清头也不回，抬手拿出了一串金黄色的蜜蜡珠串，“这是二太太的随身之物，二太太说了。她说，‘我身子骨不行了，熬不过冬天了，我不指望齐儿能够来看我最后一眼，只可惜这辈子再也见不着他了。我只能把这十八颗的念珠分为两串九颗的珠串，给齐儿一串，我一串，我只有在梦里，在天上久久地念着齐儿了’。她亲口对我这样说。”她微微侧过脸，道：“逢老板，你的膝盖不会打弯儿么？”

逢临齐虽然恨邬春玉改嫁，恨不得亲手将这样的母亲千刀万剐，但如今她真的死了，他一点都高兴不起来，看见这串念珠的时候心中更是震了震，提起衣角挨着顾婆清跪在了堂前。顾婆清幽幽开口道：“姑奶奶为人是急躁了些，可是她的话不是没有道理，二太太是申屠洪最爱的女人，她这一生得罪的人并不少。当年二太太被马贼掳去，我不相信逢家的人对她没有微言，说到底三大家族的人都有嫌疑害死她。二太太通透聪敏，一夜间重病，直转急下，前后不到一个月便仙逝了，我不相信。”

逢临齐登时怒地站了起来：“你这是什么意思，你怀疑是我杀了她？没错，我恨透了她改嫁，我想让她死，但我想让她和申屠洪一起被镬烹而死，缩手缩脚地做事，我逢临齐没这么没出息！”

“逢老板想镬烹的人何止二太太？”逢临齐闻言更是暴怒道：“不错，我还想镬烹你。柴当家，不要怪我没有提醒你，你还记得当初你和臧九安的暧昧关系么，还记得我送你的湖笔和《康熙字典》么？柴当家啊，你只要管好你自己的事，我不想伤害你。”

顾婆清伸手从棺上摘下一朵白花簪在了鬓角：“逢临齐，看来有些事你是该知道的。你不是一直想问为什么我当时那么轻易地就将尔妮从马贼手里救走了么？是因为二太太相助。在你未出生之前，她和你爹一起去省城进货，半路上遇见了马贼，你爹懦弱无能，眼睁睁地看着她被马贼捉走，因忍受不了流言蜚语自尽而亡。这笔账，老太君可从来都没搁下。她后来竟安然无恙地从马贼山寨回来了，老太君还能容得下她么？老婆子让她生下你之后就对她百般虐打，冰天雪地赶出家门，这才被申屠洪接回家中当了二太太。她对我说，她之所以委曲求全跟着申屠洪，是因为申屠洪势力强大，得以跟老婆子抗衡，老婆子才不能把对她的恨转嫁到你身上。申屠洪也因为宠爱她，才不会轻易对你动手，你娘一辈子都是在为了保住你。”

逄临齐愕然地听着这恍若他人的故事，不敢置信，顾婆清接着道：“所以二太太绝不可能就这么病死，她要活着，要长命百岁地活着，得申屠洪一天的宠爱，就保你一天的平安。”逄临齐颓然地瘫坐下来：“难道……难道我真的恨错了她……柴当家，既然如此，她的死我们一定要追查到底。”顾婆清点了点头：“你明白就好，我已经派尔妮去二太太生前的屋子里仔细查探了，相信今晚就会有消息。”

第五十九章　洞天吊脚楼

“尔妮，你回来了？快进来。”顾婆清和逄临齐在灵前守到天亮方才各自回家。她刚刚回到屋内想靠着土炕小眯一会儿，卓尔妮便敲响了门。她顿时清醒了过来忙去开门，拉着卓尔妮进屋坐下把房门锁了起来，小声道：“怎么样，花送去了么？”卓尔妮也憔悴不已，一眼便看得出劳心劳力，她点点头道：“送过去了，申屠家的人不让我进二太太的屋，后来还是我给了三太太糖果，她才放我进去，只能在里面转上一圈。”

顾婆清蹙眉道：“一圈也够了，发现什么了？”卓尔妮失望地摇了摇头：“一切如旧，跟二太太活着的时候一样儿，二太太去世之前也异常平静，好像什么事都不会发生一样，这不，还叫三太太去街上买红烧肘子，三太太这才遇见了逄小姐。”

顾婆清喃喃道：“又是红烧肘子？不对，不对，二太太一定是想提醒我什么……”她越想越乱，头痛欲裂，不由扶了扶额头咋舌道：“尔妮你先出去吧，让我一个人好好想想。”

卓尔妮转身出去，顾婆清无意间抬眼扫见了卓尔妮脚后跟沾着的一滩红沙，登时睁大了双眼，似乎想起了什么。二太太的佛堂和屋舍里绝不可能有一点灰尘，而卓尔妮从申屠家到柴家的这段路也不可能沾上这样的红色沙土，蓝关堡中根本没有这红沙，难道是说蓝关堡外的某个人，曾经来到过二太太的屋子？想到这里，顾婆清不由一个哆嗦，难道是……不行，看来二太太的死没这么简单，一定要我亲自去查才行。

邬春玉的葬礼大伙儿都忙了一整天，闫嫱也早已熄灯准备睡下了，却听得一阵敲门声，披上单薄的外衣便去开门，门外竟是柴有良，她不由又惊又喜："有良？今天不是双日么，你该去大姐那里啊。大姐病了一个多月，总算是痊愈了，你怎么也不去看看她？"

柴有良疲惫不堪地推开门兀自进来往床上一靠，闫嫱赶忙蹲下替他除掉鞋袜。他叹了口气道："不是我不去，是她还在跟我称病，说身体不适，让我来你这里。嫱儿，我是个粗人，但不代表我是个傻子，宛萍是刻意在避着我。一开始我想不通她为什么避着我，起先我只以为是因为我娶了你，让她伤了心，可她的这场病让我恍然大悟了。她的病根不在我，在臧九安。臧九安一走，她病入膏肓，臧九安一回来，她就不药而愈，嫱儿，我真的不敢去想也不敢相信，事情什么时候发展到这个地步？"

闫嫱顿了顿，不自然道："你别太多心了，大姐向来光明磊落，想来只是巧合。有良，你该把精力多分一些在玉器店上，我这段日子来给你送饭，就觉着二老爷不是好对付的人。看那表少爷成天风流快活，不是勾搭这个，就是调笑那个，实际上是成不了大事的。"

柴有良冷笑一声："你不了解他，我这个表弟虽是成不了事，但也绝不是心慈手软的人。逄家还躺着一个让他如坐针毡的人，他父子两个早晚要下手，到时候抓他们一个现形交给二娘。"

史妧之在床上一躺就是好几个月，逄肖娘还不知道病床上的这个人正是险些死于自己手下，她还小心翼翼地守在床边照顾着。这已是四更天了，夜里的那顿药没人服侍，逄肖娘刚刚替她喂下，忽然看见门口布帘处黑影一闪，她脑中不由嗡了嗡。这影子身长七尺，瘦瘦高高，既陌生又似乎曾经见过，但绝不是自家的人，难道家里进贼了？

逄肖娘放下药碗立刻闪身躲入了史妧之病床旁边的屏风后。那黑影徘徊了片刻小心翼翼地撩起门帘潜人进来，躲在屏风后的逄肖娘透过缝隙这才看清，来人是两个，一个是柴家的婢女小梅，一个正是柴有扬。那小梅姿态婀娜，风貌不凡，穿着一身简朴的下人服却也光彩照人，她手中紧张地揣着一个瓷瓶，面色慌慌张张的。柴有扬用手肘碰了碰她："哎，你快去啊，这会儿正好没人。小梅，你帮了我这个大忙，我立刻请伯娘把你赏给我，我让你做正室。”

“表少爷，我……这，这可是毒药啊，史姑娘毕竟还有着身子，那也是你的骨肉啊。”小梅不忍地向史妧之的床上瞥了一眼，柴有扬不耐烦道：“你怎么回事，她现在就是个活死人，别说肚里的孩子生不出来，就是生出来也不能认，她是逄家的人，这件事要是捅到伯娘跟前，我还能跟柴有良争大当家的位子么？我必然死无葬身之地啊。”

逄肖娘在屏风后面听的一个字不漏，心中一股寒气，就在这时，她一只眸子透过缝隙忽然看见昏迷在床上多月的史妧之，就在柴有扬和小梅争执着要下毒害死她的时候，史妧之的左手手指竟然轻微地抬了一抬。只见史妧之紧闭的眼皮底下眼珠缓缓地转了转，突然猛地睁开双眼苏醒了过来，竟开口道：“三尺黄土，够不够葬你的身？”

莫说这冷冰冰的一声吓着了柴有扬和小梅，就连屏风后的逄肖娘都被惊住了，听见史妧之的声音，逄肖娘的脑中登时一片混乱，当晚的场景碎片般铺天盖地向自己袭来，却怎么都拼凑不起来。

柴有扬却立刻缓过了神，快步走到史妧之身边厉声道：“三尺黄土，也足够葬你。史妧之，就算是我对不住你了，你我必须恩断义绝，要么你自行打掉孩子，要么一副薄棺，我还是送得起。”

说着便递上了那瓶毒药，史妧之哑然失笑：“机关算尽太聪明，反算了卿卿性命。我算来算去，自认为一副花容月貌在男人之间游刃有余，却不想失之东隅，又丧了桑榆。”她泪痕仍旧挂在面上，却登时换了一副狠绝的模样，迅速地从被褥里抽出一把长枪抵住了柴有扬的额头正中，小梅吓得失声惊叫了起来。史妧之喝道：“住嘴！起开，带我出去！”

她拿枪顶着柴有扬一路退到外面，翻身跃上一匹马冲出去，这才将柴有扬狠狠地掷在地上。小梅立刻哭叫着上前扶起他：“表少爷，表少爷你没事吧？”柴有扬仍旧心有余悸不敢追上，何况史妧之驾着马已瞬间消失在黄沙之中。

这当下蓝关堡处处不留人，处处都不安全，就算她史妧之的神枪再厉害，也得顾及肚里的孩子。史妧之想了一圈，脑中忽然浮现起一个最安全的地方，立刻拉紧缰绳调转了马儿向西南角的沙丘山脚下奔去。这里绝不可能有任何蓝关堡的人胆敢闯入，她跳下马娴熟地顺着弯道山洞七转八歪地走到了山丘后栈道下，那里竟然是一处世外桃源，如诗如画，桃红满眼，四季若春，山涧淙淙而行，水上建着一座小竹吊脚楼，怎么看都料不到这般玲珑的景致是隐匿在这黄沙之中。

史妧之推开吊脚楼的门，却登时愕然地震住了，屋里已有一人。那人听得推门声也回过头来，与史妧之四目相对，那人也惊诧不已，脑中一嗡：“你？”史妧之也张了张口，终于发出了声音：“柴当家？”

顺着史妧之的目光望去，那吊脚楼里的人正是顾婆清，只见她一改常态，除却了身上防风沙的大斗篷，也换掉了一身素净的袄裙，穿着跟卓尔妮如出一辙的宝蓝镶金的流苏长裙，上面描龙绣凤，玫红的花瓣点缀在襟口和袖口，与她散落的长发编成的密密麻麻的小麻花辫上的苗银铃铛交相辉映，灵动宛若二八年华的少女。

顾婆清怔了半晌，忍不住自嘲笑道：“嗬，我糊涂了，我早该明白。哎，你总算苏醒了？”史妧之似乎也恍然大悟，道：“醒了，妧之正无处栖身，在这里遇见柴当家真是太好了。妧之虽然人不能动弹，却是什么话都听进去的，邬春玉死了，柴当家在这里，是怀疑这里的主人？你不是一心想查是谁害死她的么，妧之知道。可是妧之现在不能说，柴当家要保我和孩子万全，带我们回蓝关堡。柴当家既然出现在此，就该知道我还有心愿没有完成。”

顾婆清道：“既然如此，你跟我根本是一条线上的蚂蚱，我不为了二太太，也为了我自己，你放心好了。你我今天在这里相见的事，天知地知，你知我知。”

顾婆清带着史妧之径直回到自己的家中安顿了下来，并要她的起居饮食都跟顾婆清的一模一样，更找了借口把小梅贬去了玉器店，以防她对史妧之下毒手。卓尔妮看在眼里万般不解，可顾婆清却只字不提，这天她终于叫卓尔妮拿着逄临齐所赠的钢笔和湖笔，以及那本《康熙字典》一同进来，说是要写信给逄临齐。

卓尔妮趁着这机会问道：“当家，尔妮愚钝，实在不明白当家把史妧之接回家中的用意。”顾婆清埋头一边查着字典一边写着信，只见信上写了两句又撕掉，又写了两句又撕掉，卓尔妮道：“当家，你是不是在犹豫要不要告诉逄老板?”顾婆清道：“多嘴！这是我自个儿的事，你不要过问。”这的确是她自个儿的事，若是告诉逄临齐，保不齐会牵连出她自己的秘密，不说，又不知对邬春玉下手的人会不会下一个目标就是逄临齐。

第六十章　花　牌

卓尔妮已觉不对劲，跟着顾婆清这么多年，她的一举一动如今联系起来似乎所要的不只是柴国瞿的财宝，那么她到底想要什么？柴国瞿的命，她已经取了，大当家的位置，柴家的家业，也已经掌握了，儿子也有了……卓尔妮想着想着，忽地想起了一个人——臧九安。

她突然想起顾婆清对臧九安的不同凡响，见到他时的古怪，还有那一坛一坛的酱菜，在臧九安出现之前，她从来没听顾婆清说过喜欢吃酱菜。要想弄清楚，枢纽就是臧九安。卓尔妮心中已有数，立刻相约臧九安去街市上的凉茶铺相谈。

“卓姑娘，你特意找我是有什么事么？”臧九安刚刚从玉器店里出来，来不及换掉身上被汗水浸湿的工服，只能擦擦额头上的汗水憨笑着赶了过来。卓尔妮早已替他沏好一杯凉茶，道：“坐下来喝杯凉茶。九安，你跟我一样向来把当家当作恩人，我跟了她这么多年，有些时候还是想不通。当初大少爷力保你，当家为了不得罪二老爷，其实根本是想让你走人的，可后来见了你一面，当家顿时转变了，你知不知道这是为什么？”

臧九安紧蹙眉头努力想了半天，突然笑道：“啊，大当家的说过，因为我做的酱菜好吃。”卓尔妮疑惑道：“这句话我也听她说过，酱菜好吃，这算个什么理由？何况我从来不知道当家喜欢吃什么酱菜啊，她是大户千金，怎么会对酱菜情有独钟？”臧九安听着似乎也有道理，使劲地挠了挠脑袋却无奈地摇了摇头。就在这时，一个身影欢快地向这里跑来：“九安，原来你在这里啊，叫我来什么事？”

卓尔妮一听那声音顿时怔住了，惊诧地抬起头赫然看见站在二人跟前的居然是平日里端庄稳重的邹宛萍，她不再穿着往日沉闷的服饰，换了一身清丽脱俗的鹅黄夹袄小衫，看上去既不臃肿又活泼烂漫。邹宛萍看见卓尔妮在此也显然愕然不已，半句话都说不出了。

卓尔妮站起身颤音道：“大……大少奶奶……”臧九安伸出手毫无顾忌地拉住邹宛萍往自己身边坐了下来，眼中尽是疼惜，微笑道：“来，我们迟早要跟大当家的说，不如先让卓姑娘帮帮我们吹吹风。”

卓尔妮瞪大了双眼看着二人牵在一起的手。臧九安却大方道：“卓姑娘，我和宛萍想拜托你一件事。”邹宛萍咬了咬嘴唇，也道：“尔妮，你帮帮我。我不想在蓝关堡待下去了，你帮我向婆婆求情，让她放我和九安走吧。我和有良早已缘尽，他身边也有闫嫱这个贤内助，我留在柴家既不能传宗接代，又碍着婆婆和有良的眼，不如放我走吧。”

“大少奶奶你糊涂了!”卓尔妮不由冲口而出，急道：“你，你们……蓝关堡这里不是西洋，思想固化陈旧，你们这样子若是被发现会被拉去镬烹的，你们不要命了么?”邹宛萍铁钉钉地坚定道：“只要离开蓝关堡，生也挽手，死也两人，我们绝不遗憾也绝不后悔。”

卓尔妮不由叹道：“好了好了，现在不是跟当家说这件事的时候，你们别让其他人知道了，我一找到机会就会跟当家提的。”这两人感激涕零，向卓尔妮谢了又谢。拐角屋檐下戴着礼帽遮住面容的柴有良，听着这些话如同匕首刺进去又抽出来，一遍一遍，心中阵阵的刺痛，汩汩地在倒流着滴血。

“有良，你这是干什么，怎么醉成这样了?”柴国军刚准备从玉器店里出来，拉开门便看见柴有良喝醉躺在石阶上，他心中一动，赶忙扶起了柴有良，着人备了一碗醒酒茶给他喝下。哪知清醒过来的柴有良吸了吸鼻子，扬手打碎了碗，扭过头不欲理会他。

柴国军满脸堆笑道：“怎么了怎么了，有什么事跟叔父说说，自个儿憋在心里可会闷坏的。”见柴有良一言不发，便知道一定有事。柴有良这人向来喜怒哀乐都放在脸上，这般样子谁看了都知道发生了大事。柴国军转了转眼珠道：“哎呀，你不说也罢，听叔父诉诉苦，叔父也在这蓝关堡待够了，你伯娘事事经手，就没有她不知道的事。她呀，心里头一本账，有的说，有的不说，有的说一半儿留一半儿，这都是一种驭下之术，想把大家伙儿都服服帖帖地收在身边。你这会儿气恼，怪不得别人，只能怨自己不是大当家的。”

柴有良张了张口，沙哑地发出一声：“她知道，她一定什么都知道，只有我不知道，奇耻大辱，奇耻大辱！”说着猛起一拳砰地砸烂了地上的酒坛，手上顿时血流不止。

柴有良满脑子都是他挑拨离间的话，一路失魂落魄地往家走，分明已然走到家门口，站了半晌又掉头走。他这一掉头，却看见在他身后站着的申屠计芬。不知什么时候天色已暗，大雪飘飞了起来，申屠计芬着一件洋红的迤地长斗篷站在雪地里格外扎眼，柴有良眯起眼睛打量了她一番。她却主动笑盈盈地走上前来：“我瞧大少爷喝的这么醉，怕你不认识回家的路，便跟着你一路了，你到了家门口却要走，莫不是真的醉的连家也不认识了？”

柴有良道：“有劳申屠小姐了，我认得路，只不过这里不是我的家，这里是她顾阿清的家！”申屠计芬忙道：“你叫这么大声干什么？就算心有不满也要不动声色，你瞧我阿爹，他早就知道柴当家和逄老板已联合一线了，对阿爹的威胁有多么大，可阿爹从来不揭穿他们，只等着适当的时机逐个反击。”柴有良道：“什么，她和逄临齐？呵，怪不得，我怎么瞅着他们的关系不清不楚？申屠小姐仗义执言我心中感谢，但是可别太天真，隔墙有耳，自家的事不要拿到外头来说。”

“不怕，”申屠计芬摆了摆手道，“我和姑姑都是这么直爽的人，不喜欢九曲回肠地盘在心窝里，相信大少爷也不会。大少爷以后若有什么想不通的，只管找我计芬，计芬喜欢跟你聊天儿。我在外面念过洋书，喜欢交朋友，而且我们申屠家不会因为门第恩怨不准人交朋友的，我呀，还鼓励姑姑倒追那逄老板呢。若是逄老板不跟柴当家在一块儿惹人非议，又不是同一阵线对付我们，那该多好。”说罢她伸出戴着毛呢手套的小手跟柴有良握了握手，蹦蹦跳跳地跑开了。

她一路迎着风雪蹦跳着回到了家中，推开自己的闺房，那屋内全然是清朝的摆设，没有一点西洋物件，整个屋子黑黢黢阴森森的，让人一下子就感觉到寒气逼人。只见扈凤仙已然端坐在内对着一桌的马吊出神，申屠计芬顺手关起了门，脸上天真的笑容顿时转变成了诡异：“娘。”

扈凤仙头也不抬，手中拿着一个花牌不知往哪里放下：“怎么样，那榆木脑袋总算被撬开了么？”申屠计芬勾起嘴角的笑纹走过去，拿起她手中的花牌往里面一放：“我出马，还有不成的么？那柴有良已经动摇了，以后拉拢他过来是顺理成章的。娘，你已经掌控了申屠家的生意和家务大局，现在二娘死了，姑姑又不成器，爹是一病不起，我们再借柴有良的手扳倒顾婆清，再蚕食掉逄家，那整个蓝关堡最厉害的就是娘了。”

扈凤仙忍不住傲然地扬起了下巴，得意之情洋溢于面：“那当然，我们母女俩联手，谁还能是我们的对手呢？计芬最是聪明，知道用大智若愚、大巧若拙的办法来糊弄他们，让他们自以为摸清了你的底，可不知道，我的计芬藏得可深着呢。到时候申屠家里就是一个太太独大，蓝关堡就申屠一家独大，整个蓝关堡都是我们的了。”哪知申屠计芬却话锋一转：“不过，还有一个人要留意，那就是三娘。”

扈凤仙不以为然地翻了个白眼：“逯小小？计芬啊，我知道你心思缜密，看得深想得透，但你用不着太草木皆兵了。那个逯小小不过是老爷从人贩子处买来的，她又没地位，又没见识，宠爱也不及春玉多，她除了成天吃吃喝喝玩玩，一会儿偷点这个一会儿窃点那个，她还会干什么？你杞人忧天了，逯小小不足为患。”

申屠计芬有些坐立不安：“娘，有种直觉总让我觉得哪里不对劲。不足为患，旁人也道我申屠计芬是个有眼疾没心计的不足为患的天真傻子呢，不管怎么说，小心为妙。”

可她这时的话扈凤仙哪里还能听得进去，她心中只惦记着明儿是她第一次代表申屠家的当家出席三大家族的会议，正式与逄临齐和顾婆清交锋，那得意忘形让她有点飘飘然，总想着自己上位，多少要给他们一个下马威。第二天扈凤仙打扮得如同皇妃进宫一般的隆重，姗姗来到大厅时，已让顾婆清和逄临齐等候多时了。

她悠悠地提着毛氅坐了下来，这才命人给二人一杯茶喝。逄临齐忍不住冷笑一声看了看顾婆清：“柴当家，申屠族长看样子是真的病了?”顾婆清抿了一口茶笑道：“逄老板瞧呢？若不是真的病了，就不会忘了赏我们一口茶吃，你说是吧，大太太?”扈凤仙顿感脸上有些过不去：“柴当家之前提出的事我已经看过了，要给玉器店再扩建场地，我瞧行不通。”她啪的一声略带怒意将杯子搁了下来。